उसका शिवालय

उसका शिवालय

राजकुमार चौधरी
(आई.ए.एस.)

ज्ञान गंगा, दिल्ली

इस उपन्यास की
सभी घटनाएँ और पात्र काल्पनिक हैं।
यदि कोई प्रसंग किसी घटना से मेल खाता है
तो वह महज एक संयोग है।

प्रकाशक : ज्ञान गंगा, 2/19, अंसारी रोड, दरियागंज, नई दिल्ली–110002
सर्वाधिकार : सुरक्षित / संस्करण : प्रथम, 2018 / मूल्य : पाँच सौ रुपए
मुद्रक : आर–टेक ऑफसेट प्रिंटर्स, दिल्ली ISBN 978-93-87968-10-3

USKA SHIVALAYA *novel* by Shri Rajkumar Chaudhary ₹ 500.00
Published by Gyan Ganga, 2/19, Ansari Road, Daryaganj, New Delhi-02

दो शब्द

प्रस्तुत उपन्यास 'उसका शिवालय' की पृष्ठभूमि वतर्मान परिप्रेक्ष्य में उल्लिखित है। गाँव में नवनिर्मित शिवालय को लेकर धार्मिक कटुता बढ़ती है। शिवालय के एक पुरोहित द्वारा धार्मिकता का जहर एवं असहिष्णुता फैलाई जाती है। इस जहरीली हवा से ग्राम प्रतापपुर एवं उसके ओला बक्सिपुर पूर्ण रूप से झुलस जाते हैं। जहाँ के खेतों में हरी-भरी फसल लहलहाती थी, वहाँ अब नर-लाशें बिछी हुई हैं। जो क्यारियाँ जल से सिंचित होती थीं, वे अब लहू से पट रही हैं।

भला हो नायिका पल्लवी की सूझ-बूझ एवं दृढ़ इच्छाशक्ति का, जिसकी पहल से ग्राम एवं टोल में अमन आता है। उजड़े और वीरान को फिर से आबाद कर वह सभी के हृदय-परिवर्तन करने में सफल होती है। ठाकुर विरेचन खलनायक की भूमिका में है, जिसकी मुट्ठी में थाना, पुलिस, विधायक तथा गाँव के भटके एवं उग्र युवक हैं। बुद्धिजीवियों की उदासीनता एवं कर्तव्यच्युतता के कारण गाँव के दबंग, भले ही वे मूढ़ क्यों न हों, देखते-देखते किस तरह से गाँव एवं टोले को तबाह कर नफरत की आग में झोंक देते हैं। बुद्धिजीवियों को कर्तव्यबोध एवं भूल का एहसास होने पर पुनः गाँव एवं टोले को बरबादी से बचाया जाता है तथा खलनायक को सलाखों के पीछे भेजकर उसके पापों का अंत होता है।

पात्र परिचय

हीरा	:	नायक दलित वर्ग का युवक (18 वर्ष)
कैलाश	:	युवक दलित वर्ग का (19 वर्ष)
सलीम	:	दलित टोला बक्सीपुर का युवक
सागर	:	प्रतापपुर गाँव (उच्च वर्ग का)
सुदामा	:	मंदिर का पुरोहित
ठाकुर विरेचन	:	विरेचन सिंह-खलनायक (उच्चवर्गीय)
प्रोफेसर राजेंद्र प्रताप सिंह	:	प्रोफेसर प्रतापपुर निवासी
करमा	:	ठाकुर विरेचन का लठैत
थानेदार	:	सरयुग शर्मा
एस.पी.	:	बलवंत सिंह
प्रमंडलीय आयुक्त	:	अमित घोष
मोती	:	हीरा का भाई
पूरन राम	:	राज मिस्त्री
सत्यप्रकाश	:	नया पुरोहित (सेवानिवृत्त शिक्षक)
नवलेश	:	
गुरदास	:	
प्रवीण	:	विरेचन सिंह का आदमी शूटर
नया थानेदार	:	सुरेश प्रसाद
प्रभु बलराज	:	हवलदार
फेंकू	:	गरीब व्यक्ति
परिहस्त	:	ए.एस.आई. बोधगया थाने का
ओ.पी. यादव	:	थाना प्रभारी म.वि.वि. का
पाँचू	:	प्रतापपुर का साहूकार

डॉ. विनय	:	मगध मेडिकल कॉलेज का डॉक्टर
डॉ. मृत्युंजय	:	मगध मेडिकल कॉलेज का डॉक्टर

पात्रा

पल्लवी	:	प्रोफेसर राजेंद्र प्रताप की इकलौती पुत्री
चमेली चाची	:	प्रतापपुर की विधवा औरत
कुंती	:	फेंकू की पत्नी

प्रयुक्त स्थल का नाम

	:	मगध विश्वविद्यालय, बोधगया मगध मेडिकल कॉलेज
प्रतापपुर	:	एक राजस्व ग्राम
बक्सीपुर	:	प्रतापपुर का टोला
थाना	:	बेनीपुर
	:	हकीकपुर
	:	जहानाबाद (गया) व्यवहार न्यायालय
	:	मगध विश्वविद्यालय का थाना
	:	मगध विश्वविद्यालय से गया जाने का मुख्य मार्ग।

दृश्य-1

प्रोफेसर राजेंद्र प्रताप सिंह की इकलौती बेटी पल्लवी की तरुणाई अँगड़ाई ले चुकी थी। देखने में अत्यंत सुंदर, गोरी व छरहरी थी, कद-काठी से लगभग छह फीट से कम नहीं थी। उम्र लगभग 18-19 वर्ष की थी। उसने कुछ दिन पहले ही मगध विश्वविद्यालय बोधगया में राजनीति शास्त्र के अध्ययन के लिए पी.जी. में नामांकन कराया था। वैसे प्रतापपुर जन्म स्थान था, लेकिन पिताजी मगध विश्वविद्यालय में राजनीति विज्ञान के प्रोफेसर थे। इसलिए पिता के साथ ही रहना होता था। कभी-कभार पिता के साथ गाँव भी आया करती थी, लेकिन गाँव में बहुत कम ही घूमती-फिरती थी, इसलिए जान-पहचान भी कम थी। पल्लवी प्रोफेसर राजेंद्र सिंह की इकलौती लाड़ली थी। माता का देहावसान पल्लवी के बचपन में ही हो गया था, इसलिए प्रोफेसर साहब ने माता-पिता दोनों का प्यार दिया था। एक तो अल्हड़ और चढ़ती जवानी, दूसरा पिता के असीम प्यार से वह अधिक बिगड़ गई थी।

पल्लवी की कक्षा में हीरा भी नामांकन कराकर क्लास कर रहा था। वह भी प्रतापपुर ग्राम के बक्सीपुर टोला का रहनेवाला था। उम्र से 19-20 वर्ष का था। रंग रूप से गोरा, स्लिम बॉडी, लंबाई छह फीट से ऊपर ही होगी। घटना के दिन वह क्लास से 15 मिनट पहले निकलकर मुख्य सड़क से गया की ओर जा रहा था। उस समय दिन के तीन बजे होंगे। ठंड का समय था। इसलिए सूर्य की किरण में ताप कम थी। फिर भी धूप अच्छी लग रही थी। दिन भी छोटा हो रहा था। अपराह्न चार बजते-बजते दिन ढलने के बाद ठंड बढ़ने लगती थी। हीरा अन्य वस्त्रों के साथ जैकेट पहने हुए था और गले में गुलुबंद लपेटे हुए था।

मगध विश्वविद्यालय से गया के लिए कई यूनिवर्सिटी बसें चला करती थीं, लेकिन उनमें सीट नहीं मिलने के कारण हीरा यूनिवर्सिटी से पहले बस पड़ाव चला जाता और बस की सीट पर बैठकर फिर गया चला जाता। अभी हाल में ही क्लास चलना प्रारंभ हुआ था, इसलिए हॉस्टल का आवंटन उस समय तक नहीं हुआ था।

यूनिवर्सिटी गया की ओर मुख्य सड़क पर लगभग आधा किलोमीटर हीरा चला होगा कि पल्लवी अपनी स्कूटी से जानबूझकर इतराती हुई लोगों से सटाकर चलाती और किलोलें मचाती जा रही थी।

हीरा से सटाकर पल्लवी तेजी से स्कूटी से आगे निकल गई···। अचानक से हीरा डर गया था तथा उसकी हाथ की डायरी छूटकर नीचे गिर गई थी। यह हरकत देख हीरा ने जोर से बोला, "ऐ लड़की! पागल हो गई है क्या? पूरी सड़क खाली है, फिर भी ठोकर मारे चलती है। क्या जमाना है, लड़का छेड़े तो बहुत बुरा···लड़की छेड़े तो हँसकर टाल देते हैं! अरे गाड़ी है···कभी किसी को लगी तो···!" यह देखकर पल्लवी को खूब मजा आया। वह हँसती और किलोल करती तेजी से आगे बढ़ गई। देखते-देखते पल्लवी करीब आधे किलोमीटर आगे निकल चुकी थी। गाड़ी को उसी तरह नचाती चली जा रही थी। रोड की उत्तरी दिशा से तेज रफ्तार से एक बोलेरो गाड़ी आ रही थी। वह स्कूटी को सीधी टक्कर मारकर आगे निकलती भागी जा रही थी। उधर स्कूटी क्षतिग्रस्त होकर सड़क पर गिर गई थी। पल्लवी भी सड़क के किनारे गिरी थी। उसके सिर में चोट लगी थी, जिससे काफी खून रिस रहा था। शरीर के कई हिस्सों में भी चोटें लगी थीं। उस समय पल्लवी अचेत थी।

सड़क सीधी रहने के कारण जब टक्कर लगने से जोर से आवाज हुई थी, तब हीरा ने देखा कि उसी लड़की की दुर्घटना हो गई थी, जिसने उसे छेड़ा था। दुर्घटना के बाद लड़की अचेतावस्था में पड़ी थी। हीरा तेजी से दौड़कर समीप आया। वह स्कूटी सवार लड़की को देखकर घबरा उठा था। उसके मुँह से अचानक चीख सी निकल गई, "हे भगवान्!···एक्सीडेंट···भयानक एक्सीडेंट···!" यह कहते उसने लड़की के करीब जाकर देखा। पल्लवी अचेतावस्था में पड़ी हुई थी। उसने अपनी डायरी सड़क पर रखी और उसे झकझोरते हुए बोला, "उठो···! उठो···अरे ये तो बेहोश है···!" उसने पल्लवी की नब्ज टटोली। फिर उसने आवाज लगाई, "अरे कोई है!···कोई मदद करो भई··।" सड़क पर कोई गाड़ी नहीं थी। सड़क के दोनों ओर कोई दिखाई नहीं दिया। हीरा परेशान हाल था। उसे समझ में नहीं आ रहा था कि वह क्या जतन करे। उसे गोद में उठाए किसी गाड़ीवाले के आने का इंतजार कर रहा था। अगले ही पल उसने सामने से आ रही एक बोलेरो को देखा तो चिल्लाया—"अरे भई रुको···!" लेकिन बोलेरो दनदनाते उसके सामने से गुजर गई। यूनिवर्सिटी की ओर से भी एक कार गुजर गई, लेकिन उसने भी हीरा की गुहार पर ध्यान नहीं दिया।

सामान्यत: दुर्घटना होने पर कोई गाड़ी जानबूझकर इसलिए नहीं रोकते, क्योंकि पुलिसिया कार्रवाई के लफड़े में पड़ने की जहमत नहीं उठाना चाहते। कोर्ट में गवाही देने के भय से भी लोग भाग खड़े होते हैं। अकारण जनता के कोपभाजन के कारण कभी-कभी जान भी चली जाती है। उसी का खमियाजा दुर्घटनाग्रस्त व्यक्ति को उठाना पड़ता है। हीरा

ने कई गाड़ियों को हाथ देकर रूकवाने का प्रयास किया था, लेकिन प्रयास निष्फल रहा।

यूनिवर्सिटी की ओर से एक ऑटो आ रहा था। उसने हाथ देकर रूकवाया। उसने गति को धीमा अवश्य किया था, किंतु पूरी स्पीड देकर भागने की कोशिश की तो हीरा दौड़कर ऑटो पर चढ़ गया। उसने ड्राइवर को रोकने के लिए कहा। ड्राइवर के नहीं रोकने पर हीरा ने ड्राइवर को तीन-चार घूँसे जड़ दिए और ड्राइवर को नीचे उतार दिया। हीरा ने उससे गाड़ी की चाबी छीन ली और पल्लवी को उठाकर उसे ऑटो में लिटाया तथा उसका पर्स लेकर गाड़ी को स्टार्ट किया। बेचारा ऑटोवाला देखता रह गया। उसे काटो तो खून नहीं। संयोग से उस पर कोई पैसेंजर नहीं बैठा था। शायद रिजर्व पैसेंजर पहुँचाकर लौट रहा था। चलते समय हीरा ने कहा, "भैया मजबूरीवश हमें आप पर हाथ उठाना पड़ा। वैसे लड़की की जान बचाने के लिए हमने जो किया, उसके लिए माफी चाहते हैं··· !'···आकर गाड़ी ले जाना··· मगध मेडिकल कॉलेज के पार्क में गाड़ी लगी रहेगी···वहीं मुझसे चाबी ले लेना··· ठीक है, मैं चलता हूँ।"

दृश्य-2

धुँध की तरह हल्का सा कुहासा छाने लगा था। पश्चिम क्षितिज पर सूर्य की लालिमा दिख रही थी। यूँ तो सड़क के दोनों किनारे वृक्ष होने के फलस्वरूप सूर्य की रोशनी कम आ रही थी। फिर भी कहीं-कहीं सूर्य की किरणें पत्तियों से छन कर आ रही थीं।

ऑटो की रफ्तार बहुत अधिक थी। ऐसी रफ्तार में पीछे मुड़कर देखना खतरनाक हो सकता था। इसके बावजूद बीच-बीच में पीछे मुड़कर हीरा देख लेता था। वह पूरे रास्ते बेहद तनाव में था। उसे डर लग रहा था कि कहीं लड़की बीच रास्ते में दम न तोड़ दे। यदि ऐसा हो गया तो···राम···राम···नहीं···नहीं, ऐसा नहीं हो सकता··· ! इसके बाद उसने ऑटो की स्पीड और बढ़ा दी। इस बीच हीरा पल्लवी को लेकर मगध मेडिकल कॉलेज पहुँच गया था। वहीं पार्क में गाड़ी खड़ी की और शीघ्रता से पल्लवी को गोद में उठाया और आकस्मिक वार्ड लेकर चला आया। उस समय भी मेडिकल कॉलेज के बाहर एवं अंदर बत्तियाँ जली हुई थीं। उस समय वहाँ नर्स थी। हीरा ने नर्स से कहा, "सिस्टर जल्द करो··· नहीं तो लड़की मर जाएगी··· अरे जल्दी करो सिस्टर···।" वहीं स्ट्रेचर रखा था। झट से हीरा ने उस पर लिटाया। फिर चिल्लाने लगा···"डॉक्टर साहब! डॉक्टर···जल्द करें।"

सिस्टर भी स्टेचर को आकस्मिक वार्ड ले जाने लगी। हीरा भी स्ट्रेचर को घसीटते हुए तेजी से चल रहा था। आकस्मिक वार्ड में दो डॉक्टर बैठे थे। वहीं तीन नर्सें भी खड़ी थीं। एक मरीज का परीक्षण करने में सहयोग कर रही थीं।

घायल पल्लवी को देखते डॉक्टर हरकत में आए। एक डॉक्टर बोला, "डॉक्टर विनय देखो लड़की बच रही है ?"

डॉ विनय ने तुरंत नब्ज टटोली। फिर आँख की पुतली देखते हुए कहा, "अभी तो लड़की बेहोश है सर!···इसे जल्द खून चढ़ाना होगा···क्योंकि खून काफी निकल चुका है···!"

डॉक्टर मृत्युंजय ने भी समीप आकर देखा। उसने कहा, "हाँ···ऐसा लगता है कि खून काफी निकल चुका है···!" यह कहते हुए डॉक्टर विनय तुरंत बाहर आया, जहाँ हीरा खड़ा इंतजार कर रहा था।

हीरा को देखकर डॉक्टर ने कहा—

"इसका गार्जियन कौन है ?"

हीरा, "हाँ सर! मैं ही इस लड़की को लाया हूँ।"

डॉक्टर, "खून निकल चुका है···।"

हीरा, "सर उसके बचने की पूरी संभावना है ?"

डॉक्टर, "अभी कुछ समय तक···फिर जान बचाना मुश्किल है···काफी खून निकल चुका है···तुरंत खून न मिला तो···!"

हीरा, "सर! किसी तरह बचा लीजिए सर! जैसे भी हो कुछ कीजिए सर! मैं आपके पाँव पड़ता हूँ···पता नहीं किसकी बेटी है ?"

डॉक्टर मृत्युंजय, "तो तुम इसके गार्जियन नहीं हो ?"

हीरा, "नहीं! पर ये मेरे कॉलेज की है···मेरी ही क्लास में पढ़ती है।"

डॉक्टर "उफ···!" करते हुए अंदर गया और डॉक्टर विनय से पूछा—

"कौन से ग्रुप का खून है ?"

डॉक्टर विनय, "सर! बदकिस्मत है···लड़की···इस ग्रुप का खून तो ब्लड बैंक में भी नहीं है।"

इतना सुनकर डॉक्टर मृत्युंजय पुनः बाहर निकला और हीरा से बोला—

"युवक! अब लड़की को बचाना असंभव है···इसके ग्रुप का खून ब्लड बैंक में नहीं है। अभी कुछ देर पहले एक गार्जियन ने अपने घायल व्यक्ति को खून देकर जान बचाई है।"

हीरा, "सर···मेरा भी खून का परीक्षण कर लीजिए, हो सके मिल जाए!"

डॉक्टर मृत्युंजय, "···तुम खून दोगे ?"

हीरा, "जी हाँ!···अब ईश्वर हमारी मदद करें।"

इतना सुनते ही डॉक्टर हीरा को अंदर इमरजेंसी वार्ड में ले गए और बेड पर लिटाकर खून परीक्षण किया। डॉक्टर के चेहरे पर मुसकान आई। उसने डरते हुए हीरा से कहा, "बालक ! ईश्वर ने तुम्हारी पुकार सुन ली है। खून का ग्रुप मिल गया है··· डॉक्टर विनय!··· शीघ्र इस युवक का खून लेकर उस लड़की को चढ़ाओ।"

डॉक्टर विनय, "यस सर!"

डॉक्टर विनय ने तुरंत हीरा का खून पल्लवी को चढ़ाने का इंतजाम किया। हीरा बेड पर लेटा रहा और स्लाइन द्वारा पल्लवी के शरीर में खून चढ़ता गया। लगभग 400 यूनिट खून चढ़ चुका था कि अचानक लड़की को हिचकी आई।

यह देखते ही डॉक्टर मृत्युंजय बोला—"बालक ! तुम्हारा प्रयास सफल रहा··· अब लड़की बच जाएगी···तुम्हें बहुत···बहुत धन्यवाद!··· एक अजनबी लड़की के लिए तुमने इतना सबकुछ किया···भगवान् तुम्हारा भला करें।"

अब खून चढ़ाना बंद कर दिया गया।

डॉक्टर मृत्युंजय ने कहा, "बालक, तुम्हारा नाम क्या है?"

हीरा, "हीरा।"

डॉक्टर मृत्युंजय, "अरे भई तुम तो वाकई में हीरा हो··· तुम किस क्लास में पढ़ते हो?"

हीरा, "जी··· पी.जी. फर्स्ट इयर सर!"

डॉक्टर मृत्युंजय, "अच्छा लेकिन अब इसके गार्जियन की जरूरत है···लड़की का दायाँ पाँव फ्रैक्चर है···सिर में गंभीर चोट है।"

हीरा, "गार्जियन का···सर···वो···कैसे···बड़ी मुसीबत है..!"

वह एकाएक सोच में पड़ गया। कुछ क्षण के बाद पुनः बोला—"सर अब मैं उठ सकता हूँ?"

डॉक्टर मृत्युंजय, "हाँ!···हाँ!···बिल्कुल···!"

हीरा मन-ही-मन सोचने लगा, अब मैं उसके गार्जियन को कैसे बुलाऊँ··· एकाएक चेहरे पर प्रसन्नता आई···मन-ही-मन बोला, 'इस लड़की का मोबाइल!··· मोबाइल में तो इसके गार्जियन का नंबर जरूर होगा···लेकिन मोबाइल···!'

उफ!···मैंने इसका पर्स और हेलमेट तो ऑटो में ही छोड़ रखा है···कहीं किसी ने ले लिया तो···फिर मैं क्या करूँगा···लंबी साँस लेकर सीढ़ी से नीचे उतरा और तेजी से सीढ़ी से दौड़ते-हाँफते हुए ऑटो के पास पहुँचा।

देखा पर्स और हेलमेट ऑटो की पिछली सीट पर यू ही रखे हुए हैं। पर्स और हेलमेट लेकर पुनः दौड़ा और इमरजेंसी वार्ड के बाहर जीप पर जाकर बैठ गया और

सोचने लगा कि मैं तो इसके किसी रिश्तेदार या परिवार को जानता तक नहीं···अब क्या करूँ?···हे प्रभु कोई हल तो सुझा···एकाएक उसकी आँखों में चमक आ गई···सोचा इस लड़की के मोबाइल से किसी भी नंबर पर लगाऊँ···आखिर वह तो इसके रिश्तेदार या परिवार के बारे में बताएँगे। उसने फटाफट मोबाइल से अनजाना नंबर पर मिलाया। रिंगटोन सुनाई दे रही थी, तुरंत एक लड़की ने रिसीव किया—"हैलो!···हैलो! कौन··· कौन पल्लवी···तुम कैसी हो यार···बहुत दिन पर याद किया?"

हीरा ने डरते हुए कहा—"जी!···आप पल्लवी की···!"

इतना बोल ही रहा था कि उधर से आवाज आई, "···यू बास्टर्ड!" इतना कहकर उसने फोन काट दिया।

अब हीरा ज्यादा ही घबरा गया था और सोचने लगा अब क्या करूँ! उसने फिर कॉल किया। रिंग होते ही बोला, "मैडम कॉल काटिएगा नहीं···मैं पल्लवी के भले के लिए बोल रहा हूँ"

"आप कौन हैं?"

हीरा ने बिना देर किए सीधे बोला, "जी पल्लवी का एक्सीडेंट हो गया है···मैं उसे हॉस्पिटल लेकर आया हूँ।"

"एक्सीडेंट?"

"जी हाँ!"

"ओ माई गाडॅ!···कैसी है वो!"

"जी ठीक नहीं है···डॉक्टर तुरंत इनके गार्जियन को खोज रहे हैं···मैं इनके गर्जियन के बारे में कुछ नहीं जानता···!"

"जी मेरा नाम अनुजा है···अभी पल्लवी कहाँ हॉस्पिटलाइज है?"

हीरा, "जी अभी मगध मेडिकल कॉलेज में है।···अभी पल्लवी बेहोश है···इसलिए मैं आपको तकलीफ दे रहा हूँ···कृपया इनके गार्जियन का नंबर और पता दे सकती हैं?···आप भी आकर देख लेती इनकी हालत··· ठीक नहीं है।"

अनुजा, "अभी मैं बिहार शरीफ में हूँ···तुरंत मेरा आना संभव नहीं होगा। मैं उनके गार्जियन का पता देती हूँ, वे प्रोफेसर राजेंद्र प्रताप सिंह मगध विश्वविद्यालय के प्रोफेसर हैं···मैं उनका नंबर···" इतना बोलकर हड़बड़ी में अपने मोबाइल से नंबर निकालने का प्रयास करने लगी···फिर अपने आप बोली, 'उफ! नंबर भी नहीं मिलता···मौके पर···। हाँ मिला···' फिर मोबाइल से हीरा को कॉल की, "जी···मैं अनुजा बोल रही हूँ···कृपया नंबर नोट किया जाए···9431182851!"

हीरा, "जी···मैं अभी तुरंत लगाता हूँ।"

हीरा ने मोबाइल पर नंबर लगाया। मोबाइल से जवाब मिला, जिनसे आप बात

करना चाहते हैं वह पहुँच से बाहर है।··फिर दूसरी बार लगाया फिर वही जवाब मिला।

मोबाइल नहीं लगने पर हीरा परेशान हो रहा था। पाँचवीं बार मोबाइल से रिंग टोन आया। प्रोफेसर साहब ने मोबाइल स्क्रीन पर पल्लवी देखते ही रिसीव करते हुए कहा, "बेटी कहाँ है ? देर कर दी··जल्द आ जा।"

हीरा, "सर··।"

प्रोफेसर साहब ने पुरुष की आवाज सुनते ही आग बबूला होते हुए तल्ख आवाज में कहा, "कौन बास्टर्ड··है!" इतना बोलकर अपना मोबाइल स्वीच ऑफ कर दिया। हीरा प्रोफेसर साहब का क्रुद्ध स्वर सुनकर हतोत्साहित हो रहा था।

उसने पुनः फोन किया। प्रोफेसर साहब का मोबाइल पुनः रिंग होने लगा। कॉल रिसीव करते हुए बोले, "कौन ?"

हीरा, "जी मैं आपका विद्यार्थी··!"

प्रोफेसर, "जानते नहीं मैं किसी विद्यार्थी से डेरे पर बात नहीं करता··यू नॉनसेंस!" इतना बोलकर कनेक्शन काट दिया।

हीरा ने पुनः नंबर लगाया··रिंग हुआ, कई बार होने पर प्रोफेसर साहब गुस्साते हुए कॉल रिसीव करते हुए बोले, "तुम पागल हो गए हो क्या ? कहा न मैं विद्यार्थी से डेरे पर बात नहीं करता!"

हीरा, "पहले मेरी बात तो सुन लीजिए सर।"

प्रोफेसर, "क्या कहते हो··!··मुझे मार दोगे या अपहरण कर लोगे बोलो!"

हीरा, "सर!··आप समझते क्यों नहीं··मैं आपकी बेटी के मोबाइल से बात रहा हूँ··तो आखिर जरूर कोई बात होगी।"

प्रोफेसर, "अरे हाँ! यह तो मैंने सोचा ही नहीं··बोलो··बोलो··मेरी बेटी कहाँ है ?"

हीरा, "सर आपकी बेटी का एक्सीडेंट हो गया है।"

इतना सुनते ही मानो प्रोफेसर साहब पर वज्रपात हो गया। उन्होंने बिलखते हुए कहा, "अरे..यह क्या बोल रहे हो ? कैसी है मेरी बेटी ?··मेरी बेटी!··नहीं··नहीं मेरी बेटी नहीं हो सकती।"

हीरा, "सर अभी वह बेहोश है।"

प्रोफेसर, "क्या कहा ? बेहोश पड़ी है··वो··वो बेहोश है··!" इतना कहकर वह फूट-फूट कर रोने लगा। फिर किसी तरह से अपने आपको सँभालते हुए कहा, "मैं आता हूँ··मैं··मैं तुरंत आता हूँ··।"

इतना कहकर उन्होंने जल्दी से कपड़े बदले और चल दिए। वह बगैर टाई बाँधे बाहर कभी निकलते नहीं थे, लेकिन उस समय वे टाई नहीं बाँध पाए। कार स्टार्ट की तो उन्हें यह भान हुआ कि पाँव में हवाई चप्पल है। वे अकसर घर से बाहर जूते-मोजे पहनकर ही

निकलते थे। यह पहला मौका था कि हवाई चप्पल पहनकर ही बाहर निकले थे।

सोचा अब जाकर जूते और मोजे पहनने में देर हो जाएगी, इसलिए हवाई चप्पल पहनकर ही गाड़ी पर सवार हो गए। हीटर दिया और गाड़ी को स्टार्ट किया। फिर तेजी से चल दिए। कुछ दूर ही चले थे कि स्मरण हुआ कि मेरी बेटी कहाँ है, यह तो पूछा ही नहीं था···अब क्या करूँ···। फिर मोबाइल निकाला और कॉल किया। उधर से हीरा ने मोबाइल रिसीव किया।

प्रोफेसर, "हलो!···हलो! ···मैं प्रोफेसर राजेंद्र प्रताप बोल रहा हूँ।···मेरी बेटी कहाँ है··· ?"

हीरा, "सर बोल रहे हैं न ?"

प्रोफेसर, "हाँ···हाँ···मैं पल्लवी का पिता बोल रहा हूँ।"

हीरा, "सर पल्लवी मगध मेडिकल कॉलेज के इमरजेंसी वार्ड में है।"

इतना सुनते ही मोबाइल का स्वीच ऑफ कर वहाँ से गाड़ी स्टार्ट कर तेजी से चलते बने। करीब बीस मिनट में मगध मेडिकल कॉलेज के वार्ड में घुसे जा रहे थे कि हीरा की नजर पड़ी। हीरा भी नहीं जान रहा था कि यह प्रोफेसर है। लेकिन इतना जान रहा था कि वह उसके गाँव का आदमी है और रिश्ते में चाचा लगते हैं। हीरा प्रोफेसर साहब के पीछे-पीछे चलने लगा। बोला, "चाचाजी!···चाचाजी! आप अपना कोई···"

परंतु प्रोफेसर साहब ने हीरा को कोई जवाब नहीं दिया और आगे बढ़ते जा रहे थे··· हीरा को पीछे देख झिड़कते हुए प्रोफेसर ने कहा, "अब तुम इधर मेरे पीछे क्यों चले आ रहे हो···जाओ बाहर!"

इतना कहकर इमरजेंसी के गेट पर खड़े हो गए।

प्रोफेसर की बात सुनकर हीरा मुँह लटकाए पीछे हट गया। कुछ समय तक तो वह किंकर्तव्यविमूढ़ था।···फिर हीरा ने सोचा, कहीं घायल लड़की इनकी ही लड़की तो नहीं···ऐसी हालत में तो किसी का दिमाग काम नहीं करता।

इतना सोच ही रहा था कि इमरजेंसी के अंदर से डॉक्टर निकला। उनसे प्रोफेसर साहब ने पूछा, "अंदर कोई लड़की घायल है ?"

डॉक्टर मृत्युंजय, "हाँ!···आपकी ही लड़की है ?"

प्रोफेसर, "हाँ, मैं देख तो लूँ ?"

डॉक्टर, "हाँ, चलकर देख लीजिए।"

डॉक्टर साहब ने प्रोफेसर साहब को लेकर अंदर चले आए। गेट के बाहर हीरा खड़ा था। उसने सोचा कि मैं भी अंदर जाऊँ, शायद उन्हें मेरी जरूरत हो। मैं तो एक अनजान लड़की समझकर मदद कर रहा था··· यह तो मेरे ही गाँव की है! रिश्ते में चाचाजी हैं! चाचाजी···! बड़े भले आदमी हैं। इतना सोचकर हीरा इमरजेंसी कमरे के

अंदर चला गया। हीरा ने सोचा, चाचाजी कहने पर कोई जवाब नहीं दिया। उसने सोचा शायद उनका कोई हमशक्ल होगा।

प्रोफेसर साहब काफी घबराए पल्लवी के सिरहाने के करीब थे। हीरा उसी तरह दीवार के समीप खड़ा था। कैजुअल्टी में बाहर से किसी आदमी को जाने की इजाजत नहीं थी। सिर्फ गंभीर हालत के मरीज तथा उसके साथ डॉक्टर एवं नर्स रहते थे। प्रोफेसर हीरा को देखते ही खीजकर झिड़कते हुए बोले, "तुम···तुम! यहाँ भी आ गए?···जाओ, भागो यहाँ से।"

हीरा को प्रोफेसर साहब की बात बहुत बुरी लगी। वह कैजुअल्टी कक्ष से बाहर चला आया और बेंच पर बैठ गया। वह सोचने लगा क्या जमाना है, भला करो तो बुरा होगा।

मैं··गंभीर हालत में क्या-क्या सहकर यहाँ लाया हूँ!···भर्ती कराया··इन्हें खबर किया और तो और अपना खून तक दिया, उसका सिला हमें क्या मिला, यही नफरत भरी फटकार! दुर्व्यवहार! फिर मैं यहाँ से चला जाऊँ। अब तो इसका बाप भी आ गया है··फिर क्या हुआ, मन में खयाल आया कि अभी घबराए हुए हैं·· ऐसे में किसी का भी दिमाग काम नहीं करता··यह सोचकर वहीं बाहर बेंच पर बैठ गया।

इधर हीरा को फटकार लगाने पर डॉक्टर को अच्छा नहीं लगा। वह हतप्रभ था। प्रोफेसर साहब ने अपनी बेटी का सिर सहलाते हुए भर्राये स्वर में पूछा, "डॉक्टर साहब मेरी बेटी कैसी है?···बच जाएगी न··· ? डॉक्टर साहब!···बोलिए न।"

डॉक्टर, "अभी कुछ कहना जल्दबाजी होगी···लेकिन अगर वह युवक इसे उठाकर नहीं लाता तो शायद अब तक आपकी बेटी इस दुनिया में नहीं होती।"

प्रोफेसर, "कौन युवक?"

डॉक्टर, "वही युवक···जिसे आपने डाँट लगाकर भगाया··जो आपकी बेटी को 400 यूनिट अपना खून भी दे चुका है!"

प्रोफेसर, "ऐं! हे भगवान्! यह मैंने क्या किया···वह तो मेरे लिए फरिश्ता बनकर आया था···मैंने उसके साथ तुच्छ व्यवहार किया···असल में मैं बहुत घबरा गया हूँ··· डॉक्टर साहब।···खैर बताइए न मेरी बेटी कैसी है?"

इसी बीच पल्लवी कराहते हुए कहा, "बाप रे!"

यह सुनकर प्रोफेसर साहब की धड़कनें बढ़ गईं। वह अपनी बेटी को कातर नजरों से देखते हुए बोला, "बेटी आँखें खोलो···आँखें खोलो बेटी···तुम्हारे बिना नहीं जी सकता मैं···नहीं जी सकता बेटी!"

डॉक्टर को थोड़ी उम्मीद बँधी, उसने संयम बरतने के लिए कहा, "घबराइए नहीं··· अब इसे होश आ रहा है···तुरंत बाहर से कुछ इंजेक्शन लाना पड़ेगा···थोड़ा महँगा है!"

प्रोफेसर, "बाहर से?"

डॉक्टर, "हाँ! स्टोर में नहीं है।" इतना कहकर डॉक्टर ने दवाई की एक पर्ची प्रोफेसर साहब के हाथ में थमा दी।

प्रोफेसर साहब का एक पल के लिए भी पल्लवी से दूर हटने का मन नहीं कर रहा था। प्रोफेसर साहब डॉक्टर से कारुणिक स्वर में बोले, "कोई स्टाफ हो तो···!"

डॉक्टर, "जी! यहाँ कोई नहीं···यहाँ सभी काम में व्यस्त हैं।"

प्रोफेसर, "हूँ···तब तो मुझे ही जाना पड़ेगा···।" फिर उन्हें स्मरण आया, "अरे! वह युवक तो यहीं था!···लेकिन उसे तो भगा दिया हूँ!···उफ मैं भी न!"

प्रोफेसर साहब हाथ मलते वहाँ से चल दिए! बाहर जैसे ही निकले तो देखा कि अभी भी वह युवक मुँह लटकाए वहीं बैठा था। सोचा क्यों न इसे बोलूँ··· फिर सोचा कौन सा मुँह लेकर···इससे माफी भी तो नहीं माँगी। युवक के समीप जाकर बोले, "बेटा तुम यहीं हो? मैंने गलती की है बेटा! तुम्हारे उपकार के बदले मैंने तुम्हारे साथ अच्छा व्यवहार नहीं किया···माफ कर दो बेटे!"

हीरा के बुझे चेहरे पर अचानक मुसकान बिखर गई। उसने पूछा, "सर! कोई बात नहीं···आपने महसूस किया···मेरे लिए वही बड़ी बात है।"

प्रोफेसर, "मैं दवाई लाने जा रहा हूँ, यहीं रहना बेटे! मैं बस गया और आया।"

हीरा, "सर! बुरा न माने तो मैं दौड़कर दवाई ले आऊँ?"

प्रोफेसर, "हाँ···हाँ···क्यों नहीं, तुम ही ले आओ···जरा जल्दी करो बेटे!"

यह सुनते ही हीरा पर्ची और पैसा लेकर दौड़ता हुआ दवाई लाने चला गया। प्रोफेसर साहब भी तत्क्षण पल्लवी के पास चले गए। देखते ही डॉक्टर बोला, "आप दवाई लाने नहीं गए?"

प्रोफेसर, "डॉक्टर साहब उसी युवक को पर्ची और पैसे दे दिए हैं···बस आता ही होगा···ऊफ! ओह···उसे तो मैं अंदर आने को बोला ही नहीं।···मैं तुरंत देखता हूँ।"

प्रोफेसर साहब उसी तरह बाहर जाते, फिर पल्लवी के पास आ जाते। करीब पाँच मिनट में हाँफते हुए दवाई लेकर हीरा हाजिर हो गया। उस समय प्रोफेसर साहब पल्लवी के पास थे। वह सीधा वहीं पहुँच गया और दवाई डॉक्टर साहब को दे दी। बचे हुए पैसे और स्लिप प्रोफेसर साहब को थमाई। यह देखकर प्रोफेसर साहब को पल भर के लिए सुकून मिला। डॉक्टर ने उसी क्षण सूई लगा दी।

हीरा ने संयत भरे स्वर में कहा, "सर मैं बाहर ही खड़ा रहता हूँ···कोई आदेश हो तो कहिएगा···मैं यहीं हूँ।" इतना बोलकर बाहर आकर खड़ा रहा।

इसी बीच पल्लवी जोर से चीखी, "बाप रे!"

यह सुनते ही प्रोफेसर साहब ने पल्लवी को सहलाते हुए बोला, "मैं यहीं हूँ बेटी!···

बस जल्दी होश में आ जाओ···देखो!···तुम्हारे पापा पास ही खड़े हैं···डॉक्टर अब कैसी है?"

डॉक्टर, "अब कोई खतरा नहीं है···खतरे से ये अब बाहर आ चुकी है···जान बच जाएगी···लेकिन···!"

प्रोफेसर, "लेकिन···लेकिन क्या डॉक्टर साहब?"

डॉक्टर, "चोट ब्रेन में होने पर थोड़ी मुश्किल आ सकती है?"

प्रोफेसर, "कैसी मुश्किल···!"

डॉक्टर, "सॉरी···अब आप बाहर जाइए! हमें जख्म का इलाज करना है।"

प्रोफेसर साहब इतना सुनते ही भारी मन से बाहर चले गए और हीरा के पास खड़े हो गए। हीरा ने प्रोफेसर से कहा, "सर! आपकी बेटी कैसी है?"

प्रोफेसर, "भगवान् का शुक्र है···होश तो आ रहा है···लेकिन ब्रेन में चोट लगने पर···हे भगवान्!···दुःख का पहाड़ मत दे देना प्रभु!···उसके सिवा मेरा इस दुनिया में कोई नहीं···उसके बचपन में ही माँ गुजर गई थी···!" इतना बोलकर फफककर रोने लगे।

हीरा ढाढ़स बँधाते हुए बोला, "सर! धीरज रखिए सर···ऐसा कुछ नहीं होगा··· भगवान् बहुत दयालु हैं···हमें उन्हीं पर भरोसा रखना चाहिए···!"

हीरा की बात सुनकर प्रोफेसर को अच्छा लगा। इस वक्त ढाढ़स बँधाने के लिए वही तो पास था। उन्होंने हीरा से कहा, "हाँ! तुम सही कह रहे हो···हमें ईश्वर पर ही भरोसा रखना होगा···हे प्रभु! मेरी बेटी की रक्षा करना प्रभु···!" इतना बोलकर वह चुप हो गए, पर आँखों से आँसू अभी थमे नहीं थे।

हीरा गौर से उनके चेहरे को देखते हुए बोला, "सर अकसर ऐसा होता है कि जब ब्रेन में चोट लगती है तो···होश आने में समय लगता ही है···लेकिन मुझे विश्वास है कि ब्रेन में चोट नहीं है···!"

प्रोफेसर, अपने आँसू पोंछते हुए बोला, "हाँ···तुम शायद सही कह रहे हो···!" इतना बोलकर वह खामोश हो गए।

हीरा ने कहा, "सर क्यों नहीं हम लोग उस कोने वाले बेंच में चलकर बैठते हैं?"

प्रोफेसर ने इशारे में कहा और बेंच की ओर बढ़ चले। उनके मुखमंडल पर विशाद की रेखाएँ खिंची हुई थीं। बेंच पर बैठते हुए प्रोफेसर ने भारी मन से हीरा से कहा, "बेटे आओ, तुम भी बैठ जाओ।"

हीरा, "सर! मैं तो आपका विद्यार्थी हूँ···बस ठीक हूँ···!" हीरा को लग रहा था कि उन्हें गाँव में देखा है···कहीं ये प्रोफेसर राजेंद्र प्रताप सिंह तो नहीं···! लेकिन मैं कैसे पूछूँ कि आप उसी गाँव के रहनेवाले हैं···नहीं···नहीं! यह ठीक नहीं होगा··· अच्छा एक उपाय है···!

हीरा ने अपना परिचय देते हुए कहा, "सर मेरा गाँव प्रतापपुर के बक्सीपुर टोला में है।"

प्रोफेसर, "ऐं···! प्रतापपुर घर है···! अरे भई तुम किनके लड़के हो?"

हीरा, "सर! स्व. नंदू राम···!"

प्रोफेसर थोड़ा चकित हुए, फिर कहा, "अच्छा···अच्छा तो तुम नंदू राम के पुत्र हो?···अच्छा नाम क्या बताया तुमने?"

हीरा, "सर! मेरा नाम तो हीरा है।"

प्रोफेसर, "मैं प्रोफेसर राजेंद्र प्रताप सिंह उसी गाँव का रहनेवाला हूँ।"

हीरा, "सर!···तब तो आप रिश्ते में चाचाजी लगे···वैसे सच कहूँ तो मुझे आपसे मिलने के बाद से ही यह अहसास हो रहा था।"

प्रोफेसर ने अहसान जताते हुए कहा, "बेटा सच कहूँ तो···तुम तो पल्लवी के रक्षक बनकर आए हो···फिर एक अजनबी के लिए तुमने इतना किया···वाह बेटा···तुम्हारे पिता भी बहुत सज्जन आदमी थे बेचारे!···"

आमतौर पर इमरजेंसी वार्ड में किसी भी एटेंडेंट को जाने की इजाजत नहीं थी। प्रोफेसर साहब की विशेष प्रतिष्ठा के लिए उन्हें यह सुविधा दी गई थी। हीरा ने भी वहीं जाकर अपना खून दिया था। इसलिए उसे भी इमरजेंसी वार्ड में जाने से रोक-टोक नहीं थी।

आमतौर पर जो घटना सामने है, उसको झेलने के बाद ही लोग अतीत की ओर झाँकने का प्रयास करते हैं। इसलिए घटना कैसे घटित हुई इसके बारे में प्रोफेसर साहब ने हीरा से पूछा। हीरा ने भी पूरी जानकारी दी। उसने पल्लवी को कैसे हॉस्पिटल पहुँचाया। 400 यूनिट खून देकर पल्लवी की जिंदगी बचाई। फिर पल्लवी के पर्स से मोबाइल ढूँढ़कर उनसे कैसे संपर्क किया। यह सब उसने विस्तृत रूप से बताया। प्रोफेसर साहब यह सुनकर अभिभूत हो गए और हीरा को गले लगाते हुए कहा, "बेटा तुम मेरे गाँव के हो···यह जानकर मैं बहुत प्रसन्न हूँ···तुम भले गरीब परिवार से आते हो, भले तुम दलित हो···परंतु तुम मेरे लिए महान् काम किए हो! शायद मुझसे अधिक!···हाँ बेटा मुझसे भी महान् हो···शायद मैं वहाँ तक न पहुँच सकूँ। अब तुम्हारी जगह मेरे दिल में है।"

हीरा, "चाचाजी! मैं तो अनजान समझकर जो कुछ करना था किया··· इस विकट परिस्थिति में मैं आपकी बेटी के लिए काम आ सका··· इसके लिए मैं स्वयं को खुशनसीब समझता हूँ चाचाजी!···मैं कुछ ही दिन पहले पी.जी. में नामांकन लेकर क्लास करने आया हूँ···पल्लवी भी इसी क्लास की विद्यार्थी है···इससे अधिक परिचय मुझे नहीं था···वैसे आपके बारे में मैं जानता था···कि आप प्रोफेसर हैं···परंतु कहाँ हैं···इसके बारे में मुझे कोई जानकारी नहीं थी।" इस बीच गपशप करते-करते रात के दस बज चुके थे।

उधर ऑटो ड्राइवर के पास गाड़ी एक मात्र पूँजी थी। खेत बेचकर एक ऑटो

खरीदा था, उसी से कमाई कर अपने परिवार का गुजारा कर रहा था। उसकी स्थिति वैसी थी, जैसे कि एक जुआरी अपनी पूरी संपत्ति हार गया हो। उसे विश्वास नहीं हो रहा था कि मगध मेडिकल कॉलेज में ऑटो रखा होगा। उसे लग रहा था कि वह बदमाश ऑटो लेकर भाग गया होगा। ऑटो नया था इसलिए उसका शक और भी गहरा हो गया था। मगध मेडिकल कॉलेज के पीछे पार्किंग में लाइट थी, इसलिए सभी गाड़ियाँ स्पष्ट नजर आ रही थीं। वह मगध मेडिकल कॉलेज में पूरा घूम-घूम कर ऑटो को देख रहा था। घंटों बीत गए थे, परंतु गाड़ियों के झुंड एवं बड़ा परिसर होने के कारण उसे उसकी गाड़ी नहीं मिली थी। फिर उसे याद आया कि उस युवक ने कहा था कि इमरजेंसी वार्ड में रहूँगा। अब सीधे वह इमरजेंसी वार्ड को देखते हुए इमरजेंसी कमरे की ओर आ रहा था कि हीरा को बेंच पर बैठे देखा! उसे लगा कि इसी आदमी ने मेरा ऑटो छीना था?... फिर उसने सोचा...नहीं यह सीधा और सहज युवक है! वह ताकतवर और हट्ठा-कट्ठा था, उसने तो मिनट भर भी न लगने दिया था, दौड़कर मेरी गाड़ी पर चढ़ गया और मुझे जबरन उतार दिया था। फिर वह लौटा जा रहा था। हीरा भी पल्लवी की हालत देख इतना घबरा गया था कि वह ऑटो ड्राइवर की शक्ल ठीक से देख भी न सका था। लेकिन उसकी परेशानी देख उसे शंका हो रही थी कि यह वही ऑटो चालक तो नहीं! हीरा दौड़कर ऑटो चालक के आगे आया और पूछा, “इधर क्या देख रहे हो? किसी को ढूँढ़ने आए हो क्या?”

ऑटो चालक इशारे में हाँ कहते हुए कहने लगा, “एक बदमाश ने मेरा ऑटो छीन लिया, वह बोला था कि मगध मेडिकल कॉलेज के इमरजेंसी वार्ड के पास रहूँगा। वह झूठ बोल रहा था।”

हीरा ने पूछा, “उसने आपका ऑटो कैसे छीन लिया!”

ऑटो चालक, “भैया! वहीं एक लड़की की दुर्घटना हो गई थी। कोई गाड़ी रोक नहीं रहा था! मैं भी गाड़ी नहीं रोक रहा था, लेकिन क्या बताऊँ! वह दौड़कर मेरे टैंपो पर चढ़ गया और मुझसे चाबी छीन ली...और चार घूँसा मारा...उस कम्बख्त ने...वह मक्कार था भैया, मेरी गाड़ी लेकर चंपत हो गया।”

हीरा, “नहीं भैया! वह मक्कार मैं ही हूँ...मैं तो आपका इंतजार कर रहा था...उस समय की हालत ऐसी थी कि मैं आपकी शक्ल भी ठीक से नहीं देख पाया था...इसीलिए मुझे आपसे इतनी पूछताछ करनी पड़ रही थी, मैं किसी अन्य को चाबी न थमा दूँ।”

इतना बोलकर हीरा उसे चाबी निकालकर देते हुए बोला, “भैया माफ करना! मैं हालात देखकर आपके साथ अच्छा व्यवहार न कर सका।”

ऑटो की चाबी को लेकर वह प्रसन्न था। उसकी जान में जान आई। वह खुशीपूर्वक हीरा से बोला, “भइया! आपको बहुत भला-बुरा कह डाला! क्षमा करना! लेकिन भइया

क्या मैं जान सकता हूँ···जिसकी दुर्घटना हुई है उसकी हालत कैसी है··· ?···वह आपकी कौन लगती है ?"

हीरा, "भइया! उसकी हालत अभी ठीक नहीं है।···उससे सीधा मेरा कोई रिश्ता नहीं है···बस इतना समझो कि वह मेरे गाँव की है।"

ऑटोवाला, "महान हो भैया! एक अनजान के लिए इतना किया! एक मैं हूँ जो देखकर भागा जा रहा था···सचमुच भइया ड्राइवरों में संवेदना मर गई है···यह थाना···पुलिस···कोर्ट-कचहरी के चक्कर के डर से हम लोग समझिए देखकर भी नहीं देखते।"

प्रोफेसर साहब हीरा के पीछे खड़े थे, जो सब सुन रहे थे। उन्होंने बोला, "बाबू उस चक्कर के डर से किसी को तड़प-तड़पकर मरता देखकर भी मानवीय संवेदना को मार दोगे ?···भगवान् न करे लेकिन···सोचो भइया अगर यही घटना आपके साथ हो जाए···और हॉस्पिटल तक ले जाने के लिए कोई तैयार नहीं हो और गाड़ीवाला भी छोड़कर भाग जाए···तब आपके दिल पर क्या गुजरेगी बाबू··· ? ऑटोवाले क्या बता सकते हैं ? तड़प-तड़पकर सड़क पर जान जाते देखकर भाग जाना कितना सही है···समझ सकते हैं ?···यदि इसी तरह हीरा भी असंवेदनशील हो गया होता तब··· ? भगवान् न करे···मैं अपनी बेटी से हाथ धो बैठता।···संवेदना जीवित रखो बाबू!···तुम्हारा ऑटो भाड़ा कितना हुआ ?" यह कहते हुए वे अपनी जेब से पाँच सौ रुपए निकालकर देने लगे।

ऑटो ड्राइवर बोला, "सर! आपने मेरी मृत हृदय में जान डाल दिया है। सर! बस कीजिए, अब मैं कदापि इस प्रकार की गलती नहीं करूँगा! मैं गवाही देने या थाना पुलिस के डर से इनसानियत नहीं मरने दूँगा···सच कहता हूँ, अपना फर्ज से कदापि नहीं भागूँगा।"

इतना बोलकर ऑटोवाला जाने लगा। प्रोफेसर साहब टोकते हुए बोले, "बेटा तुम इस रुपए को रख लो! इसे आज की मजदूरी समझकर रख लो।"

ड्राइवर, "सर अब आप मुझे शर्मिंदा मत कीजिए! आज आपने मेरी सोई हुई इनसानियत जगा दी है···इसे मेरी बहन के लिए किया हुआ फर्ज समझकर रख लीजिए।"

इतना कहकर पुन: जाने के लिए पाँच-सात कदम बढ़ाए ही थे कि हीरा ने टोका, "भैया! आप का ऑटो कहाँ है···यह भी न पूछोगे ?"

ऑटोवाला, "अरे हाँ···यह तो भैया मैं भूल ही गया था।"

हीरा, "पिछले गेट के सामने ऑटो लगी है···मैंने सोचा खोजने में कोई परेशानी नहीं हो और कोई दूसरा व्यक्ति नहीं ले जाए···इसलिए वहाँ के संतरी से बोल के रखा है कि जिसके हाथ में ऑटो की चाबी रहेगी, उसे ऑटो ले जाने देना।"

ऑटोवाला, "भैया! अब मैं ढूंढ़ लूँगा···इधर बहुत समय व्यतीत हो देर हो गया है···मेरी वजह से मरीज को देखने में कोई भूल न हो जाए···ठीक··· मैं चला!"

इसके बाद उसने अभिवादन किया और वहाँ से चलते बना।

दोनों पुनः इमरजेंसी कमरे के बाहर लगी बेंच पर बैठ गए। अंदर डॉक्टर घाव को स्टिच कर चुका था। अब पल्लवी को होश भी आ रहा था। डॉक्टर बाहर निकले, उन्हें देखकर हीरा एवं प्रोफेसर साहब दोनों उठ खड़े हो गए थे।

प्रोफेसर साहब ने पूछा, "डॉक्टर साहब! अब मेरी बेटी कैसी है ?

डॉक्टर, "अब खतरे से बाहर है।" डॉक्टर, "पाँच-छह दिन में सिर का सिटी स्केन करा लेना बेहतर होगा···ताकि भविष्य में कोई परेशानी न हो···अब कुछ पल में मरीज को बाहर लाया जाएगा।"

इतनी बात हो ही रही थी कि पल्लवी को स्ट्रेचर पर लिटाकर बाहर लाया गया। उसके पीछे-पीछे हीरा और प्रोफेसर साहब चले आ रहे थे। अभी पूर्ण रूप से पल्लवी को होश नहीं आया था। वह कभी-कभी आँखें खोलती, फिर बंद कर लेती थी। उसकी यह हालत देखकर प्रोफेसर साहब की आँखों से आँसू टपक रहे थे। हीरा बहुत मायूस था। सिस्टर एवं कंपाउंडर ने इमरजेंसी वार्ड में बेड न. 31 पर पल्लवी को लिटा दिया। स्लाइन उस समय भी चढ़ाई जा रही थी। सिस्टर ने कई इंजेक्शनों को एक ही स्लाइन में ही पुश कर दिया था।

उस समय प्रोफेसर वहीं एक स्टूल पर बैठ गए और पल्लवी के चेहरे एवं उसकी हरकत को एकटक देखते रहे। हीरा भी वहीं खड़ा रहा। करीब एक घंटे में पल्लवी को होश आ गया था। वह दर्द से कभी-कभी कराह उठती थी। पल्लवी अब अपने पिता को अच्छी तरह पहचान रही थी। हीरा को वह नहीं पहचान पा रही थी। पल्लवी धीमे स्वर में बोली, "पापा! आ···आपको··· !"

प्रोफेसर, "हाँ!···हाँ···बेटी बोल···मैं यहीं हूँ···तुम्हें कुछ नहीं होगा!···जल्द ठीक हो जाएगी मेरी लाड़ली!" इतना कहते-कहते वह सिसक पड़े।

पल्लवी, "पापा!···मैं ठीक हो जाऊँगी···सब ठीक हो जाएगा···मेरे हाथ-पाँव सही-सलामत हैं···न पापा ?"

प्रोफेसर, "हाँ!···बेटी! प्रभु की कृपा से तुम्हारे सभी अंग ठीक हैं बेटी!"

एक सिस्टर ने बीच में टोकते हुए कहा कि पल्लवी से अधिक बात करना उचित नहीं होगा···क्योंकि इसके कारण खून का बहाव तेज हो सकता है···इसलिए अभी अधिक बातचीत ठीक नहीं रहेगा।

इतना सुनकर प्रोफेसर साहब बोले, "बेटी! सिस्टर ने तुम्हें बोलने से मना किया है··· पहले पूरी तरह से स्वस्थ हो ले···फिर हम लोग ढेर सारी बातें करेंगे···मेरी जिंदगी में तुम्हें छोड़कर कोई तो नहीं है बेटा! बस ईश्वर से प्रार्थना है कि तूम जल्द ठीक हो जाओ।"

रात यूँ ही बातचीत में बीत गई। दोनों सो भी नहीं पाए थे। पल्लवी आँखें खोलकर

ऊपर की ओर एक झलक देखती फिर आँखें बंद कर लेती। हीरा ने कहा, "सर!...स्कूटी बीच सड़क पर पड़ी हुई थी...कोई उठाकर तो नहीं ले गया...मैं जरा देख आऊँ!"

प्रोफेसर, "हाँ...हाँ...बेटा...तुम सही कह रहे हो...सुबह हो गई है...शायद स्कूटी वहीं पड़ी हो?"

हीरा, "क्षतिग्रस्त स्कूटी वैसे भी उठाकर कौन ले जाएगा...फिर भी...!"

प्रोफेसर ने कहा, "हाँ जाकर देख लो बेटे।"

हीरा स्कूटी देखने चला जाता है।

दृश्य-3

हीरा बाहर निकला। बाहर घना कुहासा था। प्रभात वेला में ठंडक अधिक थी। इसलिए हीरा ने जैकेट की चेन लगा ली थी। हाथ में ठंड लग रही थी। उसे वह बार-बार रगड़ रहा था। मुँह खोलता तो भाप निकलती थी। कुहासे के कारण चिड़िया दिखाई नहीं देती, लेकिन उसकी चहचहाने की आवाज जरूर उसके कानों में पड़ रही थी। इसी तरह पैदल ही हीरा टैंपो के लिए मुख्य सड़क पर आकर टैंपो आने का इंतजार कर रहा था। रात में वह सो नहीं सका था, इस कारण वह बार-बार जम्हाई ले रहा था। इसी बीच एक टैंपो सामने से आ रही थी, तो हीरा ने हाथ के इशारे से रोकने का संकेत दिया। टैंपो ने रोकते हुए पूछा, "कहाँ जाना है?"

हीरा ने कहा, "यूनिवर्सिटी।"

ड्राइवर, "रिजर्व या शेयर में?"

हीरा, "शेयर में।"

ड्राइवर, "पचास रुपए लगेंगे!"

हीरा, "बहुत ज्यादा बोल रहे हो भई!"

ड्राइवर, "इससे कम नहीं होगा!" इतना बोलकर वह आगे बढ़ने को हुआ तभी हीरा ने टोका, "अरे भई कुछ तो कम करो!"

ड्राइवर, "सुबह...सुबह क्यों बोहनी के टाइम पर किचकिच कर रहे हो भइया!...चलना हो तो बोलो...!"

हीरा मन मसोस कर बोला, "अच्छा भई चलो...जल्दी चलो...!"

यह कहते हुए हीरा टैंपो में बैठ गया। टैंपो में हवा लगने से हीरा ठिठुरने लगा था। कुहासा घना होने के कारण काफी दूर तक तो सड़क भी ठीक से दिखाई नहीं दे रही थी।

इससे हीरा चिंतित भी हो उठा था कि आखिर घटनास्थल पर वह कैसे रुकेगा। इसलिए वह काफी नजरें गड़ाए हुए सड़क को निहारे जा रहा था। करीब बीस मिनट के सफर के बाद थोड़ा कुहासा कम नजर आने लगा था। कुछ दूर और निकलने के बाद हीरा को अचानक सड़क पर शीशे के कुछ टुकड़े दिखाई दिए तो उसने ड्राइवर से कहा, "अरे भई यहीं रोक देना… !"

हीरा ने टैंपो से उतरकर ड्राइवर को पैसे दिए। उसके बाद हीरा बारीकी से घटनास्थल का मुआयना करने लगा। उस समय पेड़ की पत्तियाँ ओस की बूँदों से भींगी हुई थीं। वहाँ उसे अपनी नोटबुक मिली। लेकिन वहाँ गाड़ी और डायरी नजर नहीं आई। यह देखकर वह बड़ा चिंतित हुआ। खासकर उसे पल्लवी की स्कूटी की बहुत चिंता हो रही थी। वह सोचने लगा कि कहीं कोई उठाकर तो नहीं ले गया… ? घटना के बाद इसका ध्यान नहीं रहा…फिर इतनी देर में जरूर कोई ले लिया होगा…अब मैं किससे पूछूँ? जिसने लिया वह थोड़े ही बताएगा!…अब मैं क्या करूँ!… यदि प्रोफेसर साहब को सीधे बता दूँ कि गाड़ी किसी ने चोरी कर ली है, तब वे निश्चित रूप से मुझ पर नाराज हो जाएँगे! पल्लवी भी मुझे ही दोषी ठहराएगी…लेकिन मैं क्या करता! उसकी जान बचाने के लिए गाड़ी के पास पहरा तो नहीं दे सकता था। पहले उसे हॉस्पिटल ले जाना जरूरी था।

हीरा काफी परेशानहाल था। मन में कई तरह के खयालात उमड़-घुमड़ रहे थे। अंततः उसने थाने जाने का निश्चय किया।

दृश्य-4

मगध विश्वविद्यालय परिसर के अंदर ही थाना था, जहाँ हीरा पहुँच चुका था। यद्यपि हीरा को कभी थाने से सरोकार नहीं पड़ा था। उसे पुलिस जाति से ही डर लगता था। उसे यह भी भ्रम था कि पुलिस बेवजह लोगों को गाली-गलौज कर देती है।

विश्वविद्यालय में अलग से थाना भवन बना था। उसमें चार कमरे थे। एक में थाना प्रभारी रहता था। एक हाजत, एक मालखाना और एक बैरक था, जिसमें संतरी रहा करते थे। थानेदार के कक्ष में एक साधारण सी टेबल थी। एक मूविंग चेयर और उसके सामने छह अन्य कुरसियाँ रखी हुई थीं। टेबुल पर मोटे वेलवेट के ब्लू रंग का टेबुल क्लॉथ था। उसके ऊपर शीशे की मोटी प्लेट थी। यानी देखकर ऐसा लग रहा था कि थानेदार थोड़े शौकीन मिजाज होंगे। उस समय थानेदार भी बैठा था। उसके नेमप्लेट पर ओ.पी. यादव अंकित था। आमतौर पर शौकीन लोग थोड़े अच्छे मिजाज के भी होते हैं। लेकिन मिस्टर यादव ठीक इसके विपरीत स्वभाव के इनसान लग रहे थे। उनके मुख से गाली के बिना

शायद ही कोई शब्द निकलते थे। हीरा ने डरते हुए थानेदार के कक्ष में प्रवेश करने की इजाजत माँगते हुए कहा, "मे आइ कमिंग सर!"

थानेदार ने कड़क आवाज में कहा, "साला! अंदर आकर पूछता है! मे आइ कमिंग सर! खैर बताओ...क्या काम है? क्या हुआ तुम्हारे साथ?"

हीरा, "सर! यूनिवर्सिटी गेट से लगभग एक किलोमीटर उत्तर मुख्य सड़क पर एक स्कूटी पड़ी थी...वह चोरी हो गई है...!"

थानेदार ने हँसते हुए कहा, "साला! कितना झूठ बोलता है! जैसे इसका बाप वहाँ रखकर कहीं मेहमानबाजी करने चला गया था...वह स्कूटी पूरी की पूरी क्षतिग्रस्त थी!"

हीरा, "जी हाँ! वही सर!...उसी गाड़ी की मैं बात कर रहा हूँ।"

थानेदार, "साला! तूँ कैसे बच गया रे!...जरूर किसी को मारकर भागा होगा?... क्यों इंश्योरेंस कंपनी में दावा करना है क्या?"

हीरा, "सर! आप पहले मेरी पूरी बात तो सुन लीजिए!"

थानेदार ने रौब भरे स्वर में कहा, "साला! ई हमको ही कह रहा है...अच्छा सुनाओ...सुनाओ...क्या...क्या सुनाओगे...सुनाओ...सुनाओ...!"

हीरा, "मैं स्कूटी से नहीं जा रहा था।"

थानेदार गुस्से से मुसकराते हुए बोला, "अच्छा...अच्छा...तो क्या तुम्हारी बहन स्कूटी चला रही थी...मैं जानता हूँ...वही जा रही थी...मैं जानता हूँ...अवश्य वही जा रही होगी...!"

थानेदार की हेकड़ी और उसके दुर्व्यवहार से हीरा गुस्से में तमतमा रहा था लेकिन अपने हावभाव से छिपाने की कोशिश कर रहा था। थानेदार की गालियाँ सुनकर उसका मुख मलिन हो चुका था। गाँव का सीधा-सादा युवक छोटे शहर के डिग्री कॉलेज से स्नातक पास कर पीजी में कुछ दिन पहले ही नामांकन कराकर पढ़ने आया था। उसे ऐसे पुलिसवाले से कभी पाला नहीं पड़ा था। हीरा सहमते हुए थानेदार से चिरौरी करते हुए बोला, "हाँ सर!...वह मेरी बहन जैसी ही है...वही स्कूटी चला रही थी!"

थानेदार, "अब समझ में आ गया...साला!...उसने जीप में ठोकर मारी होगी...मेरा यकीन सही निकला...वह बच रही है या...!"

इतना बोलते हुए वह कुरसी से उठा और अपनी छड़ी हिलाने लगा। इसी बीच एस.पी. ग्रामीण का टेलीफोन आया। थानेदार के विरुद्ध एस.पी. साहब को पहले से ही शिकायत मिल चुकी थी कि वह सभी के साथ अभद्र व्यवहार करता है। सभी को गाली से ही बात करता है। टेलीफोन की घंटी बज ही रही थी कि थानेदार ने फोन रिसीव किया। उधर से एस.पी. साहब की आवाज सुनकर थानेदार सकपका गया। उसने घबराहट में हकलाते हुए कहा, "हाँ...हाँ...सर प्रणाम!"

उधर से एस.पी. साहब ने जवाब दिया, "यादव यू इडियट! तुम्हारे खिलाफ शिकायत सुनते-सुनते मेरे कान पक गए हैं··· ! तुम सभी के साथ अभद्र व्यवहार करते हो···सभी से तुम गाली देकर ही बात करते हो···इस तरह की शिकायतें लगातार मिल रही हैं··· !"

थानेदार बीच में ही बात काटते हुए एस.पी. साहब को सफाई देने की कोशिश करने लगा, "नहीं सर!···साले को मैं क्यों गाली दूँगा···साला जरूर किसी ने आपसे गलत-सलत बोला होगा···हुजूर···हुजूर को यकीन न हो तो पूछिए न इस आदमी से, मैं साले को कितना अच्छा से पेश आता हूँ··· !" इतना कहकर टेलीफोन का रिसीवर उसने हीरा को थमाते हुए अपने पक्ष में बोलने के लिए उसे हल्की आवाज में कहा, "अरे साले पकड़··· देख मेरे साहब हैं···देख हमारे साहब से चुगली नहीं करना···वरना देख यह छड़ी··· !"

हीरा टेलीफोन का रिसीवर पकड़े हुए था। वह खुद इतना घबराया हुआ था कि वह थानेदार का विकराल तथा क्रूर चेहरा देख जाड़े में भी पसीने से तर-बतर था। थानेदार ने पुनः इशारा करते हुए धीमी आवाज में धमकाया, "अरे! साले को बोल न!···देख एस.पी. साहब नाराज हुए तो···तो तुम्हारी खोपड़िया उड़ा देंगे!"

उधर, एस.पी. साहब ने थानेदार की बात सुन ली थी। उसने सोचा कि थानेदार यादव के लिए साला शब्द तकियाकलाम है। वह जानबूझकर गालियाँ नहीं देता। यही सोचकर रिसीवर रख दिया। हीरा को एकाएक खयाल आया कि अफसर इंचार्ज को अभी मजा चखाना है। बस अभी ही मौका है। वह रिसीवर को थामे रहा और ऐसी एक्टिंग की जैसे हीरा और एस.पी. में टेलीफोन से सीधी बातचीत हो रही हो। हीरा ने कहा, "सर! आप मेरी आवाज नहीं पहचाने··· ! मैं हीरा बोल रहा हूँ···डीजीपी बिहार का भांजा!"

इसी तरह की बातें होने लगीं।

यह सुनकर थानेदार हक्का-बक्का सा रह गया। सोचा कहीं साहब से कह न दे कि मैं उसके साथ भी अभद्रता से पेश आया हूँ। उसने हीरा से विनम्रतापूर्वक धीरे से हाथ जोड़ते हुए कहा, "हीरा बाबू साले को मेरी भूल-चूक माफ करना···साले को मेरी आदत बिगड़ गई है···यार मैं बहुत अच्छा हूँ···यह बात साहब से बोल दीजिए न··· !"

थानेदार की बात सुनकर हीरा ने कहा, "सर! बड़ा बाबू तो बहुत अच्छे आदमी हैं···ये पाँच रुपए भी घूस··· !"

थानेदार, "ऊफ!···नहीं लेते हैं···नहीं···नहीं बोलो!"

हीरा, "पाँच रुपए भी घूस नहीं लेते···कोई कंपलेन लिखवाने आते हैं···तब अभद्रता से व्यवहार··· !"

थानेदार ने उसे इशारे से टोकते हुए कहा, "उसे कुरसी पर बिठाते हैं···इनके व्यवहार से··· !"

थानेदार, “सभी प्रसन्न रहते हैं!”

हीरा, “सभी प्रसन्न रहते हैं⋯!”

इस बीच हीरा ने रिसीवर के मुख पर हाथ रखते हुए थानेदार से कहा, “सर! अब आपकी ज्यादा तारीफ करेंगे तो एस.पी. साहब गुस्सा जाएँगे।”

फिर रिसीवर से हाथ हटाकर बोलने लगा, “वो काम हो गया था सर!⋯ मामाजी को बोल दिए थे सर! वो तो काम होना ही था⋯! आपको तकलीफ करने की जरूरत नहीं है⋯यहाँ के थानेदार मिस्टर यादव ठीक आदमी हैं⋯।” फिर मुसकराते हुए बोला, “सर जरूर⋯जरूर आऊँगा सर⋯आपके यहाँ चाय पीने जरूर आऊँगा⋯सर अब रखता हूँ सर⋯!” इतना बोलकर रिसीवर को टेलीफोन पर रख दिया।

हीरा की बातें सुनकर थानेदार ओ.पी. यादव का चेहरा पीला पड़ गया था। वह गिड़गिड़ाते हुए हीरा से बोल पड़ा, “हीरा बाबू, मैं आपको नहीं पहचान सका था, पर आप मुझे माफ कर दीजिए⋯साला मैं भी न बेवजह सर को परेशान किया।”

हीरा, “देखिए बड़ा बाबू मैंने एस.पी. साहब से आपकी झूठी तारीफ की है⋯की है न!⋯आप सभी को साला कहकर संबोधित करते हैं⋯है न सही बात?”

थानेदार ने हकलाते हुए कहा, “हाँ-हाँ⋯सर!⋯गलती से साला निकल जाता है⋯गलती हो गई सर⋯अब एक बार भी नहीं बोलूँगा⋯साली मेरी आवाज ⋯सॉरी⋯सॉरी⋯ यकीन मानिये सर! मैं अभी से ही अपना ये तौर-तरीका बदल लेता हूँ⋯मैं अपनी बुरी आदतों में सुधार कर लूँगा सर⋯सर! यदि आप प्रसन्न हैं तो एक विनती करूँ?”

हीरा ने अपनी प्रसन्नता छिपाते हुए धीरे से मुसकराते हुए कहा, “हाँ!⋯हाँ⋯ थानेदार साहब बोलिए!”

थानेदार, “मैं काफी सीनियर दारोगा हूँ⋯लेकिन देखिए न मुझे एक सड़ियल थाने में ओ.सी. बनाकर रख दिया गया है⋯सर डी.जी.पी. साहब से कहकर कोई अच्छा थाना यानी टाउन एरियावाले थाने या बाराचट्टी थाने का ओ.सी. बनवा⋯देते तो आपकी बड़ी कृपा होती!”

हीरा, “देखिए बड़ा बाबू⋯यदि मैं छोटी-मोटी पैरवी करने लगूँगा जो मामाजी नाराज हो जाएँगे⋯!”

थानेदार ने याचक की मुद्रा में कहा, “सर तो एस.पी. साहब से ही पैरवी करा दीजिए न⋯!”

हीरा, “ठीक है मैं मामाजी से ही पैरवी करने की कोशिश करूँगा⋯देखता हूँ⋯ क्योंकि अब तो मेरी इज्जत का भी सवाल पैदा हो गया है।”

थानेदार, “बड़ी मेहरबानी होगी।”

हीरा, “अभी तो आप वही दुर्घटनावाली स्कूटी को प्रोफेसर राजेंद्र प्रताप सिंह के

आवास पर पहुँचवा दीजिए···ठीक है तो अब मैं चलूँ?"

थानेदार, "सर मैं साले को···सॉरी···सॉरी! सर मैं अभी ही कसम खाया हूँ न···! भूल से मुँह से निकल गया···अब कभी नहीं निकलेगा···मैं आज ही स्कूटी बरामद दिखाकर पहुँचा दूँगा।"

इसके बाद हीरा वहाँ से चल दिया। वह अपनी चतुराई पर बहुत प्रसन्न था। वह मंद-मंद मुसकराते हुए बाहर निकला।

दृश्य-5

स्थान : मगध मेडिकल कॉलेज

शाम का समय है। अब पल्लवी को होश आ चुका है। बगल के स्टूल पर प्रोफेसर साहब बैठे हैं। स्लाइन चढ़ रहा था। नर्सेज एवं कंपाउंडरों की चहल-पहल थी। शाम के सात बजे से नौ बजे तक अटेंडेंट से मुलाकात का समय निर्धारित था। इसलिए अपने-अपने मरीज से मिलने उसके परिजन आ-जा रहे थे। उसी समय हीरा भी वहाँ पहुँच चुका था। हीरा ने प्रोफेसर से कहा-"सर! स्कूटी मगध विश्वविद्यालय के थाने में लगी हुई है···थानेदार उसे पहुँचा देगा।"

प्रोफेसर, "अच्छा! थानेदार! वह बहुत पूछताछ कर रहा होगा?···फिर···!"

हीरा, "जी सर!···उन्हें बता दिया हूँ।"

इतना बोलकर हीरा वहीं खड़ा रहा। पल्लवी हीरा को नहीं पहचान पा रही थी, हालाँकि पल्लवी ने हीरा पर एक सरसरी नजर डाली जरूर पर वह कुछ बोल नहीं सकी। यद्यपि हीरा सोच रहा था कि कम-से-कम पल्लवी उससे अता-पता तो पूछती। उसने सोचा हो सकता है कि प्रोफेसर साहब पल्लवी को मेरे बारे में कुछ नहीं बता पाए हों। इसी बीच हीरा का मौन तोड़ते हुए प्रोफेसर साहब ने कहा, "हीरा, ठीक है बेटा···अब मैं सँभाल लूँगा···तुम्हें काफी परेशानी हो गई है···न!"

हीरा, "नहीं ऐसी कोई बात नहीं है···ठीक है सर तो मैं चलता हूँ···कभी मेरी जरूरत पड़े तो जरूर याद कीजिएगा···!" हीरा बुझे मन से सोचने लगा, अरे पल्लवी ने मुझे धन्यवाद देना तक मुनासिब नहीं समझा!···मेरे उपकार के बदले में उसकी जुबाँ से दो शब्द भी न निकले!···मैं जाने की बात कह रहा हूँ फिर भी रुकने के लिए नहीं कहा···बस यूज एंड थ्रो···हूँ···क्या जमाना है···!, हीरा ने देखा कि प्रोफेसर साहब ठहरने के लिए नहीं कह रहे हैं। हीरा ने बुझे मन से एक बार पल्लवी पर सरसरी निगाह डाली तो

उसे लगा कि पल्लवी की पीड़ा अभी कम नहीं हुई है। लेकिन चेहरे पर विषाद होने के बावजूद उसकी खूबसूरती जरा भी कम नहीं हुई थी। इसके बाद हीरा ने प्रोफेसर साहब से इजाजत ली और वहाँ से चल दिया। वार्ड के दरवाजे के पास एक बार फिर उसने पलटकर पल्लवी का चेहरा निहारा और तेज गति से अस्पताल के परिसर से निकल गया। रास्ते में वह सोचने लगा कि वैसे तो प्रोफेसर साहब इतने संकीर्ण विचार के नहीं हैं। कॉलेज में बड़ी-बड़ी बातें किया करते हैं। जाति-पाँति के खिलाफ वे बहुत मुखर रहते हैं, लेकिन अपनी बेटी की बारी आई तो पता चला वह दोहरी जिंदगी जी रहे हैं। शायद उन्हें जाति-पाँति का बोध हुआ हो। उनके मन में यह भावना घर कर गई हो। वह उदास मन से यही सब सोच रहा था।

उधर, प्रोफेसर साहब भी कुछ ऐसे ही खयालों में गुम थे। भाषण देना या अध्यापन के समय जाति-पाँति के खिलाफ बोलना आम बात है, लेकिन मेरी बेटी से कहीं कुछ हो गया तो जाति-बिरादरी में मुँह दिखाना मुश्किल हो जाएगा। कुँवारी लड़की तथा क्यारी में पानी अपनी ढलान की ओर दौड़ते हैं। उन्होंने सोचा कि यदि मैंने हीरा के बारे में अपनी बेटी को सबकुछ बता दिया, तब हीरा के प्रति पल्लवी का झुकाव स्वाभाविक रूप से हो जाएगा। नहीं यह ठीक नहीं होगा। पल्लवी हीरा के उपकार से दब जाएगी, क्योंकि उनकी लड़की भावुक स्वभाव की है। इससे नजदीकियाँ होने का डर हर समय बना रहेगा। वे सोचने लगे कि जिस तरह से पुआल में आग लग जाती है, तब उसको बुझाते-बुझाते पुआल जलकर राख बन जाता है, उसी प्रकार दोनों में प्रेम रूपी आग सुलग उठी, तब दोनों को समझाते-बुझाते सब इज्जत मिट्टी में मिल जाएगी।

अपने पिता का मौन भंग करते हुए अचानक पल्लवी कराहते हुए धीरे से पूछ बैठी, "पापा···पापा!···अरे वो लड़का कौन था?"

प्रोफेसर साहब हड़बड़ाकर बोल उठे, "वो···वो···यूनिवर्सिटी का ही मेरा शिष्य है···बेटी और कोई बात नहीं···सब ठीक है! हाँ···तुम जल्द ठीक हो जाओ···बस···!"

पापा की बात बीच में काटते हुए पल्लवी ने फिर प्रश्न किया, "लेकिन वो तो मेरी स्कूटी की बात कर रहा था···!···क्योंकि दुर्घटना के बाद मुझे कुछ भी याद नहीं आ रहा कि किसने मुझे उठाकर अस्पताल तक पहुँचाया···दरअसल मुझे होश ही नहीं रहा···फिर आप भी कैसे अस्पताल पहुँचे···आपको किसने खबर दी···? फिर स्कूटी छुड़ाने कौन गया पापा?"

प्रोफेसर, "हाँ···हाँ···हाँ···मैंने उसे भेजा था कि थानेदार के यहाँ जाकर कह देना स्कूटी ठीक से रखेगा···मैं जाकर छुड़ा लूँगा!"

पापा की बात सुनकर पल्लवी शांत हो गई। फिर उसने प्रतिप्रश्न नहीं किया। वह

चुपचाप लेटी रही, किंतु प्रोफेसर साहब को चिंता सताने लगी थी कि स्वयं एक खुद्दार युवक ना जानकर भी अनजान बना रहा। वे सोचने लगे कि वह युवक ऐन मौके पर नहीं आता तो शायद ही मेरी इकलौती बेटी बच पाती''किंतु मैं कितना खुदगर्ज हूँ''। फिर मन को समझाया कि चिंता की कोई बात नहीं कि वह गाँव की ही एक छोटी जाति का लड़का है, सभी दिन सेवा करता ही है, गाँव में खेतीबारी भी तो वही लोग करते हैं। अनजाने में ही सही''उसने जो किया वह उसका दायित्व था। इसलिए प्रोफेसर ने तय कर लिया कि वह अपनी बेटी को सत्य से दूर रखेगा।

एक अनभिज्ञ, अनपढ़, ग्राम देहात के लोग आडंबर एवं जाति-पाँति की प्रथा में विश्वास करते हैं, किंतु विद्वान् कहलानेवाले प्रोफेसर जाति-पाँति के लोग इस व्यवस्था से ग्रसित हो जाएँ तो इसे क्या कहेंगे? यह सत्य है कि ऐसे लोग भले अक्षर ज्ञान कर बौद्धिक स्तर पर कुछ हासिल कर लें, पर यह तबका विद्वान् की श्रेणी में कभी नहीं आ सकता। प्रोफेसर साहब टूल पर बैठे यही सब सोचते-सोचते ऊँघने लगे थे। इधर पल्लवी की भी आँख लग गई थी।

दृश्य-6

रात के करीब दस बजे थे। यूनिवर्सिटी हॉस्टल में उस समय बिजली थी। इसलिए परिसर में रोशनी बिखरी हुई थी। हॉस्टल के जिस कमरे में हीरा रहता था, उसके बाहर एक वेपर लाइट पोल पर लगी हुई थी। हीरा कमरे के अंदर एक चटाई पर लेटे एक कंबल ओढ़कर किताब उलट-पुलटकर अपने सीने पर रखे सोचनीय मुद्रा में था। दूसरी ओर एक चौकी लगी थी। उस पर दूसरा विद्यार्थी रजाई ओढ़े मच्छरदानी लगाकर सोया था। दोनों ओर रैक थी। यद्यपि दूसरे विद्यार्थी के पास एक बड़ा सा ब्रीफकेस और एक स्टील का बक्सा था, जिसे वह अपनी चौकी के अंदर रखे हुए था। रैक पर किताबें और कुछ कापियाँ तथा पढ़ने की कुछ सामग्री थी। हीरा के पास ये सारे सामान उपलब्ध नहीं थे। हॉस्टल में खाना खाने के बाद रैक पर रखी कुछ किताबें-कापियों व पठन-पाठन की कुछ सामग्रियाँ थीं। एक नजर में यह प्रतीत हो रहा था कि हीरा को उस समय पढ़ने में मन नहीं लग रहा था। उसे दो दिन पूर्व की घटना याद आ रही थी। वह मन-ही-मन सोच रहा था कि प्रोफेसर साहब कितने खुदगर्ज निकले। संयोग से वे मेरे गाँव के हैं और मेरे प्रति ऐसी हीन भावना रखते है! छि:-छि! मेरे बारे में उनके ऐसे नीच विचार, बड़े होने से क्या होता''विचार से तो खोटे निकले।

मैंने उनकी बेटी की जान बचाई थी, इसके बदले उनसे सोना-चाँदी तो नहीं माँग

रहा था।···कुछ भी नहीं! किंतु व्यवहार! राम! राम! कहने को तो ऊँची जाति के हो, परंतु काम?···काम तो··· शायद ही कोई इतना खोटे खयाल रखता हो!

वे ऊँची जाति के हैं, इसलिए उन्हें ऐसा सोचने का जन्मजात अधिकार है? हरगिज नहीं! मैं नहीं जानता..! वे खोटे हैं। फिर इनमें और एक गाँव के अनपढ़ में क्या अंतर है!

शिक्षा तो चित्त, चरित्र और विचारों को ऊपर उठाती है। हाँ यदि मैं गाँव में होता तो उनके खोटे विचार भी सह लेता। लेकिन···जब मैंने अपना खून दिया था, तब उनकी बेटी का और मेरा खून मिल रहा था। उस समय तो मेरी जाति, मेरी हैसियत न पूछी गई थी।··· कुछ समय शांत रहा फिर हीरा मन-ही-मन बोलने लगा, 'छोड़ूँ? क्यों छोड़ूँ! यदि वो मुझे पहले से नहीं पहचानते तो शायद मेरे साथ ऐसा व्यवहार न करते। जिस प्रकार शमशान घाट जाकर डर बढ़ जाता है, उसी प्रकार मुझे पहचान कर उनमें ऊँच-नीच और जाति कुंठा व्याप्त हो गई है।···उन्होंने मेरे लिए अपनेपन के दो शब्द भी नहीं कहे। उन्होंने अपनी बेटी को मेरे बारे में कुछ भी नहीं बताया···मैं गाँव का हूँ···आवारा···लफँगा नहीं कि मैं रिश्ता ही भूल गया होता···उन्होंने गिरगिट की तरह कैसे अपना रंग बदल दिया।' हीरा इसी तरह विचारों के दलदल में फँसा रहा। फिर लेटे-लेटे उसे नींद आ गई थी। मोटी किताब पलटकर अपने सीने पर रखे-रखे अब वह निद्रालोक में चला गया था।

दृश्य-7

जहानाबाद जिले में प्रतापपुर एक बड़ा राजस्व ग्राम था। यह उच्चवर्गीय लोगों की बस्ती थी। यहाँ विरेचन सिंह नाम का एक दबंग एवं जालिम किस्म का व्यक्ति रहता था। चेहरे से विकराल वह था ही, बुद्धि से मंद भी था। दबंगता के कारण गाँव के लोग कुछ तो डर से या कुछ लोग अन्य कारणों से थोड़ा लिहाज करते थे। यों कहें तो पूरे इलाके में उसका दबदबा था। गाँव में सफेद रंग की धोती-कुरते में रहता, लेकिन गाँव से बाहर निकलने पर कुरते के ऊपर एक बंडी अवश्य पहन लेता था। बड़ी-बड़ी मूँछें, आँखें बड़ी और लाल-लाल थीं। अकसर अपने ललाट पर लाल तिलक भी लगाए रहता था। सुडौल और लंबी कद-काठी तथा शरीर का रंग गोरा था।

प्रोफेसर राजेंद्र प्रताप एवं पल्लवी का पैतृक गाँव प्रतापपुर ही था।

उसी गाँव में एक टोला बक्सीपुर था, जिसमें अधिकतर निम्न जाति के लोग निवास करते थे। इसी टोले में हीरा का घर था, और यहीं निम्न जाति का एक फेंकू नाम का व्यक्ति भी था। उसकी दशा दयनीय थी। पेशे से वह मजदूर था। उम्र करीब पचास के पार थी। उसकी पत्नी कुंती थी।

घटना के दिन ठाकुर विरेचन सिंह ने फेंकू एवं उसकी पत्नी के साथ मारपीट की थी। इसके परिणामस्वरूप फेंकू का सिर फट गया था, जिसे एक पुराने चिथड़े से बाँध रखा था। मार खाने के बाद मुकदमा करने वह बेनीपुर थाने चला गया था। थाने के किनारे काली सड़क थी। थाने के गेट के पास अकसर संतरी रहा करता था, जो थाने में आने-जानेवाले लोगों से पूछताछ कर ही थाने आने देता था। उसी समय घायल फेंकू से संतरी ने पूछा, "अच्छा तो तुम मारपीट करके आए हो?"

फेंकू, "नहीं बाबू, हम तो मार खाकर आए हैं।"

संतरी, "अरे! कुछ हुआ होगा न!···बिना कोई कारण थोड़े मारपीट करेगा···खैर छोड़ो···क्या तुम्हें अब केस करना है?"

फेंकू, "हाँ सर!"

संतरी, "मुझे इधर ही दे दो।"

फेंकू, "क्या?"

संतरी, "पाँच सौ रुपए का नोट!"

फेंकू, "सर एक सौ रुपए ही मेरे पास है।"

संतरी, "साला एक सौ रुपए में ही केस करने थाना पहुँच गया?"

फेंकू, "सर! मैं बहुत गरीब हूँ···कल काम मिलेगा···तब एक सौ रुपए और दे दूँगा।"

संतरी, "हूँ!···चल!···बड़ा बाबू से मिलाता हूँ···लाओ पैसा!"

फेंकू ने अपनी कमीज की जेब से एक सौ रुपए का नोट निकालकर दिया। संतरी ने भी सौ रुपए लेकर अपनी जेब में रख लिये और बोला, "चल!···चल! बड़ा बाबू अपने चेंबर में बैठे हैं···इस पैसे के बारे में किसी से कुछ नहीं बोलना···बड़ा बाबू अथवा छोटा बाबू को भी नहीं कहना···हाँ! कल इसी समय तक बाकी सौ रुपए लाकर दे देना··· ठीक है।" इतना बोलकर वह आगे-आगे चल पड़ा। उसके पीछे फेंकू भी चल रहा था।

छोटे बाबू बाहर ही कुरसी पर बैठे थे। उसने संतरी से कहा, "ऐ! सवेरे-सवेरे किस मरियल को लेते चले आए हो···साला! पीकर गिर गया है का रे!"

घायल व्यक्ति हाथ जोड़कर बोला, "नहीं हुजूर! विरेचन सिंह ने लाठी से बहुत मारा है।"

छोटा बाबू, "साला झूठ बोल रहा है! वह तुमको क्यों मारेगा?"

फेंकू, "हुजूर! मेरी बकरी उनके खेत के पास चली गई थी···बस इतनी सी बात पर उसने मुझे गाली दी···और कहने लगा तुम्हारी बकरी ने मेरे खेत का भुट्टा खा लिया है···मैं लाख अपनी सफाई देता रहा, फिर भी वह हाथ में लाठी लेकर मारता रहा देखिए! देखिए न···हुजूर जानवर की तरह हमें मारा है···मेरी पत्नी के साथ भी गाली-गलौज की

है···उसे भी दो-चार डंडे लगा दिए हैं।"

इस बीच जमादार (छोटा बाबू) ने संतरी को इशारा किया, "कुछ माल-पानी लाया है···या यों···ही।"

संतरी ने कहा, "सर! यह आदमी बहुत गरीब है···बेचारा मजदूरी करता है।"

जमादार, "मेरे यहाँ तो इसने मजदूरी किया ही नहीं।"

संतरी, "सर! आपके यहाँ काम रहेगा तो याद कीजिएगा···बेचारा सीधा-साधा इनसान है।"

इसी बीच वह बेरुखी भरे स्वर में बोला, "विरेचन सिंह प्रतापपुर वाले?···उसकी कुछ फसल चुराई होगी···तब ही उसने मारपीट की होगी!···जाओ साला झूठ-मूठ केस करने चला आया···पीकर इसने उसे गाली दी होगी···इसकी औरत भी कम बदमाश थोड़े है···"

जब कोई व्यक्ति अपनी शिकायत लेकर थाने जाता है, तब उस थाने के एक सिपाही से लेकर भारसाधक पदाधिकारी तक से अजीब व्यवहार होता है। ऐसा प्रतीत होता है कि उस पीड़ित व्यक्ति ने खुद अपराध सहकर बहुत बड़ा अपराध किया···अलबत्ता वह पीड़ित व्यक्ति किसी दलाल किस्म के व्यक्ति···या कोई दबंग व्यक्ति अथवा किसी मीडिया का सहारा लेकर जाता है···तब उसके साथ उदारतापूर्वक व्यवहार होता है···अन्यथा उस पीड़ित के साथ अपराध हुआ है या नहीं उसकी जेब की हैसियत पर निर्भर करता है··· इसलिए अधिकांश इनसानों को थाने में शिकायत करने के नाम पर उसके रोंगटे खड़े हो जाते हैं। हाँ··· जिन्हें तीनों में से किसी एक का भी सहारा हो···तब वह बात-बात पर केस की धमकी देकर अपने पास के लोगों को आतंकित करके रखता है···केस के नाम पर लोगों की बोलती बंद रखता है···यही कारण था कि एक सिपाही से लेकर छोटे बाबू से बड़े बाबू तक पीड़ितों के साथ अच्छा व्यवहार नहीं करते थे।

थाना प्रभारी उस समय अंदर बैठे थे, लेकिन बातचीत की आवाज सुनते ही वह बाहर आए। उस समय भी पीड़ित व्यक्ति दोनों हाथ जोड़े था। थाना प्रभारी मोटी एवं गुच्छादार मूँछ ऊपर की ओर ऐंठते हुए बोला, "ऐ!···यहाँ क्यों आए हो? साला जतरा खराब कर दिया!"

फेंकू अपने दोनों हाथ जोड़ते हुए बोला, "हुजूर माई-बाप!···मैं इनसाफ माँगने आया हूँ हुजूर!···देखिए···!···देखिए न बिना कसूर के दर्जनों लाठी मारा है···एक लाठी माथे पर लगा है···माथा खुल गया है हुजूर!"

थानेदार, "किसने मारा है?"

फेंकू, "ठाकुर विरेचन सिंह ने हुजूर!"

थानेदार, "कौन?···वो प्रतापपुर वाला?"

फेंकू, "हाँ हुजूर!"

थानेदार, "साला! झूठ बोलता है···वह निहायत ही शरीफ आदमी है!···तू साला! पीकर जरूर गाली दिया होगा।"

फेंकू, "नहीं हुजूर माई-बाप!···मैंने कुछ भी नहीं बोला···उन्होंने गाली देते हुए बोला कि साला तुम्हारी बकरी मेरा भुट्टा खा गया है···बस बोलते···बोलते पीठ पर दस लाठी मार दिया है हुजूर!"

थानेदार, "हूँ! माल-पानी लाया है?"

फेंकू, "हुजूर खाने के लिए भी नहीं जुटता है पैसा कहाँ से लाऊँ?"

थानेदार, "साला फिर यहाँ काहे के लिये आया रे···भाग···भाग नहीं तो हम भी मारेंगे।"

फेंकू, "ऐं!" मन-ही-मन सोचा बिना पैसा के तो नहीं सुननेवाला! क्या करूँ मेहरारू के गहना बेचकर देना ही होगा। हाँ हजार दो हजार रुपए जरूर देना होगा।

फिर थानेदार से बोला, "हुजूर मेहरारू के गहना बेचकर हजार रुपए तक दे सकता हूँ···इससे ज्यादा नहीं होगा हुजूर!"

थानेदार, "कसम खाकर बोलते हो?"

फेंकू, "हाँ हुजूर!"

थानेदार ने अपने कक्ष में बुलाकर एक रपट लिखी और उस पर उस व्यक्ति से अँगूठे का निशान लेते हुए बोला, "देखो यह कागज मेरी जेब में रहेगा।···जब लाकर दोगे तब ही केस होगा, नहीं तो···" डस्टबीन दिखाता हुआ बोला, "इस कूड़ेदान में चला जाएगा यह रपट!"

फेंकू, "हुजूर अभी लेकर आता हूँ।"

इतना बोलकर वहाँ से चला गया। घर गया तो पत्नी ने पूछा, "क्या हुआ?"

फेंकू ने कहा, "अरे अपने तो नसीब ही फूट गए हैं···थानेदार ने हजार रुपया माँगा है!"

कुंती ने झल्लाते हुए कहा, "क्या साल भर में कुछ भी जमा कर पाए हो?"

फेंकू, "देखो रोग हुआ है तो इलाज तो करना ही होगा···ऐसा करो तुम अपनी चाँदी का कंगन दे दो···मैं उसे ही बेचकर दे दूँगा।"

कुंती ने आश्चर्य से पूछा, "कंगन···! क्या कहते हो···! वही तो एक पुरखों की निशानी है···उसे भी···!"

फेंकू, "हाँ···हाँ!···मरता क्या नहीं करता!···मुझे पता है कि तुमने कितने मुश्किल से उसे सँजोकर रखा है···लेकिन ये मुसीबत के वक्त ही तो काम आता है इस बात को···समझो···कुंती!"

कुंती, "हमने कितने मुश्किल से बनवाई है।"

कुंती को अपने पति की स्थिति और घर के हालात को देखते हुए स्वयं पर रोना आ रहा था। अंत में दोनों राजी–खुशी से इस बात पर राजी हुए कि कंगन बेचना ही होगा।

कुंती अपने कंगन निकालकर पति के हवाले करते हुए बोली, "बस अब तो मेरे पास कुछ भी नहीं रहा···मैं बिल्कुल खाली हो गई!"

यह बात सही है कि औरत को घर या जमीन बेचने में जितनी तकलीफ नहीं होती है, उससे कई गुणा अधिक गहने बेचने में होती है। कुंती ने बहुत मन मसोस कर कंगन निकालकर फेंकू को थमा दिया।

प्रतापपुर में एक साहूकार पाँचू साव था, जो सूद के कारोबार के साथ गहने वगैरह गिरवी तथा खरीदी करता था। वैसे उसकी खिचड़ीपरोस की दुकान थी, जिसमें यह भी धंधा करता था। फेंकू चाँदी के कंगन पाँचू साव को देते हुए बोला, "सेठजी! इसे बेचना है! बनवाने में पाँच हजार तीन सौ रुपए लगे थे। आज मुझे पैसे की जरूरत है, इसलिए इस गहने को बेचना पड़ रहा है!"

पाँचू साव गहने को उलट–पुलटकर देखते बोला, "बहुत टाकी मिला है!"

फेंकू, "नहीं सेठजी!···मेरे पुरखों की निशानी है···अब ऐसी चाँदी कहाँ मिलेगी···यह एकदम प्योर चाँदी है!"

पाँचू, "टाकी तो साफ नजर आ रहा है···खैर तुम्हें पैसे की जरूरत है तो कुछ करना ही पड़ेगा। तुले पर कंगन को तौला और बोला, "दस भर है···बारह सौ रुपए दूँगा···उससे अधिक इसका नहीं मिल सकता!"

फेंकू, "ऐसा मत करिए सेठजी!···सच कहता हूँ पाँच हजार तीन सौ रुपए लगे थे।"

पाँचू, "मुझसे कहकर तो नहीं दिया था···हम उससे ज्यादा नहीं दे सकते।"

फेंकू के माथे पर बल पड़ गया था। उसे ऐसी उम्मीद नहीं थी। फिर भी मन मसोसकर विचार किया फिर बोल पड़ा, "क्या करूँ! आखिर पैसे तो चाहिए ही!···ठीक है दीजिए, मरता क्या नहीं करता···यही सब दिन देखना बाकी था···और मैं कर भी क्या सकता हूँ।"

पाँचू, "कुछ नहीं!···कुछ नहीं कर सकते!···पैसे की जरूरत पूरी कर देता हूँ···यह भी सोचो की सेठजी कितनी भलाई कर रहे हैं।"

फिर पाँचू साव ने पेटी से बारह सौ रुपए निकालकर उसे थमाए। फेंकू वहाँ से पैसे लेकर सीधा थाने पहुँचा। थानेदार को एक सौ के दस नोट दिए। पैसे थानेदार ने अपनी जेब में रखे और रपट के आधार पर केस दर्ज कर लिया। फिर इलाज के लिए फेंकू को हॉस्पिटल भेजा। फेंकू हॉस्पिटल गया, वहाँ भी पहले कंपाउंडर एक दलाल किस्म का आदमी था। उसने फेंकू से पूछा, "झगड़ा करके आए हो या दुर्घटना।"

यह सुनकर फेंकू को लगा कि यह व्यक्ति ऐसा क्यों पूछ रहा है! कहीं ये ठाकुर विरेचन का आदमी तो नहीं! यह जरूर मुझसे उलझ पड़ेगा।…सोचा, इसे सही बताना ठीक होगा?… नहीं!…नहीं! इससे झूठ बोलना ठीक होगा। फेंकू ने उससे कहा, "बाबू एक टैंपो पर आ रहा था, उसी से ठोकर लग गई है।"

यह सुनकर वह व्यक्ति वहाँ से चला गया। पुनः एक व्यक्ति ने आकर फेंकू से पूछा, "झगड़े में सिर फूटा है क्या?"

फेंकू सोचने लगा, 'गजब है भई!…यह भी वही बात पूछ रहा है।' थोड़ा विलंब होते ही व्यक्ति बोला, "डरो मत!…मैं तुम्हारी भलाई के लिए ही पूछ रहा हूँ…वरना… डॉक्टर साहब छत्तीस तरह के सवाल पूछेंगे…फिर थानेदार को बुलाएँगे।"

फेंकू बोला, "भई मैं थाने से ही तो यहाँ आया हूँ! उन्होंने मुझे स्लीप दिया है… इलाज के लिए!"

व्यक्ति, "अच्छा!…अच्छा…केस दर्ज हो गया है?…तब तो मन चाहा इंज्यूरी दिला दूँगा… ऐसा है कि उसे कम-से-कम तीन साल की सजा तो होगी ही।"

फेंकू, "ऐसी बात है…सच बोल रहे हो… ?"

व्यक्ति, "सोलह आने सच!"

फेंकू, "तो ठीक है…कोई गड़बड़ नहीं होनी चाहिए…समझ लेना हाँ… !"

इतना बोलकर उस व्यक्ति के पीछे-पीछे फेंकू चलने लगा था। कुछ कदम बढ़ते ही फेंकू बोला, "भइया मैं तो हॉस्पिटल आया हूँ…तुम मुझे हॉस्पिटल से बाहर कहाँ ले जा रहे हो?…जरूर कोई गड़बड़ है! हम तुम्हारे साथ क्यों जाएँ?"

व्यक्ति, "अरे भइया!…समझे नहीं…आपका इलाज अस्पताल के डॉक्टर से ही कराने जा रहे हैं…वे अभी अपने नर्सिंग होम में हैं…वहीं पर तुम्हारा इलाज कर देंगे… चिंता की क्या बात है…डॉक्टर साहब की जब हॉस्पिटल में ड्यूटी आएगी…उस समय रजिस्टर पर इंट्री कराकर इसी हॉस्पिटल में भरती करा देंगे।"

फेंकू, "ऐसी बात है…कोई गड़बड़ तो नहीं होगी न!"

व्यक्ति, "बिल्कुल नहीं!"

इसके बाद फेंकू उस व्यक्ति के साथ चला गया। उस समय डॉक्टर अखौरी अपने नर्सिंग होम में एक रोगी को देख रहे थे। नर्सिंग होम में पहुँचते ही उस व्यक्ति ने फेंकू को बाहर बैठा दिया तथा डॉक्टर साहब से वह खुद बात करने गया। बोला, "सर एक पेसेंट को लाया हूँ…मार-पीट का मामला है…केस दर्ज हो गया है…इसमें अच्छी आमदनी हो जाएगी।"

डॉक्टर अखौरी ने हँसते हुए कहा, "अच्छा!…क्या मोटा आसामी है?"

व्यक्ति, "जी नहीं, देखने में तो फटीचर लग रहा है…एकदम बुद्धू टाइप का लग

रहा है···इसीलिए उसे कम पटियाना पड़ा··· ।"

डॉक्टर, "तब ये क्या देगा?···इसे बेकार ही लाए हो।"

व्यक्ति, "सर! यह कोई नई बात तो है नहीं···पक्ष तो दो होते ही हैं···यह फटीचर है···हो सकता है···दूसरा पक्ष मोटा हो! हमेशा ही इंज्यूरी रिपोर्ट हल्का कराने में विपक्षी ही मोटा पैसा देते हैं। इसमें रिस्क भी नहीं है।"

डॉक्टर, "हाँ···हाँ!···सो तो ठीक है!···अच्छा जाओ लेते आवो!"

इतना बोलते ही उस व्यक्ति ने फेंकू को इशारे से अंदर बुलाया। डॉक्टर साहब ने उसके माथे में छह-सात टाँके लगाए तथा मरहम-पट्टी कर दी। आधे घंटे में उसका इलाज हो गया। उस व्यक्ति ने डॉक्टर साहब की फीस तथा दवाई के पैसे माँगे। इस पर फेंकू ने कहा, "फिर गड़बड़!···अरे भाई आपने हॉस्पिटल में इलाज कराने की बात की थी!···पर वहाँ तो फीस नहीं लगती है?"

व्यक्ति, "देखो भइया! हॉस्पिटल की दवाई और सरकारी स्कूल की पढ़ाई कैसी होती है?···तुम्हें पता नहीं है क्या?···वहाँ डॉक्टर साहब ठीक से देखते नहीं···फिर दवाई बाहर से ही लाना होता है···दूसरे होते तो दो-तीन हजार तुरंत फेंक देते···तुम गरीब हो तो कम-से-कम हजार रुपए तो निकालो!"

फेंकू, "भइया आप जानते ही हो कि मैं गरीब हूँ···मजदूरी करके परिवार चलाता हूँ···मेरे पास दो सौ रुपए हैं बस! इसी में काम चला लीजिए!"

व्यक्ति, "देखो! इतना कम तो डॉक्टर की फीस भी नहीं है···फिर दवाई! अच्छा अभी इतना ले लेते हैं···लेकिन बाद में चुकता कर देना हाँ!"

इतना बोलकर व्यक्ति ने डॉक्टर साहब से गुपचुप बात की। दो घंटे में डॉक्टर साहब की अस्पताल ड्यूटी थी। वहाँ फेंकू का नाम रजिस्टर में इन्ट्री कर हॉस्पिटल का बेड नंबर 17 एलॉट कर दिया गया था।

दृश्य-8

उधर ठाकुर विरेचन सिंह को भी मालूम हो गया था कि थाने में केस दर्ज हो गया है। फेंकू को हॉस्पिटल में भरती करा दिया गया है। ठाकुर विरेचन दौड़ा-दौड़ा कृष्ण कुमार वकील के डेरे पर पहुँच गया। वे क्रिमिनल केस मशहूर वकील थे। जहानाबाद के वकालतखाने में उनकी तूती बोलती थी। उसने वकील साहब के परामर्श से दूसरे दिन ही सी.जे.एम. के न्यायालय में ग्राम में घटित एक घटना के आधार पर चोरी करने का एक मुकदमा दर्ज करा दिया। उस केस में फेंकू को मुख्य अभियुक्त बनाया तथा तीन

अज्ञात को भी अभियुक्त बना दिया। उस केस में इस बात का उल्लेख था कि करीब एक बजे रात्रि में मेरे घर में चार आदमी चोरी करने के लिए घुस गए थे। बरतन की आवाज से मेरी नींद खुली तो मैंने टार्च जलाकर देखा तो एक चोर के रूप में फेंकूराम पहचाना गया। उसे पकड़ने का भी प्रयास किया गया। लेकिन उन तीन लोगों की पहचान नहीं हो सकी। मैं थाने केस करने गया तो थानेदार ने मुझसे गाली-गलौज कर मुझे भगा दिया। फिर एस.पी. साहब के पास आया। वे भी कहीं बाहर निकले हुए थे। इसलिए श्रीमान के न्यायालय में मुझे मुकदमा करना पड़ा है। अतः प्रार्थी को न्याय देते हुए अपराधी को सख्त सजा देने की कृपा की जाए।'

ठाकुर विरेचन सिंह ने अपने नौकर एवं दो अन्य व्यक्तियों को इस केस को सही ठहराने के लिए गवाह भी बनाया। उधर ठाकुर विरेचन सिंह को अपने वकील के इच्छानुसार इंज्यूरी रिपोर्ट लेने की सलाह दी गई थी।

दृश्य-9

समय : 8 बजे प्रातः

स्थान : जहानाबाद सदर हॉस्पिटल

दूसरे दिन लगभग 8 बजे ठाकुर विरेचन सिंह जहानाबाद सदर हॉस्पिटल पहुँचा। पता किया कि डॉक्टर अखौरी के मातहत चिकित्सा चल रही है। वह डॉक्टर अखौरी से उसके क्लिनिक में जाकर मिला। डॉक्टर साहब ने बात नहीं की, परंतु यह जरूर बता दिया कि जाइए इसके लिए प्रकाश से बात कर लीजिए। प्रकाश वही व्यक्ति था, जिसके माध्यम से डॉक्टर अखौरी ने फेंकू की चिकित्सा की थी। ठाकुर विरेचन ने प्रकाश को ढूँढ़ा अर्थात् उसी व्यक्ति से मिला जो डॉक्टर अखौरी की दलाली करता था। उसने विस्तारपूर्वक पूरी बात बताई। वह कंपाउंडर रूपी दलाल बोला, "भाई! मामला बड़ा सीरियस है···ग्रिभीयस इंज्यूरी है···उसको पचाना मुश्किल है···इतने मुश्किल काम को करने में दस हजार रुपए से कम नहीं लगेंगे···यदि आप दस हजार रुपए तक खर्च करते हैं तो आप जैसा बोल रहे हैं···उसी तरह की इंज्यूरी दी जाएगी।"

ठाकुर विरेचन ने तपाक से कहा, "मैं तैयार हूँ···लेकिन इंज्यूरी देने में कोई गड़बड़ी नहीं होनी चाहिए···इंज्यूरी एकदम सिंपल तथा ईंट का कोना जैसा मोटी चीज से घायल होना दिखाया जाना चाहिए।"

उस समय डॉक्टर अखौरी अपने नर्सिंग होम में बैठे थे। कंपाउंडर (दलाल) ने डॉक्टर साहब से बात की। डॉक्टर साहब की मंजूरी मिली तथा ठाकुर विरेचन के

मनमुताबिक इंज्यूरी देने के एवज में दस हजार रुपए लेकर ठाकुर विरेचन को चलता किया।

दो दिनों के बाद ही फेंकू को अस्पताल से छुट्टी मिल गई। डॉक्टर ने थाने में इंज्यूरी रिपोर्ट भेज दी, जो ठाकुर विरेचन सिंह ने अपने मन मुताबिक बनवाई थी। ठाकुर विरेचन सिंह दबंग एवं धनाढ्य व्यक्ति था। उसकी दबंगता के आगे गाँव के लोग चूँ-चपड़ नहीं करते थे। वहीं फेंकूराम एक गरीब एवं दलित वर्ग से आता था। विरेचन सिंह ने पैसे के बल पर न केवल डॉक्टर को प्रभावित किया, अपितु न्यायालय को भी गुमराह करने में सफल हो गया था। वकील के माध्यम से ताबड़तोड़ गवाही दिलाई जा रही थी। फेंकू ने जो थाने में केस किया था, उसे झूठा साबित कर ठाकुर विरेचन को तुरंत जमानत दे दी गई थी।

इसकी खबर ज्यों ही फेंकूराम को मिली! उसे मानो काटो तो खून नहीं? दौड़ा-दौड़ा घर आया। उस समय ठाकुर विरेचन घर के बाहर एक चारपाई पर बैठा था। फेंकू ठाकुर विरेचन सिंह के पाँव पर गिर पड़ा, बोला, "मालिक आपने ही मुझे मारा था··· और चोरी का केस भी कर दिया···देखिए मुझ पर ऐसा अन्याय मत कीजिए सरकार!"

ठाकुर विरेचन ने कातिलाना ठहाका लगाया और पाँव झिड़कते हुए बोला, "क्यों रे!···निकल गई तुम्हारी समूची हेकड़ी···बस हो गया···! हूँ···चला था··· हमारे खिलाफ केस करने, हूँ···अब देखो केस कैसा होता है···और अब ये भी देखना कि तुम किस तरह से जेल में ही सड़ते रह जाओगे।"

फेंकू, "ऐसा जुल्म न कीजिए मालिक···हमसे भारी गलती हो गई!···आप कहिए तो मैं अपना केस वापस ले लूँगा।"

ठाकुर विरेचन,, "नहीं!···तुम केस क्यों उठवाओगे?···तुम्हारा केस तो झूठा साबित हो गया है···तुम चोरी किए हो···उसी में धक्का-मुक्की हुई और तुम गिर पड़े···उसी में तुम्हें मामूली चोट आई थी··· डॉक्टर की इंज्यूरी रिपोर्ट ले लो···खुद नहीं पढ़ सकते हो··· तो वकील से पढ़वा लो।"

फेंकू चीखते हुए बोला, "झूठ!···बिल्कुल झूठ···ऐसा मत करिए···एक लाचार गरीब की हाय मत लीजिए···मालिक! क्या हमने आपके घर में चोरी की है? बोलिए क्या ये सच है?···भगवान् का नाम लेकर बोलिए।"

विरेचन, "अरे! केस कौन सच्चा होता है। अब देखो! तुम झूठा मैं सच्चा! तुमने चोरी की है या नहीं यह तो अदालत के फैसले पर निर्भर करेगा। अभी मेरी गवाही हो रही है। ये गवाही बस दो दिन में पूरी हो जाएगी। फिर कॉगनिजेंस के आदेश से तुम्हें वही पुलिस गिरफ्तार करेगी कल तक जो तुम्हारी तरफदारी कर रही थी, वही पुलिस तुम्हें जेल ले जाएगी। फिर तारीख पर तारीख मिलती रहेगी··· देखना तुम्हारे पास जो दस कट्ठे जमीन है···वह तो बिकेगी ही···बीवी के पास कोई गहने हैं···उसे भी बेचोगे···फिर भी तुम

छुटने नहीं जा रहे हो···चल उठ!···नहीं तो एक बार फिर से सिर तोड़ दूँगा।···बड़ा केस करने चला था!···घर में भुंजी भाँग नहीं ड्योढ़ी पर नाच।"

उस दिन तो ठाकुर विरेचन सिंह ने फेंकू को डाँट-फटकारकर भगा दिया था। फिर दो सप्ताह के अंदर ही सी.जे.एम. ने प्रथम दृष्टया आरोप सही मानते हुए फेंकू के विरुद्ध संज्ञान लिया। गिरफ्तारी वारंट निकला, फिर थाने के सहयोग से फेंकू को गिरफ्तार कर जेल भेज दिया गया।

दृश्य-10

समय : प्रातःकाल

स्थान : फेंकू का घर

फेंकूराम निहायत गरीब आदमी था, किसी तरह से मजदूरी कर अपने दो बच्चे और बीवी का खर्च चला रहा था। घर में खेती-बारी के नाम पर केवल दस कट्ठे जमीन थी, दो कमरे एवं एक बरामदावाला कच्चा मकान था। यद्यपि ठाकुर विरेचन सिंह स्वयं असमंजस में था कि थाना प्रभारी ने उसके विरुद्ध थाने में केस कैसे ले लिया। ठाकुर विरेचन लगभग प्रत्येक दिन थाने में बैठकी लगाते थे। इसलिए यह भी उम्मीद थी कि थाना उसे अवश्य मदद करेगा।

थाना प्रभारी ने ऐसा किया भी था। वह अनुसंधान में तथ्य की भूल बताकर केस डायरी न्यायालय भेज चुका था। धाराएँ भी जमानतीय लगाई गई थीं। इसलिए ठाकुर विरेचन सिंह को खड़े-खड़े कोर्ट से जमानत मिल गई थी। जबकि ठाकुर विरेचन के द्वारा सी.जे.एम. के न्यायालय में फेंकूराम पर जो केस किया गया था, उसे प्रथम दृष्टया सत्य कर दिया गया था। यूँ तो ठाकुर विरेचन सिंह की थाने में रोज उठकी-बैठकी थी, लेकिन जब थानेदार सरयुग शर्मा आए थे, तब बैठकी कम हो गई थी। थानेदार शर्मा को पदभार सँभाले अभी 15 दिन हुए थे। उसके बाद ठाकुर विरेचन पहली बार थाना की ओर चले थे। वे सफेद कुरता-पाजामा एवं सिल्क की बंडी पहने थे। उम्र लगभग 40 की थी। गोरा चिट्टा, भयंकर शरीर, बड़ी-बड़ी मूँछें, आँखें लाल और बड़ी-बड़ी थीं। करीब ग्यारह बजे ठाकुर विरेचन जीप से थाना पहुँचा, उस समय थानेदार सरयुग शर्मा अपने प्रकोष्ठ में बैठा था। थाने में संतरी ने पहले उसे राम-सलाम किया। ठाकुर विरेचन सीधा थानेदार के चेंबर पहुँच गया। बोला, "हुजूर मुझे पहचाना नहीं! मैं ठाकुर विरेचन···आप लोगों की सेवा करते-करते मैंने अपनी पूरी जिंदगी गुजार दी।"

थानेदार, "अरे विरेचन बाबू! आइए···! बैठिए न!"

ठाकुर विरेचन ने एक कुरसी पर बैठते हुए कहा, "धन्यवाद हुजूर!···हम तो सोचे कि हुजूर न जाने हम पे क्यों बिगड़े हैं···आते-आते मेरे विरुद्ध केस ले लिये! मैं तो हुजूर सोच में पड़ गया था कि जरूर साहब को मेरे विरुद्ध किसी ने भड़काया है।"

थानेदार, "ठाकुर साहब! आपके विरुद्ध केस दर्ज कर लिया, तब आपके बारे में जानकारी मिली···देखिए इसके बाद आपकी मदद की है, अनुसंधान में तथ्य की भूल बताकर तुरंत डायरी भेज दी···वरना···!"

विरेचन, "अच्छा···अच्छा यूँ ही कहे···मौसम के अनुसार बरसात यूँ ही नहीं हो रही है···हुजूर सेवक हाजिर है! किसी चीज की जरूरत हो तो बंदे को याद कर लीजिएगा।"

थानेदार, "तो आप जाना चाहते हैं?"

ठाकुर, "हुजूर का जैसा आदेश··· उफ मैं तो भूल ही गया था···हुजूर को याद दिलाने आए हैं···वही फेंकुआ पर कॉगनिजेंस हो गया है···वारंट जारी है···हुजूर उसे जल्दी जेल भेज दिया जाए न···साला हमको जेल भेज रहा था···अब साले को बुझाएगा··· अब न आएगा मजा।"

थानेदार, "अच्छा तो आप साँप मारकर लाठी बचा ही लिये।" इतना बोलकर हँसते हुए बोला, "कल की किरण हाजत में दिखेगी उसको।"

विरेचन जेब से पाँच हजार रुपए निकालकर देते हुए बोला, "हुजूर! यह पहला शगुन समझकर रख लिया जाए।"

थानेदार आहिस्ते से पैसे लेकर जेब में रखते हुए मुसकराने लगा था। विरेचन सिंह ने उठकर कहा, "अब चलें हुजूर!" इतना बोलकर विरेचन सिंह वहाँ से चल दिया।

मामूली इनसानों के साथ ऐसा अकसर होता है कि न्याय दिलानेवाला ही न्याय के दुश्मन के हाथों बिक जाता है। इसलिए ऐसे निरीह लोगों के लिए न्याय की राह आसान नहीं होती। इससे गुरीब-गुरबों और खासकर न्यायप्रेमी को इज्जत के साथ रहना बहुत ही मुश्किल हो जाता है। यह ऐसे लोगों के भाग्य की विडंबना है। और यह विडंबना सदियों से कायम है और पता नहीं और कब तक कायम रहेगी।

दृश्य-11

थाना प्रभारी शर्मा ने तत्परता दिखाते हुए वारंट प्राप्त कर दूसरे दिन ही फेंकू को गिरफ्तार कर हाजत में बंद कर दिया। अपनी तरफ से फेंकू बहुत गिड़गिड़ाया, लेकिन थानेदार कुछ भी सुनने को तैयार नहीं हुआ और उसने जेल के लिए चालान कर दिया।

ठाकुर विरेचन की दबंगई के बारे में सभी लोग जानते थे। इसलिए उससे दुश्मनी करने की हिम्मत किसी में नहीं थी। जिस प्रकार कुत्ता के काटने अथवा चाटने दोनों ही स्थिति में जख्म होते हैं, उसी तरह से लोग उससे दोस्ती अथवा दुश्मनी करने से परहेज करते थे। फेंकूराम की बीवी के पास पति की जमानत कराने के लिए पैसे नहीं थे, ताकि वो कोई अच्छे से वकील से पैरवी कराकर जमानत करवाती। गले में चाँदी की हँसुली तथा पाँव में चाँदी के कड़े बेचकर छोटे वकील से जमानत कराने की को शिश भी की थी, लेकिन कोई फायदा नहीं हुआ। उल्टे वकील ने अनाप-शनाप खर्च के नाम पर पैसे ऐंठकर उसे कंगाल कर दिया था। उसकी पत्नी कुंती विरेचन सिंह के पास बहुत गिड़गिड़ाई, लेकिन ठाकुर विरेचन सिंह बलपति के साथ क्रूरपति भी था। और वह जालिम किस्म का इनसान था। उसकी नजर फेंकू के घर के पीछे दस कट्ठे जमीन पर लगी थी। इसलिए वह खूब परेशान करना चाह रहा था, ताकि कुंती अपनी जमीन देने के साथ उसके पाँव पकड़कर खूब गिड़गिड़ाए। फेंकूराम जब जेल से निकलकर बाहर आए तो उसकी नजर हमेशा झुकी रहे और उसका एहसानमंद समझे। थक हारकर कुंती ने गाँव के कुछ लोगों से मिलकर पंचायत बुलवाई। पंचायत में उसने मुखिया को भी बुलाया था। अपने को श्रेठ दिखाने के लिए विरेचन ने पंचायत में न जाने की ठान ली थी। फिर बहुत सोच-समझकर विचार किया कि उसके मन मुताबिक अगर बात आसानी से निपट जाए तो फिर जीत तो मेरी ही होगी। यही समझकर वह पंचायत में एक दोषी व्यक्ति की तरह नहीं, अपितु एक मालिक के रूप में एक दाता की तरह आकर बैठ गया। कुंती ने हाथ जोड़कर सभी पंचों से सच-सच बात कह डाली। लेकिन पंचायत में सत्य बातें गौण हो गई थीं। अब ठाकुर विरेचन सिंह केस को कैसे उठाए, वहाँ पर बात आकर अटकी हुई थी। मुखिया ने बोला, "ठाकुर साहब फेंकू की हैसियत ही क्या है!…वह आपसे छिपी हुई नहीं है…आपके यहाँ मजदूरी भी की है…।"

बात पूरी भी न हुई थी कि ठाकुर विरेचन सिंह बोल पड़ा, "मजदूरी करता था…वह पहले की बात है…अब तो मजदूरी शहर में जाकर करता है…जब इसे हमारी जरूरत नहीं तो हमें इसकी क्या जरूरत आन पड़ी है।"

कुंती बोली, "मालिक शहर में दो पैसे ज्यादा मिल जाते हैं तो…!"

ठाकुर विरेचन ने उसकी बात काटते हुए कहा, "जेल कोई देहात में तो नहीं है न… मैंने भी उसकी इच्छापूर्ति का पूरी तरह से खयाल रखा है।"

कुंती, "देखिए मालिक! हमारे दो छोटे-छोटे बच्चे हैं…यदि वे जेल में रहेंगे तो हम सभी का पालन-पोषण कैसे होगा बताइए?…मालिक मेरी बकरी तो आपके खेत भी नहीं गई थी…इसके बावजूद आपने मेरे मालिक की जी भरकर पिटाई की और सिर फोड़ डाले…!"

ठाकुर विरेचन सिंह, "बस...बस! आगे बोलने की जरूरत नहीं!...बात उतनी तक रहती...तब मैं भी बात आगे नहीं बढ़ाता...उसकी इतनी हिम्मत कि मेरे विरुद्ध थाने में केस करे! अरे!...केस में सच क्या होता है।...यह तसवीया नहीं हो सकती...मेरे बहुत खर्च हुए हैं, आखिर वह कौन भरेगा बोलो!"

इतना बोलकर वह जाने लगा। फिर मुखिया ने आग्रह करते हुए कहा, "ठाकुर साहब गरीब पर रहम तो करिए...आखिर इसकी उतनी बड़ी गलती नहीं...जिसकी सजा आपने दिलवाई है...थाना सुरक्षा के लिए बना है।"

विरेचन, "मुखिया जी!...आप मत भूलिए कि मुखिया बनानेवाला मैं ही हूँ...इसकी औकात तो अपना भी वोट देने की नहीं है।"

मुखिया, "तो हम लोग चले जाएँ?"

विरेचन, "मुझसे पूछकर तो नहीं आए थे?"

इतना बोलकर ठाकुर विरेचन सिंह अपने घर चला गया था।

ठाकुर विरेचन सिंह अपने व्यवहार से यह बताने में सफल हो गया था कि वह पंचायत से ऊपर है। उसने सोचा कि इसी तरह लोगों ने मुझ पर केस-मुकदमा करना शुरू किया तो लोगों में मेरे नाम का भय समाप्त हो जाएगा। मेरी मर्जी के खिलाफ आवाज उठाने का दुस्साहस लोग न करें। इसलिए उसने पूरा मैनेज कर फेंकू को कानूनी दंड दिलवाया था। ताकत, दौलत तथा दबंगई के सामने कानून छोटा है। कानून उसी के लिए है जो कानून को मानते हैं। अपराधी, बेईमानों एवं संपत्ति वालों की हिफाजत के लिए कानून काम करता है। गरीबों की हिफाजत के लिए नहीं। सचमुच कानूनी पेचीदगी एवं न्यायिक प्रक्रिया इतनी जटिल है कि न्यायप्रेमी या गरीब अपनी हिफाजत करने में असमर्थ हो जाता है। जो दो जून की रोटी जुगाड़ करने में असमर्थ हो, उसके लिए कोर्ट-कचहरी में न्याय पाना मुश्किल ही नहीं नामुमकिन है। वे किसी तरह पेट काट कर भी दो-चार दिन अपनी औकात के अनुरूप सस्ते वकील रख ले तो दौलतवाले उसके सामने बड़े वकील रखकर, छोटे वकील की सिट्टी-पिट्टी गुम कर देंगे।

यह युद्ध एक बाघ और बकरी जैसा होगा। बाघ के सामने बकरी आ जाए तो बकरी बाघ का आहार बनकर रह जाएगी। वही स्थिति एक निरीह तथा दौलतवान, बलवान, बेईमान, दबंग प्रवृत्ति के व्यक्ति के बीच की होती है। भले ही मौलिक अधिकार में समानता का अधिकार निरूपित है, लेकिन व्यवहार में बिल्कुल नहीं है। दौलतवान उसके सामने बैरिस्टर को खड़े कर दे तो छोटी अदालत के मजिस्ट्रेट अथवा जज भी भय से प्रभावित होकर न्याय को दूषित कर देते हैं। और तो और दौलतवाला बैरी वकील के विरुद्ध के नामी वकील यहाँ तक कि बैरिस्टर को भी उसके विपक्ष में खड़े कर न्याय को प्रभावित किए बिना नहीं रह सकता। फिर इतनी लंबी न्यायिक प्रक्रिया के फलस्वरूप मुकदमे का परिणाम आने में वर्षों लग जाते हैं, जो खाने के

लिए मोहताज हो वह इतनी लंबी प्रक्रिया को कैसे झेल सकता था। इस बात को ठाकुर विरेचन सिंह अच्छी तरह से समझता था, दो महीने के बाद थाने के अनुसंधानकर्ता ने ठाकुर विरेचन सिंह के कंपलेन केस को सही मानकर अनुसंधान प्रतिवेदन भी भेज दिया था। कुंती के पास एक तरफ कुआँ तो दूसरी तरफ खाई की स्थिति थी। वह भी चाह रही थी कि किसी भी हालत में तसबीया हो जाए, ताकि उसके पति जेल से छूटकर वापस आ सके, सिर्फ खाने-पीने में भी बैठे-बैठे लोग सोने की दीवार खा जाते हैं। ऊपर से केस मुकदमे का खर्च! इधर ठाकुर विरेचन सिंह की भी उसके घर के पास दस कट्ठे जमीन पर गिद्धदृष्टि लगी थी। उसने इस खास कार्य के लिए बराहिल, जिसका नाम गजराज था, उसको भेजा। वह कुंती से बात करने के लिए उसके घर गया। कुंती जानती थी कि वह ठाकुर विरेचन का आदमी है, इसलिए धान की रस्सी से बना एक खटोला था। उसे बिछाकर बराहिल को बैठाते हुए कुंती बोली, "बाबूजी! आज इस गरीब की झोपड़ी में आने में रास्ता तो नहीं भूल गए?"

गजराज, "नहीं!..नहीं!···मैं सोच-समझकर तुम्हारे यहाँ आया हूँ···तुम्हारा दुःख देखकर मुझसे रहा नहीं गया···वैसे लड़ाई बराबरी में हो सकती है···बाघ के सामने बकरी की जीत तो नहीं हो सकती···इसलिए बातों-बातों में मैं भी मालिक का मन टटोलने के खयाल से पूछ दिया कि मालिक उस गरीब पर तो रहम कीजिए···लड़ाई तो बराबरवालों से लड़ी जाती है···वैसे आपके सामने उसका हारना निश्चित है···फिर हारने में भी उसे गर्व होगा कि मालिक ठाकुर विरेचन के साथ लड़ा है···इससे भी आपकी ही हानि होगी मालिक!···इसी तरह मैंने बहुत समझाया कि···वह बेचारा फेंकुआ तो आपकी जूती के बराबर भी नहीं।

"इस पर इन्होंने बोला कि ···मेरा इतना खर्च हुआ है···, मेरी प्रतिष्ठा पर दाग लगाने का प्रयास किया था···उसका दंड तो उसको भुगतना ही पड़ेगा···वैसे तुम बहुत जिद कर रहे हो···तो मैं उसे मुक्त कराने पर विचार कर सकता हूँ!"

कुंती, "बाबूजी!···अब मेरे पास उन्हें देने के लिए क्या बचा है?"

गजराज, "वो है न! उनके घरवा के पीछे दस कट्ठे जमीन!···हाँ! तुम मालिक से हाथ-गोड़ जोड़ कर बोलो कि वह जमीन आपके नाम लिख देती हूँ मालिक!···भूल हो गई···अब माफ कर दीजिए!···मुझे लगता है···इस पर वो मान जाएँगे···वैसे आदमी तो जिद्दी हैं ही। लेकिन बात बन सकती है।"

कुंती, "बाबूजी!···बस मेरे पास उतनी ही तो जमीन है···उसी में साग-सब्जी उगाकर बाल-बच्चे की परवरिश करती हूँ···महँगाई के सामने एक की मजदूरी से घर चलनेवाला तो है नहीं!"

गजराज, "देखो चोरी का केस है! और कई धाराएँ हैं जो संज्ञेय हैं।"

कुंती, "चोरी तो नहीं की थी!"

गजराज, "अरे कोर्ट यह थोड़े देखता है···यदि देखता तो थाना कचहरी से पहले ही राहत न मिल गई होती!···जरा सोचो! अब कहीं से कोई राहत की उम्मीद नहीं···मुक्त तो अब मालिक ही करेंगे···कहीं तीन-चार साल की सजा हो गई तब!..जरा सोच लो!··· बाकी तुम्हारी मर्जी···मैंने तो अपना विचार दिया है।"

कुंती कुछ सोचकर बोली, "आखिर कोई उपाय भी तो नहीं है। बाबूजी!···जरा बात करके देखिए···मान जाए तो छाती पर पत्थर रखकर वह भी जमीन लिख दूँगी।"

गजराज, "वैसे! कुछ अधिक ही जोर दे रही हो तो कोशिश करके देखता हूँ!..यदि वो हाँ कह दिए तो मैं तुम्हें खबर दूँगा···वैसे आदमी बहुत जिद्दी है···देखो भगवान् ने चाहा तो बात बन सकती है।"

दृश्य-12

'आधी रात बीत गई होगी···तीन तारे बादलों के मध्य में आए हुए हैं। नींद भी नहीं आती है। ठाकुर ने पंचायत का मखौल उड़ाया। वह आदमी राक्षस है, उसकी गिद्धदृष्टि मेरे खेत पर है।···उसको लिखने से पहले मालिक से पूछ तो लूँ क्या कहते हैं।'

कुंती अपने आप से बोले जा रही थी। रात का एक बजा था। उस रात कुंती की नींद उचट गई थी। गजराज से बात होने पर तसवीर साफ हो गई थी कि ठाकुर विरेचन जमीन लिखाए बिना केस नहीं उठाएगा। उसने सोचा कि कल सवेरे उठकर जहानाबाद जेल जाकर मालिक से बात कर सब हाल सुना देगी। उनकी हाँ कहने पर ही खेत लिखना ठीक रहेगा। वह सवेरे उठकर सीधा जहानाबाद कारागृह पहुँच गई। और अपने पति को बुलाने के लिए वार्डन को पैसे एवं पर्ची थमाई। कारागृह के बाहर छह सिपाही एवं दो हवलदार थे। एक हवलदार ने पैसे जेब में रखते एक दूसरे सिपाही को पर्ची थमाते हुए कहा, "जाओ, बुला आओ।" कुछ ही देर में फेंकू खिड़की के सामने आया, जहाँ कुंती उसका इंतजार कर रही थी। फेंकू अपनी पत्नी को देख सिसकने लगा। वह कातर निगाहों से अपनी पत्नी को देखते हुए बोला, "कुंती···कुंती···मुझे यहाँ से जल्दी बाहर निकालो··· नहीं तो मर जाऊँगा!"

पति की हालत देखकर कुंती की आँखें छलक पड़ी थीं। स्वयं को थोड़ा मजबूत करते हुए अपने आँचल से आँसू पोंछते हुए कहा, "धीरज धरो···!···पंचायत में विरेचन की हठधर्मिता के सामने मेरी एक न चली···दरअसल···वह हमारे घर के पीछेवाला पूरा खेत माँग रहा है···कुछ-न-कुछ उपाय करना होगा।"

फेंकू उग्र स्वर में चीखा, "क्या कहा तुमने!···तो अब उसकी कुदृष्टि खेत पर है?" फेंकू शून्य में खो गया।

कुंती ने उसकी विवशता को नजरअंदाज करते हुए धीरे से कहा, "क्या कहते हो जी!"

फेंकू, "कुंती···किस्मत हम लोगों के साथ कैसा मजाक कर रही है···उफ्···खेत भी चला जाएगा···तो···तो···फिर हम लोग भूखे मरेंगे कुंती···सबकुछ खत्म हो जाएगा··· सबकुछ··· !"

कुंती, "देखिए जी!···वह इससे कम पर मानने को तैयार भी नहीं है।"

फेंकू ने इस बात का उत्तर देने से पूर्व पूछा, "हीरा आया है?"

कुंती, "जी···अभी नहीं!"

फेंकू, "हे भगवान्!···ये सब क्या हो रहा है···समय जब खराब हो तो···अपना साया भी साथ छोड़ने लगता है···क्या करूँ··· !"

कुंती, "मेरी मानो तो खेत लिख दो···और केस उठवा लो···इस समय इसके अलावा और कोई चारा नहीं है···शायद नियति को ही यह मंजूर है।"

फेंकू, "हाँ···हाँ···कुंती तुम ठीक कहती हो···तुम सही सोच रही हो···अभी इस समय हम लोगों के पास कोई चारा नहीं है···मजदूरी करके बाल-बच्चों को पाल लूँगा।"

कुंती, "हाँ!···यही ठीक रहेगा।"

बातचीत के क्रम में ही सिपाही ने गरजते हुए कहा, "अब बस करो···समय समाप्त हो चुका है···अंदर जाओ···जाओ अंदर।"

कुंती चिल्लाते हुई बोली, "हे मालिक! अभी तो अपने आदमी से पूरी बात भी नहीं की है···मालिक··· ! मालिक!···

कुंती गिड़गिड़ाती रही लेकिन हवलदार ने डाँटते हुए फेंकू को अंदर जाने का आदेश दिया। वह बेचारा डरते हुए कुंती को देखता-देखता अंदर चला गया। कुंती भी मुँह लटकाए वहाँ से अपने सीने में भारी बोझ का अहसास करते हुए धीरे-धीरे कदमों से सरकने लगी। वह अपनी किस्मत को कोस रही थी।

दृश्य-13

स्थान : प्रोफेसर राजेंद्र सिंह का आवास

समय : 9 बजे पूर्वाह्न

प्रातः के नौ बजे थे। उसी समय थाना प्रभारी ओ.पी. यादव ने प्रोफेसर राजेंद्र सिंह के दरवाजे के बाहर कॉल बेल बजाई। प्रोफेसर राजेंद्र प्रताप सिंह क्लास लेने के

लिए जाने के लिए तैयार थे तथा उनकी एकमात्र सुपुत्री पल्लवी भी क्लास करने के लिए तैयार होकर बस बाहर निकलने वाली ही थी कि प्रोफेसर साहब ने कॉल बेल सुनकर अतिरंजित होकर दरवाजा खोला। सामने थानेदार को देख वह थोड़ा सकपका गए थे। जिस तरह अचानक जहरीला साँप देखकर व्यक्ति डर जाता है, उसी तरह बिना बुलाए जब किसी इनसान के यहाँ थानेदार पहुँच जाए तो उसी तरह डर जाते हैं। मन-ही-मन प्रोफेसर राजेंद्र प्रताप ने सोचा किसी ने मेरे विरुद्ध कोई शिकायत तो नहीं की··मैंने कहीं किसी से कुछ अप्रिय बातें तो नहीं कीं··पता नहीं··तेज हवा भी आने के पहले अपने आगमन का अंदाज बता देती है, लेकिन एक थानेदार का बिना किसी जानकारी के आ जाना शुभ संकेत तो नहीं! फिर किसी तरह हिम्मत जुटाकर थानेदार से बोला, "कहिए बड़ा बाबू! ···कैसे आना हुआ?"

प्रोफेसर साहब के कहने पर ड्रांइग रूम में प्रोफेसर साहब के पीछे-पीछे जाकर थाना प्रभारी बैठे, "बोले सर! हीरा बाबू हैं?"

प्रोफेसर, "हीरा बाबू! कौन?··मैं उसे नहीं जानता हूँ।"

फिर मन-ही-मन बोले, 'कहीं उसने कोई उल्टी-पुल्टी शिकायत तो नहीं कर दी·· या कोई उल्टा-पुल्टा काम।'

थानेदार, "सर! आप हीरा बाबू को नहीं जानते हैं?"

प्रोफेसर, "नहीं!··क्या बात है?"

थानेदार, "क्यों बात को छिपाते हैं सर?··उन्होंने मेरे यहाँ आपकी पैरवी की··फिर बिना जान-पहचान के कोई पैरवी करते तो नहीं?"

प्रोफेसर साहब ने आश्चर्य से पूछा, "बड़ा बाबू!··उसने मेरी पैरवी की है··आपके यहाँ!"

थानेदार, "हाँ सर!··वरना मैं तो एक्सीडेंट केस करनेवाला था··आपकी क्षतिग्रस्त गाड़ी को उनके कहने पर ही आपके यहाँ पहुँचाया था··फिर आप कहते हैं··!" यह कहते हुए थानेदार आश्चर्य से प्रोफेसर को घूरने लगे।

प्रोफेसर अब आश्वस्त हो गए कि कहीं कोई गड़बड़ बात नहीं है। उन्होंने कहा, "देखिए! बड़ा बाबू! वह भला लड़का है··इसमें कोई शक नहीं··लेकिन वह कहाँ रहता है··यह मुझे नहीं मालूम··मैं सच कह रहा हूँ··मुझे नहीं पता··हाँ मेरे विश्वविद्यालय का विद्यार्थी जरूर है··बोलिए कुछ कहना था क्या?··यदि मिल गया तो मैं आपके पास भेज दूँगा··।"

थानेदार, "सर!··वो बड़े काम का लड़का है··बहुत पहुँचवाला··उनका अपना मामाजी बिहार के डीजीपी हैं··वे पैरवी कर मुझे अच्छा सा थाना दिलाने का वादा किए हैं··एक बार उससे मिला दीजिए सर! बड़ी मेहरबानी होगी।"

प्रोफेसर, "बड़ा बाबू! मैं कोशिश कर उससे मिलवा दूँगा···अभी मुझे क्लास लेना है! देर हो रही है··· !"

थानेदार, "बस! यही काम से आया था। सर आप भी मेरी ओर से पैरवी कर दीजिएगा···बस चलता हूँ सर! प्रणाम!"

प्रोफेसर साहब ने प्रणाम का जवाब प्रणाम कहकर दिया। थानेदार चले गए थे। उनके जाते ही प्रोफेसर ने पल्लवी को आवाज दी, "पल्लवी! चलो जल्दी देर हो रही है।"

पल्लवी भीतर से ही बोली, "आई पापा! मैं भी तो कब से तैयार बैठी थी···पर वह वर्दीवाला आ गया···इसलिए मैं अंदर चली गई!"

इतना कहते-कहते दोनों गाड़ी पर बैठ गए। गाड़ी एंबेसडर थी। प्रोफेसर साहब गाड़ी स्वयं चला रहे थे। पिछली सीट पर पल्लवी बैठी थी। पल्लवी कुछ सोचते हुए पापा से बोल पड़ी, "अच्छा पापा ये हीरा कौन है?···क्या वह सचमुच में पैरवी···पहुँचवाला आदमी है?"

प्रोफेसर ने अनमने भाव से जवाब दिया, "नहीं बेटी! मैं भी नहीं जानता!"

पल्लवी, "आप भी नहीं जानते··· ?"

प्रोफेसर, "नहीं बेटी···मैं नहीं जानता!···वह उतनी ऊँची पैरवीवाला है··· यह मैं नहीं जानता।" इतना कहने के बाद वह फिर मन-ही-मन सोचने लगे, 'हीरा शायद झूठ बोल रहा है···उसके मामा बिहार के डी.जी.पी. हैं···नहीं···यदि ऐसा होता तो मुझे पहले भी इसकी जानकारी होती···फिर···फिर डी.जी.पी. दूसरी बिरादरी के हैं।···कोई रिश्ते में लगनेवाला मामा?···न···न! उसने जरूर झूठ कहा है।'

यही सब सोचते-सोचते प्रोफेसर साहब ने अपनी गाड़ी पार्किंग में लगा दी। दोनों अपनी-अपनी क्लास की ओर चल दिए।

दृश्य-14

स्थान : मगध यूनिवर्सिटी

समय : रात्रि 11 बजे

जिस तरह घाव अंदर-ही-अंदर पककर बड़ा रूप ले लेता है, बात अंदर रहकर व्याधि का कारण बन जाती है। इनसान व्याधि से ग्रसित होकर या तो स्वयं का विनाश कर लेता है अथवा संघर्ष का रूप लेकर दूसरे का विनाश कर देता है। यदि यह जख्म सृजनात्मक सोच में बदल जाता है, तब बड़ा सृजन कर अपना कल्याण तो करता

ही है, दूसरे के कल्याण का मार्ग खोल महान् बन जाता है। हीरा के भी दिल का जख्म सृजन के मार्ग पर चल चुका था। भलाई के बदले प्रोफेसर राजेंद्र सिंह द्वारा की गई उपेक्षा ने उसके दिल में जख्म का ही रूप ले रखा था। तन के जख्म का उपचार ऑपरेशन कर आसानी से किया जा सकता है, लेकिन दिल के जख्म का इलाज सुलभ नहीं होता है। वह प्रोफेसर साहब को करारा जवाब देने के वक्त का इंतजार कर रहा था।

उन दिनों मगध विश्वविद्यालय में स्काउट एंड गाइड के प्रोग्राम चल रहे थे। अतिथियों के स्वागतार्थ सांस्कृतिक प्रोग्राम भी चल रहे थे। उस सांस्कृतिक प्रोग्राम में हीरा ने भी भाग लिया था। यद्यपि हीरा ने अपने गाँव प्रतापपुर में अभिनय करने के दौरान हर तरह की भूमिका निभाई थी। इसलिए उसके लिए यह कोई नया प्रयोग न था। उसने एक एकांकी की पटकथा स्वयं लिखी थी। उसका शीर्षक था—'आचार्य द्रोण की आत्मा' एकांकी में सम्मिलित पात्रों के साथ हीरा कई बार रिहर्सल भी कर चुका था। यह सांस्कृतिक प्रोग्राम का आखिरी आइटम था। जिसे हीरा द्वारा पेश किया जाना था।

दर्शक दीर्घा में अगली सीट पर ही प्रोफेसर राजेंद्र प्रताप सिंह एवं पल्लवी बैठे थे। दोनों को एक साथ देखकर हीरा को और भी खुशी हो रही थी। मंच के आगे विशाल पंडाल में हजारों दर्शक बैठे थे। वे एक नवीन एकांकी को देखने के लिए काफी देर तक ठहरे थे।

उद्घोषक ने मंच पर घोषणा की, "बहनो! भाइयो!···इस सांस्कृतिक समारोह में आखिरी आइटम के रूप में एक एकांकी का मंचन है, उसका शीर्षक है, 'आचार्य द्रोण की आत्मा'···इसमें भाग लेने वाले कलाकारों के नाम हैं—हीरा, गोपीचंद, रमेश, महर्षि, रोशन, गोपाल एवं उसके साथी।

आश्चर्य की बात है कि इस विश्वविद्यालय में, जो स्वयं विद्या का मंदिर है, वहाँ 'आचार्य द्रोण की आत्मा' शीर्षक एकांकी के माध्यम से एकांकीकार क्या संदेश देना चाहते हैं।' इसे प्रस्तुत एकांकी में देख पाएँगे। इस एकांकी के कलाकार स्वयं हीरा हैं··· उनसे अनुरोध है कि अब वे मंच पर आकर एकांकी प्रस्तुत करें।"

जोरदार तालियों से हीरा एवं एकांकी में भूमिका निभानेवाले कलाकारों का स्वागत किया गया।

उद्घोषणा के बाद तुरंत एकांकी का प्रस्तुतीकरण इस प्रकार किया गया था।

समय—दिन

स्थान—महाभारत की रणभूमि कुरुक्षेत्र।

सभी महारथी अपनी-अपनी सेनाओं के साथ खड़े हैं। रणभूमि में निस्तब्धता छाई हुई है। श्रीकृष्ण भी अर्जुन के सारथी बनकर रथ पर बैठे हैं। कुरुक्षेत्र में कुछ शहीद योद्धाओं एवं सैनिकों के क्षत-विक्षत शव पड़े हैं। अर्जुन के कंधे में धनुष तथा कमंडल (कवच) में बाण रखे हैं। अर्जुन अपने हाथ में तलवार लिये रथ की ओर आ रहा है।

वह तलवार लहू से सनी हुई है। जमीन पर आचार्य द्रोण के सिर एवं धड़ अलग-अलग बिखरे हैं। वह स्थान लहू से पटा हुआ है।

भगवान् श्रीकृष्ण में आचार्य द्रोण की आत्मा विलीन होना चाहती है, लेकिन वह श्रीकृष्ण के करीब जाकर वहीं ठहर जाती है। प्रभु श्री कृष्ण और आचार्य द्रोण की आत्मा के बीच संवाद होता है, जिसे इन दोनों के अलावा उस समर भूमि में किसी अन्य को सुनायी नहीं पड़ रहा है।

आचार्य द्रोण की आत्मा, "हे प्रभु! हे···लीलाधर! मैं आचार्य द्रोण की आत्मा अब धड़ से स्वतंत्र होकर आपकी आत्मारूपी परमात्मा में विलीन होने से पूर्व कुछ प्रश्न करने की जिज्ञासा रखती हूँ···प्रभु की आज्ञा हो तो प्रश्न करूँ?"

श्रीकृष्ण, "हे! परमज्ञानी! हे परमतत्त्व! आप अपनी जिज्ञासा पूर्ण करें!"

द्रोण की आत्मा, "प्रभु!···आप तो स्वयं त्रिलोकी नाथ हैं···स्वयं भगवान् विष्णु के अवतार हैं लीलाधर!···मेरा प्रश्न, एक जिज्ञासा यह है कि आप अपनी इच्छामात्र से मुझे मार सकते थे···फिर मेरे प्रिय शिष्य के हाथों छलपूर्वक मारने का आदेश देने का क्या औचित्य है नाथ?"

श्रीकृष्ण, "हे देव!···आप स्वयं परमयोद्धा के साथ परमज्ञानी थे···आप भली प्रकार जानते थे गुरुदेव कि प्रत्येक प्राणी को उसके किए कर्मों का फल मिलता ही है···इसे कोई नहीं टाल सकता है···यह विधि का विधान है आचार्य!···पिछले कुछ वर्षों की घटना का स्मरण करें···गुरुदेव!···एकलव्य को आपने इसलिए शिक्षा देने से इनकार किया था कि उसने ब्राह्मण या क्षत्रिय कुल में जन्म नहीं लिया था···वह एक शूद्र कुल में जन्मा था···गुरुदेव···जब आपने उसे धनुर्विद्या की शिक्षा देने से इनकार किया था, तब उस युवक ने आपके प्रतीक को साकार मानकर दुनिया के श्रेष्ठ धनुर्धरों में अपना स्थान बनाया था···वह आपकी रक्षा करने के लिए उसने एक स्वान के मुख को अपने बाणों से बंद कर दिया था, ताकि वह आप पर आक्रमण न करे···या न भौंके···आप स्वयं उसकी इस महारत को देख हैरत में पड़ गए थे गुरुदेव!···आपने उस युवक से पूछा था कि यह दुर्लभ धनुर्विद्या किससे सीखे हो···तब युवक ने यह बताया था कि वह आपका प्रतीक बनाकर शिक्षा ग्रहण किया है···यह सब उसी घटना का स्मरण है न गुरुदेव? अपने शिष्य अर्जुन को आपने ही कपट की शिक्षा दी थी, न गुरुदेव! हे परमतत्त्व गुरु आत्मा! जिस प्रकार एक पिता अपने एक से अधिक पुत्र होने पर अपने पुत्रों के साथ भेदभाव कर अपने घर में फूट···वैमनस्य एवं कटुता का बीज बोता है···आगे चलकर यही बीच अंकुरित होकर पौधा बनता है···जिसके फल तो उस पिता को भी खाने होते हैं न गुरुदेव!···उसी प्रकार गुरुकुल या विद्यालय के जनक गुरु होते

हैं···गुरुदेव!···इसलिए उस गुरुकुल या विद्यालय के सभी शिष्य एक समान होते हैं गुरुदेव!···गुरु को बिना किसी भेदभाव के सभी शिष्यों को एकरूपता एवं ईमानदारी से शिक्षा देनी चाहिए थी न गुरुदेव!···किसी वर्णव्यवस्था···जाति कुल के आधार पर आपने एकलव्य को शिक्षा देने से भी इनकार किया था न गुरुदेव!···यह आचरण गुरु कर्तव्य पथ से विमुख होना था गुरुदेव!"

द्रोण की आत्मा, "हाँ प्रभु!···आगे की घटना का स्मरण कराएँ प्रभु!"

श्रीकृष्ण, "हे परमज्ञानी! हे गुरुदेव! आपने अपने प्रिय शिष्य अर्जुन को सर्वश्रेष्ठ धनुर्धर बनाने के लिए छलपूर्वक उस युवक से गुरुदक्षिणा के रूप में उससे दाएँ हाथ का अँगूठा माँग लिया था गुरुदेव··· !···बस उसी शिष्य ने आपका भी छलपूर्वक वध किया है गुरुदेव! वह जघन्य पाप न था गुरुदेव! गुरु तो सिर्फ गुरु होता है···जिस प्रकार एक पिता को अपने पुत्र की चंचलता···चपलता···गुणी···ज्ञानी और एक वीर योद्धा देखकर खुशी होती है···उसी प्रकार गुरु को भी अपने शिष्य की चंचलता···चपलता···गुणी···ज्ञानी एवं परमयोद्धा देखकर खुश होना चाहिए था···न गुरुदेव···आपने तो उसके साथ भेदभाव कर शिक्षा देने से इनकार कर घोर पाप किया था···गुरुदेव···आपने उस बेचारे से उसके दाएँ हाथ का अँगूठा माँग कर उसकी शौर्यता को छलपूर्वक समाप्त किया था गुरुदेव!···इस पाप का दंड तो आपको भोगना ही था न गुरुदेव!"

द्रोण की आत्मा, "क्षमा प्रभु! अब मुझे परमब्रह्म श्री विष्णु अवतार केशव अपनी आत्मा में विलीन होने का आदेश दें प्रभु!"

श्रीकृष्ण, "एवमअस्तु!"

(आदेश प्राप्त करते ही द्रोण की आत्मा भगवान् श्रीकृष्ण की आत्मा में विलीन हो गई।)

इस एकांकी को प्रारंभ से अंत तक सभी दर्शक एकाग्रचित्त होकर देखते रहे। कहीं से किसी की छींक की भी आवाज नहीं आ रही थी। सभी दर्शक अपने-अपने स्थान पर जो बैठे एकांकी मंचन के अंत तक यूँ ही शांत बैठे थे। थानेदार अपने संतरी के साथ खड़े थे। वे हीरा का नाम सुनते ही उससे मिलने के लिए बेचैन थे। मंच के करीब गए भी थे, लेकिन उस समय तक एकांकी नाटक आरंभ हो चुका था। इसलिए वे लौटकर अपने संतरी के पास चले आए थे। अभिनय में कलाकारों ने इतनी अच्छी भूमिका निभाई थी कि स्वयं थानेदार अभिनय देखने में भूल गया था कि उसे हीरा से भी मिलना है। अभिनय के समापन के बाद सभी ने तालियाँ बजाईं कुछ पल के बाद ही थानेदार को हीरा से मिलने की बात याद आई। उठकर लोग अपने-अपने घर जाने लगे थे। थानेदार यादव को ज्यों ही स्मरण हुआ कि उसे हीरा से मिलना है, वह दौड़ा-दौड़ा मंच के पास चला आया था और प्रत्येक दर्शक को बहुत गौर से देख रहा था कि उसे हीरा मिल जाए। यद्यपि थानेदार

मंच के पास हीरा बाबू कहकर कई बार चिल्लाया भी परंतु भीड़ की अफरा-तफरी में हीरा का पता न चल सका। बेचारे थाने के बड़े बाबू ओ.पी. यादव खाली हाथ वापस चले आए थे। यूँ तो सभी को यह अभिनय खूब पसंद आया था। पल्लवी इस एंकाकी से बहुत प्रभावित हुई। उसे हीरा का अभिनय बहुत पसंद आया था। तालियाँ बजाते समय हीरा को वह बहुत गौर से निहार रही थी।

दृश्य-15

हीरा ने कहा, "चाचा प्रणाम!"

फेंकू, "आया भतीजे! मेरी पत्नी तुम्हें कई दिनों से ढूँढ़ रही थी।"

हीरा, "चाचा मैं कुछ देर पहले ही गया से आया हूँ···आते ही मोती ने सूचना दी··· सुनकर बहुत तकलीफ हुई।"

फेंकू, "पूरे छियासी दिन जेल में बीता है बेटा!···यह जेल जाने का कलंक लग ही गया···क्या करूँ गरीब हूँ···इज्जत बच रही थी···वह भी आखिर लुट ही गई···जेवर-जायदाद भी हाथ से निकल गए।"

हीरा, "चाचा बात क्या थी?"

फेंकू, "कुछ नहीं!···उसने झूठ तोहमत लगा दिया कि तुम्हारी बकरी खेत खा गई···उसने मारपीट भी की···ऊपर से जेल भी भेजवा दिया।" इसी बीच वह झट से अंदर गया और कुंती को आवाज लगाई, "अरे सुनती हो··· !···हीरा आया है···आओ न तुम्हीं हीरा को सबकुछ बढ़िया से बताओ।"

इतना बोलकर उसने स्वयं धान की रस्सी से बनी हुई एक छोटी खटिया बाहरी दरवाजे पर ले जाकर बिछाई। पीछे-पीछे कुंती भी हीरा के समीप जाकर खड़ी हो गई थी।

फेंकू बोला, "हाँ! बैठो···बेटा।"

हीरा खटिया पर बैठ गया तथा फेंकू से बोला, "चाचा बैठो न!···"

"अब तुम गया में पढ़ रहे हो बाबू साहब लोगन जैसा तो!"

हीरा, "चाचा! हमारे साथ तुम न बैठोगे तो कौन बैठेगा?···वो बाबू साहब!"

फेंकू, "फिर भी तुम्हारी इज्जत हम नहीं करेंगे तो दूसरे को क्या कहेंगे।"

हीरा, "हमारी इज्जत साथ बैठने से बढ़ जाएगी।"

यह कहते हुए हीरा ने फेंकू को हाथ पकड़कर बैठा लिया। फिर दोनों में बातचीत होती रही। कुंती भी वहीं खड़ी वार्तालाप करने लगी थी। उस समय दिन का करीब एक बज रहा था। हीरा गया से कुछ देर पहले ही घर आया था, हीरा का छोटे भाई मोती

ने आते ही फेंकू की स्थिति से अवगत कराया था। इसलिए हीरा घर में बैठा भी नहीं सीधा फेंकू के पास हालचाल लेने चला आया था। हीरा अपने टोला बक्सीपुर का सबसे अधिक पढ़ा-लिखा था। इसलिए लोग स्वभावत: हीरा का आदर करते थे। हीरा भी सबके दु:ख-सुख में साथ रहता और वक्त पर काम आता था। फेंकू पर मुसीबत का पहाड़ टूट गया था। हीरा नहीं था, इसलिए फेंकू को कानूनी सलाह देनेवाला कोई नहीं था। हाँ, टोले के लोग सांत्वना जरूर देते, लेकिन इतनी बुद्धि नहीं थी कि ठाकुर विरेचन के दाँवपेंच का कोई जवाब देते।

बक्सीपुर प्रतापपुर गाँव का एक टोला था। प्रतापपुर में ऊँची जातियों के लोग रहते थे। हाँ, कुछ बनिया किस्म के लोग वहाँ दुकान वगैरह किए हुए थे। वह धनाढ्यों की बस्ती थी। पढ़े-लिखे भी लोग थे। सरकारी एवं गैर-सरकारी नौकरी में भी कुछ लोग थे। माध्यमिक विद्यालय गाँव में था। उच्च विद्यालय की कमी थी। कृषि उपकरण, जीप इत्यादि भी थे। प्रोफेसर राजेंद्र प्रताप सिंह जैसे विद्वान् और ठाकुर विरेचन जैसे दबंग लोगों ने भी वहीं के निवासी थे। दूसरी तरफ बक्सीपुर में इक्का-दुक्का लोग प्राथमिक शिक्षा एवं उच्च विद्यालय तक शिक्षा प्राप्त की थी। एक मात्र हीरा ही मगध यूनिवर्सिटी में एम.ए. की शिक्षा लेने गया था। टोला और गाँव के रिश्ते में भी कोई कड़वाहट नहीं थी। गाँववालों को मजदूर की जरूरत थी, तो टोलेवालों को मजदूरी की। इसलिए आपसी सौहार्द था।

ठाकुर विरेचन एक अलग किस्म का आदमी था। गाँव में उसकी तूती बोलती थी। उसकी दबंगता और क्रूरता के कारण लोग उससे परहेज करते थे, क्योंकि थाने से लेकर कोर्ट-कचहरी तक उसकी पहुँच थी। नेता-अफसर से भी उसकी अच्छी जान-पहचान थी।

पंचायत का मान नहीं रखे जाने से कुंती काफी उदास थी। अब उसे हीरा पर कुछ भरोसा था कि शायद वह कुछ कर पाए। इसलिए कुंती ने हीरा से कहा, "देखो बेटा! मैं औरत होकर भी पंचायत बुलाई...किंतु हमारी एक न चली...किसी की भी बात नहीं सुनी गई...मेरी दस कठ्ठा जमीन पर उसकी आँख गड़ी हुई थी...आखिर उसने मेरी जमीन मेरे मालिक से लिखवाकर ही छोड़ा...उसके मुँह में कीड़े पड़ेंगे...मर जाए निगोड़े...बहुत सताया हम गरीबन को...गहने जमीन सब बेच दिए!"

हीरा, "चाची! रावण की सोने की लंका भी जल गई थी...पापी का अंत जल्द ही होनेवाला है चाची! बस थोड़ा सब्र करो।"

फेंकू, "अब तो हमें यकीन हो गया है बेटा, थाना...कोर्ट...कचहरी सब पैसेवालों के लिए हैं...हम लोग के लिए नहीं। हम लोगों की कोई सुनता नहीं...न्याय पाना बेमानी सी लगती है।"

हीरा, "एक व्यक्ति को कहीं भी न्याय नहीं मिलता है...तो उम्मीद की एक किरण न्यायपालिका पर जा टिकती है...कि शायद वहाँ उसे न्याय अवश्य मिल जाएगा...किंतु

वहाँ भी जब न्याय का दीप बुझ जाता है···तो खूनी क्रांति का जन्म होता है···परिवार के किसी सदस्य की उपेक्षा होती है तो···उससे असंतोष पनपता है···किंतु राज्य में किसी वर्ग की उपेक्षा होती हो···तब उससे वर्ग संघर्ष का जन्म होता है···खासकर परिवार के मुखिया या राज्य के मुखिया को इससे बचना चाहिए···इसके अच्छे संकेत नहीं हैं, चाचा!"

फेंकू, "काली रात में भगजोगनी भी चमक-चमक कर खूब इतराती है कि हमसे बड़ा कोई प्रकाशपुंज नहीं···लेकिन दिन में सूर्य की रोशनी में वह पता भी नहीं चलती···सूरज बनो भतीजे···उसके आतंक का अंत करो बेटे···तुमसे बड़ी उम्मीद है बेटे!"

दृश्य-16

घुटरा ने कहा, "वो जो घर के पीछे जमीन ली गई है···उसमें क्या लगाना है मालिक?"

विरेचन, "अरे खेत का मालिक ही न बदला है···फसल थोड़े बदलना है···जो पहले से साग-सब्जी लगती थी, वही लगाओ न।"

घुटरा, "बस कल से ही काम शुरू कर देता हूँ मालिक!"

ठाकुर विरेचन का बड़ा सा बँगला था। प्रथम तल्ले पर तीन कमरे बने थे। शेष करीब दस कमरे का ग्राउन्ड फ्लोर बना था। बँगले में बड़ा सा बैठकखाना था, उसमें बड़ी-बड़ी दो चौकियाँ, उन पर गद्दा एवं चादर लगे थे। करीब दस काठ की कुरसियाँ थीं। वहीं एक खटिया पर विरेचन लेटा हुआ था और घुटरा (नौकर) उसे तेल मालिश कर बातचीत कर रहा था। जाड़े के समय की धूप नहीं निकली थी। करीब ग्यारह बजे होंगे। एक पिलर से एक आदमी को बाँध रखा था, उसका नाम बौधु था। वह एक लूँगी लपेटे हुए था, परंतु बदन पर कोई वस्त्र नहीं था, उसे दंडस्वरूप नंगे बदन रखा गया था। देखने से ही वह व्यक्ति दीन-हीन लग रहा था। तेल मालिश करते हुए घुटरा बोला, "ये बौधुआ का क्या करना है मालिक!"

विरेचन खतरनाक रूप से मुसकराते हुए बोला, "इस ठिठुरती ठंड में नंगे बदन रखा हूँ! साले को मरने दो!"···फिर उठकर बौधुआ के पास गया और बोला, "क्यों बहुत जाड़ा लग रहा है?"

बौधु कुछ नहीं बोला, सिर उठाकर जरूर देखा।

ठाकुर विरेचन बोला, "करमा!···करमा! कहाँ गया है?"

करमा दौड़ता हुआ आया और पूछा, "क्या हुआ मालिक?"

विरेचन, "अब इस हरामी का स्वागत करो···बहुत देर से इस बेचारे पिलर को तकलीफ दे रहा है···कोड़े लगाकर!"

करमा, "जी मालिक!" कहकर कोड़े लाने एक कमरे में गया, जहाँ दो राइफल कैंची की तरह सजा कर रखे थे। एक खूँटी में चाबुक टँगा था। उसे निकालकर ले गया और विरेचन से बोला, "जी मालिक!"

विरेचन, "इसे पच्चीस कोड़े लगाओ।"

आदेश मिलते ही बिजली की तरह फुर्ती दिखाता हुआ करमा बौधु पर कोड़े बरसा रहा था। कोड़े की मार से लहूलुहान बौधु चीखकर रहम की भीख माँग रहा था। बौधु चीखते हुए, "नहीं मालिक!···नहीं···! बाप रे! अब नय बचबौ!···अब नै!"

पूरी घटना को घुटरा भी देख रहा था। उसे आनंद आ रहा था। ठाकुर विरेचन ने इस बीच करमा को नहीं का इशारा किया।

विरेचन, "क्यों रे! पंचायत का फैसला मेरा था···फिर भी तुमने फैसला नहीं माना··· क्या सोचकर! ठाकुर शाबाशी देगा!···ठाकुर से तनिक भी खौफ नहीं!···नहीं···है खौफ··· नहीं है खौफ है···इस हरामी को···!"

इतना बोलकर पुनः कोड़े बरसाने शुरू कर दिए।

बौधु, "नहीं मालिक! मैं आपकी पंचायत मानता हूँ...मालिक...! मानता हूँ...बस दो दिन की मोहलत और दीजिए मालिक! मैं जुर्माने का एक-एक पैसा चुकता कर दूँगा।"

विरेचन, "तुमने कटोरा चुराया था!"

बौधु, "नहीं मालिक!···सच कहता हूँ···मैंने कटोरा पाया था।"

विरेचन, "झूठ बोलता है···हरामखोर!···तूने चोरी की थी!"

बौधु, "सच मालिक!···जहाँ कसम खिला लीजिए मालिक!"

विरेचन, "तुम जुर्माना देगा या नहीं···! यदि हाँ तो कब तक! नहीं···तो क्यों नहीं?"

बौधु, "कल तक जमा कर देंगे मालिक!···सच कहता हूँ, कल जरूर दे दूँगा··· हाँ···हाँ!"

विरेचन, "करमा!···इसे छोड़ दो! कल जमा नहीं किया तो···साले की शरीर से चमड़ी उतार लेना!"

करमा आदेश पाते ही बँधी गाँठ खोलने लगा। इस काम में करमा का सहयोग घुटरा भी कर रहा था। करमा ठाकुर का वफादार नौकर था। गरीबी के दलदल में फँसा, फिर भी बौधु की हालत पर तरस नहीं खा रहा था। उसको मारने में खूब मजा आ रहा था। जिस प्रकार कुल्हाड़ी लकड़ी का सहारा लेकर लकड़ी को काटती है, उसी प्रकार ठाकुर विरेचन घुटरा और करमा का सहारा लेकर बौधु को बहुत मारा करता था।

दृश्य-17

ठाकुर विरेचन ने कहा, "फूल और माला आ गया?"

करमा, "हाँ मालिक! पूरी टोकरी भरी है।"

विरेचन, "मंच?"

करमा, "वह भी तैयार है मालिक!"

विरेचन, "विधायकजी भी आनेवाले ही हैं! नाश्ता वगैरह तैयार हो गया है न?"

घुटरा, "हाँ मालिक सब रेडी है···बस आदेश मिलने के दस मिनट बाद तैयार हो जाएगा···वैसे गरम-गरम खाने का मजा ही कुछ और है मालिक··· !"

करमा, "मालिक!···विधायकजी पहले यहाँ आएँगे या मंच पर जाएँगे?"

विरेचन, "अरे पहले मंच पर आएँगे न भई!···सब ले चलो···सभास्थल पर।"

करमा, "जी मालिक!"

आदेश पाते ही फूल-माला सभास्थल पर ले जाया गया। सभास्थल प्रतापपुर के माध्यमिक विद्यालय में रखा गया था। भीड़ अधिक दिखाने के लिए स्कूल में छुट्टी न होते हुए भी विरेचन के आदेश से छात्र भी सभास्थल पर मौजूद थे। हजारों की भीड़ थी। मंच चौकी का बना था। ऊपर शामियाने लगे थे। मंच को फूलों से सजाया गया था। वहाँ ठाकुर विरेचन, उसका लठैत करमा भी मौजूद था। वहीं हीरा भी खड़ा था। मंच पर कुरसियाँ रखी गई थीं। एक पर ठाकुर विरेचन बैठा था, शेष अभी खाली पड़ी थीं। शोरगुल हो रहा था। माइक भी लगे थे। अचानक गतिविधियाँ बढ़ गईं। पों···पों हार्न बजाते हुए दोनों गाड़ी सभास्थल पर पहुँच गईं। एक पर विधायकजी तथा उसके साथ बॉडी गार्ड एवं चार संतरी थे तथा दूसरी गाड़ी पर विधायकजी के विशेष दर्जे के तीन कार्यकर्ता थे। विधायक को देखते ही लोग नारे लगाने लगे 'विधायक अवध नारायण अमर रहे।'···'जब तक सूरज-चाँद रहेगा, अवध नारायण तेरा नाम रहेगा', 'हमारा विधायक कैसा हो, अवध नारायण जैसा हो' जैसे नारे गूँज रहे थे। यह सुनकर ठाकुर विरेचन माला लेकर नीचे आया तथा विधायकजी को माला पहनाकर गले लगा लिया। अनेक ग्रामीणों ने भी माला पहनाई। जिसे विरेचन ने माला पहनाने का भार सौंपा था। विधायक तथा विरेचन सिंह मंच पर लगी हुई कुरसियों पर बैठे। मंच का संचालन प्रारंभ हो गया। स्वागत गान स्कूल की छात्राओं के एक समूह ने किया। कार्यक्रम का दीप प्रज्वलित कर उद्घाटन हुआ। विधायक ने अपना आभार भाषण दिया, करीब घंटे भर कार्यक्रम चला, फिर घोषणा हुई कि विधायकजी का खाना ठाकुर विरेचन बाबू के यहाँ होगा। उसके बाद विधायक का काफिला विरेचन बाबू के बँगले की ओर

चल पड़ा। बरामदे में सभी कार्यकर्ता बैठे तथा कमरे के अंदर लगे सोफे पर विधायक अवध नारायण तथा ठाकुर विरेचन बैठे। दोनों में बातचीत होने लगी। वहीं लगी टी टेबुल पर नाश्ते का प्रबंध किया गया। नाश्ते के क्रम में विधायक ने कहा, "विरेचन बाबू! आपकी अहमीयत समझकर ही आभार जताने पहले आपके गाँव आया हूँ।... सचमुच आपने मदद न की होती तो चुनाव में मेरी हार निश्चित थी...आपने तो कमाल ही कर दिया भाई।"

विरेचन, "हम तो ऐसे ही कमाल करते हैं विधायकजी! गाँव के बीस पच्चीस छोकरे रखते हैं, और शांतिपूर्ण ढंग से बूथ कब्जा कर लेते हैं...आपके अलावा किसी को एक भी वोट नहीं मिला होगा...इसका अहसास तो आप खुद कर रहे होंगे।"

विधायक, "हाँ भाई! मैं आपका तहेदिल से कायल हो गया हूँ।"

विरेचन, "इस बार मैंने सोचा है कि मुखिया मैं ही बन जाता हूँ।... मुखिया को मैंने ही बनाया था...साला हमारे खिलाफ पंचायत लगा ली थी।"

विधायक, "पक्का।"

विरेचन, "हाँ पक्का!"

विधायक, "समझिए बन गए मुखिंया और क्या! आज से अपने को मुखिया ही समझिए।"

विधायक, "मैं तो अपने को मुखिया से ऊपर समझता हूँ...वह तो मेरा छारण है! सचमुच!" इतना कहकर दोनों ठहाके लगाने लगे।

दृश्य-18

प्रतापपुर गाँव के बीचोबीच माध्यमिक विद्यालय था, जहाँ ग्रामीणों की बैठक बुलाई गई थी। संध्या के सात बजे थे। वसंत ऋतु का आगमन बस होने ही वाला था। सभा स्थल पर बिजली द्वारा लाइट की भी व्यवस्था थी। सभा में हीरा, विरेचन सिंह, मोती, करमा के अतिरिक्त प्रोफेसर राजेंद्र प्रताप सिंह तथा अन्य, प्रतापपुर ग्राम एवं बक्सीपुर टोले के नर बैठे थे। औरतों की संख्या मामूली थी, जो दूसरी तरफ बैठी थी।

ठाकुर विरेचन सभा को संबोधित करते हुए बोला, "भाई गत वर्ष की भाँति इस वर्ष भी सरस्वती पूजा धूम-धाम से होनी चाहिए कि नहीं।"

इस पर अधिकांश ग्रामीणों ने हाँ में उत्तर दिया।

विरेचन, "इसलिए चंदा में कुछ बढ़ोत्तरी जरूरी है, क्योंकि महँगाई सालभर में बढ़ गई है।"

इस बीच बगल से किसी ने कहा, "चंदा वसूलने का काम कौन करेगा?"

गोगन बोला, "भई इ काम तो ठाकुर साहब तोहरे करे पड़तो।"

ठाकुर विरेचन ने घूरकर उसे देखा। गोगन देखते ही बोला, "हमर कहे इ मतलब हके कि जेकरा कहबो मालिक वही करते इ काम।"

प्रोफेसर, "भाई जो गरीब है···उस पर थोड़ी नरमी भी दिखानी होगी।"

विरेचन, "प्रोफेसर साहब आप गरीब नहीं न हैं···फिर चिंता काहे करते हैं?"

प्रोफेसर, "मैं अपने लिए नहीं गाँव के गरीब के लिए बोल रहा हूँ।"

प्रोफेसर साहब को लगा भला कौवे के झुंड में हंस का क्या काम। इसलिए उन्होंने आगे बोलने से परहेज किया।

हीरा, "सर ठीक बोल रहे हैं···इस पर विचार होना चाहिए।"

विरेचन, "लो अरे हीरवा इ तोर प्रोफेसर साहब के क्लास रूम थोड़े है···जो प्रोफेसर साहब की हाँ में हाँ मिलाना जरूरी है···तसीली में रुख कड़ाई होना जरूरी है, वैसे कौन देना चाहता है···कहा जाता है तसीली बिना बेसीली के थोड़े होती है···देखो भाई माँगने के लिए एक बार ही जाएँगे···उसी समय अगले वर्ष का सवागुणा मिल जाना चाहिए···इसीलिए सबको बुलाना पड़ा है···बक्सीपुर टोला का बसूली हीरा करेगा···मंजूर है!"

इस पर पल भर के लिए सन्नाटा छा गया।

यह देखकर विरेचन पुनः बोला, "कोई नहीं बोला···मतलब सबकी सहमति है···हूँ···अच्छा तो अब हमें कार्यक्रम पर विचार करना होगा···इस वर्ष क्या···क्या होना है···इस पर कुछ बताया जाए।"

हीरा, "गत वर्ष की तरह इस साल भी दो दिन ड्रामा होना चाहिए···!"

गोगन, "बाकी बाई जी का नाच जरूरी है भाई···?"

इस पर सभी हँस पड़े। चारों तरफ देखकर पुनः गोगन बोला, "का हम कौनो गलत बोललिए की!"

यह सुनकर विरेचन ने मुसकराते हुए कहा, "आप लोगों की राय।"

एक ग्रामीण बोला, "हाँ ठीके तो कह रहलोह।"

विरेचन, "हमारा भी यही विचार है···सभी को यह मंजूर है?"

सभी ने इस प्रस्ताव को एकमत से स्वीकार किया।

हीरा बोला, "ठाकुर चाचा! सड़क पर मोटर गाड़ी चलती है! सड़क के पास रहनेवाले गाँव तो मोटर गाड़ीवालों से ही चंदा वसूल लेते हैं। अब तो हमारे गाँव के बीचोबीच से मेन रोड गया है, इस पर बहुत सी गाड़ियाँ भी चलती हैं, क्यों न इससे भी चंदा वसूली की जाए?"

विरेचन, "हाँ!···अरे इस पर तो किसी का ध्यान गया ही नहीं था···बस कल से ही

सड़क पर चंदा वसूली करना है···हीरा तुम अपने टोले के दस लड़कों को ले आना···दस इस गाँव के भी रहेंगे···बारी बारी से चंदा उगाही करना होगा···ठीक है?"

यों तो बैठक में गाँव एवं टोले के दर्जनों व्यक्ति उपस्थित थे, लेकिन बैठक में वही प्रस्ताव पारित हुए, जिसे ठाकुर ने चाहा। बैठक संपन्न हुई। दूसरे दिन सुबह आठ बजे से ही टोला बक्सीपुर एवं प्रतापपुर गाँव से दस-दस छोकरे पक्की रोड पर खड़े थे। जो भी गाड़ी आती उसको रुकवाकर चंदा उगाही करते रहे।

गोगन, "अरे देखो बस आ रही है···उससे पाँच सौ पूरे लेना है···क्यों भाइयों?"

मोती, "हाँ! उससे कम नहीं।"

एक ग्रामीण, "अरे खजूर की बल्ली बीच रोड पर रख! आव···सभी आवो न!"

आठ-दस ग्रामीणों ने मिलकर खजूर की बड़ी सी बल्ली को बीच सड़क पर रखा। तब तक बस आकर भीड़ के पास रुक गई। भीड़ के बीच में कंडक्टर उतरा। चारों ओर से भीड़ ने उसे घेर लिया। तीन-चार ग्रामीण ड्राइवर के सामने पहुँचे, उसमें से एक ने कहा, "ड्राइवर गाड़ी बंद करो! अरे बंद कर!"

ड्राइवर अपनी सीट पर बैठे-बैठे बोला, "भइया बंद कर रहा हूँ! लो बंद कर दिया।"

एक आदमी डंडा दिखाते हुए बोला, "हाँ बिना बोले गाड़ी स्टार्ट नहीं करना··· नहीं तो देखो डंडा!" अकेले मुँह से बोली भले न निकलती हो, लेकिन भीड़ में मानो सौ आदमी की ताकत एक आदमी में आ जाती है। भले मनुष्य भी उद्दंड हो जाते हैं।

इधर भीड़ में कंडक्टर बोला, "भाई बहुत है···इतना तो कमाए भी नहीं···गाड़ी में पैसेंजर भी उतनी नहीं···एक सौ एकावन ले लो।"

गोगन, "नहीं···नहीं पाँच सौ से कम नहीं।"

हीरा, "चलो यार चार सौ ही दे दो।"

कंडक्टर,, "एक ही जगह तो नहीं देना है भइया···चंदा तो गाँवे-गाँव देना पड़ता है···मालिक कंगाल हो जाएँगे···फिर हम लोग की रोजी-रोटी पर आफत आ जाएगी··· ऐसा करिए एक सौ पचास ले लो···बस और नहीं दे सकेंगे!" वैसे बस के कंडक्टर कम शरारती नहीं होते हैं, लेकिन झुंड की मति देखकर उसकी सिट्टी-पिट्टी गुम थी। वाणी में मधुरता थी।

हीरा, "क्या कसम खा रखी है··· !···पच्चीस लाख की गाड़ी चला रहे हो और··· बैग से चार सौ रुपए भी नहीं निकलते!"

एक ग्रामीण बोला, "नहीं दे रहा है तो गाड़ी का शीशा ही तोड़ दो।"

हीरा, "अरे नहीं! भई ऐसा मत करो!···जाओ भाई दो सौ रुपए दे दो···अब तो खुश!"

कंडक्टर, "मालिक नौकरी से बाहर कर देगा···चलो गाड़ी छोड़ो।" कंडक्टर ने दो सौ रुपए निकालकर मोती को दिए। हीरा पैसा रखते हुए बोला, "अरे गाड़ी छोड़ दो! कुछ लोगों ने खजूर की बल्ली को किनारे किया और गाड़ी को जाने दिया। इसी तरह कई गाड़ियाँ आती गईं और खजूर की बल्ली को बीचोबीच रख कर जबरन चंदा वसूली जारी रही।

कुछ गाड़ीवालों से कुछ बक-झक भी होती रही, लेकिन बिना चंदा के एक भी गाड़ी को नहीं जाने दिया। इसी समय एक एंबेसडर कार आ रही थी, उसमें मगध प्रमंडल के कमिश्नर साहब परिवार के साथ बैठे थे। उसमें पीली बत्ती नहीं थी। क्योंकि परिवार सहित वे अपने गृह आवास से अपने काम पर जा रहे थे। दूर से देखकर हीरा ने कहा, "देखो-देखो···एक कार आ रही है···बहुत तेजी से आ रही है···बल्ली को बीच रोड पर जल्दी रखो!"

छह-सात युवकों ने मिलकर खजूर की बल्ली को बीच रोड में रख दिया, तब तक गाड़ी पहुँच चुकी थी। कार हार्न बजा रही थी, पर किसी ने बल्ली नहीं हटाई। सड़क के दोनों किनारे युवक खड़े थे, उधर से ही गाड़ी तेजी से जाने लगी। वहाँ से युवक गिरता पड़ता जान बचाकर भागा। ऐसा लग रहा था कि ड्राइवर ही सुपर कमिश्नर था। गाड़ी ज्यों ही आगे बढ़ी दूसरे किनारे पर खड़े एक युवक ने गाड़ी पर एक पत्थर फेंक दिया। वह पत्थर गाड़ी के पीछे शीशे पर लगा और शीशा टूट गया, परंतु ड्राइवर ने गाड़ी को रोका नहीं आगे बढ़ता गया। कमिश्नर की मेम साहब को बहुत गुस्सा आया। वह थाने में शिकायत कर, तुरंत सभी को गिरफ्तार कर जेल भेजने के लिए कमिश्नर साहब पर दबाव डालने लगी। कमिश्नर साहब मेम साहब को बहुत समझाए कि अभी वे सरकारी ड्यूटी पर नहीं हैं। शिकायत करना ठीक नहीं है। बात हो ही रही थी कि ड्राइवर ने गाड़ी को बेनीपुर थाने में घुसा दिया।

ड्राइवर ने गाड़ी से उतरकर थानेदार से पूछा, "बड़ा बाबू हैं?"

उस समय बड़ा बाबू बाहर खड़ी कार में आए लोगों को देखकर समझे कोई मुलाजिम होगा। थानेदार ने ड्राइवर से बोला, "हाँ बोलो क्या बात है?"

ड्राइवर थानेदार के समीप जाकर धीरे से बोला, "कमिश्नर साहब हैं।"

थानेदार हड़बड़ाता हुआ उठा, अपनी टोपी चेंबर के टेबुल से लेकर पहनी और दौड़ते हुए कार के पास पहुँचा और सैल्यूट मारा, "जय हिंद सर!"

कमिश्नर, "जय हिंद···थानेदार आप हैं?"

थानेदार, "जी सर!"

कमिश्नर, "जबरन चंदा उगाही करने के लिए खुली छूट दे रखी है क्या?"

थानेदार, "नहीं सर।"

कमिश्नर, "नहीं सर क्या।···यहाँ से चार किलोमीटर पीछे गाँववाले जबरन रोड जाम कर चंदा वसूल रहे हैं···जाइए गिरफ्तार कर सभी को जेल भेजिए।"

थानेदार, "सर!···सर!···आया, जाएँ न···बैठा जाएँ।"

कमिश्नर, "नहीं मुझे हेडक्वार्टर जल्द पहुँचना है।"

ड्राइवर ने बोला, "सर!"

कमिश्नर की गाड़ी वहाँ से चल दी।

थानेदार शर्मा झटपट अपने सदल-बल के साथ जीप से प्रतापपुर की ओर चल दिया। करीब 20 मिनट में घटनास्थल पहुँच गया था। वहाँ के लोग ठाकुर विरेचन का प्रभाव जानते ही थे। इसलिए थानेदार के भय से कोई नहीं भागा। थानेदार ने सभी को गिरफ्तार कर लिया।

हीरा बोला, "सर! ठाकुर साहब बोलकर गए हैं?"

थानेदार, "चल साले! कमिश्नर साहब की गाड़ी पर पत्थर फेंककर शीशा तोड़ दिया है···चलो सभी की अच्छी तरह से हजामत बनाते हैं···हुँ···ठाकुर साहब बोले हैं··· लगता है ठाकुर साहब ने इन्हें लाइसेंस दे दिया है!" थानेदार का व्यवहार देखते सभी के चेहरे उतर गए थे। हीरा भी किंकर्तव्यविमूढ़ था।

गोगन, "सर हमको छोड़ दीजिए!···"

थानेदार दो डंडा मारते हुए बोला, "क्यों? क्यों तुम्हें छोड़ दूँ?"

गोगन, "नहीं हुजूर···हमर भैंस भुखल मर जयते हुजूर···घर जाना जरूरी है।"

थानेदार पुनः दो डंडे मारते हुए बोला, "चुप साला! इसको भैंस ही नजर आती है।"

इसी बीच सड़क पर एक खाली ट्रेकर गुजर रहा था। थानेदार ने उसे रुकवाया और फिर उसी में सबको जानवर की तरह लदवाया तथा बेनीपुर थाने की ओर चल दिया। थाने लाकर सभी को हाजत में बंद कर दिया।

थानेदार-हवलदार तथा कुछ सिपाही ने मिलकर सभी की बारी-बारी से पिटाई की। सभी मार पड़ने से विलाप कर रहे थे।

गोगन की पिटाई करते हुए थानेदार ने पूछा, "साला तुम! एको अक्षर···पढ़ा-लिखा भी नहीं है तुम···काहे को चंदा वसूल रहा था।" इस पर गोगन हँसने लगा। थानेदार पिटाई करते हुए पुनः बोला, "साला! सबको पीटते हैं तो रोता है···तुम क्यों हँस रहे हो बोल!··· बोल साले।"

गोगन, "सर यह तो हँसी की ही बात है न···सरस्वती माँ के पास जितनी विद्या थी, सभी आप लोगों ने पहले ही ले ली है। बची-खुची थोड़ी बहुत होगी उसे ही पूजा कर सरस्वती माँ से माँगनेवाला था। इस पर भी आप मेरी पिटाई कर मेरी योजना पर पानी फेर दिए।"

थानेदार पुनः तीन-चार डंडे लगाते हुए बोला, "भाग साला भाग!..ये बची-खुची विद्या सरस्वती माँ से माँगेगा···भाग।"

थानेदार ने गोगन को डंडा मारकर वहाँ से भगा दिया।

उधर ज्योंही ठाकुर विरेचन को मालूम हुआ कि थानेदार चंदा उगाही करनेवाले को गिरफ्तार कर थाने ले गया है, वह जीप से थाने आ गया था। आते ही थानेदार को राम-सलाम किया। ठाकुर विरेचन सिंह को देखते ही सभी चंदा उगाही करनेवालों की जान में जान आई। सभी के चेहरे पर प्रसन्नता की लकीर खिंच गई थी।

सोचा अब यहाँ छुड़ानेवाला आ गया है। एक ने बोला, "ठाकुर चाचा! बहुत मारा है···बड़ा बाबू ने···छुड़ाकर ले चलिए चाचा!···"

ठाकुर विरेचन ने सबको सब्र करने का इशारा किया।

फिर उसने बड़ा बाबू की ओर मुखातिब होते हुए कहा, "बड़ा बाबू! इ···सब हमरा गाँव के हैं हुजूर!"

बड़ा बाबू, "भाई मैं क्या करूँ···इन लोगों ने कमिश्नर साहब की गाड़ी का शीशा तोड़ दिया है।"

विरेचन, "उफ! यह तो बड़ी ज्यादती हो गई···क्या रे हिरवा! तुमने देखा नहीं था? कमिश्नर की गाड़ी का शीशा तोड़ दिया बोल!"

हीरा, "चाचा! गाड़ी पर कुछ लिखा नहीं था। हम लोग कैसे समझते?"

थानेदार, "अरे प्राइवेट कार थी न!···प्राइवेट कार में कोई भी हो सकता है।"

विरेचन, "अच्छा चलिए न! अब काहे को परेशान होते हैं···आइए चेंबर में बैठिए।··· ई सब आपके चेला-चुटिया हैं हुजूर!"

थानेदार, "नहीं ठाकुर साहब!···आखिर कमिश्नर साहब को क्या जवाब देंगे···इन्हें तो जेल भेजना ही होगा।"···यह कहते हुए विरेचन थानेदार साहब के साथ उनके चेंबर की ओर बढ़े। हवलदार एवं संतरी वहाँ से चले गए। चेंबर में थानेदार बैठा फिर विरेचन भी सामने रखी कुरसी पर बैठ गए।

विरेचन, "बहुत हो गया···अब छोड़ दीजिए! हमरे चेला-चपाटी को!"

थानेदार, "नहीं ठकुर साहब बहुत मुश्किल है···यहाँ कमिश्नर की बात है···इन्हें छोड़ने पर हम भारी मुसीबत में पड़ जाएँगे···आखिर हम उन्हें क्या जवाब देंगे।"

विरेचन, "वे क्या कहेंगे···थानेदार की गाड़ी देखकर भला कोई ठहरता है क्या?··· जब आप वहाँ पहुँचे तो सब भाग गया···बस···! उनका मन रखने के लिए एक अज्ञात रपट लिख लीजिए···इसब तो आपके साथ रह कर सीख चुका हूँ।"

"यह सुनकर थानेदार सोच-विचार करने लगा।···फिर बोला, "लेकिन!"

विरेचन, "उ सब हो जाएगा···हुजूर तत्काल कुछ पकड़ लीजिए न।" यह कहते

हुए विरेचन' अपनी जेब से पाँच हजार रुपए निकालकर दे दिए, जिसे थानेदार ने तुरंत अपनी जेब में रख लिया। फिर थानेदार बोला, "आप ठीक कह रहे हैं ठाकुर साहब··· सब गाड़ी देखकर दूर से ही भाग गए!···सबको ले जाइए!"

दृश्य-19

बसंत पंचमी की रात थी। गाँव-ग्रामीण के लोगों ने दिन भर सरस्वती पूजा-अर्चना की। गाँव के एक छोर पर बड़ा सा मैदान था। उसके पूर्वी छोर पर सरस्वती प्रतिमा स्थापित की गई थी। उसके बाद के स्थल पर ड्रामा हेतु मंच बनाया गया था। ड्रामे में गाँव एवं टोले के युवक शामिल थे। सत्य हरिश्चंद्र ड्रामा का मंचन हो रहा था। बीच-बीच में नर्तकी भी नृत्य कर गीत गा रही थी। हजारों की भीड़ थी।

वहाँ का ड्रामा मशहूर होने के कारण लोग कोसों दूर से देखने आए थे। अभिनय में हीरा नारद की भूमिका में था। दर्शकों में लड़कियों के झुंड में पल्लवी भी थी। उसे हीरा का रोल बहुत भा रहा था। इसलिए उसके संवाद पर खूब तालियाँ बजा रही थी। नर्तकी गीत गा रही थी। गीत के बोल थे—

पीन चुभ गईल दइया
पीन चुभ गईल दइया
पीन चुभ गईल दइया
पीछुए के देखी-देखी सीन-
पीन चुभ गईल,
बलमा लगावै बेलपीन,
पीन चुभ गईल।
मुसकी मारें रे नमकीन-
पीन चुभ गईल,
मिस्त्री फरै न पेड़ नीम, पीन चुभ गईल॥
रेशम की साड़ी मोरी-
रेशम की चोलिया।
सुतिये से बांधल मोरा इन,
पीन चुभ गईल,
बलमा लगावे बेलपीन

पीन चुभ गईल।
मुसकी मारे रे नमकीन।
पीन चुभ गईल दइया
पीन चुभ गईल दइया
पीछुए के देखी¨
कैसी है चोली मोरी-
कैसी है चुनरी,
कैसी बाँधी रे मोरी इन।
पीन चुभ गईल,
बलमा लवावे बेलपीन,
पीन चुभ गईल दइया
मुसकी मारे रे नमकीन।
पीन चुभ गईल दइया
पीन चुभ गईल दइया
पीन चुभ गईल दइया
बलमा लगावै बेलपीन
पीन चुभ गईल दइया
पीछुए के देखी-देखी सीन

देर रात्रि तक प्रोग्राम चलता रहा। प्रोग्राम समाप्त होने के बाद सभी लोग अपने-अपने घर चले गए थे। नर्तकी भी ठाकुर विरेचन के बँगले पर सोने चली गई थी। ठाकुर विरेचन ने बाई जी से खूब मस्ती लूटी। तीन बजे रात्रि से छह बजे सुबह तक ठाकुर खूब रंगीन मिजाज लगते रहे। नर्तकी देर से सोई थी। इसलिए बारह बजे दिन में उसकी नींद खुली। यद्यपि ठाकुर विरेचन के कमरे में घुटरा, करमा और कई नौकर थे, जो बाई जी की खिदमत में लगे हुए थे।

गोगन की पत्नी का लगभग पाँच वर्ष पूर्व ही इंतकाल हो गया था। उसके दो बच्चे भी थे। गोगन की उम्र करीब 35-40 वर्ष की होगी। बाई जी की सेवा अरदास के लिए सवेरे से ही ठाकुर विरेचन के बँगले पर चला गया था, जो बाई जी के उठने का इंतजार कर रहे थे। बाई जी के उठते ही स्नान करने के लिए पानी ला दिया था। चाय वगैरह घुटरा ने लाकर दिया था, लेकिन कप उठाकर गोगन ही ले गया था। गोगन चाहता था कि बाई जी उसके साथ खुलकर बोले-हँसे, प्यार की दो-चार फुहारें भी छिटक दे। लेकिन बाई जी ठाकुर विरेचन के अलावा किसी को अपने आस-पास फटकने भी नहीं देती। ठाकुर विरेचन

पर वह अधिक मेहरबान भी इसलिए थी कि उसने ही नृत्य के लिए इकरारनामा किया था।

प्रोग्राम के दो दिन बीत गए। सबकुछ शानदार तरीके से संपन्न हो गया। ड्रामा और बाई जी के नाच का लोगों ने जी भरकर लुत्फ उठाया। तीसरे दिन प्रतिमा विसर्जन हो रहा था। बैंजो के सरगम पर ताशा का खूब मजा लिया गया। हीरा भी खूब नाचा था। एक बुरी बात यह भी थी कि हीरा को छोड़ उस समय लोग नशे का सेवन किए हुए थे और आपस में गुलाल लगाकर नाच रहे थे। उस समय वीणावादिनी के खूब जयकारे लगाए जा रहे थे। लड़कियों का झुंड भी साथ चल रहा था, जिसमें पल्लवी भी थी। पल्लवी के मुँह में गुलाल लगा था। वह गुलाल उड़ाती डांस करती चल रही थी। बीच-बीच में जयकारे भी लगाती।

दृश्य-20

सरस्वती पूजा समापन के बाद उसी मैदान में ग्रामीणों की एक विशाल सभा लगी थी। उस समय संध्या के लगभग आठ बजे थे। बैठक का एजेंडा पहले से तय था कि सरस्वती पूजा में क्या आय व्यय हुआ है। हरखू उसी गाँव का एक नौजवान था, जो एक बही लिये लेखा-जोखा का हिसाब दे रहा था। हरखू ने बताया, "भाइयों इस वर्ष पैसे की उगाही दो लाख तीस हजार हुए...जबकि पूजा में पचपन हजार तीन सौ रुपए खर्च हुए। अर्थात् अभी भी एक लाख चौहतर हजार सात सौ रुपए बचे हुए हैं। इस बार सड़क पर काफी अच्छी वसूली हुई, जिसके कारण इतना पैसा बच गया है।"

विरेचन बोला, "इस बार रिकार्ड वसूली हुई है...ये सब मेरे ही सौजन्य से हुआ है।"

इस बीच प्रोफेसर राजेंद्र जी बोल उठे, "मेरे खयाल से बचे हुए पैसे से गाँव एवं टोले के लिए कोई बेहतर काम होना चाहिए!"

हीरा ने उनकी बातों का समर्थन करते हुए कहा, "हाँ...हाँ...क्यों नहीं, टूटे हुए बाँध का उद्धार कर दिया जाए...वर्षा के पानी को रोकने के लिए जरूरी है...इससे खेती-बारी के अच्छी सिंचाई हो सकेगी।"

गोगन ने भी अपनी राय प्रकट की, "क्यों नहीं, तालाब खुदवाया जाए...मवेशी को धोने में काफी परेशानी होती है...तालाब रहने से हम लोगों को सुविधा होगी।"

प्रोफेसर राजेंद्र, "इससे कई गरीबों की हालत में सुधार हो सकता है।"

विरेचन, "ये पैसा बहुत मुश्किल से वसूला गया है...कोई खैरात बाँटना अक्लमंदी का काम नहीं हो सकता।"

मोती बोल उठा, "बार-बार चौकी, बाँस-बल्ली लाना पड़ता है...अच्छा होगा कि

एक मंच बनवा दिया जाए।"

पल्लवी, "वैसे हमारे गाँव में एक भी शिवालय नहीं है···क्यों नहीं पूजा-अर्चना के लिए शिवजी का एक भव्य मंदिर स्थापित कर दिया जाए···।"

विरेचन ने पल्लवी की बातों पर सहमति जताते हुए कहा, "हाँ यह बढ़िया सुझाव आया है···अति उत्तम···हमारे गाँव में एक भी शिवालय नहीं है···हमारे विचार से पल्लवी की सलाह पर हमें विचार करना चाहिए···इतने बड़े गाँव में एक भी शिवालय नहीं है··· इसलिए मेरे विचार से शिवालय निर्माण पर ही निर्णय लिया जाना उचित होगा।"

अंततः पल्लवी के इस प्रस्ताव पर गहन विचार-विमर्श के बाद शिवालय निर्माण का निर्णय हो गया। इस निर्णय पर पल्लवी बहुत खुश थी। लोग भी पल्लवी की ओर देख रहे थे।

इस बीच हीरा ने एक अहम प्रश्न उठाया, "शिवालय का निर्णय तो सही है··· लेकिन शिवालय निर्माण के लिए जगह कहाँ होगी?"

विरेचन ने मुसकराते हुए कहा, "इसी गाँव में होगा और कहाँ!"

हीरा, "वो तो ठीक है···लेकिन इससे हमारे टोले को लाभ क्या होगा?"

विरेचन, "गाँव-टोले के लोग जब सबमें साथ देते हैं तो टोलेवाले भी आकर यहीं पूजा करेंगे···एकदम सुटेबल है···अब इसमें ज्यादा मथने से कोई फायदा नहीं होगा, बस शिवालय ही बनना है···इस बैठक में हीरामन राज मिस्त्री है···और कोई है क्या?"

इसके बाद सभा में तीन और हाथ उठे। विरेचन पुनः बोला, "हीरामन तुम इस गाँव के सबसे पुराने राज मिस्त्री हो···एक अनुमानित लागत बताओ कि एक मध्यम आकार के शिवालय निर्माण पर कितना खर्च आएगा?"

हीरामन उठकर बोला, "कम-से-कम दस लाख रुपए खर्च आने का अनुमान है।"

विरेचन, "हुँ तो दस लाख खर्च आएँगे!"

हीरामन, "ज्यादा नहीं है।···एक साधारण शिवालय में इतना लगेंगे ही।"

प्रोफेसर राजेंद्र ने सोचकर बोला, "लेकिन इतना पैसा आएगा कहाँ से?"

विरेचन, "इसकी चिंता मुझ पर छोड़ दीजिए प्रोफेसर साहब!···पैसा चंदा वसूली से ही आएगा···कुछ गाड़ीवाले से और कुछ गाँव और टोलेवाले से भी अंशदान लिया जाएगा···आखिर धर्म-कर्म की बात है···इसमें सबका अंशदान होना चाहिए···हमारे गाँव में शिव पधारेंगे···हमारी बहू-बेटियाँ अब गाँव से बाहर पूजा-पाठ करने नहीं जाएँगी··· इसलिए गाँववालों को भी सहयोग करना चाहिए···यह पुण्य का काम है।"

प्रोफेसर, "ठीक है ठाकुर साहब! आप सही फरमा रहे हैं···लेकिन शिवालय निर्माण के लिए पाँच-दस कट्ठा जमीन भी तो चाहिए! सवाल उठता है कि इसके लिए जमीन कौन देगा?"

प्रोफेसर के सवाल पर सभी मौन हो गए। सबकी निगाहें ठाकुर विरेचन पर टिक गईं। शिवालय का प्रस्ताव देनेवाली पल्लवी भी चकरा गई।

विरेचन अपने सिर को खुजाते हुए बोला, "हाँ इसके बारे में तो विचार करना होगा!"

सभा में उठकर पूरनराम ने सुझाव दिया, "इसका तो बहुत सरल उपाय है!"

विरेचन, "अच्छा...अच्छा...वो कैसे जरा बोल तो सही...आखिर तेरे पास क्या उपाय है भई?"

पूरनराम, "उ जो हरखू दा की जमीनिया है न...उ काहे नहीं दे देते हैं...आखिर उ जमीन पर तो वाद-विवाद कायम है न...इससे बड़ा समाधान और क्या होगा...साँप भी मर जाएगा और लाठी भी बच जाएगी।"

यह प्रस्ताव सुनकर सभी में खुशी छा गई थी।

इस पर हरखू ने कहा, "उ तो ठीक है लेकिन उ जमीन हमरे एकेले का नहीं है...हमरा गोतिया राजी होगा तब न।"

विरेचन, "अरे भई तू तो राजी है न! उ चमेली चाची से भी बात कर लेंगे।...अभी तो घर आई हुई होगी...चाची को कल ही मैंने देखा था।"

हरखू, "विरेचन भइया!...जरा बाबूजी से भी पूछ लेता तब न?"

विरेचन, "मालिकवा तू है तो बाबूजी क्या करेंगे बोल-बोल!"

हरखू, "ठीक है हमार तरफ से हम राजी हैं...बाकी आप सब दूसरी पार्टी को समझाइएगा तब न।"

विरेचन ने आवाज लगाई, "अरे मोती!...मोती... जाओ तो चमेली चाची को बुला लाओ तो।"

मोती, "बस गया और आया चाचा!" इतना बोलकर वह चमेली चाची को बुलाने चला गया।

सभा की कार्रवाई चलती रही। करीब 15 मिनट में ही चमेली सभा में चली आई थी। उससे विरेचन ने पूछा, "चमेली चाची! हम सभी ने प्रस्ताव लिया है कि भगवान् शिव का एक अच्छा मंदिर बन जाए...हम लोगों के पास इसके लिए पैसा भी है...लेकिन तुम्हारी मर्जी के बिना इ काम संभव नहीं हो रहा है।"

चमेली ने आश्चर्य से पूछा, "इ कैसे बेटा? भगवान् शिव के मंदिर के लिए हम भला कैसे महत्त्व के हो गए...ये तो बताओ?...मैं तो खुद नहीं समझ पा रही हूँ।"

विरेचन, "चाची! उ जो तुम लोगों की विवादवाली जमीन है न! उसे ही हम लोग शिवालय के लिए दानस्वरूप माँग रहे हैं! आखिर वो जमीन तुम लोगों के लिए फसाद की जड़ हो गई है...छोड़ो लड़ाई-झगड़ा...इसी बहाने थोड़ा-थोड़ा तुम लोग पुण्य ही

कमा लो···सोचो चाची अब तुम्हारे विवाद की जमीन में शिव पधारेंगे!"

चमेली ने कुछ सोचा फिर कहा, "हाँ, इ बात में तो दम है बेटा! कौन पुण्य कमाने से भागना चाहेगा बेटा···पाप बटोरने से यह अच्छा काम है···ठीक है भई हम जमीन देने के लिए तैयार हैं···उस जमीन के लिए 40 वर्ष से टाइटिल के लिए लड़ रही हूँ···10 कट्ठा जमीन बचाने के लिए हमने अब तक 10 बीघे जमीन तक बेच दी···लेकिन सब पानी में बह गया और अभी भी फैसला नहीं हुआ है···चलो बोलो हमें क्या करना है?"

चमेली की रजामंदी के बाद सभी के चेहरे खुशी से चमक उठे। इस बीच हीरा ने जोर से कहा, "बोलो चमेली दादी की जय!" उसके जयकारे में सभी ने जी भरकर साथ दिया। करीब दो मिनट तक चमेली के जयकारे लगते रहे।

सचमुच न्याय पाने में विलंबता और वकीलों के दोहन से दोनों पक्ष इतने ऊब चुके थे कि जमीन शिवालय के नाम पर देने में ही अपनी भलाई समझ रहे थे। सच्चाई यही है कि किसी इनसान को मुकदमे से पाला पड़ गया तो उससे बिच्छू के डंक से अधिक असहनीय पीड़ा होती है। बिच्छू के डंक की पीड़ा तो एक बार होती है, लेकिन मुकदमे की पीड़ा वर्षों लगी रहती है। बिच्छू के डंक की असहनीय पीड़ा में चीख-चिल्लाकर वेदना कम कर सकते हैं, लेकिन मुकदमे की पीड़ा में चीखना-चिल्लाना भी मना है।

इसके बाद विरेचन ने कहा, "अब जमीन हो गई···पैसे भी चंदे से हो जाएँगे···अब ये हमें विचार करना है कि मंदिर बनाया कैसे जाएगा?"

हीरा, "ठाकुर चाचा! टोला वाले के पास चंदा देने के लिए अगर पैसे नहीं होंगे तो वे मंदिर निर्माण में श्रमदान करेंगे और इसके बदले वे कोई मजूरी नहीं लेंगे···इससे भी पैसे की बचत हो जाएगी।"

विरेचन, "हाँ बिल्कुल सही बात है···इससे बहुत पैसे की बचत होगी···अब शिवालय बनने से कोई नहीं रोक पाएगा!"

सभा में अब यह तय हो गया था कि दोनों पक्ष से जमीन मिलना तय है। कागजी ॥ खानापूर्ति हुई और गाँव के बीचोबीच दस कट्ठे जमीन के बीच में शिवालय का निर्माण कार्य शुरू हो गया। उधर चंदा उगाही का काम भी चलता रहा।

मंदिर बनाने का काम युद्धस्तर पर जारी था। चंदा वसूली के लिए एक तरफ तो सड़क पर टोले एवं गाँव के लोगों ने चंदा वसूला, गाँव के लोगों से बड़े पैमाने पर चंदा वसूली की गई थी। टोले के लोगों ने बाहर से एक भी मजदूर नहीं लगने दिया। सभी टोले के लोगों ने मजदूरी की। लगभग पाँच माह में आकर्षक शिवालय बनकर तैयार हो गया। रंग-रोगन का काम भी टोले वालों ने किया।

दृश्य-21

रंग-रोगन का काम बहुत जल्द खत्म हो गया। इस तरह रात-दिन के श्रमदान और लोगों की श्रद्धाभक्ति से गाँव के बीचोबीच एक सुंदर से शिवालय का निर्माण पूर्ण हो चुका था। मंदिर में पूजा-पाठ और उसकी देख-रेख के लिए पुरोहितों के लिए कई ब्राह्मणों ने अपने को प्रस्तुत किया था, लेकिन किसी की एक ना चली। ठाकुर विरेचन ने जिसको चाहा, वही पुरोहित चयनित हुए। गाँव का एक ब्राह्मण मधुसूदन पांडेय था। उसी को पुरोहित बनाने का निर्णय हुआ। उस दिन मंदिर में भगवान् शिव-पार्वती की प्राण प्रतिष्ठा हो रही थी। टोले के ही युवकों ने ताशा-बैंजो पार्टी बजाया था। वे लोग पूरे गाँव एवं टोले में घूम-घूम कर प्राण प्रतिष्ठा कर रहे थे। औरतें गीत-भजन गाकर अपनी श्रद्धाभक्ति को दर्शा रही थीं। युवक बैंजो-ताशा पर भिन्न-भिन्न तरह के नृत्य कर रहे थे। बड़ी धूमधाम से प्राण प्रतिष्ठा की गई। रात में कीर्तन-भजन का आयोजन किया गया था। हीरा भजन गा रहा था, जिसके बोल थे—

शेर-

शिव शव बन जाएँगे, स्वर का न हो भान,
स्वर हीन शब्द हो जाए, सिर हीन निष्प्राण।
शिव ही तन के प्राण हैं, जैसे स्वर के ज्ञान,
कण-कण शिव में रत है, पत्थर हो या प्राण।

शेर-

दो अक्षर के मेल है ओम,
अर्थ है आनंदकंद।
'ओ' से अधर खुल जाते हैं,
'म' से होते बंद॥
आदि अंत शिव ही हैं,
यही सृष्टि के सार।
पाँच तत्त्व संयोग मिलाए,
तू ही प्राण आधार॥

शेर-

वृत ब्रह्मांड आकार बताए, आदि हो न अंत।
ज्योतिर्लिंग एक ही प्रभु के भिन्न-भिन्न होवे पंथ॥

गीत

शिव-शिव, शिव-शिव, शिव जटाधारी
नाम एक शिव के हजार गो उचारी॥
शिव-शिव, शिव-शिव शिव जटाधारी¨.
घट-घट खोज रहे, पंडित पुजारी-2
शिव के ही अंश सब बोले मुरारी।
शिव-शिव¨
तुम ही आकाश हो, तुम ही पाताल हो-2
हम तो बंदरिया हैं तुम हो मदारी।
शिव-शिव¨

हीरा के साथ-साथ ग्रामीणों ने भजन गाया था। मंदिर में हजारों का चढ़ावा हुआ था, जिसे पुरोहित अपने साथ ले गए थे। यद्यपि मन रखने के लिए विरेचन ठाकुर ग्रामीणों तथा सभाओं में अपने विचार रखा करते, लेकिन वे अपने मन का ही करते थे। इसलिए लोग भी ठाकुर विरेचन के विरुद्ध नहीं होते। यही कारण था कि अनेक पुरोहित मंदिर के पुरोहिताय के लिए आए थे। कई से संपर्क किया था, लेकिन ठाकुर विरेचन ने जिसे चाहा वही पुरोहित के लिए चुने गए थे। मधुसूदन पांडेय चाहता था कि दलित जाति के लोग मंदिर में प्रवेश नहीं करें। वह अपने मन की बात से ठाकुर विरेचन सिंह को जल्द ही अवगत करा देना चाहता था।

दृश्य-22

एक दिन मौका पाकर मधुसूदन पांडेय ने ठाकुर विरेचन से कहा, "ठाकुर साहब आज मैं पुन: आपसे एक मन की बात कह रहा हूँ¨इस पर जरा गौर कीजिए नहीं तो सब भ्रष्ट हो जाएगा¨अपने पुरखन ने कभी ऐसा नहीं होने दिया¨अब कम-से-कम उनकी आत्मा की शांति के लिए ये सब रोकना जरूरी है।"

विरेचन, "ये तुम क्या कह रहे हो पंडित!¨ये सब बातें मेरी समझ में नहीं आतीं।"

पांडेय, "मैं वही कह रहा हूँ ठाकुर साहब! बात समझिए!¨कहाँ आपकी जाति-बिरादरी की महिलाएँ¨कहाँ उन नीच जाति की हरिजन महिलाएँ! एक साथ पूजा करे¨एक साथ मंदिर घुसे¨यह सब घोर पाप का काम हो रहा है¨यह भगवान् के लिए घोर अन्याय है ठाकुर साहब! अन्याय ही नहीं पाप भी है! ऐसे पाप का मैं भागी नहीं बनना

चाहता···भगवान् शिव मेरे सपने में आकर ये सब बता रहे थे!···मैं बहुत घबराया हुआ हूँ ठाकुर साहब···अब सर से पानी ऊपर हो चला है···भला बताइए उच्च कुल की महिलाओं के साथ अछूत महिलाएँ एक साथ पूजा-पाठ···करें···राम···राम! जरा सोचिए ठाकुर साहब! अगर इस तरह से वे हमारी बराबरी करते रहेंगे···कल आपकी चारपाई पर भी बैठेंगे···फिर आपकी उच्च कुल की मर्यादा कहाँ रहेगी?···यह तो ईश्वर की मर्जी है··· इसमें हम···और···आप कौन होते हैं···सब उन्हीं का बनाया हुआ है···ठाकुर साहब···जो पूर्वजन्म में अच्छा कर्तव्य किया उसे उच्च कुल में और जो शूद्र कार्य किया उसे शूद्र कुल में जन्म मिला है···फिर आप उस व्यवस्था को कैसे समाप्त कर सकते हैं···सच कहूँ तो आप भी घोर पाप के भागी बन रहे हैं···ठाकुर साहब!"

ठाकुर विरेचन पंडित की बात सुनकर सोच में पड़ गया। कुछ देर तक वह मौन रहा। फिर बोला, "पुरोहित यह तुम किस सदी की बात कर रहे हो···यह सब कभी होता था···अब जमाना काफी आगे निकल गया है···अब इस पुरानी व्यवस्था को कोई नहीं मानता···पंडित···हम नए युग में जी रहे हैं···लोग क्या देश का नियम-कानून भी हमें इसकी इजाजत नहीं देता···यह मंदिर सभी का है···मंदिर बनवाने में सभी ने अपना अंशदान और श्रमदान किया है···रात-दिन के अथक प्रयास से लोगों ने शिवालय निर्माण में अपनी सहभागिता निभाई है···आज उसे किस मुँह से कहूँ कि यह शिवालय तुम लोगों का नहीं है···और उसके लिए हम लोग मंदिर का पट बंद कर दें···नहीं···नहीं यह उचित नहीं होगा···तुम अपनी जगह सही नहीं हो···तुम्हारे ओछी सोच के कारण ही भगवान् शिव सपने में आ गए···होंगे···भला सपने भी कभी सच होते हैं···नहीं···नहीं···यह नहीं हो सकता···मैं उन लोगों को कभी नहीं रोक सकता···यह शिवालय किसी विशेष जाति का नहीं हो सकता···इस पर पूरे गाँव-टोले और समाज का हक है।"

पुरोहित ने अपनी दाल नहीं गलते देख फिर बाण छोड़ा, "ठाकुर साहब!···इस पर गंभीरता से जरूर सोचिएगा···मैं अपने लिए नहीं···आपकी बिरादरी के भले के लिए यह मशवरा दे रहा हूँ···मैं तो भई इतना मानता हूँ कि भगवान् को अपवित्र करने का हमें कोई अधिकार नहीं है···मेरा स्वार्थ तो जितने अधिक भक्त हों···उतने अधिक दान-दक्षिणा मिलने पर है···फिर मैं अपने पाँव कुल्हाड़ी क्यों मारता···बात पाप-पुण्य की है···इसीलिए मैं बोल रहा हूँ।"

विरेचन ने झल्लाते हुए कहा, "यह तुम कैसी-कैसी बात कर रहे हो पंडित!···तुम्हीं कहते हो कि भगवान् सभी जगह व्याप्त हैं···उनके नाम मात्र से पतित पावन हो जाता है··· वे पवित्र पावन हैं तो फिर वे खुद अपवित्र कैसे हो जाएँगे?"

काफी वाद-विवाद के बाद भी विरेचन टस-से-मस नहीं हुआ। दोनों अपनी तर्कशक्ति पर अडिग रहे। पुरोहित के सभी तर्क निष्फल साबित हुए। लेकिन पंडित

मधुसूदन भी हार माननेवालों में से नहीं था। उसने सोचा ठाकुर साहब भले न माने, परंतु उच्च जाति की महिलाओं को समझाने पर जरूर कोई-न-कोई रास्ता निकल आएगा। उच्च कुल की महिलाएँ जब इसका विरोध करेंगी, तब ठाकुर विरेचन को मजबूरन महिलाओं की बात माननी पड़ेगी। महिला अगर जिद पर उतर आए तो कयामत आ जाती है फिर ठाकुर साहब न माने यह हो नहीं सकता...बस एक बार...एक बार ठाकुर के दिमाग में बात आ गई तो फिर उतरनेवाली नहीं...वैसे बंदूक से निकली गोली और ठाकुर के दिमाग में आई बात की दिशा में परिवर्तन नहीं होता। सचमुच एक हिंदू कितना भी प्रगतिशील हो, मनुवादी व्यवस्था या कर्मकांड को न मानना हो तो पहला विरोध का सामना उसे अपनी पत्नी अथवा घर से ही करना पड़ता है।

उसने ठान लिया कि वह ठाकुर को झुका कर रहेंगे और शूद्रों को मंदिर की ड्योढ़ी नहीं लाँघने दी जाएगी। उन्हें बाहर से ही भगवान् के दर्शन करने होंगे। पंडित दूसरे दिन से ही अपने अभियान को अंजाम देने के प्रयास में लग गया। उसने घर-घर जाकर उच्च जाति की महिलाओं को भड़काना शुरू किया। आडंबर और आस्था में बहुत फर्क नहीं है। अकसर महिलाओं में आडंबर कूट-कूटकर भरा होता है। कुछ महिलाओं पंडित ने बातों पर ध्यान देना शुरू किया। धीरे-धीरे यह बात सैकड़ों महिलाओं के मन में बैठ गई कि पंडित जो कह रहा है वह सही है। वैसे अफवाह की भी गति वायु से अधिक होती है, यहाँ तो एक पंडित की जुबान की बात थी। उस पर आस्था व्यक्ति की रग-रग में यहाँ तक कि उसके खून में मिली है। मधुसूदन पंडित की वाणी अब रंग लाने लगी थी।

दृश्य-23

घर, मंदिर, खिलौना और दुल्हन जब नई होती हैं तब उसकी खूब पूछ होती है। नया-नया मंदिर बना था। नित्य रात्रि में भजन-कीर्तन होते और दिन में पूजा करने वालों का ताँता लगा रहता। मानो शिव के प्रति श्रद्धा सभी के रोम-रोम में बसी थी। उस दिन टोले की महिलाओं की भीड़ थी। वे जत्थे में आई थी। भीड़ के कारण गाँव की महिलाएँ उस समय उन लोगों के निकलने का इंतजार कर रही थी। पुरोहित मधुसूदन ने महिलाओं द्वारा चढ़ाई गई मुद्रा इत्यादि को कुरते की जेब में रख लिया था। उसने गाँव की महिलाओं को मंदिर से बाहर देखा, उसे बहुत प्रसन्नता हुई। उसने सोचा उसका परिश्रम बेकार नहीं गया है। वे दलित टोले की महिलाओं के साथ पूजा करने से परहेज करने लगी हैं। छुआछूत की भावना पनपी है। वह दौड़ा-दौड़ा ग्रामवासी महिलाओं के पास गया और बोला, "यजमानी पुरुषों से जादा बुद्धिमान, शास्त्रार्थ, धर्म-कर्म, पाप-

पुण्य के बारे में तो आप जानती हैं। शूद्र की महिलाएँ मंदिर में पूजा कर रही हैं। आप उसके बाहर निकलने का इंतजार कर रही हैं। जब वे निकलेंगी, तब आप पुन: मंदिर धोकर पूजा करेंगी, इससे आपकी पवित्रता बनी रहेगी! पुण्य मिलेगा।"

इस पर एक महिला ने टोका, "पंडितजी मंदिर में भीड़ अधिक है, इसलिए उसके बाहर निकलने का इंतजार कर रही हूँ, ताकि ठीक से ध्यान लगे। हम सब इसलिए इंतजार थोड़े कर रही हूँ कि वे शूद्र महिलाएँ हैं, उनके साथ हम सब पूजा नहीं कर सकतीं। भगवान् के घर सब बराबर हैं…इसमें पाप-पुण्य कहाँ से आ गया?"

मधुसूदन, "राम…राम! यजमानी!…जब धर्म-कर्म, पाप-पुण्य भगवान् के घर में नहीं मानेंगे तो कहाँ मानेंगी यजमानी…शास्त्रों के अनुसार चार वर्ण में शूद्र सबसे नीचे होता है…आप उच्च कुल की हैं…दोनों की बराबरी नहीं हो सकती न…वह जब मंदिर में प्रवेश करती हैं, तो मंदिर अपवित्र हो जाता है…वैसे मैं मंत्र द्वारा जरूर पवित्र कर देता हूँ…लेकिन मंदिर की धुलाई कर दें तो ज्यादा बेहतर होगा यजमानी…वैसे आपकी मर्जी, अपवित्र मंदिर में पूजा करने से तो पुण्य मिलेगा नहीं।"

एक प्रगतिशील महिला ने फिर टोका, "आखिर वे हम लोगों के खेतों में काम करती हैं…चौका-बरतन करती हैं…तब तो हम नहीं छुआते, अब यहाँ कौन सा ग्रह चढ़ गया…नहीं…नहीं…ये सब झूठ है और यह जायज नहीं है…पाप-पुण्य किसके खाते में लिखाया, यह किसी ने देखा है?…क्या आप स्वर्ग या नर्क देखते हो पंडितजी?…जब किसी ने देखा नहीं…न देखा जा सकता है…फिर घृणा फैलाना बिल्कुल गलत है पंडितजी!…घृणा तो स्वयं बड़ा पाप है…घृणा व्यक्ति से नहीं कर्म से करनी चाहिए पंडितजी!…घृणा पापी से नहीं पाप से करनी चाहिए पंडितजी!"

मधुसूदन पंडित पाप-पुण्य का तर्क थोड़ा कमजोर पाते ही उस समय के कलुषित सामाजिक ताने-बाने का अहसास कराने लगा। इस पर मधुसूदन ने कहा, "राम-राम!…यजमानी वहाँ आपका घर है, वहाँ आपकी मर्जी!…परंतु यहाँ तो मंदिर है न! भगवान् हैं…उनके सामने तो पाप करने नहीं आई हैं…पुण्य कमाने आई हैं…तो शास्त्रों के अनुसार पुण्य कमाने का रास्ता बता दिया…फिर आप जैसा सोचें…लेकिन याद रखिए यजमानी! मैं जो बात आपको कह रहा हूँ, वह सोलह आने सच है और आपके धार्मिक हित में भी है…सिर्फ आपके हित में…अब देखिए न आपके खेतों में काम करती हैं…आपके यहाँ चौका बरतन करती हैं…आपके यहाँ नौकरानी और कमियौटी करती हैं…आपकी रोटी पर पलती हैं…आज आपके साथ पूजा करेंगी…कल आपके साथ कुरसी पर बैठेंगी…चारपाई पर आसन ग्रहण करेंगी…और तो और आप खड़ी रहेंगी और वह कुरसी पर बैठी रहेंगी…क्या मंदिर इसी दिन के लिए बने हैं?…ये शूद्र आपसे ऊपर हो जाएँ…भले आजकल की युवतियों और युवकों में छुआछूत का राक्षस सोया है…लेकिन पुराने खयालात की

महिलाओं के जेहन में आज भी कमजोर हुआ है···लेकिन इसके कीड़े अभी मरे नहीं हैं। ब्राह्मणों की वाणियों और भविष्यवाणियों पर आज भी उनमें अटूट विश्वास है। अभी इसका खंडित होना मुश्किल है।"

एक प्रौढ़ महिला बोली, "ए पंडित! तुम्हारी बात अब हमारी समझ में आ गई है··· इन लोगों के दिमाग में कूड़े भरे हैं···अरे ठीक तो कहता है पंडित!···आज तुम्हारी बराबरी करेगी तो तुममें और उसमें क्या फर्क रह जाएगा?···जब भगवान् ने ही उसे छोटी जाति के रूप में भेजा है तो तुम सब भगवान् से ऊपर हो क्या बताओ! राम!···राम घोर कलयुग आ गया है···जरा भी ऊँच-नीच की समझ नहीं है···ठीक कहते हैं पंडितजी!···हमें अब उनके साथ पूजा-पाठ से परहेज करना ही होगा!···भारत आंडबरों का देश है···खासकर ब्राह्मणों के मुख से निकली वाणी आस्था का रूप लेने में अधिक देर नहीं लगाती···उसके विरुद्ध बोलने या सोचने पर घर से ही विरोध शुरू हो जाता है।"

मधुसूदन पंडित को लगा कि अब जाकर तीर निशाने पर लगा है। उसने कुटिल मुसकान के साथ कहा, "यजमानी! आप थोड़ा ज्यादा समझदार लगती हैं!···बात आप भी समझिए!"

एक अन्य ग्रामवासी औरत जब बोली, "···तो हमें क्या करना होगा?"

मधुसूदन, "वो सब बाहर निकले, तब मंदिर धोकर आप सब पूजा कीजिए···इस समय तो यही ठीक रहेगा···कल से आप सब सबेरे आकर पूजा-पाठ कर लीजिए···बाद में वो लोग पूजा करेंगी।"

वहीं खड़ी एक प्रौढ़ औरत जब एक नीच जाति की औरत पूजा करते जब बाहर निकल रही थी, उसने धीरे से फुसफुसाया, "वो निकली महारानी!···चलो अब हम सब मंदिर धोकर पूजा-पाठ करें।"

टोले की महिलाओं का झुंड पूजा कर बाहर निकल गया था। फिर ग्रामवासी महिलाओं मंदिर के अंदर जाकर मंदिर की स्वच्छता के लिए उसे भरपूर पानी से धोकर पूजा-अर्चना की। यह सब देखकर पंडित मधुसूदन अपनी चतुराई पर आनंदित हो रहा था। उसने सोचा आखिरकार वह अपनी बात महिलाओं से मनवा ही लिया। बार-बार पत्थर पर रस्सी घिसने से पत्थर पर लकीर बन जाती है। बार-बार मंथरा के समझाने पर कैकेयी ने रामजी को वनवास दे ही डाला था। उसी प्रकार टोलेवासियों के विरुद्ध मधुसूदन ने ग्रामीणों को भड़काने में सफलता हासिल कर ली थी। यह खबर ग्राम की महिलाओं में घर-घर चर्चा का विषय हो गई। फिर तो यह बात जंगल में आग की तरह फैल गई थी। हमेशा खुशबू से बदबू तेज गति से फैलती है। वैसे ऊपर चढ़ने में ताकत लगती है, लेकिन नीचे गिरने के लिए ताकत की जरूरत नहीं होती है। अधिकांश ग्राम की महिलाएँ इस घटना से प्रसन्न थी। कुछ प्रगतिशील महिलाएँ भी थी, लेकिन उनकी

आवाज और भावनाएँ गगन में या नक्कारखाने में तूती की आवाज साबित हुई। पुरुषों ने कुछ अच्छा तो कुछ बुरा समझा। औरतों का एक झुंड ठाकुर विरेचन को भला बुरा कहने गया। जिसका नेतृत्व वही प्रौढ़ महिला, जिसका नाम चंदन देवी था, कर रही थी। कर रही थी। ठाकुर विरेचन घर पर ही था। उसी समय ग्राम की महिलाओं का झुंड लेकर चंदन देवी ठाकुर विरेचन के पास गई। चंदन देवी करमा से बोली, "ठाकुर घर पर है ?"

करमा, "क्या काम है ?"

चंदन, "पहले ठाकुर को बुलाओ तो सही।"

करमा, "क्षमा कीजिए! पहले काम तो बताना ही होगा।"

बातचीत चल ही रही थी। दरवाजे पर हो-हल्ला सुनकर ठाकुर विरेचन वहाँ आया बोला, "अरे चंदन भाभी! क्या हुआ ? बड़ी फौज लेकर आई हो! क्या बात है… ? सब कुशल-मंगल है न!"

चंदन, "हाँ!…यह फौज यह फैसला करने आई है कि यह शिवालय क्या पाप बटोरने के लिए बनाया गया ?"

विरेचन, "अरे भई! मैं कुछ समझा नहीं! जरा साफ-साफ बताओ कि आखिर क्या बात है भाभी!…किसी से कहा-सुनी हो गई क्या ?"

चंदन, "मैं पूछती हूँ टोले की औरतें शूद्र है कि नहीं ?"

यह सुनकर ठाकुर विरेचन झेंप गया। फिर चंदन ने कहा, "वे सब हमारे घर में मजदूरी कमियौटी करती है कि नहीं ?…चौका बरतन करती है कि नहीं ?"

विरेचन, "हाँ..हाँ…यह बात तो सोलह आने सही है!"

चंदन, "तो अब क्या वह हम लोगों की बराबरी करेगी! वह मंदिर में हम लोगों के साथ पूजा-अर्चना करेंगी ? तो हमारी क्या इज्जत रहेगी ? आज साथ में पूजा करेगी… कल हमारे…कुरसी पर विराजेंगी…ये सब होने से क्या इज्जत में बढ़ोतरी हो जाएगी… ! इज्जत को भी मारो गोली…वह शूद्र है, उसके मंदिर में प्रवेश करने से हमारे ठाकुर… हमारे आराध्य देव शिव भगवान् अपवित्र हो रहे हैं कि नहीं ? उनके अपवित्र होने के बाद क्या हम लोग पाप नहीं बटोर रहे हैं ? फिर हम सब उच्च घराने के लोग पूजा करें! और हम सब यह देखते रहें… ! अरे हम पुण्य कमाने जाएँगे कि पाप बटोरने!…क्या इसीलिए शिवालय का निर्माण हुआ है ? हम लोग कहाँ-कहाँ से लाकर चंदा दिए हैं…इसलिए… अब ये सब नहीं चलेगा…मैं बोल देती हूँ…अब से शूद्र जात वाली महिलाएँ या पुरुष शिवालय के अंदर नहीं प्रवेश करेंगे!"

चंदन देवी अपने दु:ख से दु:खित कम और दलितों के सुख से दु:खित अधिक थी। वह अपनी प्रतिष्ठा बढ़ाने के लिए दलितों की प्रतिष्ठा का हनन करना जरूरी समझ रही थी। अपनी इज्जत बढ़ाने के लिए दलितों की इज्जत तार-तार करना जरूरी समझ रही थी।

मानो वह तुला पर अपना पलड़ा झुकाने के लिए दलितों के पलड़े को उठा रहना जरूरी समझ रही थी। इसका कारण दलितों के प्रति घृणा थी। घृणा तो स्वत: के घृणित विचारों को उजागर करती है। यह मन के विकार से उत्पन्न होनेवाला एकनिष्ठ विचार होता है। उसके प्रति ईर्ष्या का भाव उत्पन्न हो गया था। शायद वह यह नहीं समझ रही थी कि ईर्ष्या का दीपक प्रज्वलित होता है, तब बिना घी की ही बाती जलकर स्वत: राख बन जाती है। वह सदा के लिए अपना अस्तित्व समाप्त कर लेता है।

विरेचन मामले की गंभीरता को समझते हुए बोला, "लेकिन ये भी तो सोचो कि मंदिर निर्माण में उन लोगों का भी उतना ही योगदान है...जितना कि हम लोगों का...फिर चंदा उगाही में सबने खुलकर काम किया है...शिवालय निर्माण के लिए सबने रात-दिन एक किया है...हम उसे अब अलग कैसे कर सकते हैं?"

एक अन्य महिला ने टोका, "तो ठीक है टोलेवाले बाहर से शिवालय में पूजा-पाठ करें...लेकिन मंदिर की ड्योढ़ी पर पाँव नहीं रखेंगे...हम लोग किसी कीमत पर मंदिर के अंदर घुसने नहीं देंगे।"

झुंड की एक अन्य महिला ने आवाज लगाई, "हाँ...हाँ अब यही होगा...हम मंदिर के अंदर नहीं घुसने देंगे।" भीड़ में अकसर गलत बात विचारों को थोपा जाता है, जिससे बुद्धि पर प्रतिकूल असर होता है। इसके बाद सभी महिलाओं ने एक-दूसरे की हाँ में हाँ मिलाई। विरेचन ने सबको शांत कर विचार करने का आश्वासन दे दिया। सचमुच पहली बार यह तीर विरेचन के दिल पर शूल की तरह चुभा था।

दृश्य-24

संध्या के आठ बजे थे। भले ही शाम में धीरे-धीरे शीतल हवा चल रही थी, लेकिन गाँव से जो विषैली हवा चली थी, उससे टोला पूरी तरह से झुलस रहा था। टोले के लोग गाँव में ही मजदूरी करने गए थे और शाम में ही लौट आए थे। शिवालय के लिए अब दो विचारधाराओं की टकराहट शुरू हो गई थी। कई लोग गुस्से में थे। ग्रामवासियों के बीच सांप्रदायिक सौहार्द बिगड़ने का खतरा भी उत्पन्न हो गया था। टोले के लोगों को लगा कि अब उन्हें शिवालय के अंदर जाने से रोका जाएगा। लोग मंदिर की ड्योढ़ी के बाहर से ही पूजा अर्चना करेंगे। टोले के लोग शूद्र हैं, इसलिए मंदिर के अंदर प्रवेश करने से मंदिर अपवित्र हो जाएगा।

जन्म संयोग है। यह अधिकार या उसके वश में नहीं है कि वह किस जाति या कुल में जन्मे। लेकिन जो भी जन्मता है, वह इनसान ही होता है। उस आधार पर अंतर करना,

हीन या उच्च समझना जघन्य अपराध है। उस समय मधुसूदन पंडित ने जो ऊँच-नीच का बारूद जमा किया था, उसकी चिनगारी सुलग उठी थी।

टोलेवासी यह समाचार लेकर हीरा के घर एकत्र होने जा रहे थे। दर्जनों की संख्या में उस समय भी पहुँचे हुए थे। हीरा के घर में एक कमऐ में पुवाल बिछा हुआ था, वहीं सब बैठ रहे थे। वहीं हीरा, मोती, कैलाश, पूरनराम, सलीम, फेंकू भी उपस्थित थे।

कैलाश ने हीरा से कहा, "ये क्या हो रहा है हीरा?⋯बताओ जरा⋯अब शिवालय उन लोगों का हो गया!⋯उसका शिवालय हो गया⋯अब उनका मंदिर हो गया⋯उनका भगवान् हो गया⋯क्या मंदिर निर्माण के समय भगवान् अपवित्र नहीं हुए थे⋯जो अब पूजा-पाठ करने से हो जाएँगे!⋯हम लोगों ने कम चंदा नहीं दिए हैं⋯हम लोगों ने तो मजदूरी की है⋯बिना एक पैसा लिए!⋯उन लोगों ने चंदा में पैसे दिए थे⋯जिसे कभी भी चुकाया जा सकता है⋯उसे वापस भी किया जा सकता है⋯लेकिन हमने जो श्रद्धा और भक्ति से मंदिर में श्रम और सेवा किए हैं⋯उसे वे लोग चुका सकेंगे⋯फिर भी"

हीरा, "हाँ कैलाश तुम सही कह रहे हो⋯यही सब तो मैं भी सोच कर हैरान-परेशान हो रहा हूँ⋯कि ये सब क्या हो रहा है?"

फेंकू, "आश्चर्य की बात तो ये है कि इस मामले में गाँव का एक आदमी भी हमारे साथ नहीं है।"

सलीम, "यह तो सरासर नाइनसाफी है भई!"

कैलाश, "तो क्या हम लोग मंदिर पर दावा छोड़ दें!"

पूरनराम, "हमने तो मंदिर निर्माण में राजमिस्त्री के जरिए पूरी नक्काशी की है⋯ हमारे भतीजे ने हमारा पूरा साथ दिया है!"

हीरा ने गंभीर स्वर में कहा, "हाँ⋯हाँ⋯भई⋯हमें इस संबंध में कुछ-न-कुछ तो करना ही होगा चाचा!"

पूरनराम, "हाँ भतीजे! हमें अपना हक लेना ही होगा।⋯हम अपना हक⋯अपना मान-सम्मान ऐसे कैसे छोड़ देंगे? ये सब गाँव का माहौल खराब करने की नीयत से किया जा रहा है⋯हम इसे कैसे बरदाश्त कर सकते हैं?"

सलीम ने कैलाश से कहा, "बीड़ी है?⋯जरा⋯!"

कैलाश, "बीड़ी से फेफड़ा क्यों जलाना चाहते हो?"

सलीम, "बीड़ी से मैं तो अपना ही फेफड़ा जलाता हूँ भई⋯गाँववालों ने तो पूरा टोला को जलाने के लिए ठान लिया है।"

मोती, "मंदिर के अंदर हम क्यों नहीं प्रवेश करेंगे? हमें कोई नहीं रोक सकता है!⋯अगर ऐसा हुआ तो यह घोर अन्याय होगा⋯यह हमारा एवं हमारे समाज का भी अपमान है⋯हमें किसी भी कीमत पर अपना अपमान सहन नहीं करना चाहिए!⋯सम्मान

के लिए व्यक्ति को मर-मिटना चाहिए…हम ऐसे कैसे छोड़ दें!"

हीरा सबको समझाते हुए बोला, "ऐसा करते हैं कि हम सब मिलकर कल सबेरे ठाकुर विरेचन से बात करके देखते हैं कि उनका क्या विचार है? क्योंकि उनके दिशा-निर्देश पर ही हम सभी ने मिलकर शिवालय का निर्माण किया है।"

कैलाश, "हाँ! हीरा भैया सही कह रहे हो…उनका मंतव्य जानना जरूरी है…उन्हीं के कहने पर हम लोगों ने चंदा उगाही की है…मेहनत-मजदूरी कर शिवालय तैयार किया है…हमें उनसे ही इनसाफ माँगना चाहिए।"

काफी सोच-विचार और वाद-विवाद के बाद बात यहीं थम गई। और यह तय हुआ कि सुबह इस मसले पर ठाकुर विरेचन से बात होगी।

जाड़े का समय था। कुछ लोग चादर ओढ़े थे। कुछ लोग स्वेटर पहने थे….तो कुछ लोग गमछी से सिर और कान बाँधे थे। उस समय तक पूरी तरह से धूप नहीं खिली थी।

लगभग आठ बजे सबेरे टोले के दर्जनों ग्रामवासी ठाकुर विरेचन के घर पर पहुँचे। करमा द्वारा ठाकुर विरेचन को सूचना दी गई। सभी लोगों को बरामदे में ही ठहरने का आदेश दिया गया था। यद्यपि बरामदे में चौकी और कुछ काठ की कुरसियाँ लगी हुई थीं। फिर भी सभी खड़े थे। सामने के दरवाजे से ठाकुर विरेचन आया और कुरसी पर बैठने से पूर्व ठाकुर विरेचन ने सब पर सरसरी निगाह दौड़ाते हुए कहा, "का रे हिरवा आज सवेरे-सवेरे पलटन लेकर आए हो! सब खैरियत तो है न…क्या बात है?"

हीरा, "चाचा ई सब क्या हो रहा है? का ई सब ठीक हो रहा है?"

विरेचन, "आखिर गलत क्या हुआ है?"

हीरा, "खबर है कि टोले के लोगों को शिवालय के अंदर जाने की मनाही हो गई है।"

विरेचन, "हाँ सबका विचार हुआ है कि टोले के लोग…बाहर से ही पूजा-पाठ कर लेंगे!…इसमें हरज का है?…पूजा तो आखिर हो ही न जाएगी भई।"

हीरा, "चाचा! शिवालय बनाने में हम लोगों ने प्रतापपुरवालों से एक भी रत्ती कम हिस्सेदारी नहीं निभाई है तो फिर…इ सब कैसे बरदाश्त कर लें…का ई हम लोगों का अपमान नहीं है चाचा?"

बात कितनी भी बुरी हो…कितनी भी असत्य हो…बार-बार कहने पर सत्य प्रतीत होने लगती है। दरअसल, पुरोहित की बात सुनकर ठाकुर विरेचन का सुर बदल गया था।

हीरा के बोलने के इस अंदाज से विरेचन की थोड़ी त्योरी चढ़ गई थी। वह अंदर से कुढ़ रहा था। मन-ही-मन उसने हीरा को तीखी नजरों से देखते हुए पूछा, "अपमान!…कैसा अपमान? अरे इसमें अपमान जैसी का बात हो गई?"

हीरा, "का ई बराबरी का हक है…ई तो गैर-बराबरी हो गई न चाचा।"

विरेचन, "यहाँ बराबरी का हक है!···मैं यहाँ बैठा हूँ···सामने कुरसी और चारपाई खाली रहते भी तुम लोग आखिर खड़े हो न···तो बराबरी कैसे हो जाएगी।···शिवालय इसलिए नहीं बनवाए हैं कि तुम लोग हमारे माथे पर आकर बैठ जाओ···और बराबरी और हक–हकूक की बात करने लगो···लाख जतन करो···अनार बरगद सा विशाल नहीं बन सकता···गदहा कभी घोड़ा नहीं बन सकता···लोमड़ी हाथी नहीं बन सकता।"

हीरा, "लेकिन भगवान् के घर तो सभी बराबर होता है चाचा! ई आपका घर है···तो अपनी हैसियत मालूम है···ई लिहाज है···कि हम आपके सामने नहीं बैठ सकते हैं···अगर ऐसा ही था तो मंदिर निर्माण से पहले ई सब क्यों नहीं हम लोगों से बता दिया गया था चाचा?···फिर मंदिर निर्माण के कुछ दिन त सब ठीके चला···अब ऐसा क्यों चाचा?"

विरेचन, "उसी भगवान् ने तुमको शूद्र खानदान में पैदा किया है···और हमको उच्च खानदान में···अब भगवान ही अंतर किए हैं तो तुम्हारे सोचने से अलग थोड़े हो जाएगा।"

हीरा, "चाचा आप ये भूल रहे हैं कि भगवान् ने हम सबको एक समान बनाया है···हम सबके खून का रंग तो एक जैसा ही है···जब प्रसन्न होते हैं···तो सभी के मुखमंडल चमक उठते हैं···रोते हैं तो सभी की आँखों से आँसू बहते हैं···सभी के शरीर एक जैसे हैं···क्रियाएँ एक जैसी हैं···फिर लकड़ी का स्वभाव आग में जलना है···लेकिन उसी आग पर अधिक मात्रा में लकड़ी डाल देने से आग बुझ जाती है ठाकुर साहब···गुब्बारे में भी अधिक हवा भरने से गुब्बारा फूट जाता है···याद रखिए बाँध की क्षमता से अधिक जल संग्रहण करने पर बाँध भी टूट जाता है, ठाकुर साहब!"

हीरा की बात सुनते ही ठाकुर गुस्से से तिलमिला उठा था। वह गुस्से में काँपते हुए बोला, "यानी तुम हमें धमकी दे रहे हो··· ? इस तरह की बात करने से पहले अपनी औकात देखना जरूरी होता है···पाँव की जूती सिर पर शोभा नहीं देती···वैसे तुमने बल्ब देखा है···क्षमता से अधिक वाट बिजली मिलने से बल्ब फ्यूज कर जाता है···पर तार को कुछ नहीं होता··· !"

हीरा, "लेकिन तार की क्षमता से अधिक वाट का बल्ब रहने से तार गल जरूर जाता है ठाकुर चाचा···इसलिए तो कहता हूँ···तार और बल्ब अनुकूल क्षमता की हो···अनुकूल सहन शक्ति की हो तो न तार गलेंगे और न बल्ब फ्यूज होंगे··· !"

ठाकुर इस तरह से तर्क सुनने का आदी नहीं था। हीरा की इस तरह की बातों से बहुत बुरा लगा था। फिर उसने बोला, "तुम अपने आपको समझते क्या हो?···हम उच्च जाति के हैं···हमारी बराबरी तुम कभी नहीं कर सकते···बेहतर होगा कि तुम बराबरी करने का खयाल अपने मन से निकाल दो···याद रखो!···इसे न मैं बरदाश्त कर सकता हूँ और न मेरी बिरादरी··· !"

हीरा, "जाति तो कौवे और हंस की अलग होती है···इसीलिए दोनों के संयोग से बच्चे

पैदा नहीं हो सकते···जाति तो लोमड़ी और खरहे की अलग होती है···इसीलिए दोनों के संयोग से बच्चे पैदा नहीं होते···जाति तो हाथी और शेर की अलग होती है···इसलिए दोनों के संयोग से बच्चे पैदा नहीं होते···लेकिन हम सभी इनसान हैं क्या दो भिन्न स्त्री-पुरुष के संयोग से बच्चे पैदा नहीं हो सकते?···क्या माथे पर चंदन या टीका या फिर दाढ़ी बढ़ा लेने से अलग जाति हो जाती है?···जहाँ तक ऊँच-नीच की बात है···इसे तो इनसानों ने बनाया है चाचा···ये भगवान् ने नहीं बनाया है···उसने सभी को एक समान बना कर धरती पर अपने कर्म करने के लिए भेजा है···मंदिर बनने से पूर्व तो इन सब बातों से हम लोग बहुत दूर थे···क्या इसे दुर्भाग्य माना जाए कि शिवालय बनने से तेरा-मेरा और उसका शिवालय का झगड़ा शुरू हो गया है···लेकिन ये सब ग्रामीण समाज के हित में सही होगा क्या?"

विरेचन, "तुम कहना क्या चाहते हो?"

हीरा, "हम यही कहना चाहते हैं कि जैसे हम लोग कल सब बराबर थे···वही बरकरार रहे तो अच्छा रहेगा···फिर टोलेवासियों के साथ न्यायसंगत विचार होना चाहिए।"

विरेचन, "तुम्हारा मतलब क्या है?···जरा इसे स्पष्ट करो!"

हीरा, "मेरा मतलब है कि भारतीय संविधान में समानता का अधिकार दिया गया गया है···जात-पाँत···ऊँच-नीच की बात करना भी गैर-कानूनी है···संविधान आपको इस बात की इजाजत नहीं देता कि इस तरह की बंदिशें लगाएँ···मंदिर किसी की जाति विशेष की जागीर नहीं हो सकती···ऐसा सोचना या इस पर बंदिश लगाना कानूनन जुर्म है···!"

हीरा की बात सुनकर विरेचन अंदर से खौल रहा था। उसने तेज स्वर में कहा, "देखो हिरवा! तुम हमको ज्यादा कानून मत समझाओ···सबको अपनी हैसियत में रहना चाहिए···संविधान अपनी जगह है···और गाँव-समाज···जात-पाँत कई पुरखों से चले आ रहे हैं···इस पर संविधान चाहे कुछ भी कहे···होता वही आया है···जो सदियों से कायम है···उसे हम या तुम नहीं तोड़ सकते···इसलिए ये असंभव है हिरवा···अब ये कभी नहीं हो सकता···अब हमको इसमें और ज्यादा दिमाग नहीं खपाना है···तुम लोग भी अपना वक्त बरबाद मत करो और जाओ!···और जाते-जाते यह भी सुन लो···! घास बढ़ जाती है तो उसे काटना जरूरी होता है···नख और बाल बढ़ जाते हैं तो उसे काटना जरूरी होता है।"

हीरा, "अर्थात् आपत्ति करने पर हमें मरवा दोगे?···हम इनसाफ नहीं माँगे!···लेकिन इनसाफ तो देना ही होगा चाचा!···हमें मंदिर में प्रवेश के लिए बराबरी का हक चाहिए!"

ठाकुर, "तुम अपनी हद पार कर चुके हो हीरा!···तुम्हारी औकात ही क्या है जो हमारी बराबरी कर सको···चंदन भाभी ठीक कह रही थी···आज उँगली पकड़ रहा है···कल हाथ पकड़ लेंगे···आज पाँव पकड़ रहा है···कल गरदन पकड़ लेंगे···शिवालय हम इसलिए तो नहीं बनाए थे कि गली के कंकड़ गले में आकर अटक जाए।"

हीरा, "तो इसे हम लोग आपका अंतिम फैसला मानें!"

विरेचन, "हाँ···हाँ···अब इसके सिवा कोई चारा नहीं है!"

विरेचन के जवाब के बाद टोलेवासियों के बीच एक पल के लिए सन्नाटा छा गया। हीरा को लगा कि अब विरेचन से बोलने से कुछ नहीं होगा। इसलिए उसने अपने साथियों से कहा, "चलो साथियों, अब यहाँ बोलने से कुछ भी हासिल होनेवाला नहीं है।"

हीरा अपने साथ आए साथियों से बोला, "सचमुच बरगद अपने नीचे किसी को पनपने नहीं देता। वह अपनी जड़ें पाताल तक जमा लेता है। और तो और अपने चारों ओर सैकड़ों बरोर से जमीन की उर्वरा सोख लेता है। बदले में देता है अपनी सूखी लकड़ी, पत्ते और अखाद्य फल। उस पर भी जी नहीं अघाता तो चिड़ियों के बिष्ठा से अपने नीचे जमीन एवं पनपे पौधे, घास आदि को गंदा कर देता है।"

हीरा के साथ आए सभी वहाँ से मुँह लटकाए चल दिए। सभी शिवालय के पास आए और सभी ने खड़े-खड़े एक योजना बनाई।

हीरा ने पूरनराम की ओर देखते हुए कहा, "हम लोगों को तुरंत पंचायत बुलानी चाहिए! क्यों चचा! क्या बोलते हो!"

पूरनराम, "हाँ हमें आपस में मिलजुलकर एक सर्वसम्मत निर्णय लेना ही होगा··· सबका विचार जानने के बाद आगे निर्णय लिया जाएगा।"

सबने हाँ के स्वर में सर हिलाया। इसके बाद टोलेवासी तीन टुकड़ियों में बँट गए और ग्राम के प्रत्येक प्रतिष्ठित व्यक्ति से पंचायत में आने के लिए विनम्रता से निवेदन किया गया। नियत समय के एक घंटे बाद तक इंतजार के बाद भी कोई नहीं आया। इस बीच मोती बोला, "हरखू ने बोला था कि ठाकुर विरेचन ने जब ऐसा कह दिया है, उसके खिलाफ कोई नहीं जाएगा···लगता है यह सही साबित हुआ!···हमें लगता है··· अब कोई नहीं आएगा भइया!..वैसे भी पाप-पुण्य···धर्म-कर्म की बात हो तो लोग अक्ल का दरवाजा बंद कर आडंबर पर अधिक विश्वास करते हैं···पुरोहित मधुसूदन ने शूद्रों को मंदिर में प्रवेश करना हमारे लिए पाप कर्म बताया है···और लोगों ने आँखें बंद कर उसकी बातों को पत्थर की लकीर मान लिया है···अब सबको उसी पर विश्वास है···और दलित टोले के लोगों को तो ऐसी हालत में कोई इनसाफ नहीं मिल सकता।"

मोती की बातों से सभी एक तरह से सहमत ही थे, लेकिन सबके चेहरे पर घोर निराशा छाई हुई थी। अंततः थके-हारे मन से सभी से हीरा ने कहा, "चलो हीरा!···अब पंचायत में कोई नहीं आनेवाला···कोई इनसाफ नहीं करनेवाला···इसलिए हम लोगों को टोले में बैठकर रायशुमारी करनी होगी···!"

सभी हारे-थके जुआरियों की तरह वहाँ से धीरे-धीरे खिसकने लगे थे।

दृश्य- 25

सवेरे के सात बजे होंगे। टोले की महिलाओं को जानकारी हो गई थी कि मंदिर के अंदर प्रवेश पर रोक लगा दी गई है; प्रात: की ठिठुरन के बाद भी टोले की कई महिलाएँ नहा-धोकर तैयार हो गई थीं और झुंड बनाकर पूजा करने चली आई थीं। मंदिर के पास गाँव के भी चार-पाँच लोग थे, जिन्होंने महिलाओं को मंदिर में प्रवेश करने से रोका था, लेकिन महिलाओं के संख्याबल के सामने वे लोग कमजोर पड़ गए थे और भागकर गाँव में शोर मचाने लगे थे। कुछ ही देर में गाँव में खबर फैल गई कि टोले के शूद्र लोग मंदिर में घुसकर पूजा-अर्चना कर रहे हैं। देखते ही देखते गाँव के दर्जनों आदमी लाठी डंडा लिये शिवालय पहुँच गए। करीब पच्चीस-तीस की संख्या में गाँव की औरतें भी शामिल थीं। गाँव के लोगों की मंदिर के अंदर घुसकर पूजा कर रही टोले की औरतों के साथ धक्का-मुक्की हुई। बात नहीं मानने पर औरतों के बाल पकड़कर मंदिर से बाहर निकाल बाहर किया गया। कुछ लोगों के साथ मारपीट भी की गई। मारपीट करने में गाँव की औरतों ने खूब भूमिका निभाई थी। करीब आधे घंटे तक ये नजारा चलता रहा। उस समय तक गाँव के सैकड़ों लोग मंदिर के पास एकत्र हो चुके थे। बेचारी बक्सीपुर टोले की औरतें मार खाकर कोसते हुए अपने घर लौट गई थीं। टोले में यह बात घर-घर में पहुँच चुकी थी। वातावरण बिल्कुल तनावयुक्त हो गया था। उस समय लोगों को समझ में नहीं आ रहा था कि क्या किया जाए। फिर जैसे-जैसे दिन चढ़ता गया, लोगों के खून में उबाल भी आने लगा था। हीरा के घर लोगों का आना-जाना हो रहा था। उस समय कैलाश, सलीम, पूरनराम तथा फेंकू भी वहाँ मौजूद थे।

हीरा इस घटना से काफी व्यथित था। उसने सबसे कहा, "चाचा! हम लोगों को थाने में मुकदमा दर्ज कर देना चाहिए…अनुसूचित जाति अत्याचार निरोधक अधिनियम धारा के अधीन मुकदमा होने पर उन कमीनों को जमानत भी नहीं मिलेगी।"

पूरनराम, "हाँ एकदम सही कह रहे हो भतीजे! यही करना ठीक होगा…आखिर हम लोग उसके गाँव में लाठी चला नहीं सकते…चुप बैठना भी ठीक नहीं!"

फेंकू, "इससे कोई फायदा नहीं होगा…ठाकुर विरेचन जो कहेगा थाना वही सुनेगा…मैं देख चुका हूँ हीरा।"

हीरा, "क्यों नहीं सुनेगा…आखिर सरकार उसे किस बात की तनख्वाह देती है… फिर नियम-कानून भी तो कोई चीज है…अगर थाने में सुनवाई नहीं होगी तो और ऊपर जाएँगे…लेकिन इसे बरदाश्त कर हम लोग घर पर बैठ जाएँ…यह ठीक न होगा चाचा!"

काफी माथापच्ची के बाद यह तय हुआ कि थाने में मुकदमा दर्ज किए जाए। हीरा ने एक शिकायत पत्र लिखा। जिन महिलाओं के साथ मारपीट हुई थी, उनके नाम लिखकर अँगूठे के निशान लगवाए गए तथा सभी महिलाओं के साथ एक टेकर भरकर वेणीपुर थाना पहुँचा गया। उस समय थाना प्रभारी अपने चेंबर में ही मौजूद था। हीरा ने थाना प्रभारी को प्रणाम किया।

थाना प्रभारी, "ये बारात कहाँ से लेकर आ रहे हो।"

हीरा, "सर हम लोग बक्सीपुर के रहनेवाले हैं।"

थाना प्रभारी, "कौन बक्सीपुर?"

हीरा, "सर प्रतापूर का टोला है!···ठाकुर विरेचन वहीं के रहने वाले हैं न?"

थानेदार, "अच्छा!···ठाकुर विरेचन का प्रतापपूर?"

हीरा, "हाँ सर!···अप्रत्यक्ष रूप से इस घटनाक्रम में वे भी शामिल हैं···!"

यह सुनते ही मानो थाना प्रभारी को हुक समा गया था। वह मन-ही-मन कुढ़ते हुए बोला, "अच्छा···अच्छा···! हूँ···हूँ···खैर ये तो बताओ कि हुआ क्या है?"

हीरा, "सर! प्रतापपूर में हम सभी गाँववालों ने मिलकर नया शिवालय बनाया है··· वहाँ आज सवेरे ये सभी महिलाएँ पूजा-अर्चना करने गई थीं···तो प्रतापपूर के लोगों द्वारा हमारे टोले की महिलाओं को पूजा करने से रोका ही नहीं गया बल्कि इनसे बुरा सलूक करते हुए मारा-पीटा भी गया।"

थानेदार, "हूँ···तो ई बात है···अच्छा किसी का माथा···कपार तो नहीं फूटा··· साला···फालतू का झंझट लेके यहाँ पहुँचकर झूठमूठ का···बवाल लेकर आए हो···भागो यहाँ से···चलो भागो यहाँ से!"

हीरा, "क्यों सर! हमें भागना ही होता तो यहाँ आते ही क्यों?··· हमारे टोले की महिलाओं को पूजा-पाठ करने से बलपूर्वक रोका गया···हमारे साथ मारपीट की गई है···इसके खिलाफ हम शिकायत करने थाने आए हैं···तो आप हमें भगा रहे हैं···हमें अपमानित किया, शूद्र कहकर हमारी माँ-बहनों को गालियाँ दी गईं···और आप हमें यहाँ भगा रहे हैं···हमें जाने को कह रहे हैं···सर हम यहाँ इनसाफ के लिए आए हैं···अगर हमें यहाँ इनसाफ नहीं मिलेगा तो और कहाँ मिलेगा···हम सभी अनुसूचित जाति अत्याचार निरोधक अधिनियम धारा के अधीन मुकदमा दर्ज करने आए हैं सर!" यह कहते हुए हीरा ने शिकायत पत्र थानेदार की टेबल पर रख दिया।

हीरा की बातें और उसकी हरकत से थानेदार भड़कते हुए बोला, "अरे साला! इ तो हमको कानून भी समझा रहा है···धारा भी बता रहा है···तू वकील है क्या रे!··· साला भाग नहीं तो···तुम सभी को हाजत में डाल देंगे, समझे कि नहीं!"

थानेदार का तमतमाता चेहरा देखकर सभी महिलाएँ सिहर उठीं। किसी तरह से एक

महिला ने हिम्मत करते हुए कहा, "हम लोग न्याय के लिए थाने में केस करने आए हैं··· आप केस दर्ज कीजिएगा···तभी हम लोग यहाँ से जाएँगे!"

थानेदार, "अच्छा कंपलेन लाए हो?'

कुटिल मुसकराहट के साथ टेबुल पर रखे शिकायत पत्र थानेदार ने अपनी जेब में दोनों कॉपी रखते हुए बोला, "हाँ जाओ केस दर्ज हो गया!"

हीरा, "सर रिसीव कर एक कॉपी मुझे लौटाइए!"

इतना कहते ही थानेदार गुस्से से पलटा और हीरा के गाल पर तड़ातड़ तीन-चार थप्पड़ जड़ते हुए बोला, "साला रिसीव कॉपी माँगता है···भाग यहाँ से, नहीं तो दोनों हाथ-गोड़ तोड़कर हाजत में बंद कर देंगे···बड़ा आया है रिसिविंग लेने वाला।"

हीरा गुस्से से अपने गाल सहला रहा था। थप्पड़ की गूँज से वहाँ सन्नाटा छा गया। सभी लोग सहम गए थे। हीरा मन मसोसकर रह गया। वह कुछ कर भी नहीं सकता था। यूँ तो गरीबी की जड़ बहुत हद तक अशिक्षा होती है। लेकिन हीरा तो पढ़ा-लिखा युवक था। फिर भी उससे मारपीट करने में थानेदार को कोई गुरेज नहीं था। निर्भीकतापूर्वक उसकी प्रतिष्ठा का हनन कर दिया यह समझकर कि यह निरीह और कमजोर है। वह इसका प्रतिकार नहीं कर सकता था। और न उसका कुछ बिगाड़ सकता था। सचमुच बलि भी बकरे मुर्गे जैसे निरीह पशु-पक्षी की जाती है। शेर-नाग जैसे शक्तिशाली की नहीं। हीरा यही महसूस कर गुस्से को घूँट पीकर रह गया। क्योंकि इस समय उसके पास दूसरा कोई चारा भी तो नहीं था। अंततः लोगों के समझाने-बुझाने के बाद और स्थिति की गंभीरता को देखते हुए सभी बैरंग वापस लौट आए।

दृश्य-26

मंदिर और थाने की घटना के बाद सभी औरतें भी काफी मर्माहत थीं। चूँकि हीरा को सभी मान-आदर करते थे। खुद औरतें भी उस पर गर्व करती थीं, थानेदार ने हीरा का गाल पर तमाचा जड़ा था, लेकिन इसका दर्द और मलाल सभी को हो रहा था। सभी के सामने थानेदार ने हीरा की जो दुर्गति की थी, उससे सभी आहत थे। हीरा अंदर से काफी उबल रहा था। अपमान का घूंट पीकर वह शांत नहीं हो पा रहा था। वह काफी विचलित था। उसने सोचा कि आखिर इस अपमान का बदला कैसे लिया जाए। क्योंकि वह रात भर अपमान की आग में जला था। उसी तरह जैसे लोहार की भाँथी में लोहा तपकर लाल होता है और कुछ भी बनने के लिए तैयार हो जाता है। वह ठंडा होकर भी किसी पर प्रहार करने के लिए उतावला रहता है। लेकिन समय की नजाकत को भाँपते

हुए उसने अपमान की आग को अपने सीने में दबाकर रखा था।

इधर, टोले के लोगों को भी मालूम हो गया था कि थानेदार ने केस लेने से इनकार ही नहीं किया, बल्कि हीरा के साथ बहुत ही बुरा सलूक भी किया है। इस घटना ने आग में घी डालने का काम किया था। टोले के अधिकतर लोगों के सीने में आग धधक रही थी। यह बारूद बन रहा था, जिसमें चिनगारी लगाने की जरूरत थी। इसलिए सभी लोग अब रणनीति बनाने में जुट गए थे।

उस समय अपराह्न के दो बजे थे। टोले में तनाव की स्थिति उत्पन्न हो गई थी। उस दिन कोई काम करने नहीं गया था। इसलिए गाँव में भी इसकी चर्चा हो रही थी। सभा में टोले के लगभग सभी घरों से प्रतिनिधि पहुँचे थे। महिलाओं की संख्या भी काफी थी। टोले के बीच एक पीपल का विशाल वृक्ष था। वहाँ मैदान था। इसलिए उसी के नीचे लोग बैठे थे। हीरा सभा को संबोधित करते हुए बोला, "भाइयो…बहनो…काका-काकी…दादा-दादी…सभी को मेरा प्रणाम!…आज बहुत दुःख के साथ कहना पड़ रहा है कि जिस शिवालय को बनाने में हम लोगों ने प्रतापपुर वालों से अधिक मेहनत और चंदा दिया है…उन्होंने न केवल उस शिवालय से हमें बेदखल कर दिया है… बल्कि हमें अपमानित भी किया है…हमारी माँ-बहनों के साथ मारपीट भी की गई है…यह हमारे मान-सम्मान पर करारा प्रहार किया गया है…हमें अछूत कहकर मंदिर में प्रवेश करने से रोक दिया गया है…क्योंकि मंदिर में पूजा-पाठ करने से शिवालय अपवित्र हो जाएगा…क्योंकि हम अछूत हैं…मंदिर नष्ट हो जाएगा…पाप लग जाएगा…दोस्तो! याद कीजिए! शिवालय का निर्माण तो हम लोगों ने मिलकर किया है। ईंट…सीमेंट…बालू…मिट्टी सब हम लोगों ने लगाया है…शिवलिंग को हमने कितनी खूबसूरती से गढ़ा है…अपने इन्हीं हाथों से हमने बनाया है…शिवालय का रंग-रोगन सभी हमने और हमारे लोगों किया है…उस समय हम अछूत नहीं थे…शिवालय की प्राण प्रतिष्ठा के लिए पुरोहित ने झूठ-सच दो-चार श्लोक बोल दिए और प्राण प्रतिष्ठा हो गई…तब से हम अछूत हो गए…प्राण प्रतिष्ठा के लिए ढोल-बाजे हम लोगों ने बजाए…हमारी थाप और धुन पर हम और वे लोग भी नाचे थे। उस समय हम लोग अछूत नहीं थे…जब मंदिर में पुरोहित बैठ गए…तब हम अछूत हो गए…अब यह शिवालय उसका हो गया…अब वो शिवालय हमारा नहीं रहा…बल्कि उच्च कुल में जन्म लेनेवालों की जागीर हो गया…शिवालय हमारा नहीं रहा…लेकिन शिवालय को अपनी जागीर समझनेवालों से मैं पूछना चाहता हूँ कि जब शिवालय के निर्माण में हमारा योगदान है…तो शिवालय तो अछूत हो चुका है…अब तो पाप हो चुका है…हमारे हाथ-पाँव के निशान शिवालय के कोने-कोने में समाए हुए हैं…हमारा दिल जिगर सब लगा हुआ है…तो फिर छूत से बचा कहाँ तुम्हारा भगवान…उसे तो छूत लग चुका है…गंगा के पानी से भी शिवालय को धो दो तब भी पाप नहीं धुलेगा…कहते

हैं पाप एक बार करो या सौ बार··· गंगा पाप नहीं धो सकती··· क्योंकि पानी तो तन साफ करता है मन नहीं··· मन से अगर हम अपवित्र हैं··· तो गंगा हमें पवित्र नहीं कर सकती··· पाप तो पापकर्म करनेवालों के मन में समाया हुआ है··· भाई और बहनो महात्मा गांधी ने हमें हरि का जन यानी हरिजन कहा है··· यह अपमानित करनेवाला शब्द है··· यह शब्द जरूर अपमानित करनेवाला है··· फिर भी गांधी ने ऐसे लोगों को दुत्कारते हुए कहा था कि पाप से घृणा करो··· पापी से नहीं··· यहाँ पापी कौन है यह बताने की जरूरत नहीं है··· घृणा किसको किससे करनी चाहिए यह भी समझाने की जरूरत नहीं है··· अगर हमारे निर्माण करने पर भी शिवालय उसका हो गया··· तो सँभाले वो अपना शिवालय··· भस्म रमाये! शिव तो कण-कण में समाये हुए हैं··· सवाल यहाँ अपमान का है··· क्यों हमें अछूत कहकर अपमानित किया जाएगा··· और अब हम इसे कतई बरदाश्त नहीं करेंगे··· यह हम उन्हें समझा देना चाहते हैं··· भाइयो आप लोगों को मालूम है कि इस घटना को लेकर जब हम थाने में केस करने गए तो हमें किस तरह से अपमानित कर वहाँ से भगा दिया गया! आप बताएँ क्या हमें अपमान बरदाश्त करना चाहिए··· बताइए··· !"

हीरा की इस बात पर भीड़ में गगनभेदी आवाज गूँजी, "नहीं··· नहीं··· नहीं··· हम बरदाश्त नहीं करेंगे··· नहीं करेंगे··· नहीं करेंगे··· !"

इसके बाद हाथ के इशारे से लोगों को शांत रहने की अपील करते हुए हीरा ने फिर कहना शुरू किया, "याद रखें, हक जब माँगने से नहीं मिलता है तो उससे छीनना पड़ता है··· फिर ये तो मेरा संवैधानिक अधिकार है··· और हमें इस अधिकार से कोई वंचित नहीं कर सकता है··· अब वो जमाना गया कि सामाजिक कुप्रथाओं का हम दंश झेलें··· हम ऐसी कुप्रथाओं का विसर्जन करने की ठान लें तभी हमें न्यायिक अधिकार मिलेगा··· याद रखें परंपराएँ बनती-बिगड़ती रहती हैं··· परंपरा बनानेवाले और बिगाड़नेवाले दोनों ही सभी समाज में होते हैं··· अत: अब यह बात स्पष्ट है कि हमें इसके खिलाफ जो भी करना है अपने बाहुबल के भरोसे करना है··· हमें समाज और कानून से इनसाफ नहीं मिलेगा··· हमें स्वयं इसका इनसाफ करना होगा··· इसके खिलाफ हमलोगों को कठोर निर्णय लेना होगा··· गाँववाले यह नहीं सोचें कि हम उन पर आश्रित हैं! उनके बिना हम मर जाएँगे और वे जिंदा रहेंगे··· उन्हें याद नहीं कि हमारे बिना उनका वजूद भी मिट जाएगा··· हम रहेंगे, तभी उनका वजूद कायम रह सकता है··· हम काम नहीं करेंगे··· तब वे भी भूखों मरेंगे··· उनके खेत की फसलें हमारे पसीने से लहलहाती हैं··· ! दोस्तो! एक कुत्ता भी अपमानित करनेवाले को नहीं बख्शता··· वह भौंक ही नहीं काट भी सकता है··· बिना मान-सम्मान के जीना भी कोई जीना है! आज आप यह प्रण लें कि मरेंगे तो मान से और जीएँगे तो भी सम्मान से··· इसलिए बंधु आज निर्णय का दिन है··· ! हम लोग शपथ लें कि आज से प्रतापपुर में कोई काम नहीं करने जाएँगे··· हम खाने-कमाने के लिए दूसरे

गाँव जाएँगे···बाहर जाकर मजदूरी करेंगे···लेकिन उस गाँव में काम करने नहीं जाएँगे···आपको विश्वास दिलाता हूँ कि आपको निश्चित रूप से काम मिल जाएगा, परंतु उन्हें मजदूर नहीं मिलेंगे···हम अन्य गाँवों के मजदूर भाइयों से भी अपील करेंगे कि कोई अन्य गाँव के मजदूर प्रतापपुर में काम नहीं करने जाएँ···तमाम मजदूरों में यह संवाद फैला दें···देखिए हम मरतें हैं या वो मरते हैं···इस अपमान का बदला यही होगा···यदि आप सभी हमारे विचार से सहमत हैं तो हाथ उठाइए।"

सभा में सैकड़ों एकत्र लोंगों ने हाथ उठाए। इसके बाद उठकर कैलाश ने कहा, "भइया इ सब तो ठीक है···लेकिन शिवालय हम लोगों को इस टोले में भी बनाना है···उन लोगों को दिखा देना है कि हमारे पाँव में उनके बैसाखी नहीं···हम भी अपने पैर पर खड़ा हो सकते हैं।"

हीरा फिर से बोला, "शिवालय भी बनेगा···जैसे रोड पर चंदा हम लोगों ने प्रतापपुरवालों के लिए···उनके शिवालय के लिए वसूला था···उसी तरह चंदा हम लोग अपने लिए वसूलेंगे···शिवालय बनकर रहेगा···सुना है गाँव के लोगों को पुरोहित ने भड़काया है···उसने ही हमें अछूत कहकर मंदिर में प्रवेश से मना करवाया है···भाई साँप को देखा है आपने! वह अपना घर कभी नहीं बनाता है··· चूहे के बने घर अथवा बिल में घुस जाता है···यदि चूहा उसमें है तो साँप उसे खा जाता है···अथवा चूहा बाहर है तो फिर अपने बनाए हुए घर में कभी नहीं जाता है···ये पुरोहित भी स्वयं मंदिर नहीं बनाया···हम लोग चंदा दिए···मजदूरों ने मंदिर बनाए···जब मंदिर पूरी तरह से तैयार हो गया है···तब साँप की तरह उसे कब्जे में कर लिया है···जिसने बनाया उसे ही बेदखल कर दिया···इसीलिए चूहे भगाने के लिए दर्जनों रास्ते बताते हैं, ताकि साँप एक रास्ते से घुसेगा, तब चूहे दूसरे रास्ते से भाग निकलेगा, पर यहाँ तो पुरोहित सभी रास्तों पर कुंडली मारकर बैठ गया···भाई ये पुरोहित नहीं···साँप है···साँप···ये अपने आडंबरों के फन फैलाकर समाज को डंसता है···इसलिए ऐसे पुरोहित समाज के दुश्मन होते हैं···लेकिन ये भी याद रखें कि ऐसे लोग ही खूनी क्रांति के सूत्रधार भी होते हैं···विध्वंस के बाद निर्माण होता है···आज से क्या अभी से हम यह मानकर चलें कि अब तेजी से विध्वंस का पहिया घूमने लगा है···विध्वंस के बाद नव निर्माण होगा···और सारी भ्रांतियों को हम जड़ से मिटा कर ही दम लें···बिल्ली जब तक भागती है···तब तक कुत्ता उसका पीछा करता है···किंतु बिल्ली ज्यों ही अड़कर कुत्ते को घूर कर देखती है, कुत्ता दुम हिलाकर वहाँ भाग खड़ा होता है।···आइए हम संकल्प लें कि जब तक हम भ्रांतियों को दूर नहीं कर देंगे···धार्मिक क्रांति जारी रहेगी···कहिए···आप लोग तब तक चुप नहीं बैठेंगे···क्यों भाई! कहिए आप सभी मुझसे सहमत हैं कि नहीं···कहिए···आवाज लगाइए···!"

भारी जनसमूह ने हाथ उठाकर जोर से बोला हाँ···हाँ···हम सभी आपके साथ हैं!

सभा के बाद कुछ विशेष लोगों के एक समूह ने कई प्रस्ताव पारित किए—

- प्रतापपूर में अब मजदूरी नहीं करने जाएँगे।
- कोई अन्य गाँव के मजदूर वहाँ काम करने जाएँगे तो उनसे भी अनुरोध कर वहाँ न काम करने के लिए मनाना होगा।
- गाँव के बच्चे प्रतापपूर स्कूल जाएँगे, लेकिन अब पीछे नहीं बैठेंगे, जहाँ जगह मिलेगी"वहीं बैठ जाएँगे। इसका विरोध करने पर हम टोले में ही बच्चों को पढ़ाएँगे और इसी टोले के कुछ युवक शिक्षण का कार्य भी करेंगे।
- अब टोले में शिवालय बनेगा। इसके लिए टोले के लोग ही टोली बनाकर सड़क पर चंदा इकट्ठा करेंगे।
- अब बक्सीपुर टोले के लोग दूसरे गाँव में मजदूरी करेंगे। यदि दूसरे गाँव में भी मजदूरी नहीं मिले तो मजदूरी के लिए शहर जाया करेंगे।
- प्रतापपुर का कोई भी व्यक्ति बक्सीपुर के किसी भी व्यक्ति को मार-पीट, अथवा गाली-गलौज या धमकी देगा तो हम सभी मिलकर उसका विरोध करेंगे।

प्रस्ताव पारित होने के उपरांत सभा का समापन हो गया।

सैकड़ों शीशी इत्र छिड़क दें, किंतु सड़े चूहे को वहाँ रख दें तो इत्र की खुशबू गौण हो जाएगी। उसी बदबू की तरह खबर फैल गई थी। बक्सीपुर टोले को रिजुलेशन क्यों लेना पड़ा। इसके लिए उसे किस तरह जलील किया गया। किस तरह से विवश किया गया। ये सभी बिंदु गौण हो गए थे। चर्चा थी तो सिर्फ रिजुलेशन की।

दृश्य-27

बक्सीपुर टोले में लिये गए रेजुलेशन की चर्चा प्रतापपूर के घर-घर में होने लगी थी। सभी की भिन्न-भिन्न प्रतिक्रियाएँ भी थीं। पुरुष क्या महिलाएँ भी अंदर से उबल रही थीं। उधर, शिवालय के पुरोहित मधुसूदन के चेहरे पर विजयी मुसकान थी। जैसे कि उसने किसी जंग को जीत लिया हो। एक्शन के बाद रिएक्शन होना स्वाभाविक था। अब टोले और गाँव के बीच शिवालय के मसले पर पूरी तरह से दो फाड़ हो चुका था। इसलिए आगे की रणनीति बनाने के लिए समाज के कुछ विशेष लोग ठाकुर विरेचन के बँगले पर इकट्ठे हुए। उस समय ठाकुर बँगले में ही बैठा था। नवलेश, गुरुदास, प्रवीण, हरखू और दर्जनों व्यक्ति ठाकुर के बँगले की चौकी पर बैठे थे।

टोलेवाले गाँव-ग्रामीणों की इच्छानुसार चलते थे। उनके कहने पर हँसते थे। उनके कहने पर रोते थे। उनके तन-मन पर गाँववालों का ही जोर चलता था, किंतु

बक्सीपुरवालों को उससे आजाद होते देख गाँव के अधिकांश सामंती विचारवालों के दिल पर मानो चक्की चल रही थी। उनके मन के अंदर बारूद विस्फोट हो रहे थे।

कई लोग हीरा के वक्तव्यों की आलोचना करने में मशगूल थे। नवलेश ने कहा, "अछूत लोगों की इतनी हिम्मत! इनके पर निकल आए हैं···इन लोगों का पर कुतरना अब जरूरी हो गया है···उड़ने से पहले ही इन लोगों के पर हर हाल में कुतरने होंगे··· इनकी यह मजाल कि हम लोगों के खिलाफ जहर उगले···सबकी हड्डी-पसली तोड़नी होगी···तब होश ठिकाने आएँगे।"

गुरुदास ने अपनी प्रतिक्रिया दी, "हम लोगों के ही टुकड़ों पर पलनेवाले इन कुत्तों का भौंकना ही बंद कर देंगे···तब इन लोगों को पता चलेगा···! साला खाता है···और गुर्राता भी है।"

इसी बीच तपाक से हरखू बोल उठा, "ठाकुर चाचा!···उन लोगों के बच्चे पढ़ने आते हैं···उसे रोकना होगा।···सभी रहे अनपढ़। हमारी न सही किसी और की मजदूरी करें···रहेंगे तो मजदूर ही।"

ठाकुर विरेचन, "मेरा तो खून उबल रहा है···उन लोगों की ये हिम्मत!··· इससे पहले उन लोगों की माल-मवेशी, अकरी-बकरी गाँववालों के खेत में आए सभी को काँची हाउस पहुँचा दो···चाहे फसल खाए या न खाए···अगर कुछ अलबल···बोले तो उसकी वहीं बढ़िया से मरम्मत कर डालो।"

बातचीत के क्रम प्रोफेसर राजेंद्र प्रताप सिंह भी वहाँ आ गए और वहीं एक कुरसी पर बैठ गए।

वे विरेचन की ओर देखते हुए बोले, "विरेचन! यह मैं क्या सुन रहा हूँ···टोलेवालों की हड़ताल चल रही है क्या··· ? देखो भई अभी ज्यादा गरम होने से बात बिगड़ सकती है···गरम···गरम खाने से होंठ जल जाते हैं···हम इन्हें ठंडा करके खाएँगे···अभी थोड़ी बुद्धि से काम लो!··· बच्चे रूठते हैं, तो पहले मनाने की कोशिश करनी चाहिए···!"

विरेचन, "बच्चे हो तब न प्रोफसर साहब! यहाँ तो बड़े होकर लाठ लिये खड़ा है··· हमें झुकना नहीं···बल्कि उसके मुँह पर थूकना है···उसकी चलती जुबान जला देना है··· वे काम करने नहीं आएँगे!···हम उन्हें सिर्फ भूखे नहीं मारेंगे···हम उन्हें जिंदा जला देंगे।"

प्रवीण, "ये सब शिवालय के कारण हो गया! शिवालय बनना ही···!"

उसकी बात को काटते हुए प्रोफेसर ने कहा, "शिवालय तो शांति की स्थापना के लिए बनाया गया था···पूजा से शांति मिलती है···सुख-समृद्धि आती है···लेकिन यह तो अशांति का अखाड़ा बनता जा रहा है···मैं कहूँगा कि आग न बनने दो···आग पर पानी डालो, हवा दोगे तो चिनगारी भी शोला बनकर गाँव को जलाकर खाक कर देगी···जरा ठंडे दिमाग से काम लो बबुआ।"

इतना बोलकर वे वहाँ से चल दिए। यद्यपि प्रोफेसर साहब अपने घर से कहीं दूसरे के दरवाजे पर नहीं बैठने जाते। ठाकुर विरेचन से तो मन-ही-मन वे खफा रहते थे। लेकिन गाँव और टोले के बीच सुलगती आग ने उन्हें विचलित कर दिया था। विवशतावश वे ठाकुर विरेचन के बँगले पर गए थे। वहीं पर करमा खड़ा था।

हाथ मलते हुए करमा बोला, "सुना है···कि वे लोग टोले में शिवालय बनाने के लिए सड़क पर चंदा उगाही कर रहे हैं।"

विरेचन, "चंदा उगाही कर रहे हैं!···अच्छा तो ई बात है···अरे अब आएगा मजा!··· देखिए जल्द ही हम उन लोगों को घुटने टेकने पर मजबूर करते हैं।···सच कहता हूँ! नानी याद न दिला दिया तो मेरे नाम पर आप लोग कुत्ता पाल लीजिएगा! दुश्मन अपने बुने हुए जाल में खुद फँसने चला आया है।"

ठाकुर विरेचन इतना बोलकर वहाँ से उठकर चल दिया। उधर टोले वाले टोली बनाकर सड़क पर चंदा उगाही कर रहे थे। हीरा भी वहीं था। इस बार गाड़ीवाले से जोर-जबरदस्ती नहीं कर स्वेच्छा से जो चंदा देते, उसे रख लिया जा रहा था।

ठाकुर विरेचन भी नहा-धोकर अपनी जीप से वेणीपुर थाने चल दिया। चंदा उगाही करते दूर से देखा और वह दाँत पीसकर रह गया। फिर सीधे वेणीपुर थाने के लिए रवाना हो गया।

दृश्य-28

दिन के ग्यारह बजे होंगे। उस समय थानेदार शर्मा अपने चेंबर में बैठा कुछ कागजी काम निपटा रहा था। उसी समय अपनी जीप से ठाकुर विरेचन वहाँ पहुँचा। राम-सलाम के बाद थानेदार ने ठाकुर विरेचन को बैठने का इशारा किया। ठाकुर वहीं कुरसी पर धँस गया। थानेदार ने पूछा, "कैसे हैं ठाकुर साहब?"

ठाकुर, "आपकी दुआ से ठीक हूँ···बड़ा बाबू···हमारा गाँव का बक्सीपुर टोला है न! वहाँ का लोकरा-छोकरा बउरा गया है···अभी वे सब जोर-जबरदस्ती रोड जाम कर चंदा वसूल रहे हैं।"

थानेदार, "अरे! वही तो कहूँ···वह टोले की औरतें आप लोग के खिलाफ केस करने आई थीं···उनके साथ एक लड़का भी था···सच कहता हूँ बड़ा खतरनाक केस था···उसे डाँट-फटकार लगा के किसी तरह भगा दिया है।"

ठाकुर, "अच्छा तो मामला यहाँ तक भी पहुँचा था···अच्छा···अच्छा भाई इ लोगन का तो बहुत मन बढ़ गया है···कुछ करिए बड़ा बाबू!"

थानेदार, "भला बताइये···इ तो हद हो गई···बिना आपके आशीर्वाद के उ सब चंदा उगाही तक करने लगा है!"

ठाकुर, "वही तो मैं भी कह रहा हूँ···बिना मुझसे रायशुमारी किए जबरन चंदा वसूली कर रहा है।···उन्हें थाने में लाकर हाजत में डाल दीजिए···तब बुझाएगा···सबकी तबीयत ठीक हो जाएगी।"

थानेदार, "यह तो बहुत खराब बात है···उन सालों की इतनी हिम्मत बढ़ कैसे गई!···मन आपका ही बढ़ाया हुआ है ठाकुर साहब!"

ठाकुर, "यह तो हद हो गई भाई!···बाल बढ़ जाने पर कटवाना जरूरी होता है बड़ा बाबू।"

थानेदार, "एक कंपलेन दिलवाइए न! फिर देखिएगा···साले को कैसे नाक से दूध चुआ देता हूँ!"

ठाकुर, "लीजिए आपको याद नहीं··· वो कमिश्नर साहब का कंपलेन दर्ज है ही न···तो फिर··· आपको परमोशन नहीं लेना है क्या?"

थानेदार, "अरे हाँ ठाकुर साहब!···आपने अच्छा याद दिलाया···साले हरामियों को पूछते हैं···लेकिन आप पैरवी-पैगाम नहीं न करेंगे?"

ठाकुर, "का बात करते हैं···हम यहाँ आए किसलिए हैं···उन सालों को चार लात मारकर और अंदर ठेलवा देंगे।"

थानेदार, "बस···बस···मैं अभी जाता हूँ···बस आप बाहर में थोड़ा घूमघाम लीजिए!"

इतना बोलकर थानेदार ने चार-एक संतरी को तैयार किया। संतरी भी उस समय खाना खाकर तैयार ही था। गाड़ी पर बैठे और बक्सीपुर की ओर चल दिए। करीब पच्चीस मिनट में बक्सीपुर पहुँच गए। पुलिस गाड़ी देखते ही लड़के वहाँ से भागे, फिर भी पंद्रह लड़के पकड़े गए थे। यद्यपि हीरा भाग गया था, लेकिन देखा कि उसके कुछ साथी पकड़े गए हैं तो वह भी अपनी गिरफ्तारी देने चला आया था। हीरा चिरौरी करते हुए थानेदार से बोला, "सर! इन लोगों को छोड़ दीजिए। आपके साथ मैं चल रहा हूँ।"

थानेदार, "साला तुम इन लोगों का नेता बन रहा रे!···चल तू भी!" कॉलर पकड़ कर थानेदार ने कहा, "किसके कहने पर चंदा उगाही कर रहा था।"

हीरा, "सर शिवालय के लिए चंदा ले रहा था···लेकिन हम लोगों ने किसी से भी जोर जबरदस्ती नहीं की है···स्वेच्छा से जो बन पड़े उतना ही चंदा ले रहे थे···सर छोड़ दीजिए सभी को।"

बात हो ही रही थी कि एक खाली ट्रेकर आ रही थी। उसमें बारह युवकों को बैठाया। उसी के साथ संतरी भी बैठ गए और चार युवकों को थानेदार अपनी जीप में बैठाकर थाने की ओर चल दिया। सभी युवकों को हाजत में बंद कर दिया।

सबकी गिरफ्तारी की खबर जंगल की आग की तरह गाँव एवं बक्सीपुर में फैल गई। गाँव में खूब खुशियाँ मनाई गईं तो टोले में सन्नाटा पसरा हुआ था। कुछ लोग हीरा के घर के पास आए, परंतु हीरा नहीं मिला, मोती से बात हुई। सभी चिंतित थे कि अब थाने से कैसे सबको छुड़ाया जाए।

इधर हीरा एवं उनके साथियों को हाजत में बंद करने की खबर सुनकर ठाकुर विरेचन बहुत खुश था। वह प्रसन्नचित्त मुद्रा में हाजत के पास पहुँचा। सबको घूर कर देखा और हीरा से बोला, "आयो! आयो महाराज! इस हाजत में आपका स्वागत है··· ! कहिए! ई हवेली कैसी लग रही है··· ? सोचते होगे कि ठाकुर चाचा हम लोगों को छुड़ाने आए होंगे···न! इस बार मैं कोई गलती नहीं करनेवाला··· !···अब मैं छुड़ाने नहीं तुम सबको बरबाद करने आया हूँ···पूरे गाँव को तुम लोग चले थे चुनौती देने! अरे एक ठाकुर पूरे टोले को जला कर भस्म कर देगा···बड़ा चला था पूरे गाँव को चुनौती देने!···चार अक्षर पढ़ क्या गया है कि···बड़का नेता बनने चला था···अब जाओ जेल में क्लास करना।"

इतना बोलकर ठाकुर ने जोरदार ठहाका लगाया।

हीरा गुस्से में बोला, "अच्छा तो···अब समझ में आया···इसके पीछे तुम हो ठाकुर!···यह तुमने अच्छा नहीं किया ठाकुर···तुमने दुश्मनी बढ़ाकर अच्छा नहीं किया··· याद रखना चींटी भी हाथी की सूँड़ में घुस जाती है तो उसकी जान के लिए आफत बन जाती है···अरे इसी अभिमान में रावण की सोने की लंका जलकर भस्म हो गई थी···फिर तुम क्या चीज हो ठाकुर!···आज तुम समझ लो बारूद में चिनगारी लगा दी है।"

विरेचन ने गुस्से में हँसते हुए कहा, "अरे हिरवा! ई सब कह के तुम क्या सोचता है रे···बस! बस! साला सुन···एक बात···कान खोलकर सुन···नागर मोथा दरखत नहीं बन सकता···कंकर पर्वत नहीं बन सकता···नाले सागर नहीं बन सकते··· हीरा···तुम कभी ठाकुर विरेचन नहीं बन सकते···हीरा तुम साला हीरा हो, तू एक फकड़ हो बस! साला घर में खाने के लिए चार दाना नहीं! नाम हीरा-मोती रख लिया है।" इतनी बात हो रही थी तभी थानेदार आ गया। थानेदार को देखकर ठाकुर विरेचन बोला, "बड़ा बाबू अच्छा हुआ आप आ गए···इन सालों को ऐसी-ऐसी धारा लगाओ कि जेल में ही सड़ जाएँ साले···जल्दी इनकी जमानत नहीं होने पाए।"

थानेदार, "शांत!···शांत ठाकुर साहब! इन सालों पर ऐसी ही दफा लगाएँगे। रंगदारी एक्ट!···समझे···इ सब जबरन रंगदारी वसूली कर रहा था।"

हीरा, "थानेदार साहब! आप ऐसा कदापि नहीं कर सकते···अरे हम लोग स्वेच्छा से चंदा ले रहे थे···शिवालय बनाने के लिए···कोई रंगदारी तो नहीं वसूल रहे थे···देखिए सर ऐसा जुल्म मत करिए!···ठाकुर खफा है···इसलिए ऐसा बक रहा है···आप··· !"

थानेदार, "चुप!··· साले···हरामजादे!···मैं क्या कर सकता हूँ अभी बताता हूँ!··· हवलदार! जल्दी आओ!"

दौड़ता हुआ हवलदार आया और बोला, "हाँ सर हुकूम कीजिए!"

थानेदार, "लॉक खोलकर बेरहमी से इन सबकी पिटाई करो!···इतनी पिटाई करो कि सिर्फ प्राण शरीर से नहीं निकले।"

हवलदार, "उस्ताद!" हवलदार ने लॉक खोला फिर थानेदार एवं हवलदार ने हाजत में घुसकर अंदर से लॉक बंद कर दिया और दोनों ने बारी-बारी से सभी को डंडे से मरना प्रारंभ किया। करीब आधे घंटे तक सबकी जमकर पिटाई की गई। सभी लहूलुहान हो गए थे। ठाकुर मंद-मंद मुसकरा रहा था। थानेदार और हवलदार ने दोनों हाजत से निकले फिर हवलदार बाहर से ताला लगाया।

थानेदार बोला, "चलिए ठाकुर साहब! अब इनकी खातिर बाँस कर दी गई है···हम क्या···क्या कर सकते हैं अभी के अभी बताते हैं। हवलदार बैरक से चला गया। थानेदार एवं ठाकुर थानेदार के चेंबर में आकर बैठे।

थानेदार गिलास में रखा पानी पीने के बाद बोला, "ठाकुर साहब! सचमुच इन्हें रंगदारी एक्ट में भेज दूँ?"

ठाकुर विरेचन, "और कोई कठोर धारा!"

थानेदार, "फिलहाल यही अच्छा होगा।"

ठाकुर विरेचन अपनी जेब से दस हजार रुपए की गड्डी थानेदार को थमाते हुए बोला, "बड़ा बाबू इन लोगों को ऐसा बरबाद कीजिए कि हल जोतने लायक भी नहीं रहे।···जानते हैं?···इन लोगों ने कसम ले रखी है कि प्रतापपुर में काम नहीं करेंगे···जेल से निकलने के बाद भी ये कहीं काम करने लायक नहीं रहे!···"

एक भ्रष्ट कर्मचारी पैसे लेकर हर नामुमकिन कार्य को कर देता है···और संभव कार्य को असंभव बना देता है···वैसे कदुआ पर सितुया भी चमक जाता है···लेकिन कटहल को देखकर ठिठक जाता है···थानेदार ने इन बेचारों को बरबाद करने में कोई कसर नहीं छोड़ी थी।

थानेदार जेब में रुपए रखते हुए बोला, "यही मैं भी सोच रहा हूँ···ठाकुर साहब!"

हीरा की गिरफ्तारी के बाद टोले में कोई समझदार आदमी नहीं रह गया था। इसलिए मोती सभी से चंदा कर दो हजार रुपए लेकर थाने चला आया था। थानेदार से न मिलकर सीधे हाजत आकर देखा। उस समय हीरा को छोड़ सभी दर्द से कराह रहे थे। यद्यपि हीरा को अधिक चोट थी, लेकिन वह बदले की आग में जल रहा था, जिसके कारण उसे दर्द की परवाह नहीं थी। सभी की हालत देखकर मोती बोला, "भैया! ये सब!···ये किसने किया है भैया?···हे भगवान्!"

हीरा मोती को देखकर बोला, "हाँ भाई! उसके पीछे ठाकुर का हाथ है···उसके

कहने पर थानेदार ने हम सब की ये हालत की है।"

मोती, "आखिर ठाकुर ने बदला ले ही लिया!···मैं क्या करूँ भैया?···फिलहाल टोले से दो हजार रुपए चंदा कर आप सब को छुड़ाने आया हूँ! इसका बदला जरूर लेंगे भैया! पहले आप सभी बाहर हो जाएँ! कमीने को नहीं छोड़ूँगा!"

हीरा, "कोई फायदा नहीं···ठाकुर ने थानेदार को घूस खिला रखा है···तुम्हारी बात थानेदार नहीं मानेगा···वह हरामी है···कहीं तुम्हारे साथ भी न!"

मोती, "फिर भी प्रयास करके देखता हूँ···तसल्ली हो जाएगी···अभी अपने गुस्से की घूँट पीकर रहता हूँ···आखिर आप सब को बाहर निकालना भी तो जरूरी है।"

इतना बोलकर मोती थानेदार के चेंबर में घुसा। वहाँ दोनों ठहाके लगा रहे थे तथा इन्हें बरबाद करने के नए-नए फार्मूले गढ़े जा रहे थे। मोती चेंबर के दरवाजे पर खड़ा हो गया तो थानेदार ने कड़क आवाज में बोला, "कौन है बे!···तुम क्यों चला आया?···"

ठाकुर ने मोती को घूरकर देखा और दाँत पीसने लगा। मानो मोती को कच्चा चबा जाएगा।

मोती बोला, "सर मेरा नाम मोती है।"

थानेदार, "तो?"

मोती, "सर उन लोगों को पकड़कर लाए हैं ···कुछ ले-देकर छोड़ दीजिए!···पूरे दो हजार रुपए लाया हूँ।"

थानेदार मन-ही-मन बोला, साला लाया भी तो दो हजार! फिर मोती से बोला, "साला तुम्हारी हिम्मत कैसे हुई एक थानेदार को घूस देने की।"

मोती, "ठाकुर के कहने पर आप पिछली बार घूस लेकर ही तो छोड़े थे!"

थानेदार चिल्लाते हुआ बोला, "हवलदार!···साले को बंद करो !"···तमतमाता हुआ उठकर मोती को मारने आया। स्थिति देखकर मोती वहाँ से चलते बना।

उस समय तक दोपहर के लगभग दो बजे थे, थानेदार ने हीरा एवं उनके साथियों पर रंगदारी के अतिरिक्त कई संगीन धाराओं को लगाकर सभी को जेल भेज दिया।

जब रक्षक ही भक्षक बन जाए तो स्थिति अराजक बन जाती है। अकसर एक थानेदार किसी पर मिथ्या केस बनाता है, तब उसके बचाव के सभी रास्ते बंद कर दिए जाते हैं···ताकि उस पर अधिक-से-अधिक दंड निरूपित किए जा सके। वह यह भूल जाता है कि उसे शैतान से इनसान बनाने की जवाबदेही दी गई है, अपितु उसने अपने इस कुकृत्य से इनसान से शैतान बनाने की घुट्टी पिलाई थी। इससे अच्छे हँसते-खेलते समाज में अपराधियों का बोलबाला हो जाता है।

दृश्य-29

मोती ने कहा, "आपने कहा था कि हमारे वकील साहब चुटकी में जमानत दिला देंगे···आज महीनों से ऊपर हो रहे हैं···फिर भी जमानत नहीं मिली···आप धोखा दे रहे हैं मुंशीजी।"

मुंशी, "देखिए आपके सामने मैं काम करने से पीछे नहीं हट रहा हूँ···वकील साहब भी जी जान से लगे हैं···तो क्या करें जान तो नहीं देंगे···रंगदारी वसूलना गैर-जमानती धारा है···विरोधी पक्ष जबरदस्त पैरवी कर देता है···विरोधी दीनानाथजी सबसे सीनियर वकील आपके खिलाफ लगे हैं···यह भी तो समझिए!"

मोती, "आपने दो-तीन फीस में ही जमानत मिलने की बात कही थी, आज ग्यारवीं फीस है···अब हम पैसा कहाँ से देंगे···हम लोगों के पास पैसे खत्म हो गए हैं!"

मुंशी, "अच्छा! पैसे खत्म हो गए हैं···तो ऐसा कीजिए···फिर छोड़ दीजिए···बगैर पैसे के तो हमारे वकील साहब हिलेंगे भी नहीं···हाँ! अगर बहुत जल्दी है तो फिर···दूसरा वकील ढूँढ़ लीजिए···और उनसे अपना काम करा लीजिए!"

मोती खिन्न होते हुए बोला, "ऐसा ही था तो फिर इ बात पहले ही दिन बोल देना चाहिए था···अब फँसा कर कहते हैं कि दूसरे से काम करा लीजिए!···गजब तमाशा है···क्या आप लिये हुए पैसे वापस कर देंगे तो ऐसा कह रहे हैं···अगर ऐसा है तो आप हमें पहले के पैसे दे दीजिए···हम दूसरा वकील कर लेंगे···!" लेकिन मुंशी ने पैसे देने से साफ इनकार कर दिया। इस तरह दोनों के बीच लंबी बहस होने के बाद कुछ भी नतीजा हासिल नहीं हुआ।

इस तरह जमानत के लिए मोती महीनों से परेशान रहा। लेकिन पैसे के अभाव में ऐरा-गैरा वकील भी केस लड़ने को तैयार नहीं हुआ। जमानत नहीं मिलने से सबकी हालत खराब थी। एक तरह से यह सबके लिए आपदा थी। किसी के पास पैसे नहीं थे। आपसी चंदा से टोलेवासियों ने करीब बीस हजार रुपए लगा दिए थे। लेकिन फिर भी जमानत नहीं मिली।

जल्दी जमानत हो जाए, इसके लिए मोती ने पहले ही दो वकील बदले थे। वकील के बदलने के क्रम में काफी परेशानी भी हुई थी। कई वकीलों ने सीधा-सादा समझकर रुपए भी ऐंठे। यह तीसरा वकील था, जिसको मुंशी ने कहा था कि हमारे वकील साहब चुटकी में जमानत दिला देंगे, लेकिन फिर महीनों लगे। फिर भी जमानत नहीं मिली थी। टोले में एक मोती को छोड़कर और कोई विशेष लिखा -पढ़ा नहीं था। इसलिए सभी ने मोती को ही केस लड़ने का जिम्मा दे रखा था। मोती अपने साथी कैलाश को लेकर

प्रतिदिन कोर्ट का चक्कर लगाता। लेकिन अब वह आजिज आ गया था। कोर्ट-कचहरी के चक्कर में थक-हारकर दोनों वहाँ से टोले के बंदियों से मिलने जेल मंडल कारा, जहानाबाद चले आए थे।

जहानाबाद जेल में कुख्यात प्रतिबंधित नक्सली नेता था फूलन, वह मंडल कारा में ही बंद था। उसके चार साथी भी उसके साथ बंदी थे। ये लोग बैरक न. 4 में रहते थे। संयोग से हीरा एवं उसके कुछ साथियों को भी 4 नंबर बैरक में रखा गया था। हीरा के जिन साथियों को दूसरे बैरक में रखा गया था, वह भी उस समय हीरा के पास बैठे थे। सभी में आपस में बातचीत हो रही थी। उस समय दिन के दो बज रहे थे। इस बीच हीरा की फूलन से अच्छी दोस्ती हो चुकी थी। फूलन ने जब पूरी कहानी सुनी तो उसने हीरा को साथी बना लिया था।

फूलन हीरा के साहसिक कदम से खुश था। उसकी दिलेरी उसे भा गई थी। फूलन ने हीरा से एक दिन बोला, “देखो कामरेड!⋯आप सब जमींदार और पूँजीपतियों के सामने चींटी के समान हो⋯इसलिए वह चाहेगा⋯तुम्हें मसल देगा⋯तुम चाहकर भी कुछ नहीं कर सकते⋯समझो तुम सब एक तिनके हो⋯जो फूँक से भी उड़ जाओगे⋯हल्की हवा के झोंके से एक कोने से दूसरे कोने भागते रहोगे⋯तिनके भी जूते अथवा पाँव में चिपक जाते हैं। तुम भूल जाते हो कि वही तिनके जब एक बनकर शक्तिशाली रस्सी बन जाती है तो मतंग को भी बाँधकर विवश कर दिए जाते हैं⋯भूल जाते हो कि जल की दो-चार बूँदें कंठ की प्यास भी नहीं बुझा पाती⋯लेकिन वही बूंदें एक शक्तिशाली धारा बन जाती हैं⋯तब उसका प्रवाह पर्वत को भी बहा ले जाता है⋯याद रखो!⋯बकरे की बलि दी जाती है⋯जो अपने बच्चे को कटते देखकर सिर्फ मिमियाता है⋯लेकिन प्रतिकार नहीं कर सकता⋯कभी शेर की बलि देते हुए सुने हो हीरा! सचमुच⋯तुमने उनकी गुलामी कर उनका मान बढ़ा दिया है⋯वे तुम्हारा भला कभी नहीं चाहते⋯वे तुम्हारे शोषक हैं⋯तुम्हारी मेहनत की कमाई पर वे मौज-मस्ती करते हैं⋯वे हमारे सामने रोटी फेंकते हैं⋯क्योंकि वे हमें कुत्ते से अधिक और कुछ नहीं समझते⋯हमारे दम पर वे मलाई खाते हैं और हमको देते हैं बासी खाना⋯पुलिस-प्रशासन⋯कोर्ट-कचहरी सभी के सभी जमींदार और पूँजीपतियों के हितों की रक्षा करनेवाले हैं। सभी के सभी अगड़ी जातियों के हितों की रक्षा करनेवाले हैं⋯फिर वे हमें क्यों पूछेंगे?⋯देखो हीरा!⋯हम छोटी जाति के लोग अकेले प्रतिकार नहीं कर सकते⋯यदि अकेला प्रतिकार करोगे तो बड़ी जातियों के अपराधियों द्वारा अथवा पुलिस-प्रशासन के हाथों मारे जाओगे⋯जिंदगी साल दो साल से अधिक नहीं चलेगी⋯अंडरवर्ल्ड⋯अंडरकंट्री अथवा अंतरराज्य या अंतरजिला डॉन बड़ी जातियों के लोग बनते हैं⋯उनको प्रोत्साहित करने के लिए समूचे प्रशासन और न्यायिक प्रक्रिया लगी हुई है⋯उनके पास पैसे और पहुँच है⋯लेकिन तुम्हारे पास दोनों में से कुछ भी नहीं⋯

इसलिए तुम्हारी रक्षा···या तुम्हारा हित अगर कोई करनेवाला है तो हमारा संगठन···सिर्फ हमारा संगठन ही तुम्हारी रक्षा कर सकता है···इसीलिए तो हमने उसके जुल्म के खिलाफ हथियार उठा लिया है···क्योंकि हथियार की भाषा ही पुलिस–प्रशासन···कोर्ट–कचहरी समझते हैं···हमसे डरते हैं···इस जेल में भी अपना साम्राज्य चलता है··· !···किसके बल पर···बस हमारे संगठन के बल पर!···देखो हीरा अगर तुम लोगों को अपने अपमान का बदला लेना है और शान से जीना है···बड़े लोगों को छोटा बनाना है तो तुम्हें अब देर नहीं करनी चाहिए···तुम सभी हमारे संगठन में शामिल हो जाओ···फिर देखो तुम्हारे एक–एक दुश्मन छह इंच छोटे होते जाएँगे···आज जो तुम्हें तिनका समझते हैं···वही तुम्हारे नाम से भय खाएँगे··· ! तुम्हें यह समझ होनी चाहिए कि अंग्रेज के समय हम दोहरी गुलामी में जी रहे थे···एक अंग्रेज और दूसरे यहाँ की अगड़ी जाति···सामंत···जमींदार और पूँजीपतियों के हम गुलाम थे···अंग्रेज चले गए, उनसे तो हम मुक्त हुए लेकिन इनके अब भी हम गुलाम हैं···हमें इनसे आजादी चाहिए···हम कह सकते हैं कि हमारा संगठन आजादी की लड़ाई लड़ रहा है! मुझे जल्दी नहीं है···तुम लोग इत्मीनान से सोचो···समझो फिर निर्णय लो···क्योंकि हम लोग जल्दी किसी को इस रास्ते पर आने के लिए नहीं कहते हैं···लेकिन आज हम या हमारे साथी.. शोषण से आजिज आकर ही संगठन में शामिल हुए हैं··· क्योंकि हमारे पास और कोई उपाय नहीं था··· !···हमें लगता है आज तुम सब भी वहीं खड़े हो···जहाँ कल हम खड़े थे···हमें जैसे ही रास्ता मिला हम आगे बढ़ गए···और आज यहाँ तक पहुँचे हैं!"

फूलन इतनी बात कहकर हीरा को गौर से देखने लगा। हीरा भी उसकी ओर एकटक देखे जा रहा था। इसके बाद हीरा जेल की छत की ओर देखने लगा और सोचने लगा। इस बीच हीरा के साथी रामदीन ने हीरा को टोका, "हीरा दा!···क्या सोच रहे हो··· ठीक कह रहे हैं फूलन भइया!···हम लोगों के पास और कोई चारा नहीं है···जरा सोचो··· अगर कल को जेल से निकल भी गए तो इस बात की क्या गारंटी है···कि विरेचन फिर कोई खुराफात करके हमें फिर इस काल कोठरी में नहीं धकेल देगा!···कानून उसका··· पुलिस उसकी जेब में···पैसे उसी की जेब में···और हम लोगों के नसीब में ये काल कोठरी···अब हम लोगों के जीवन की यही सच्चाई है हीरा···यही हकीकत है! तुम्हें याद है न हीरा···किस तरह से मेरी माँ को बाल पकड़कर घसीट कर शिवालय से बाहर किया गया था···याद है न··· याद करो हीरा···याद करो···क्या तुम थानेदार का तमाचा भूल सकते हो···जो ठाकुर के पैसे से बिक चुका है···किस तरह से उसने हम सबको हाजत में भेड़–बकरी की तरह मारा–पीटा था···क्या तुम ये सब भूल सकते हो··· ? बोलो हीरा··· बोलो! क्या यह सही नहीं है कि हम सब इंतकाम की आग में नहीं जल रहे हैं?"

दशरथ ने भी हीरा से कहा—"देखो हीरा! रामदीन ने जो कुछ कहा है···वह हम

सबकी व्यथा है···इसलिए मैं तो रामदीन की बात से सहमत हूँ···और उसके साथ हूँ··· हमें भी सीना तान कर जीना है···विरेचन सिंह को छह इंच छोटा करना हमारा मकसद होना चाहिए··· !"

इसी बीच एक वार्डन पर्ची लिये हुए आया और कहा, "कौन है हीरा···कौन है भई हीरा ?···अरे भई तुमसे मिलने के लिए दो आदमी आए हैं।"

हीरा ने भारी मन से उठते हुए फूलन से कहा, "फूलन दा···हम जरा मिलकर आते हैं!"

फूलन, "जल्दी आ जाना।"

हीरा के साथ उसके अन्य साथी भी आए और काल कोठरी की खिड़की के सामने खड़े हो गए। जहाँ से मुलाकातियों से बातचीत होती थी। हीरा ने देखा कि मोती और कैलाश आए हैं। देखते ही सभी को खुशी हुई। मोती बोला, "भइया! आज भी बेल नहीं हुआ! वकील बहुत ठग रहा है···क्या करूँ कुछ समझ में नहीं आता!"

हीरा, "अच्छा तो बेल आज भी नहीं हुआ ?" यह कहकर हीरा बहुत उदास हो गया।

मोती ने कहा, "मैं कई महीनों से वकील के चक्कर में आकर ऊब चुका हूँ··· अब मेरा धैर्य जवाब दे चुका है भइया···हम लोगों की फरियाद सुननेवाला कोई नहीं है··· पैसे भी निकल गए···लेकिन काम नहीं बना···अब मैं क्या करूँ···तुम्हीं लोग बताओ ?"

रामदीन, "कुछ नहीं हो पाएगा···तो क्या हमें जेल में सड़ना होगा··· !" यह कहते हुए वह सुबकने लगा। हीरा ने उसके काँधे पर हाथ रखा तो रामदीन सिसकते हुए बोला, "हीरा मेरी माँ भूखी मर जाएगी···घर में कुछ नहीं है···हे भगवान् अब मैं क्या करूँ!"

हीरा ने उसे ढाढस बँधाते हुए कहा, "हिम्मत से काम लो रामदीन···रोने से भला कुछ थोड़े हासिल होनेवाला है···अगर हम धीरज से काम नहीं लेंगे तो अपने परिवार को कैसे सँभालेंगे···हमें कुछ सोचना होगा···हाँ···हाँ कुछ करना होगा!"

दशरथ, "मैं तो कहता हूँ कामरेड की बात मान लो!···वही जमानत भी करा देंगे।"

गनौरी, "सही कह रहा है हीरा!···अब देर करना सही नहीं होगा···हमें याद रखना चाहिए कि···विरोधी पैसे और पहुँचवाला है···वो हमें तिनके की तरह उड़ा देगा···हमारे विरुद्ध ठाकुर विरेचन है···थाने में बड़ा बाबू है···हम उन लोगों का सामना करने में सक्षम नहीं हैं···हमें हालात की गंभीरता को समझना होगा।"

हीरा ने मन मसोसते हुए एक बार फिर कहा, "देखो किसी बड़े वकील से बात करो!"

मोती, "पैसे भी नहीं! बड़ी मुश्किल से चंदा कर अब तक काम चला पाया हूँ!··· अब मेरी हिम्मत टूट रही है···भइया···उधर गाँववालों ने मीटिंग कर यह फैसला लिया है कि टोलेवालों को किसी तरह की मदद नहीं करेंगे···और न ही जमीन खरीदने··· !"

इसी बीच उसकी बात काटते हुए संतरी की आवाज गूँजी, "हीरा तुम लोगों का समय खत्म हो चुका है···चलो बैरक में जाओ! मुलाकात का समय समाप्त हुआ···!"

दशरथ, "ऐसा मत बोलो संतरी···तुम नहीं जानते कि हम लोग फूलन दा के आदमी हैं!"

हवलदार, "अच्छा···अच्छा···ठीक है···ठीक है···ये पहले बताना चाहिए था न··· बातचीत करो···करो···और बतिया लो···हम देख लेते हैं···जी भर के बतिया लेना फिर सब लोग बैरक चले जाना!"

हीरा, "ठीक है!"

हीरा ने संतरी को घूरकर देखा फिर करीब पंद्रह मिनट तक बातें होती रहीं। अंत में हीरा बोला, "अच्छा ई बताओ अगली तारीख कब है?"

मोती, "20 जून को!···ठीक है तो हम लोग अब चलें?···कुछ तो करना ही पड़ेगा।"

हीरा, "हाँ ठीक है मेरे भाई।"

हीरा अपने साथियों के साथ वहाँ से बैरक की ओर चल दिया। मोती भी कैलाश के साथ अपने घर के लिए चल दिया था। हीरा के बैरक पहुँचते ही फूलन बोला, "कौन थे उ लोग हीरा भाई?"

हीरा, "मेरा भाई!"

फूलन, "अब तक जमानत नहीं हुई?"

हीरा, "नहीं।"

फूलन, "वकील कौन है?"

हीरा, "रामनंदन यादव!"

फूलन, "वह खड़ूस!···वह हड्डी का मज्जा तक चूस लेता है!···क्या तुम लोग सचमुच बाहर निकलना चाहते हो?"

हीरा, "हाँ···हाँ···यहाँ हम सभी का दम घुट रहा है!"

फूलन, "आराम से रहो···अगली तारीख में जमानत मिल जाएगी!"

हीरा, "सच दादा!"

फूलन ने मुसकराते हुए हाँ में सिर हिलाया! यह सुनकर हीरा के साथियों में आस जगी थी। वे क्षण भर के लिए खुश हुए।

फूलन, "भाई को देवकी बाबू अधिवक्ता से मिलने बोल देना!"

हीरा ने अच्छा में सिर हिलाया!

दृश्य-30

गाँव में मंदिर निर्माण से लेकर पंडित मधुसूदन के कारण जो कुछ कोहराम मचा था, उससे पल्लवी बेखबर नहीं थी। उस समय पल्लवी गाँव में ही थी। गाँव और टोले के बीच जो अप्रत्याशित घटनाएँ घटी थीं, उससे वह बहुत क्षुब्ध थी। एक दिन सुबह वह नहा-धोकर पूजा-अर्चना करने मंदिर पहुँची थी। थाली में फूल, बेल पत्र, रोली, अक्षत एवं एक लोटा जल लेकर वह मंदिर में शिवजी के सामने पहुँची थी। मंदिर के अंदर प्रवेश किया तो पीछे-पीछे मधुसूदन पंडित भी पहुँच गया। पल्लवी ने ज्योर्तिलिंग के पास थाली रखी और जलाभिषेक किया। मधुसूदन पंडित को लगा कि हमें पूजा कराने के लिए नहीं बोलेगी``!``तब पंडित ने पल्लवी को टोका, "अब अक्षत और फूल चढ़ाइए!"

पल्लवी ने पंडित को टोका, "क्यों पूजा का विधि-विधान आप मुझे सिखाएँगे?``जाइए``जाइए``आपसे नहीं सीखना!"

मधुसूदन मन-ही-मन बुदबुदाया, 'ऐसा अगर होने लगा तो मेरे रोजगार का ही बेड़ा गर्क हो जाएगा``!' फिर उसने सँभलते हुए कहा, "बात दरअसल``ई है कि मैं आपको अच्छी तरह और पूरे विधि-विधान से पूजा करा दूँगा।"

पल्लवी फिर उसकी बातों का विरोध करते हुए बोली, "क्यों आपके मंत्रों से शिवजी प्रसन्न होंगे``वो हर भक्त की भाषा समझते हैं``भगवान् भक्त की भाव-भक्ति के भूखे होते हैं``समझे पंडितजी!"

मधुसूदन, "देखो मुन्नी! अभी तुम बच्ची हो``अभी तुम्हें यह पता नहीं है कि यह अधिकार केवल ब्राह्मण समाज को ही दिया गया है``शास्त्र के अनुसार संस्कार`` पूजा-अर्चना कराने से पुण्य प्राप्त होता है``ऐसा कराने से देवता प्रसन्न होते हैं``ऐसा ही विधि का विधान है और शास्त्रसम्मत भी``इसलिए बात को समझो यजमानी!"

पल्लवी मधुसूदन पंडित की करतूत से बहुत दुःखित थी। उससे आजिज आ चुकी थी। उसको देखते ही पल्लवी के तन-बदन में मानो आग लग गई थी। मधुसूदन के बोलते ही पल्लवी बोली, "शास्त्र``किस शास्त्र की बात करते हैं``वही जो आपने अपने स्वहित के लिए बनाया है?``मुख में जो आए``वही शास्त्र की वाणी होती है! प्राकृतिक``भौगोलिक अथवा कोई मानवीय भूल आधारित घटनाएँ होती हैं``वही ईश्वरीय चमत्कार``ईश्वरीय दंड बताकर आडंबर की जड़ें जमाते हो पंडित!``जब अपने मंत्र से पूजा की थाल को इंच भर भी नहीं``खिसका सकते हो तो अनंत-अगम्य ईश्वर अथवा पुरखों के पास उसे कैसे भेजते हो पंडित?"

मधुसूदन, "तुमने बहुत बड़ी और ओछी बात कह दी यजमानी``इससे ब्राह्मणों

का अपमान होता है...और मैं...मैं एक ब्राह्मण का अपमान सहन नहीं कर सकता यजमानी!...पूजा पाठ कराने का अधिकार ब्राह्मणों का है...खुद गाँव के और ठाकुर विरेचन बाबू ने मुझे इसका जिम्मा दिया है...फिर आप ऐसे कैसे बोल सकती हैं!"

पल्लवी उसकी दलील सुनकर आग बबूला हो उठी थी। उसने मधुसूदन को धिक्कारते हुए कहा, "ब्राह्मण...हुँ...कैसा ब्राह्मण...!"

मधुसूदन, "हाँ...हाँ...ब्राह्मण...शास्त्रों के अनुसार समाज में व्यक्तियों को चार वर्णों में विभक्त किया गया है...ब्राह्मण...क्षत्रिय...वैश्य और शूद्र...वैसे शरीर को भी चार वर्णों में बाँटा गया है...सिर ब्राह्मण...भुजा...क्षत्रिय...उदर...वैश्य...और कमर से नीचे का भाग शूद्र माना गया है...अर्थात् ब्राह्मण श्रेष्ठ होता है और शूद्र सबसे नीच जाति...!"

पल्लवी, "तब तो तुम्हारा जन्म भी शूद्र से ही हुआ है...है न!...या मुख से जन्मे हो...? और जिसने जन्म दिया है...उसे अपमानित किए हो पंडित!...फिर तुम्हारे जैसे नीच से मंदिर अपवित्र हो गया है...और जिसके रहने मात्र से मंदिर अपवित्र हो जाए उससे पूजा कैसे कराई जा सकती है पंडित...! और हाँ तुम्हें पहले वही शूद्र अपना दूध नहीं पिलाती...तब तुम मर जाते...!...जाकर अपनी माँ से पूछ कि मैं कोई गलत बात बोल रही हूँ...!...जिस शूद्र की बात कर रहे हो...पूजा उसी की होती है...वंदना उसकी ही होती है...कोई नहीं बोलता...सिर को प्रणाम या वंदन...जिस शूद्र की बात करते हो...संपूर्ण शरीर का बोझ वही उठाकर चलता है...तुम्हारी टाँग तोड़ दूँ...फिर पीड़ा शूद्र को होगी न...तुम सब इसी पाप-पुण्य के हथियार से न जाने कितनों को पंगु बनाए होंगे अथवा हत्या कर दी होगी...पापी न जाने तुम लोग कब तक इस धरती का बोझ बने रहोगे?...हमारे वैज्ञानिक मंगल तक दस्तक दे चुके हैं...लेकिन तुम पाखंड के हथियार नहीं छोड़ पाते...! फिर भी तुम्हारा शास्त्र यही बताता है...जो तुम बक रहे हो...उसे मैं नहीं मानती!...जहाँ तक शास्त्र की बात है...तो मैंने ऐसा कहीं नहीं पढ़ा है कि पंडितों के बिना पूजा-पाठ नहीं कराए तो पुण्य नहीं मिलेगा...मैं ऐसा मानती हूँ कि यह सब आंडबर...और पोथी-पतरे को तो आखिर इनसान ने ही रचा है...भगवान् ने सबको एक जैसा बनाया है...मैं यह मानती हूँ कि बगैर बिचौलियों के भगवान् सुनते हैं...फिर भगवान् ने आपको ठेका नहीं दे रखा है!"

मधुसूदन, "गुरु ब्राह्मण से ऐसा नहीं बोलना चाहिए यजमानी...यह भगवान् का घर है!"

पल्लवी, "आप जैसे लोगों के रहने से भगवान् भी दूर हो जाते हैं।"

मधुसूदन, "ऐसा क्यों बोलती हो यजमानी!..आपको स्वयं पूजा करनी है तो

करिए···लेकिन ब्राह्मणों के प्रति ऐसा न बोलिए!"

पल्लवी, "आपके कुविचार ने ही पूरे गाँव एवं टोले के बीच युद्ध का माहौल बना दिया है···क्या ब्राह्मणों का यही कर्तव्य है कि भगवान् के नाम पर सबको बाँटने का काम करे और एक-दूसरे के बीच धर्म की दीवार खड़ी कर दे···आपको पता है ये सब गैर-कानूनी है···आपको पता है···काननू की नजर में सभी बराबर हैं···हमें संविधान ने समानता का अधिकार दिया है···उसी तरह से भगवान् ने भी इनसान बनाया है···सबके खून का रंग लाल है···कोई अपने मन से अपवित्र होता है न कि जात-पाँत से···इसलिए हमें समझाने की कोशिश मत कीजिए!"

मधुसूदन, "यजमानी, मैंने शूद्रों को मंदिर के अंदर प्रवेश पर रोक लगवाई है···इससे पूरे गाँव में हमारा जय जयकार हो रहा है···खुद ठाकुर विरेचन बाबू जैसे लोग मेरे इस निर्णय से खुश हैं···मेरे निर्णय को वे जनहित में मान रहे हैं···मुझे सराहा गया है···इससे तो आपको खुश होना चाहिए।"

पल्लवी, "शूद्र!···इस उक्ति को तो आपके समाज ने ही सृजन किया है···इसलिए ये ऊँच-नीच···छुआछूत···जात-पाँत···सबको धर्म के मठाधीशों ने अपने फायदे के लिए बनाया है···आपने समानता के अधिकार का उल्लंघन कर भगवान् की नजर में पाप और कानून की नजर में अपराध किया है···पंडित!···आपने किस अधिकार से उन्हें शूद्र कहकर उसके मौलिक अधिकारों से वंचित किया है···मैं तुमसे इस प्रसंग में और बहस नहीं करना चाहती···तुम पापी···हो···तुम मंदिर से बाहर जाओ और शांति से मुझे पूजा करने दो।"

पल्लवी का टका सा जवाब सुनकर मधुसूदन मुँह लटकाए चुपचाप खड़ा रहा। पल्लवी भी पूजा कर मंदिर से बाहर चली गई। पल्लवी के जाते वक्त मधुसूदन दूर तक उसे घूरते हुए देखता रहा।

शाम के पाँच बजे ठाकुर विरेचन मधुसूदन पुरोहित के साथ गाँव से बाहर एक कुटुंबी के यहाँ चले गए थे। उसी रात अतिवादियों ने प्रतापपुर गाँव पर चढ़ाई कर दी। उन्होंने पहले तो लाल सलाम जिंदाबाद, बोल कॉमरेड मिलकर बोल, जमींदार पर हमला बोल। बोल कॉमरेड मिलकर बोल, शोषक पर हमला बोल। आदि नारे लगाए। ठाकुर विरेचन के घर पर धावा बोला फिर ठाकुर विरेचन का पूरा घर छान मारा, परंतु वह नहीं मिला। इसलिए वहाँ से खाली हाथ लौटा! फिर मधुसूदन पंडित का घर अतिवादियों ने घेर लिया। पूरे घर में मधुसूदन पंडित को खोजा, परंतु नहीं मिलने के कारण वहाँ से भी खाली हाथ लौटे। फिर उन तीनों ग्रामीणों की हत्या कर दी गई, जिन्होंने टोले की महिलाओं के साथ मारपीट की थी। अतिवादियों की संख्या

सैंकड़ों में थी। इसलिए ग्रामीणों के विरोध करने का साहस नहीं था। हमले के समय सभी ग्रामीणों ने गाँव छोड़कर बाहर भागकर अपनी जान बचाई थी।

पूरे गाँव में मातम छा गया था। जिनके परिजनों की हत्या हुई थी, वे चीत्कार कर रहे थे। प्रातः पुलिस को सूचना मिली, गाँव आकर लाश को कब्जे में लिया। घटना को अंजाम देनेवाले का नाम माँगा तो बक्सीपुर टोलेवालों के नाम सामने आने लगे थे।

करीब 10 बजे सबेरे तक ठाकुर विरेचन और मधुसूदन पंडित भी गाँव आए तो घटना की जानकारी हुई। जब यह जानकारी हुई कि अपराधियों ने दोनों के घर पर पहले धावा बोला था। दोनों के प्राण सूख गए। भगवान् का शुक्र मनाया कि वे उस रात गाँव से बाहर गए थे। इसलिए उनकी जान बच गई। पंडित के तो प्राण अटक रहे थे। उसने सोचा कि इस बार तो जान बच गई। इसके बाद उसके एवं उसके परिवार की जान नहीं बच पाएगी। वह परिवार को लेकर गाँव से भाग गया।

ठाकुर विरेचन स्वभाव से डरपोक था। उसे अपनी जान का बहुत डर सताता था, लेकिन कुछ ही पल में उसका अहं जाग जाता, जिसके कारण वह प्रतिकार करने और बदले की आग में जलने लगता था। वह बड़ी जिद्दी किस्म का इनसान था। जातीय दंभ भी उसमें कूट-कूटकर भरा हुआ था। इसी कारण वह कभी-कभी मरने-मारने पर उतारू हो जाया करता था।

ठाकुर विरेचन पहले तो डरा, लेकिन तुरंत उसमें अहं जाग गया। उसे लगा यह काम टोलेवालों का है, उसने ही नक्सलियों को बुलाकर इस घटना को अंजाम दिया है···एक एक की हत्या कर दूँगा, उनकी यह हिम्मत! पहले तो थानेदार से मिलकर उस टोले के जितने युवा एवं प्रौढ़ मर्द थे, सभी को अभियुक्त बनाया। यद्यपि टोलेवालों को रात की घटना की जानकारी हुई थी, लेकिन वे यह नहीं जान रहे थे कि इसके लिए उन्हें ही जिम्मेवार बनाया गया है। गिरफ्तारी से भी वे बेखबर थे···बड़ी संख्या में पुलिस ने पूरे टोले को घेर लिया। मोती एवं कुछ लोग तो भाग पाए, परंतु अधिकांश युवक एवं प्रौढ़ मर्द गिरफ्तार कर लिए गए। करीब 40 की संख्या में गिरफ्तारी हुई थी। सभी जेल भेज दिए गए।

ऐसे मामले में अकसर निर्दोषों के नाम थाना कांड में घसीटे जाते हैं, जिनका कांड से दूर-दूर तक नाता नहीं होता। पढ़े-लिखे इनसान धनवान या गुणी के नाम जोड़े जाते हैं, जिसके फलस्वरूप अपराधियों को सजा न देकर भले इनसान या तो बरबाद किए जाते हैं या वह चिढ़कर या प्रतिक्रियास्वरूप अपराधी बन जाता है। इसमें कई तरह परिस्थितियाँ कारक होती हैं।

दृश्य-31

प्रातः के आठ बजे होंगे। उस समय भी कई लोग सोये हुए थे, तो कुछ लोग फ्रेश होने गए थे। हीरा उस समय अपने जेल के बैरक में समाचार-पत्र पढ़ रहा था। दैनिक हिंदी समाचार-पत्र 'हिंदुस्तान', प्रातः का नगर संस्करण था। अखबार के प्रथम पृष्ठ पर ही शीर्षक से प्रकाशित समाचार की हेडलाइन थी, 'प्रतापपुर में नक्सलियों ने तीन ग्रामीणों की हत्या कर दी⋯!' इस खबर पर नजर जाते ही हीरा उत्सुकतावश इसे गौर से पढ़ने लगा, जिसमें आगे लिखा था कि विश्वस्त सूत्रों से मिली जानकारी के अनुसार बक्सीपुर टोले के लोगों ने नक्सली संगठन में शामिल होने के बाद प्रतापपुर के तीन ग्रामीणों की हत्या कर दी। इस घटना में ठाकुर विरेचन सिंह एवं मधुसूदन पंडित बाल-बाल बचे। अब तक इस घटना में 40 नक्सलियों की गिरफ्तारी की जा चुकी है। समाचार-पत्र पढ़ते ही हीरा बहुत डर गया था। वह फूलन के पास जाकर बैठ कर सुबकते हुए बोला, "दादा हम तो बरबाद हो गए⋯!"

फूलन, "क्यों बिलबिला रहे हो?"

हीरा, "दादा! प्रतापपुर ग्राम में नक्सलियों ने तीन लोगों की हत्या कर दी है⋯इस घटना को अंजाम देने का आरोप बक्सीपुर यानी कि हमारे टोले पर लगाया है!⋯वहाँ के 40 लोगों को गिरफ्तार भी किया गया है⋯इस केस में सभी के नाम घसीटे गए हैं⋯ दादा!⋯ मेरा दामन तो पहले से दागदार था! मेरी पढ़ाई भी छूट गई।" इतना बोलकर रोने लगा!

हीरा की हालत देखकर फूलन बोल उठा, "उस हमले में तुम शामिल थे?⋯या तुम्हारे टोले के आदमी⋯!"

हीरा, "मैं तो आपके साथ जेल में बंद हूँ⋯मुझे पूरा विश्वास है कि मेरे टोले का कोई व्यक्ति नहीं होगा!"

फूलन, "हत्या के लिए फिर भी जिम्मेवार बनाए गए⋯यानी निर्दोष होने के बावजूद उन्हें भी नक्सली बनने का तोहमत लगा दिया गया है⋯अब तो तुम्हें यकीन हो गया न कि अधिकांश निर्दोष को मजबूरन नक्सली अथवा अपराधी बना दिया जाता है⋯जरा सोचो हीरा⋯! तुम नक्सली नहीं होते हुए भी अब नक्सली हो!⋯हीरा! जिसने जन्म लिया है⋯ उसका मरना भी निश्चित है⋯फिर कीड़े मकोड़े की तरह क्यों मरें!⋯अच्छा है सर्वहारा वर्ग के हित में युद्ध करो⋯उस पर हुए जुल्म का बदला लो⋯इसके लिए जो भी आगे आए उसे मार डालो!⋯ये पूँजीपति जमींदार तुम्हारा हित कभी नहीं चाहते हैं⋯वे शोषक हैं⋯इसलिए प्रलाप बंद करो और अब आगे बढ़ो⋯तुम्हारी जीत निश्चित है⋯!"

हीरा आँसू पोंछते हुए बोला, "अब तो वे सारे इसी जेल में आएँगे।"

फूलन, "निश्चित!"

हीरा, "पता नहीं! मोती भी पकड़ा गया होगा!…फिर हमारी जमानत!"

फूलन, "चिंता मत करो!"

हीरा, "सभी कागजात तो वकील के पास हैं…वह खुद कागजात देगा?"

फूलन ने उसके काँधे पर हाथ रखते हुए कहा, "तुम बिल्कुल निश्चिंत रहो…देखना बहुत जल्द सब ठीक हो जाएगा!… उन सभी का यहाँ आने का इंतजार करो…और हाँ… सुनो! तुम ऐसा करो कि जेलर के पास जाओ और उनसे कहना कि वहाँ से जितने लोग आएँगे उन्हें बैरक न. 4 और 5 में रखेंगे…बोल देना…यह फूलन दा की इच्छा है।"

हीरा वहीं से उठकर सीधा जेलर के पास गया। उस समय जेलर कैदियों की गिनती कर रहा था। उससे मिलकर हीरा ने पूरी बात बताई।

उधर थानेदार ने सभी को गिरफ्तार कर हाजत में बंद रखा था। और एक-एक करके सभी से बेरहमी से मार-पीट की। कुछ लोगों की तो इतनी पिटाई की गई थी कि उनका होशो-हवास भी समाप्त हो गया था। कुछ लोगों से झूठा अपराध कबूलवाने के लिए मजबूर किया। इन्हें न्यायिक मजिस्ट्रेट के पास गवाह दिलाकर सभी को जेल भेज दिया गया। उस समय दिन के लगभग दो बजे होंगे।

जेलर ने इन अभियुक्तों में से कुछ को बैरक न. 4 में रखा तो कुछ को न. 5 में। हीरा इन सभी का पहले से ही इंतजार कर रहा था। यद्यपि सभी को यह पता नहीं था कि हीरा एवं उसके साथी जो पहले से ही जेल में बंद हैं, उन्हें इस घटना की जानकारी होगी।

हीरा एवं उसके साथियों को देखकर जो उस समय जेल भेजे गए थे, उनकी भिन्न-भिन्न प्रतिक्रियाएँ थीं। कुछ तो हीरा को देखकर फफक पड़े।

फेंकू ने सुबकते हुए कहा, "इ सब की जड़ में शिवालय है…शिवालय लेकर न विवाद होता और न इ दिन हम लोगों को देखना पड़ता…हम सब बरबाद हो गए बेटा!"

कैलाश आक्रोश व्यक्त करते हुए बोला, "हम पर हत्या का झूठा आरोप लगाया है…हम हत्यारे हैं?…अब तो हम ठाकुर विरेचन और मधुसूदन पंडितवा का गला काट डालेंगे…हम उसे नहीं छोड़ेंगे भैया! हमारे यहाँ से निकलने भर की देर है…जब तक हम यहाँ हैं…उसकी साँस चल रही है…गिनती के साँस उसके पास बचे हुए हैं… !"

प्रभु बोला, "ब्राह्मण को मारोगे?…ब्रह्म हत्या का पाप लगेगा।"

कैलाश, "यह तो ब्राह्मणों ने सिखाया है…अपने बचने के लिए…यह भी अजीब विडंबना है!…ब्राह्मण पापी हो…किसी भी अत्याचारी को मारने में कोई पाप नहीं… द्रोणाचार्य…कृपाचार्य को महाभारत में सिर्फ पांडवों ने इसलिए मार दिया था कि वे अधर्म तथा कौरवों के साथ खड़े थे…यहाँ तो पुरोहित ही अधर्मी है…सच कहता हूँ…मैं उस अधर्मी को नहीं छोड़नेवाला…हाँ!"

हीरा सबकी बात सुनकर खामोश रहा। वह मन-ही-मन सोच रहा था, 'क्या इस

हालात का जिम्मेवार मैं ही हूँ···टोले का पढ़ा-लिखा समझदार मैं था···लोग मुझ पर यकीन करते थे···मैं इन्हें संकट से उबार नहीं सका···मैं···मैं खुद भी तो संकट में हूँ···जेल में बंद भला मैं इनका भला कैसे कर सकता हूँ···सचमुच यह सब शिवालय के कारण हुआ?···नहीं···नहीं···शिवालय तो एक बहाना है···तो उनके सामने जुबान खोलना ही अपराध था···।' इसी तरह हीरा के मन में चिंता के कई कोण बन चुके थे। फिर सबकी ओर सरसरी निगाह डाली। देखा सबके चेहरे पर गुस्से की झलक साफ दिख रही थी।

उधर गाँव एवं टोले वीरान हो गए थे। गाँव में नक्सलियों को लेकर लोगों में दहशत थी तो टोले में औरतें-बूढ़े और बच्चों को छोड़कर कोई नजर नहीं आ रहे थे। जिनके परिजन गिरफ्तार होकर जेल चले गए थे। उस घर की महिलाएँ विलाप कर रही थीं। वहीं कुछ लोग एक-दूसरे को शंका की दृष्टि से देख रहे थे।

दृश्य-32

दिन के ग्यारह बजे होंगे बक्सीपुर टोले के लोग हीरा को छोड़ सभी बंदी बैरक नं. 4 में एकत्र हुए थे। एक ओर फूलन तथा दूसरी तरफ बक्सीपुर टोले के बंदी बैठे आपस में वार्त्तालाप कर रहे थे।

कैलाश कह रहा था, "दादा! हम लोगों ने नक्सली को देखा तक नहीं है···हम लोगों पर झूठा इलजाम लगाया गया कि ये सब नक्सली हैं···और नक्सलियों से मिलकर हत्या की हैं।"

फूलन हँसते हुए कहा, "नक्सली तेरी तरह ही होते हैं···जैसे मैं··· नक्सली हूँ ···मुझे चार हाथ और चार पैर थोड़े हैं।"

कैलाश, "क्यों मजाक करते हो दादा! सुना है नक्सली के हाथ में हमेशा बंदूक होती है।"

फूलन, "जेल से बाहर निकला तो मेरे हाथ में भी बंदूक होगी।···नक्सली कोई आकाश से टपकनेवाले प्राणी नहीं होते···बल्कि वे भी तुम्हारी तरह सताए हुए लोग होते हैं···जो जुल्म सहते-सहते प्रतिदिन थोड़ा-थोड़ा मरते हैं और एक दिन वह बागी बन जाते हैं।··· तुम लोगों ने उन जमींदारों, अमीरों और पूँजीपतियों के लाखों जुल्म सहे, लेकिन उफ तक नहीं किया···फिर भी उसे तसल्ली नहीं हुई···तुमने उन्हें जरा सा अपने वजूद का एहसास कराया कि वे तुम्हें झूठे केस में फँसा दिया···देखो! ये पैसे वाले अपने रिश्तेदारों के भी नहीं होते···जिनके पास अथाह दौलत है वहाँ पहुँच···पैरवी है···वह अपनी झूठी बात सिद्ध कर या तो फाँसी के फंदे में लटकवा देंगे या ताउम्र जेलों की सलाखों के पीछे

धकेल देंगे···फिर चलती है उनकी मनमर्जी···तुम्हारे बीवी–बच्चों पर अपनी नापाक नजर गड़ाए रहेंगे···जैसा चाहेंगे···वैसा सलूक करेंगे··· !"

यह सब सुनकर प्रभु सिसकते हुए बोला, "हाँ!···हमारे बीवी–बच्चे सब के सब छूट गए···बाबू कमाने खानेवाला आदमी···केस लड़ने के लिए पैसे कहाँ से आएँगे।"

पूरन, "उस्ताद! हम दिन कमाते हैं तो रात खाते हैं! फिर केस लड़ने के लिए पैसे कहाँ से लाएँगे!"

फूलन सभी पर एक सरसरी निगाह डालते हुए बोला, "इन सभी का एक ही इलाज है···और यही इलाज है कि हम सब बागी हैं···सिर्फ तुम्हें यह फैसला करना है और हाँ हम सभी बागी हैं···तो समझ लो यह फैसले की घड़ी है···तुम्हें अपने पक्ष में फैसला लेना है!"

पूरन ने बेचारगी से पूछा, "फूलन दा···ई सब तो ठीक है लेकिन हमारे बाल–बच्चों का क्या होगा?···उनके बचने का कोई उपाय!"

फूलन, "उपाय है, तुम लोगों को हमारे संगठन के बैनर तले जुड़ना होगा···हमारा संगठन गरीबों की भलाई के लिए बना है···वह तुम्हारी इज्जत···तुम्हारा सम्मान और अधिकार दिलाने के लिए ही बना है।···हमारा संगठन पूँजीपतियों, जमींदारों के खिलाफ ही आवाज बुलंद करता है···उनके जुल्मों के आगे कभी सिर नहीं झुकाता···बल्कि उनके सिर कलम कर देता है···उनकी ईंट–से–ईंट बजा देता है···उनके खिलाफ हथियार उठाता है···और इज्जत से जीने का इल्म सिखाता है···हम उसे नेस्तनाबूद कर देते हैं···हमसे जो भी टकराएगा···उसका नामोनिशान मिटा दिया जाएगा।"

पूरन थोड़ी हिम्मत दिखाते हुए बोला, "अगर ऐसा होगा तो हमें संगठन में शामिल कर लो उस्ताद···जिंदगी ऐसे भी नरक में बदल गई है···फिर जान की परवाह कौन करे··· यूँ मर–मरकर जीने से एक बार मरना ही बढ़िया रहेगा।"

फूलन, "तो फिर यह समझ लो तुम लोगों के ऊपर ई केस नहीं है···भूल जाओ··· अन्यथा तनावमुक्त रहोगे···ये केस अब हमारे ऊपर है···हम लड़ेंगे···हम तुम्हारे दुश्मनों से निबट लेंगे···तुम सभी निश्चिंत रहो··· !" यह सुनकर सबके चेहरे से शिकन दूर हो गई। ऐसा लगा सबने राहत की साँस ली है।

फूलन ने सबके चेहरे को पढ़ा फिर बोला, "लेकिन याद रहे··· ! तुम्हारे हाथ में डंडे नहीं···हथियार उठाने की शक्ति होनी चाहिए···उसकी व्यवस्था हम करेंगे···बस तुम्हें ये समझना है कि वो शिवालय तुम्हारा नहीं था···उस पर से ध्यान हटा दो···और प्रण करो कि हम सभी जेल को ही शिवालय···बना लेंगे···समझो···तुम्हारे भगवान् यहीं रहते हैं··· तुम्हारे मन–मंदिर में विराजते हैं···और उनके भगवान् उस मंदिर में बसते हैं···जिसे अब वो अपनी जागीर समझ बैठे हैं···बस तुम याद रखो कि जुल्म करनेवाले अब तुमसे बात करने के लिए हजार बार सोचेंगे!"

फूलन की बात सुनकर सभी स्तब्ध थे, लेकिन कुछ लोगों को यह सुनकर आनंद भी आ रहा था कि फूलन अब सबकुछ ठीक कर देगा। उसे दिल से अपना नेता मान लिया था। वैसे भी बक्सीपुर टोलेवालों को खोने के लिए कुछ नहीं था। इसलिए फूलन ब्रेनवाश करने में पूरी तरह से सफल हो गया था। इन लोगों की केस–पैरवी भी फूलन अपने संगठन के जरिए से कराने लगा था। पावर शिफ्ट करता है···जो आज उसके हैं···कल किसी और के पास होंगे···यदि कोई दुर्बल समझकर किसी वर्ग···समुदाय या सदस्य पर अत्याचार करता है तो यह परिदृश्य बदलते देर नहीं लगती···इसलिए किसी के पास बल···बुद्धि···वैभव हो तो उसका दुरुपयोग किसी को सताने या बरबाद करने में कतई नहीं करना चाहिए। यह हमेशा विनाशकारी साबित हुआ है।

इधर, बातचीत चल रही थी, तभी हीरा पहुँचा। हीरा को देखकर उसकी ओर इशारा करता हुआ फूलन बोला, "अब देखो!···हीरा ने कोई अपराध नहीं किया था···उन तिकड़मबाजों ने पुलिस के सहयोग से इसे जेल में बंद रखा···जमानत के लिए इन्होंने एड़ी···चोटी एक कर दिया था···मुँह पर फेफड़ी पड़ गए थे···ये पैसे–पैसे के लिए मोहताज थे···अब देखो हमने इनकी जमानत का जिम्मा लिया है···देखो कल इनकी जमानत हो जाएगी···सीधा और बेवकूफ जानकर वकीलों ने तुमसे खूब पैसे ऐंठे और तुम लोगों की शराफत का भरपूर नाजायज फायदा उठाया···अब हमारा वकील मात्र एक तारीख में जमानत दिला देगा···यह अंतर देख रहे हो तुम लोग!"

हीरा, "दादा! जेल में इनका खयाल रखना···ये बहुत भोले हैं···ये अभी भी डरे–सहमे हैं।"

फूलन, "तुम बेफिक्र रहो···अब तुम सारे लोग मेरी हिफाजत में महफूज हो···जेल में कर्मचारी तुमसे ठीक से पेश आते हैं···खाने–पीने का पक्का बंदोबस्त है···इनके केस की पैरवी हमारा संगठन करेगा···इसलिए इसकी चिंता नहीं करना···हाँ हो सके तो उन जमींदारों–धनाढ्यों तक यह संदेशा पहुँचा देना कि ये लोग जेल से जल्द बाहर निकलनेवाले हैं···उन्हें यह भी बता देना कि उनके सामने इनकी जुबान नहीं खुलती थी···अब आग उगलने लगी है···उनके सामने आँख उठाकर देखने की हिम्मत नहीं थी···इनके हाथ तुम्हारी गरदन तक पहुँचनेवाले हैं···अब तुम्हारे जूते ये सिर पर लेकर चलने वाले नहीं···बल्कि तुम्हारे गाल पर मारनेवाले हैं!"

हीरा, "दादा ये भोले–भाले हैं···इनमें वह शक्ति कहाँ से आएगी?"

फूलन, "हीरा वह शक्ति बाहर नहीं है···वो तुम्हारे मन के अंदर है···जिसे हम और हमारा संगठन बताएगा।"

हीरा, "बस दादा मैं यही चाहता हूँ कि ये भटके नहीं···इनका ध्यान रखना दादा···

ये सीधे-सादे और कमाने-खानेवाले लोग हैं।"

फूलन, "भटकने जैसी कोई बात नहीं है···मन की आँखें खोलनी होंगी···इनकी ताकत का अहसास हम कराएँगे हीरा···समझो यह अँगारे हैं···जो भी हाथ डालेगा··· समझो जल जाएगा।"

समाज में कुछ ऐसे लोग होते हैं जो अपने छल-बल से निर्दोष और सीधे-सादे लोगों को जेल भेजकर बहुत खुश होते हैं। अपने आप पर गर्व महसूस करते हैं। वे यह भूल जाते हैं कि जेल वह पाठशाला है, जहाँ सभी तरह की शिक्षा दी जाती है। अब पाठक जिस प्रकार होगा, उसी प्रकार की शिक्षा ग्रहण कर पाएगा।

छोटे मसले को लेकर बड़ी और विकराल घटनाएँ घटती हैं तो अकसर छोटे मसले गौण हो जाया करते हैं। इसलिए शिवालय अब छोटा सा मसला रह गया था, लेकिन इसी छोटे मसले को लेकर अब बक्सीपुर टोले और प्रतापपुर गाँव के बीच धर्मयुद्ध बन चुका था। एक बेवकूफ और स्वार्थी ब्राह्मण मधुसूदन पंडित ने तबाही के जो बीज बोये थे अब उसका पौधा तैयार हो गया था। जिस प्रकार अगलगी में कुत्ते नहीं मरते हैं, उसी प्रकार मधुसूदन पंडित आग लगाकर वहाँ से पहले ही भाग गया था।

दृश्य-33

प्रतापपुर गाँव में ये बात फैल गई कि हीरा जेल से छूट गया है। यह खबर ठाकुर विरेचन के लिए खुशखबरी नहीं, बल्कि भविष्य में उनके लिए काल बननेवाला था, लेकिन इससे सभी बेखबर थे। ठाकुर का दरबान करमा ने ठाकुर विरेचन को यह खबर दी तो उसके सीने में आग लग गई।

ठाकुर विरेचन ने आँखें तरेरते हुए करमा से कहा, "ऐ!···उ हमरा वकील क्या कर रहा था··· आखिर ई साले को जमानत कैसे···कैसे मिल गई?"

करमा, "ई···ई हमको नहीं पता मालिक!···उ जब जेल में था···तब तो पूरे गाँव पर हमला करा दिया था···तीन लोगों की हत्या करवा दी··· और तो और मालिक के घर पर भी धावा बोल दिया था···संयोग अच्छा था कि मालिक घर पर नहीं थे।"

करमा की बात सुनते मानो ठाकुर विरेचन के हाथ-पाँव फूलने लगे थे···उसके मुखमंडल पर चिंता की लकीरें खिंच गई थीं; उसने मन-ही-मन सोचा, "ठीक कह रहा है···घर पर होते तो मेरी हत्या निश्चित थी···अब वह सीधा-सादा नहीं रहा। सचमुच नक्सलियों से साँठ-गाँठ कराकर उसने पूरे गाँव पर हमला कर दिया···तीन ग्रामीणों की हत्या कर दी···साला ये तो जहरीला नाग निकला। मैंने गलती कर दी···नाग को छेड़कर

छोड़ दिया···उसके फन को कुचल देना चाहिए था। टोले में मात्र यही पढ़ा-लिखा है··· साला नेता है वहाँ का···मेरे लाख उपाय करने के बाद भी उसने जमानत करा ली···इसके पीछे कौन सी ताकत है?' ···फिर एकाएक यह भी विचार आया, 'मैं व्यर्थ ही परेशान हो गया था···भला हमारी शक्ति के सामने वह एक नाली का कीड़ा भर है···माना उसे कुछ बाहर से ताकत मिली होगी···मैं स्वयं ताकतवर हूँ···नाई की नरहनी कितनी भी धारदार हो··· उससे वृक्ष नहीं काटे जा सकते···साले को अभी ठिकाने लगाते हैं···मार देते हैं···न बाँस रहेगा न बाँसुरी बजेगी···लेकिन इसके लिए पूरे गाँव के युवकों को मिलिटेंट बनाना होगा··· और वैसे भी पूरे गाँव पर चढ़ बैठा था···अब मामला अकेला मेरा नहीं···पूरे गाँव का है।'

कुछ देर बाद थोड़े संयत स्वर में विरेचन ने करमा से कहा, "अरे चुप करो···! तुम्हें नहीं पता है कि जब चींटी को पर लग जाते हैं···तब उसकी मौत करीब आ जाती है!··· आज ही हमें युवकों की फौज बनानी होगी!···साला उसकी ये मजाल···! जो हमारी जूती सिर पर उठाए चलता था···आज वो सिर पर चढ़कर बात कर रहा है··· अब हमें एक के बदले तीन की हत्या करनी होगी···जाओ···तुरंत युवकों की एक बैठक बुलाओ! शिवालय के पास ही सबको बुलाओ!"

करमा, "जी मालिक अभी जाता हूँ!"

विरेचन, "हाँ अभी।"

ठाकुर ने अपने वकील द्वारा पुरजोर कोशिश की थी कि हीरा एवं उसके साथियों की जमानत नहीं हो, इसके लिए थाने से चार्जशीट फाइनल कर भेजने ही वाला था। थाने पर विशेष पकड़ होने के कारण ही हीरा एवं उसके साथी जो जेल में बंद थे, को छोड़कर प्राय: सभी टोलेवाले का नाम हत्या कांड में जोड़कर जेल भेजा गया था। हीरा एवं उसके साथी जेल में बंद थे, इसलिए वह इत्मीनान था। हीरा एवं उसके साथी जमानत पर रिहा हुए थे, इसलिए उसमें दहशत भी थी। ठाकुर चाहता था कि गाँव में युवकों की एक फौज तैयार कर टोलेवाले जो भी उसके दुश्मन हैं, उसकी पहले ही हत्या कर दी जाए। इसलिए वह जल्द से जल्द फौज तैयार कर लेना चाहता था।

उधर, हीरा टोले में घूम-घूमकर देख रहा था। पूरा टोला खाली है। लोग पुलिस एवं गाँववालों के डर से घर छोड़कर भाग गए थे। दूसरी तरफ से विजय एवं रामदीन भी हीरा से मिलने आ रहे थे।

रामदीन बोला, "हीरा भैया! आखिर टोले के लोग गए कहाँ हैं?···एक व्यक्ति भी नजर नहीं आया!"

हीरा, "वही तो मैं भी देख रहा हूँ रामदीन!···किसकी बुरी नजर लग गई टोले पर!"

विजय ने उदास स्वर में कहा, "किसे पता था कि भगवान् का मंदिर बनने से··· फसाद बढ़ जाएगा···लेकिन ई शिवालय ही फसाद की जड़ साबित हुआ भैया! न

शिवालय का निर्माण होता…न पूजा-पाठ के लिए मंदिर जाने से हमें…न हमारा अपमान किया जाता…न हमारे सम्मान पर हमला होता…मंदिर जाने से रोकने के कारण ये सब होना दुर्भाग्यपूर्ण है…हम लोग भी शिवालय बनाने की जिद कर बैठे…आज उसी का परिणाम भुगत रहे हैं…हमें जेल जाना पड़ा।"

हीरा ने बड़ी सहजता से उसे समझाया, "नहीं! मैं ऐसा नहीं मानता! ये सब होनी थी…जिसका टलना मुश्किल था…इसमें तो सरासर गाँववालों की गलती है…शिवालय ने या भगवान् शिव जो सबके पालनहार हैं…वे स्वयं धूनी रमाये रहते हैं…राख लपेटे शिवजी को क्या पता था कि उच्च कुल के लोग तन पर साफ कपड़े लपेट कर मन के अंदर छुआछूत की राख भर लेंगे?…आखिर मंदिर में प्रवेश से रोकने का तो यही अर्थ हुआ न…आखिर किस शास्त्र में लिखा है कि हम दलित लोग अगर मंदिर में प्रवेश करेंगे तो भगवान् को छूत लग जाएगी… ? शिवालय निर्माण से पहले किसके मन में यह शंका थी कि हमें छूत कहकर मंदिर में प्रवेश करने से रोक दिया जाएगा?…सिर्फ एक धूर्त…फ्रॉड पंडित के झाँसे में आकर धर्म की उसने ऐसी अफीम खिला दी कि सब उसके नशे में धुत हो गए हैं…हमारी लड़ाई ऐसे धूर्त…चालबाज पंडित से नहीं, बल्कि धार्मिक व्यवस्था के खिलाफ ये लड़ाई है…धार्मिक आडंबर के कारण सामाजिक विषमता फैली है…कुरीतियाँ फैली हैं…हमें उसे दूर करना है… चोंचलेबाजी का पर्दाफाश करना है…अब हमें इसका प्रतिकार करना है…और अपना सम्मान पाने के लिए जद्दोजहद करनी है…ये संघर्ष हमारा जारी रहेगा…हमारी ये कोशिश रहेगी कि हम अपनी ओर से हिंसक न हों!"

इसी बीच हीरा की बात काटते हुए रामदीन बोल पड़ा—"गाँववालों को पुरोहित ने भड़काया है…सुना है वह आग लगाकर गाँव से भाग गया है।"

हीरा, "हाँ मुझे भी मालूम है कि वह भाग गया है?…यह बात बिल्कुल सही है कि वह पापी… ही इस फसाद की जड़ है…उसके बहकावे में सभी आ गए हैं…खासकर धर्मपरायण महिलाएँ ऐसी बातों में जल्द विश्वास कर लेती हैं…उसके उकसावे में लोगों को नहीं आना चाहिए था…इसलिए तो कह रहा हूँ यह होनी थी…जरा सोचो कि कानून की नजर में हम सभी बराबर हैं…छुआछूत को मानना कानूनन जुर्म है…इसलिए तो हम लोग न्याय माँगने थाना गए थे।… काश! अगर वह कानून का सम्मान करते हुए न्याय दे देता तो हमें यह दिन देखना ही नहीं पड़ता…देखो आज पूरे टोले का क्या हाल है…चारों ओर वीरानी छा गई है…लोग इधर-उधर भटक रहे हैं…पता नहीं कहाँ गए सब कुछ पता नहीं!"

अकसर धर्म की धार से धर्मी काटे जाते हैं…लेकिन मठाधीश, पाखंडी-पुरोहित सोने से तोले जाते हैं…यह तब तक होता रहेगा, जब तक लोग पाखंड या आडंबर और आस्था में अंतर नहीं समझ पाएँगे।"

सुबह के नौ बजे होंगे। ठंड अब आखिरी पड़ाव पर दम तोड़ रही थी। बसंत भी

दस्तक दे चुका था। वृक्षों की पत्तियाँ झड़ चुकी थीं और उनमें नए-नए पल्लव···लाल-लाल कोपलें लेकर आई थीं···जो बहुत सुहानी लग रही थीं। खासकर आम्र और महुआ मंजर लेकर आने की तैयारी में थी। कोकिले की तान से बगिया संगीतमय हो चुकी थी। धूप में गरमी थी, लेकिन पवन में अभी शीतलता थी, जो धूप की तपस को कम कर रही थी, लेकिन प्रतापपुर के वातावरण में धुआँ-ही-धुआँ फैलता जा रहा था, जिससे शांति देवी कुम्हलाने लगी थी।

करमा ने ठाकुर विरेचन का हुक्म पाते ही गाँव के पचासों युवकों को एक आपात बैठक में आने का आमंत्रण भी दे दिया था। इस आमंत्रण की सूचना मिलते ही शिवालय के समीप लोग आने लगे थे और करीब घंटे भर में गाँव के दर्जनों युवक शिवालय के पास एकत्र हो चुके थे। शिवालय के बरामदे में दरी, उसके ऊपर जाजिम बिछी थी। लोग उसी पर बैठे थे। ठाकुर ने गाँव के युवकों को ही आमंत्रित किया था, ताकि उनके प्रस्ताव का कोई विरोध नहीं कर सके। नवलेश, गुरुदास, प्रवीण, हरखू एवं अन्य दर्जनों युवक वहाँ थे। सभी पर एक सरसरी निगाह फेंकते हुए ठाकुर विरेचन बोला, "वीर बहादुरो!···मेरे रणबांकुरो!···आप लोगों को पता है कि यह एक आपातकालीन बैठक है···आप सब जानते हैं···हमारी जूती अब हमें ही काटने लगी है···जो हमारे जूठे पर पलते थे···वो आज हमसे आँखों में आँखें डालकर बात करना चाहते हैं···जो हमारे यहाँ कमऔटी और बटाई करते थे···वही हम पर गुर्राने लगे हैं!···लेकिन हम ऐसा कभी नहीं होने देंगे···हम धनवान हैं···तो यह ईश्वर की कृपा है···उसने हमें धनवान बनाया है···हम श्रेष्ठ कुल में जन्मे हैं तो यह ईश्वर का संयोग···इसलिए हमें श्रेष्ठ बने रहने का पूरा अधिकार है···आज से कुछ दिन पहले टोलेवालों ने संगठित होकर बाहरी ताकतों से मिलकर हमारे गाँव पर अचानक धावा बोल दिया और तीन निर्दोषों की हत्या कर दी···वे बार-बार ललकार रहे हैं तो हमें चूड़ियाँ पहनकर घर में बैठ जाना चाहिए! हमें हथियार डाल देना चाहिए!···उनके सामने हमें हाथ जोड़कर समर्पण कर देना चाहिए···नहीं···नहीं···हमारे···वीर योद्धाओ···ऐसा कभी नहीं होने देंगे···हमारे खिलाफ आवाज उठानेवाले इन अछूतों को नेस्तनाबूद कर देंगे···खाक में मिला देंगे···वे यह भूल गए कि इनके पूर्वजों ने हमारे यहाँ सदियों से गुलामी की है···आजाद भारत में भी हमने इन पर शासन किया है···अब इनकी इतनी हिम्मत कि थाने पहुँच जाएँ···हमें ललकारने लगें···यह हम कैसे बरदाश्त करेंगे···उनके पुरखे हमारी चौखट तक पहुँचने में घबराते थे···ये हमारे गिरेबान तक पहुँचने की हिमाकत कर रहे हैं···ये सब अगर सहन करते रहे तो आनेवाले समय में ई लोगन का बेटा-बेटी हम लोगों को कुछ समझेगा···? इसलिए अभी मौका है···हमारे खिलाफ उठते कदम को ठोकरें मारकर उनके हौसले पस्त कर दें···इनके छक्के छुड़ा दें···हमारे सामने जो ताकत सिर उठा रही है···उसे अभी ही नेस्तनाबूद करने में हमें कम ऊर्जा खपत करने होंगे···कूटनीति भी कहती है कि

कोई विरोधी शक्ति रूपी पौधा उगे तो उसी समय उसे खींच लेना चाहिए···खत्म कर देना चाहिए, ताकि वह वृक्ष बने ही नहीं···विशाल वृक्ष बन जाने पर उसको गिराने में अधिक ऊर्जा लगानी होगी···वह वृक्ष गिराने पर भी उसके नीचे कई छोटे-छोटे पौधे दब जाते हैं··· उसको हजारों आँखें देखकर भला-बुरा भी कह सकते हैं···इसलिए मेरा प्रस्ताव है कि हम भी गाँव के युवकों की एक फौज तैयार करें···उसने हमारे तीन आदमी मारे हैं···अब हम उसके तेरह आदमी को मारेंगे!··· कुटनीति कहती है कि विरोधी के हौसले बुलंद होने से पहले ही उसे पस्त कर दें। क्या हमारे विचार से आप सब सहमत हैं!" ठाकुर विरेचन के ओजस्वी भाषण से सभी के खून खौल गए थे। सबने एक स्वर से उनके उग्र विचार के बाद हुँकार भरी कि हम ऐसा नहीं होने देंगे।

इसी बैठक में हरखू भी उपस्थित था। उसने बात काटते हुए कहा, "चाचा नक्सलियों ने हमला आपके घर और मधुसूदन पुरोहित के घर पर किया था···बात साफ है कि उसकी दुश्मनी आपसे और पुरोहित से है···फिर इसमें पूरे गाँव को क्यों शामिल करते हैं···इससे गाँव बनाम टोला नहीं हो जाएगा?···फिर तो झगड़े का अंत नहीं होगा··· आग की तरह भड़कता जाएगा और आग को हवा देने से बेहतर पानी देने की जुगत करना उचित होगा।"

हरखू की बात सुनकर एक पल के लिए सभा में सन्नाटा छा गया। सभी हरखू को देख रहे थे। तत्क्षण विरेचन ठाकुर पुनः उठकर बोलने लगा, "सभा को हरखू के विचारों से सहमत नहीं होना चाहिए···इसका कहना है कि यह लड़ाई हमारे और टोले के बीच है···मेरे और नक्सलियों के बीच की है···यह गलत है···यदि ऐसा होता तो नक्सली मुझे अथवा पुरोहित को मारकर चला जाता···लेकिन उसने तीन सीधे-सादे ग्रामीणों को मार दिया···तो क्या यह गाँव की लड़ाई नहीं हुई?···.लड़ाई की बुनियाद शिवालय को लेकर है···क्या शिवालय अकेला मेरा है?···लड़ाई बक्सीपुरवाले अछूतों की आपकी बहू-बेटियों के साथ बराबरी की है···क्या इजाजत देंगे?···कल तक वह आपके पाँव पकड़ रहा था···आज आपकी गरदन पकड़ने के लिए तैयार है···क्या इजाजत देंगे?···कल तक वे जमीन पर बैठे रहे थे···वह आज आपके और हमारे सिर पर बैठना चाह रहे हैं···क्या इसके लिए इजाजत देंगे··· ?"

इस बात को सुनकर एक स्वर से सभी ने कहा, "नहीं···नहीं···नहीं।"

प्रवीण ने कहा, "दादा! हम ऐसा कभी नहीं होने देंगे···हम में से कोई भी हरखू की बात से सहमत नहीं है।"

सभी के विचार सुनकर हरखू चुपचाप बैठ गया। हरखू के विचारों का प्रतिरोध देखकर ठाकुर विरेचन के चेहरे पर चमक आ गई थी।

नवलेश बोला, "ठाकुर चाचा!···हम लोग निजी सेना का गठन करेंगे···जिसका

नाम अग्नि सेना रखेंगे···ये अग्नि अछूतों को जलाकर राख कर देगी···सभी स्वाहा हो जाएँगे···सभी खाक में मिल जाएँगे··· !"

प्रवीण, "ठाकुर दा!···इसके लिए तो हमें खतरनाक हथियार चाहिए!···फिर इसके लिए पैसे कहाँ से आएँगे?"

ठाकुर विरेचन, "ये सब चंदा करके करेंगे···इसमें गाँववालों से चंदा माँगेंगे···सभी अपनी आन-बान-शान कायम रखने के लिए चंदा देंगे···फिर हमें अपनी जान की हिफाजत भी तो करनी है।"

गुरुदास, "आप सही कह रहे हैं···इसके लिए हमें व्यापक स्तर पर तैयारी करनी होगी···जल्दी ही चंदा उगाही का काम शुरू कर देना होगा!"

ठाकुर विरेचन, "अब आप एक-एक कर बताएँ कि किसका सहयोग किस प्रकार अग्नि सेना को मिलेगा···कहने का मतलब ई है कि तुम सब का कैसे योगदान मिलेगा?"

नवलेश, "मैं मर्द और योद्धा हूँ···लड़ूँगा!"

प्रवीण, "मैं भी लड़ूँगा!"

इसी प्रकार हरखू और कारू को छोड़कर सभी ने लड़ने का निर्णय किया था।

कारू बोला, "भाई!···चंदा में जो चाहेंगे मैं दूँगा···लेकिन लड़ नहीं सकूँगा!"

हरखू, "मैं भी नहीं लड़ूँगा···चंदा जो चाहिए दे दूँगा!"

फिर आपसी गुफ्तगू हुई। योजना बनी कि जैसे ही इंतजाम हो जाए···हम लोग टोले पर आक्रमण कर देंगे···अभी लोगों की संख्या कम है···और वे निहत्थे भी हैं···अभी समय मुफीद है···लेकिन हमें चौकन्ना रहना होगा, ताकि जब वे लोग हम पर हमला करें तो हम उसका जवाब दे सकें··· !

ठाकुर विरेचन की पहल पर गाँव में बड़े पैमाने पर चंदा उगाही हुई थी। उस पैसे से बंदूक, रायफल एवं हजारों की मात्रा में कारतूस खरीदे गए थे। नए हथियारों ने युवकों में नए जोश भर दिया था। गाँव में पहले खेती-बारी तथा पढ़ने-पढ़ाने की चर्चाएँ होती थीं, अब खिलौने की तरह हथियारों की चर्चाएँ होने लगी थीं। दिशाहीन शक्ति जब दिशाहीन पथ पर चलने लगती है तो उससे सृजन की कल्पना करना अनुचित है।

दृश्य-34

गहरी स्मृति शीघ्र नहीं हटती। उससे मिलती-जुलती घटना होने पर अथवा स्वप्न में जाग्रत् हो जाती है। रात के दो बजे होंगे। पल्लवी अपने बेडरूम में गहरी निद्रा में सोई थी। तभी वह स्वप्न में जोर से चीखी। चीख सुनकर प्रोफेसर साहब अपनी पतलून

सँभालते दौड़े आए। उन्होंने देखा कि पल्लवी बिस्तर पर बैठी हुई है। वह घबराई हुई थी। उसके चेहरे से पसीने टपक रहे थे।

पल्लवी से पूछा, "क्यों बेटी!...तुम जोर से चीखी!...क्या बात है?...कहीं तू डर तो नहीं गई बेटी?"

पल्लवी के चेहरे पर पसीने की बूँदें स्पष्ट दिख रही थीं, जिसे उसने अपने दुपट्टे से पोंछते हुए कहा, "हाँ...पापा मैंने बड़ा ही भयानक सपना देखा!"

प्रोफेसर, "अच्छा...ऐसा क्या सपना था...जो तुम्हें भयानक प्रतीत हुआ...खैर... बेटी...सपना को सपना समझकर भूल जाओ!...ऐसे लोग कहते हैं कि बुरे सपने को दूसरे से कह देने पर कभी सच नहीं होते!" इतना बोलकर वह वहीं पलंग पर एक किनारे बैठ गए।

पल्लवी, "हाँ पापा मैं बहुत डर गई...हूँ।" पल्लवी ने अपने पापा को एक साँस में अपना सपना बयान कर दिया।

प्रोफेसर पल्लवी का सपना सुनकर थोड़ी हैरत में पड़ गए। फिर उन्होंने पल्लवी से कहा, "हाँ...! बेटी! ठाकुर विरेचन वाकई बहुत बड़ा शैतान है...वह अपने खतरनाक इरादों को पूरा करने के लिए पूरे गाँव को भड़का रहा है...गाँववाले भी विनाश काले विपरीत बुद्धि की डगर पर हैं...वह इमोशन का पूरा फायदा उठा रहा है...उसका जो रवैया है...उससे ऐसा प्रतीत होता है कि एक दिन पूरा गाँव तबाह हो जाएगा बेटी!...गरीब बेहतर इनसान होते हैं...इस उक्ति पर मेरा पूरा विश्वास और तब गहरा हुआ, जब बगैर जान-पहचान और बिना कोई स्वार्थ के हीरा ने तुम्हें हॉस्पिटल पहुँचाया था।"

पल्लवी अचानक हड़बड़ाकर बोल उठी, "पापा!...ये आप क्या कह रहे हैं...हीरा ने हमें हॉस्पिटल पहुँचाया था!...कब पापा?"

प्रोफेसर को लगा कि क्या उन्हें सच बताना चाहिए या नहीं। पिता के अचानक चुप हो जाने पर पल्लवी ने फिर पूछा, "बताइए न पापा...कब उसने हमें अस्पताल पहुँचाया था?"

बेटी की जिद के कारण प्रोफेसर साहब ने कहा, "हाँ...हाँ...पल्लवी!...उसी ने तेरी जान बचाई है...मैं भी पता नहीं क्यों इस राज को अब तक अपने सीने में छिपाए रखा...देखो बेटी! प्रसंगवश आज मुझे कहना पड़ रहा है...जानती हो... जब तुम्हारा एक्सीडेंट हुआ था...तब उसी हीरा ने तुम्हें मगध मेडिकल कॉलेज एंड हॉस्पिटल पहुँचाया था...उसने तुम्हारी जान बचाने के लिए अपना 400 यूनिट खून भी दिया था...उस समय वह न तुमको पहचानता था और न मुझको।...सोचो!...ऐसा हम सामान्य लोग कर सकते हैं?...बिल्कुल नहीं... लेकिन उसने ऐसा किया था...जबकि उसका हमसे कोई स्वार्थ नहीं था...वह एक गरीब इनसान है...वह चाहता तो तुम्हें यूँ ही

छोड़कर जा सकता था···वह क्यों हमारे-तुम्हारे झमेले में पड़ता···जरा बताओ बेटी··· इससे उसे क्या हासिल हुआ?"

पल्लवी ने हड़बड़ाकर पूछा, "पापा···आप कहीं बक्सीपुरवाले हीरा की तो बात नहीं कर रहे?"

प्रोफेसर, "हाँ···हाँ बेटी हाँ···मैं उसी फरिश्ते की बात कर रहा हूँ···जो आज बक्सीपुर को बचाने के लिए जी जान से जुटा हुआ है···वह सचमुच का हीरा निकला··· हाँ···हाँ···पल्लवी···वो सचमुच का हीरा निकला।"

पल्लवी यह सुनकर आश्चर्यचकित रह गई। वह बुत बन गई। उसके होंठ हिले तो यही शब्द फूटे, "ओह माई गॉड!···ऐसे इनसान के पीछे भी दुष्ट आत्मा ठाकुर विरेचन लगा हुआ है···लेकिन पापा गाँववाले···ठाकुर की दबंगई के आगे मौन क्यों हैं?···उसे रोकने का तरीका क्या है?···उसका साथ देनेवाले भी मेरी नजर में अपराधी हैं···आखिर गाँववाले जघन्य अपराध करने पर क्यों उतारू हैं··· ?"

प्रोफेसर, "हाँ···बेटी···मुझे भी ऐसा ही आभास हो रहा है···लेकिन इस जहर का समन कैसे करूँ?···कोई उपाय नहीं सूझ रहा!···खैर जाने दो···बेटी···रात बहुत हो गई है···अभी सो जाओ!···मैं भी सोने जा रहा हूँ।"

इतना कहकर प्रोफेसर साहब वहाँ से अपने बेडरूम की ओर चल दिए। इधर पल्लवी भी अनमने ढंग से बिस्तर पर लेट गई। लेकिन उसकी आँखों से नींद गायब थी। काफी प्रयास करने के बाद भी उसे नींद नहीं आ रही थी, क्योंकि अब उसके दिल-दिमाग में हीरा की धुँधली सी सूरत उभर आई थी। वह बार-बार करवट बदलते हुए हीरा के बारे में सोच रही थी। सोचते-सोचते वह खोने भी लगी थी। उसके अंतर्द्वंद्व में एक अजीब सी कुलबुलाहट हिलोरें मार रही थी···एक अजीब सी हलचल भी मची हुई थी। उसका मन यह बार-बार पुकार रहा था कि आखिर उसे हमारी हालत पर क्यों तरस आया जो उसने अस्पताल पहुँचाया था। इतना ही नहीं उसने उसकी जान बचाने के लिए ऐन वक्त पर खून भी दिया था···जिसके कारण मेरी जान बची···यानी अगर वह मौके पर खून नहीं देता तो मेरी जान भी जा सकती थी···यानी मेरी रगों में अब उसी का खून दौड़ रहा है···उसके खून के कारण मैं आज जीवित हूँ··· !···मेरे जीवन को बचाने के लिए उसने जितने भी उपक्रम किए···जो परोपकार किया है···उसके बदले में हमने या पिताजी ने उसे क्या दिया?···जबकि उसका तो हमसे कोई स्वार्थ जुड़ा हुआ नहीं था··· अगर जान बचाने के लिए उसका शुक्रिया भी अदा करूँ···तो भी यह कमतर होगा···उस गरीब की पढ़ाई छूट गई···अभी तो उसका जीवन ही भँवर में गोते लगा रहा है···हमें उससे मिलकर उसकी मदद करनी चाहिए···कम-से-कम इसी बहाने उसके उपकार का थोड़ा बोझ तो कम कर पाऊँगी···फिर उसके मन ने कहा, 'लेकिन मैं कभी बक्सीपुर गई नहीं···

फिर उससे मिलूँगी कैसे ?…वहाँ तो जातीय जहर फैला हुआ है…क्या मैं अकेले जहर पी सकती हूँ!…फिर भी प्रयास तो करना ही होगा…कहते हैं अगर मन में दृढ़ विश्वास हो तो ईश्वर भी साथ देते हैं…वैसे किसी महान् कार्य के लिए पहले भीड़ उसका साथ नहीं देती है…भीड़ तो सफलता देखकर जुड़ती जाती है…महान लोगों तो यही किया है…!' इसी तरह से उसके मन के समुद्र में कई तरह के विचार हिचकोले ले रहे थे। इन्हीं सब खयालों में गुम पल्लवी को देर रात बाद हल्की झपकी सी आ गई।

सबेरे लगभग आठ बजे उसकी आँखें खुलीं। वह नहा-धोकर जल्द ही तैयार हो गई। पल्लवी स्वभाव से जिद्दी थी। वह जब कोई इरादा कर लेती थी तो फिर उस पर अमल करने की जिद ठान लेती थी। वह शेरनी की तरह साहसी भी थी। वह रूढ़िवादी विचारधारा के सख्त खिलाफ थी। इसकी झलक शिवालय के पंडित मधुसूदन को मिल चुकी थी। परिस्थितियों को देखकर वह और भी मुखर हो जाया करती थी। आज वह साधारण लिबास में नहीं, बल्कि थोड़े चटकीले लिबास यानी फ्रॉक-शूट पहने हुए थी। स्वभाव में शोख-चंचलता का समावेश होने के कारण उसमें स्वतः ही आकर्षण था।

दृश्य-35

गाँव के दक्षिणी छोर पर बक्सीपुर टोला था। गाँव से टोले की दूरी महज आधा किलोमीटर के आस-पास थी। गाँव के पूर्वी छोर पर सिंचाई नहर थी। बक्सीपुर इस नहर के तट पर बसा था। नहर का पूर्वी तट चौड़ा था, जो कच्ची सड़क का रूप ले चुका था। गाँव के पास नहर पर पुलिया थी, जिससे ग्रामीण आते-जाते थे तथा कच्ची सड़क पर पहुँचते थे। पल्लवी भी कच्ची सड़क से चलकर बक्सीपुर टोले के समीप पहुँची और नजर दौड़ाई तो देखा कि बक्सीपुर जाने के लिए नहर को पार करना था। नहर में पानी नहीं था। इसलिए उसे पार करने में कोई परेशानी नहीं हुई। टोले के अंदर प्रवेश करने के बाद उसे वीरानी नजर आ रही थी। पूरा टोला घूमने के बाद उसे कोई भी ऐसा आदमी नजर नहीं आया, जिससे वह हीरा का पता पूछती। पुनः कुछ दूर चलने के बाद उसने देखा कि एक बुढ़िया धान की रस्सी से बुनी हुई खटिया पर बैठी गुड़गुड़ी पी रही है। बुढ़िया ने फटी-मैली साड़ी किसी तरह से अपने तन पर लिपटा रखी थी। उसे देखकर ऐसा लगा जैसे उसने कई दिनों से स्नान नहीं किया हो। उसके सिर के बाल सफेद थे। आँखें धँसी हुई थीं। शरीर के मांस से त्वचा झूल रही थी। पाँव में बिवाइयाँ फटी हुई थीं। सनबर्न के कारण त्वचा काली थी। अधिक वृद्ध होने के कारण छोटे-छोटे वाक्यों में बोलियाँ बोलतीं लेकिन बोली में हकलाने और दाँत नहीं रहने के कारण तुतलापन अवश्य

था। उसका घर मिट्टी की दीवार एवं पुआल की छावनी से बना हुआ था। उस समय दिन के लगभग दस बजे होंगे। जाड़े का समय होने के कारण धूप अच्छी खिली हुई थी।

पल्लवी ने उसे देखा तो लगा ये बुढ़िया जरूर उसे हीरा का पता बता देगी। उसके करीब आकर पल्लवी ने पूछा, "दादी!···हीरा को जानती हैं?"

बुढ़िया गुड़गुड़ी का धुआँ निकालने के बाद पल्लवी को घूरते हुए बोली, "हीरा!··· हीरवा से तुमरा नाता··· ?"

बुढ़िया के इस सवाल पर पल्लवी झेंप गई। क्योंकि उसे इस तरह के सवाल की उम्मीद नहीं थी। फिर भी उसने सँभलते हुए कहा, "हीरा···हीरा···मेरा दोस्त है··· !"

बुढ़िया थोड़ा चकराई। उसने घूरते हुए कहा, "तुम लड़की हो न!"

पल्लवी ने हल्की मुसकान के साथ कहा, "हाँ···दादी हाँ···मैं लड़की हूँ!"

बुढ़िया ने फिर सवाल जड़ा, "हीरवा लइका है···मतलब मरद···! फिर मरद तुमरा दोस्त कैसे होइ जाएगा···जरूर तुम जासूसी करने आई हो···पुलिस ने तुमको भेजा होगा··· देख नहीं रही हो पूरे गाँव मा सन्नाटा पसरा है···हम तो चल-फिर नहीं सकते···इसलिए अकेले यहाँ मरने के लिए रह गए···हीरवा को खोजने आई है··· !" यह कहते हुए बुढ़िया फिर पल्लवी को अजीब निगाहों से घूरने लगी।

पल्लवी को माजरा समझ में आ गया। इसलिए उसने अपनी सफाई पेश करते हुए कहा, "नहीं दादी···नहीं···ऐसी बात नहीं है···तुम हमको गलत समझ रही हो···हीरा और हम साथ में पढ़ते हैं···कॉलेज में···हम हीरा की मदद के लिए यहाँ आए हैं···उससे मिलना बहुत जरूरी है···यदि उससे नहीं मिली···तो हीरा की जिंदगी बरबाद हो जाएगी।"

पल्लवी की बात सुनकर बुढ़िया को लगा वह सच बोल रही है। बुढ़िया उसे एक बार फिर गौर से निहारते हुए बोली, "ठीक है अगर तुम सच बोल रही हो···तो सुनो··· ! हीरा के यहाँ जाने के लिए यहाँ से सीधे उत्तर की ओर जाना···फिर दक्षिण···फिर पश्चिम! वहाँ देखना एक माटी की दीवार और खपड़े का छज्जे बना घर है···हाँ छज्जे पर कदुआ फला है···वही हीरा का घर है···और हाँ सुनो!···कोई गड़बड़-सड़बड़ मत करना···बोल देती हूँ हाँ··· !"

पल्लवी, "अच्छा···ठीक है दादी! तुम निश्चिंत रहो···मैं चलती हूँ।"

पल्लवी बुढ़िया के बताए रास्ते पर चलकर उस टोले में प्रवेश करती है। टोले में ज्यादातर पुआल के छज्जों से निर्मित झोपड़ियाँ और मिट्टी की पाँच-छह फीट की दीवारें नजर आ रही थीं। उस टोले में गंदगी का अंबार था। टोले में सुअरों का बसेरा था। उनकी छोटी-छोटी खोरी बनी हुई थीं। देसी मुर्गे-मुर्गियाँ इधर-उधर आवाज लगाते हुए विचरण कर रहे थे।

पल्लवी बुढ़िया के बताए निर्देश के अनुसार अब ये हीरा की झोपड़ी के सामने

खड़ी थी। उस झोपड़ी के छज्जे पर कदुए की लत्तियों में झाँकते कद्दू भी दिख रहे थे। हीरा की झोपड़ी में काठ का बना दरवाजा भी बहुत छोटा था। आस-पास निस्तब्धता छाई हुई थी। पल्लवी ने इधर-उधर देखने के बाद हीरा की झोपड़ी के दरवाजे पर दस्तक दी, लेकिन घर के अंदर से कोई आवाज नहीं आई। इस बीच पल्लवी के दिल की धड़कनें अचानक बढ़ गई थीं। काफी आवाज लगाने के बाद हीरा के कानों में किसी युवती की आवाज सुनकर उसका दिल धक-धक करने लगा। हीरा उस समय आँगन में एक छोटी सी खटोली पर विचारमग्न हो लेटा हुआ था। वह हड़बड़ाकर उठा और दरवाजे के पास आकर अंदर से आवाज लगाई, "कौन है ?"

पल्लवी ने धड़कते दिल से पूछा, "मैं···मैं···पल्लवी हूँ!"

हीरा का माथा ठनका। पल्लवी यहाँ क्यों आएगी! उसे कुछ भी समझ में नहीं आया। उसने पूछा, "पल्लवी··· !···कौन पल्लवी ?···मैं तो किसी पल्लवी को नहीं जानता!"

पल्लवी ने झल्लाते हुए कहा, "मैं पल्लवी हूँ···पल्लवी···दरवाजा तो खोलो··· ! ···तुम्हें दिन में भी डर लगता है···वह भी एक लड़की से··· !"

इसी बीच हीरा ने दरवाजा खोला। वह अपने सामने पल्लवी को देखकर हतप्रभ रह गया। उसका तो रोम-रोम सिहर उठा। वह थोड़ा सँभला और हकलाते हुए बोला, "अ···आप···पल्लवीजी!···मैं तो डर गया था···कहीं···लेकिन···लेकिन···मेम साहब आप यहाँ कैसे?···मेरा मतलब आप···आप···इस गरीब की कुटिया में···आने का कष्ट कैसे किया?···मैं भला आपके लिए क्या कर सकता हूँ···आप···यहाँ क्यों··· !"

पल्लवी ने उसकी मनःस्थिति को भाँपते हुए बीच में ही टोक दिया, "अरे बाबा!··· मैं अगर यहाँ आ ही गई हूँ···तो क्या तूफान आ जाएगा···पहली बार तुम्हारे घर आई हूँ··· कम-से-कम बैठने के लिए तो पूछो···या मैं खड़ी-खड़ी ही चली जाऊँ क्या ?"

हीरा सकपकाते हुए बोला, "नहीं···नहीं··· ! मेरे कहने का मतलब ये है कि मैं घर पर अकेला हूँ···आपका अंदर आना ठीक नहीं होगा···अंदर आने पर आप कहीं बुरा मान जाएँगी तो··· !"

पल्लवी ने इठलाते हुए कहा, "क्यों तुम कोई शेर हो जो मुझे खा जाओगे···आखिर मैं क्यों बुरा मान जाऊँगी···मैं रूढ़िवादी नहीं हूँ···पढ़ी-लिखी हूँ···अपना अच्छा-बुरा समझती हूँ···समझे··· !"

हीरा पल्लवी की बातों से आश्वस्त हो गया तो उसने झेंपते हुए कहा, "अच्छा··· अच्छा···ठीक है!···अंदर आ जाइए···आपके पावन कदम पड़ने से इस गरीब की कुटिया धन्य हो जाएगी··· !" पल्लवी अंदर घुसते हुए आँगन तक पहुँच गई। हीरा नजरें झुकाए हुए बोला, "मैं निहायत गरीब इनसान हूँ···मेम साहब···मेरे पास कुरसियाँ-सोफे तो हैं नहीं···बस यही छोटी सी खाट है···आपको इसी खटोली पर बैठना होगा!"

पल्लवी मुसकराते हुए खाट पर बैठ गई। हीरा वहीं जमीन पर बैठ गया।

पल्लवी को यह अच्छा नहीं लगा। उसने तुरंत टोका, "ये क्या···! मुझे खटोली पर बैठाकर खुद नीचे क्यों बैठ गए?"

हीरा, "मैं सही जगह पर बैठा हूँ···इसी धूल में खेलना-कूदना···काम करना और अंत में इसी में मिल जाना···यही सब हमारी किस्मत में लिखा है···इसमें अधिक सोचने-समझने की जरूरत नहीं है···और न कोई इससे फायदा···!"

पल्लवी उठते हुए थोड़ी सी कुनमुनाते हुए बोली, "हूँ···अच्छा तो ई बात है···तो फिर मैं भी जमीन पर ही बैठ जाती हूँ···!"

इतना कहकर वह जमीन पर बैठने लगी तो हीरा ने उसे रोकते हुए कहा, "नहीं···नहीं···मेम साहब··· यह सही नहीं होगा···आप···आप मेरी अतिथि हैं···यह तो मेरे आतिथ्य का अपमान होगा···!"

पल्लवी ने मासूमियत से जवाब दिया, "ठीक है···तो···तो···फिर हम साथ बैठ सकते हैं न···!"

हीरा, "नहीं मेम साहब···मैं अपनी हद जानता हूँ···हर इनसान को अपनी हैसियत से वाकिफ रहना चाहिए···खैर छोड़िए न इ सब बात···आप जल्दी से बताइए न···मैं आपकी क्या सेवा कर सकता हूँ? मेरा मतलब है कि आप हमसे क्या बात करने यहाँ आई हैं?"

पल्लवी को हीरा की सादगी और साफगोई ने काफी प्रभावित किया। उसकी निश्च्छल आँखों में वह झाँकना तो चाहती थी, लेकिन हीरा बार-बार नजरें झुका कर ही जवाब दे रहा था। पल्लवी ने कुछ सोचते हुए कहा, "मुझे बहुत जल्द पता चल गया कि तुम थोड़े जिद्दी भी हो···खैर···! मैं तुमसे यह जानना चाहती हूँ कि टोले और गाँव के बीच झगड़े का कारण क्या है?···आखिर गाँववाले तुम्हारी जान के पीछे क्यों पड़े हैं?"

हीरा ने आश्चर्य से पूछा, "लेकिन आप लड़की जात···इस झमेले में क्यों पड़ रही हैं···फिर आपको इससे क्या लेना-देना···!"

पल्लवी ने तेज स्वर में टोका, "बस···बस करो!···क्या कहे लड़की जात···झमेला और लेने-देने की बात कर रहे हो···! क्या लड़की को कुछ जानने का हक नहीं होता है···? गाँव-टोले में जो कुछ चल रहा है···उससे मेरा कोई वास्ता नहीं होना चाहिए···मेरा वास्ता है और रहेगा···तुम मुझे घटना का पूरा विवरण दो···!"

पल्लवी की जिद के कारण हीरा ने विस्तार से अपनी बातें रखने के बाद कहा, "अब आप ही बताइए मेम साहब ऐसी स्थिति में मैं क्या करूँ?···कहाँ जाऊँ···?"

पल्लवी को हीरा की कुछ बातों पर रंज भी हुआ था। फिर भी उसने उसे टटोला, "आखिर तुमने क्या सोचा है?"

हीरा, "आप ही बताइए न, अब मैं क्या करूँ?"

पल्लवी ने फिर टोका, "अरे भई! तुमने भी तो कुछ सोचा होगा···तुम्हारी भी कुछ प्लानिंग होगी?"

हीरा, "देखिए पल्लवीजी!···आखिर हम भेड़-बकरियों की तरह तो नहीं मर सकते न···!"

पल्लवी, "नहीं···नहीं···ऐसा क्यों करोगे?···लेकिन पत्थर पर सिर पटकोगे तो सिर तुम्हारा ही फूटेगा···दुश्मन से लड़ने के पहले उसके बल की थाह तो लेनी होगी न···!··· कूटनीति कहती है कि जब एक पक्ष कमजोर हो तो उसके अपने सशक्त विरोधी पक्ष के दुश्मन से समझौता कर लेना चाहिए और उसके सहयोग से अपने बलशाली प्रतिपक्ष को कुचल देना चाहिए···हाँ इसके लिए एक ठोस रणनीति की जरूरत पड़ेगी···।"

हीरा, "लेकिन इसकी चपेट में कुछ ऐसे लोग आ सकते हैं···जो ठाकुर विरेचन के बहकावे में आकर हमारी तबाही मचा रहे हैं···पल्लवीजी!"

पल्लवी, "विशाल बरगद को धराशायी करने के लिए झुरमुट की परवाह नहीं करनी चाहिए···अभी तुमने कहा न कि तुम्हारी आवाज नहीं सुनी गई···थानेदार ने भी तुम्हारे साथ अन्याय किया···इसलिए कि तुम्हारी दबी-कुचली आवाज किसी को सुनाई नहीं देती···मेघ गर्जन सुना है तुमने···!···उसके गर्जन से लोग आँख-कान बंद कर लेते हैं···लोग डर जाते हैं···पर्वत की विशालता उसकी तराई को देखकर नहीं उसकी चोटी से समझी जा सकती है···तुम्हारी ताकत और हिम्मत पर्वत की विशाल चोटी की तरह होनी चाहिए···ताकि उसको लाँघने के लिए सौ बार सोचना पड़े···तुम्हें अपने स्वाभिमान की लड़ाई लड़नी चाहिए हीरा···!"

पल्लवी की सारगर्भित बातें सुनकर हीरा कुछ पल के लिए विचारमग्न हो गया। सोचने लगा कि फूलन दा भी तो यही कह रहे थे···लेकिन पल्लवी यह बात मुझसे क्यों कह रही है···? ये खुद गाँव से चलकर यहाँ क्यों आई है···?···नकुल दा से मेरी आज मुलाकात होनी है···इसकी जानकारी गाँववालों को नहीं हुई···और मुझ पर हमला कराने की नीयत से तो नहीं आई है?···जरूर कोई गड़गड़ है···इसे मेरी योजना की जानकारी के लिए भेजा हो···यह सोचकर वह विशेष चौकन्ना था। उससे रहा नहीं गया। उसने तुरंत पूछा, "मेम साहब!···आप बुरा न माने तो एक बात पूछूँ?"

पल्लवी, "हाँ···हाँ···बेशक पूछो!"

हीरा ने सकपकाते हुए पूछा, "मेम साहब! आखिर आप ये सब क्यों जानना चाहती हैं···खुद आप भी दुश्मन गाँव की हैं···उसी समुदाय से ताल्लुक रखती हैं···फिर मुझे संघर्ष करने की सलाह भी दे रही हैं···मैं समझ नहीं पा रहा हूँ!"

पल्लवी एक पल के लिए खामोश हो गई। उसने सोचा हीरा का प्रश्न गलत नहीं

है। उसका शक करना वाजिब है। वह समझाते हुए बोली, "तुम्हारा संशय करना व्यर्थ नहीं है हीरा…! तुम्हें संशय करना भी चाहिए…वैसे सच कहूँ तो तुम बहुत भोले हो हीरा…तुम उपकार करके भूल जाते हो…ये तुम्हारा बड़प्पन है…तुम्हारी महानता है… लेकिन जिसने मुझ पर उपकार किया है…उसे मैं कैसे भूल सकती हूँ…पिताजी ने मुझे देर से ही सही…लेकिन जब उन्होंने बताया कि मेरी सड़क दुर्घटना में तुमने अस्पताल पहुँचाया…मुझे नया जीवन देने के लिए तुमने मुझे अपना खून तक दिया…जबकि तुमसे मेरी कोई जान-पहचान तक नहीं थी…आज मैं तुम्हारे कारण जीवित हूँ…मेरी रग-रग में तुम्हारा ही खून तो दौड़ रहा है…इस खून की पुकार ही मुझे तुम्हारी चौखट तक खींचकर ले आई है…मैं तुम्हारा उपकार कैसे चुका पाऊँगी हीरा…पिताजी से तुम्हारे बारे में जानने के बाद मैं तुम्हारे पास दौड़ी चली आई हूँ…मैं तुम्हारे लिए कुछ भी कर सकूँ…तो यह मेरा सौभाग्य होगा…हीरा…मेरा सौभाग्य होगा…तुम अभी चारों ओर से घिरे हुए हो…इस वक्त मैं तुम्हारी मदद के लिए आई हूँ हीरा…तुम्हारे लिए मुझे अगर अपनी जान भी गँवानी पड़े…तो मैं हँसते-हँसते इसे स्वीकार कर लूँगी…हीरा…मेरा विश्वास करो…मैं सच कह रही हूँ…हीरा…बिल्कुल सच कह रही हूँ…वैसे भी बार-बार यह सुनकर मेरे कान पक गए हैं कि ठाकुर विरेचन तुम्हारे टोले के खिलाफ हर समय कुटिल योजनाएँ बनाता रहता है…हीरा मेरा यकीन करो…मैं उस राक्षस से घृणा करती हूँ…हीरा…मेरा यकीन करो…हीरा…हीरा…मैं सच कह रही हूँ…!" यह कहते-कहते पल्लवी की आँखें नम हो चली थीं।

हीरा ने देखा कि वाकई में पल्लवी के दिल में उसके प्रति बेहद हमदर्दी है। हीरा को पक्का यकीन हो गया कि पल्लवी उसकी खैरियत चाहती है। वह हर कीमत पर उसका साथ देना चाहती है। यह सोचकर उसकी आँखें भी सजल हो गईं। उसे लगा कि उसने अपनी बातों से नाहक ही पल्लवी को चोट पहुँचाई है। उसने झट से कहा, "नहीं… नहीं पल्लवीजी!…मुझे क्षमा कीजिएगा…मैं भी न आप पर बेकार का शक किया…आपने याद किया…अच्छा लगा…वरना इस मतलबपरस्त जहाँ में कौन किसको याद करता है… आपने इस नाचीज के लिए इतना सोचा…यही मेरे लिए बहुत है…!"

पल्लवी, "नहीं…नहीं हीरा…मैं तेरे लिए कुछ करना चाहती हूँ…जिससे तुम्हारा नारकीय जीवन सुधर सके…मैं चाहती हूँ कि टोले और गाँव का फर्क मिट सके… लोगों के बीच जो दूरियाँ बढ़ गई हैं…या वैमनस्य उत्पन्न हो गया है…उसका सर्वनाश हो जाए…हीरा मैं सच कहती हूँ कि इस धर्मयुद्ध में…मैं तेरी सारथी बनना चाहती हूँ…मैं समाज को बाँटनेवाले गाँव के दुश्मन ठाकुर विरेचन के कुनबे के मटियामेट करना चाहती हूँ हीरा…मैं तुम्हारी लड़ाई में तन-मन-धन से साथ हूँ…!"

हीरा ने टोका, "मेम साहब…!"

हीरा कुछ और कहता लेकिन पल्लवी झल्लाते हुए चीखी, "ये क्या तुम तबसे मेम साहब···मेम साहब की रट लगाए हुए हो···मेरा नाम पल्लवी है···मुझे सिर्फ पल्लवी नहीं कह सकते···मुझे पल्लवी बोलो न हीरा···मैं सिर्फ तुम्हारी पल्लवी बनकर रहना चाहती हूँ···हीरा···हीरा···मुझे समझने की कोशिश क्यों नहीं करते···!" यह कहते-कहते उसका स्वर भर्रा गया था। हीरा ने इस बार नजरें उठाकर उसे गौर से देखा। पल्लवी की आँखों में उसे अपनापन दिखा। चेहरे पर उसकी सादगी देखकर वह काफी प्रभावित हुआ। अब पल्लवी की बात सुनकर हीरा के रोंगटे खड़े हो गए थे। अब शक के स्थान पर प्यार उमड़ रहा था। बंद कमरे में एक युवक और एक युवती हो तो प्रेमकमल खिल ही जाते हैं। इसका आभास पल्लवी को भी होने लगा था। हीरा कुछ पल मौन खयालों में खो गया···फिर एकाएक उसे लगा कि कुछ नहीं बोलने से पल्लवी को बुरा लग जाएगा।

वह पल्लवी से बोला, "हाँ···हाँ···पल्लवी मुझे यकीन है···इसलिए मैं भी आपसे दिल की बात कहता हूँ कि मैं भी ठाकुर के जुल्म का खात्मा चाहता हूँ···और यह अकेले मेरे बूते की बात नहीं है···मुझे आज बहुत बड़ा सहारा मिल गया है···अब मेरी शक्ति कई गुणा बढ़ गई है···!"

इतना सुनने के बाद पल्लवी खटोली से उठकर जमीन पर बैठे हीरा के एकदम पास बैठ गई, हालाँकि हीरा थोड़ी देर के लिए घबराया, लेकिन फिर सँभलते हुए बोला, "क्या आप सचमुच ऊँच-नीच या छुआछूत को नहीं मानती···!"

पल्लवी उसकी आँखों में आँखें डालते हुए धीरे से बोली, "मेरे मन में कभी इस तरह का खयाल ही नहीं आया···कभी ये सब सुनती थी···या कभी अखबारों में पढ़ती थी तो मन में कोफ्त होता था···कि ये असमानता क्यों?···तुम्हारे बारे में जानने के बाद हमारे मन में कोई भ्रम नहीं है···अगर शायद पहले अनजाने में ऐसा लगा भी हो तो याद नहीं··· लेकिन···लेकिन तुमसे मिलने के बाद बिल्कुल नहीं!"

हीरा ने उसे घूरते हुए धीरे से पूछा, "क्यों···! क्यों अब ऐसी क्या बात हो गई है···?"

पल्लवी ने बहुत ही संजीदगी से अपने विचार रखे, "जब इनसान का बौद्धिक विकास बढ़ने लगता है···तो अपने इर्द-गिर्द घटनेवाली तमाम घटनाओं के बारे में गहराई से सोचता है···मैंने भी बहुत गहराई से सोचा तो पता चला भगवान् ने हमें इनसान बनाया है···हमने ही उसे वर्गभेद और वर्णभेद में बाँटने का काम किया है···अब जन्म पर तो किसी का अधिकार नहीं···किसी भी कुल में जन्म लेना न अपराध है और न अभिशाप··· यह सब समाज के उच्च वर्गों की चोंचलेबाजी है···और मुझे मालूम है कि अभिवंचित वर्ग के शोषण और प्रताड़ना का हथियार अब हीरा बनेगा···हीरा···जिसके मन में इनसानियत बसती है···ऐसा कोई माने या न माने···लेकिन मैं तो मान चुकी हूँ···देखना हीरा···एक

दिन तुम्हें भी सब मानेंगे···सब चाहेंगे···ऐसा मेरा मन कहता है हीरा···सिर्फ मेरा मन··· !"

हीरा बड़े गौर से पल्लवी की बात सुन रहा था। उसे लगा कि जैसे वह पल्लवी की बात सुनकर उसमें खो सा गया है। इसलिए उसने धीरे से चुहलबाजी की, "सब चाहेंगे या मानेंगे···वो तो बाद की बात है···लेकिन अभी तो पल्लवी जी मान गई हैं···यह मेरे लिए···मेरे जीवन के लिए बड़ी बात है···ऐसा मैं मानता हूँ···अब कोई माने या ना माने··· हमें उससे कोई फर्क नहीं पड़नेवाला··· !"

पल्लवी उसकी बातों का इशारा भाँपते हुए बोली, "हीरा जाति से आज तक कोई बड़ा नहीं हुआ···इनसान तभी बड़ा बनता है···जब उसके कर्म सही हों···विचार नेक हो··· तभी वह नेक इनसान कहलाता है···तुम्हारी नेकनीयती ही तुम्हें महान् बना सकती है··· कर्म प्रधान समाज ही श्रेष्ठकर होता है···छुआछूत या नीच कुल में जन्म लेने से अपने आपको पापी समझना सबसे बड़ा पाप है···इसलिए तुम ये मन से निकाल दो··· !"

हीरा ने उसकी बात काटते हुए मजाकिया लहजे में पूछा, "क्यों निकाल दूँ··· पल्लवीजी!"

पल्लवी ने झट से जवाब दिया, "क्योंकि···क्योंकि···अब तुम···तुम···मेरे मन में तुम बस गए हो··· !···मेरा मतलब है कि ये सब मैं नहीं मानती···मेरा मतलब यही था··· !" यह कहते हुए पल्लवी शरमा गई। उसकी आँखें झुक गईं। वह सकपका गई और झेंप मिटाने के लिए उठ कर खड़ी हो गई। दुपट्टे के किनारे को अपने दाँतों तले दबाकर उसे कुतरने लगी।

हीरा ने उसके मनोभावों को समझा लेकिन वह बैठा रहा। दरअसल, कभी-कभी भावावेश में दिल की बात जुबान पर अनायास ही मचल जाती है। जिसे हम तुरंत दिमाग से स्वीकार नहीं कर पाते, लेकिन दिल तो दिल की बात स्वीकार कर ही लेता है। यही स्थिति पल्लवी की थी। क्योंकि हीरा भी तो अनजाने में दुर्घटना के समय फरिश्ता बनकर अवतरित हुआ था।

पल्लवी के रोम-रोम में हीरा समा गया था। हीरा नाम की माला वह जपते रहना चाहती थी, क्योंकि हीरा उसका जीवन रक्षक बनकर उसे मौत से छीनकर ले आया था। ये तो वाकई हीरा निकला। हीरा में हीरे जैसी चमक है। ये तो इनसानों का देवता है। हीरा की इनसानियत परिस्थितिवश बदनीयती में न बदल जाए, इससे पहले हमें उसे थाम लेना होगा···मतलबपरस्त जहाँ में कहाँ सच्चा प्यार मिलता है? एक लंबी खामोशी के बाद पल्लवी ने उसकी आँखों में झाँकने की कोशिश की। हीरा ने भी पलकें उठाईं और पल्लवी की आँखों से जा टकराईं। अचानक पल्लवी ने अपनी आँखें झुकाते हुए कहा, "हीरा मैं तुमसे अचानक दिल की बात कह गई··· !" यह कहते हुए पल्लवी दूसरी ओर घूम गई।

हीरा यह सुनकर खड़ा हो गया, लेकिन बुत की तरह खड़ा रहा। अब पल्लवी की पीठ हीरा की तरफ थी। पल्लवी एक ठंडी आह भरते हुए आगे बोली, "हीरा अब मैं तुम्हें पाकर खोना नहीं चाहती...और मैं समझती हूँ...तुमने मुझे खोने से पहले ही पा लिया है...मेरी जान बचाकर...अपना लहू देकर...वो लहू...जो मेरी रग-रग में उतर चुका है...ये लहू अब चीख-चीखकर कह रहा है...तुम मेरे हो...सिर्फ मेरे हो...मेरे देवता...तुम्हीं मेरे शिवालय हो...!" यह कहते हुए अचानक पल्लवी हीरा के कदमों में झुक गई। पल्लवी की पलकें भींग चुकी थीं। भींगी पलकों की कुछ बूँदें हीरा के पाँव पर गिर पड़ीं। उस क्षण पल्लवी ने उसके पाँव छू लिये।

हीरा के लिए यह सबकुछ अप्रत्याशित था। हीरा उसे उठाना चाह रहा था, लेकिन उसके हाथ काँप रहे थे। लेकिन पल्लवी उसके कदमों तले पड़ी रही। हीरा हिम्मत कर उसकी दोनों बाँह पकड़े हुए बोल पड़ा, "पल्लवी ये तुम क्या कर रही हो...तुम्हें क्या हो गया है?...ये सब मुझे अच्छा नहीं लग रहा है...उठो...उठो...!"

पल्लवी को हीरा से अपने लिए तुम शब्द सुनकर और अच्छा लगा। वह अचानक उसकी छाती से लिपटते हुए बोली, "मैंने वही किया है...जो मुझे करना चाहिए...मैं अपने देवता के चरणों में थी...और आगे भी रहूँगी...मुझे ऊँच-नीच की दीवार नहीं रोक सकती...दुनिया की कोई ताकत मुझे तुमसे अलग नहीं कर सकती...! हीरा...नहीं कर सकती...!" यह कहते हुए पल्लवी और जोर से लिपट गई।

हीरा हक्का-बक्का खड़ा था। हीरा ने ऐसी स्थिति का न कभी सामना किया था और न कभी इसकी कल्पना की थी। लेकिन मन उद्वेलित हो गया था। पल्लवी का जोर से लिपटना उसे रोमांचित कर गया था। पूरे शरीर में सिहरन सी दौड़ गई थी। हीरा ने उसके सिर पर हाथ फिराते हुए कहा, "पल्लवी...पल्लवी!...इतना बड़ा फैसला लेने से पहले...अपने पिताजी...का तो सोचो...ये समाज क्या कहेगा?...ये सबकुछ इतना आसान नहीं है...सामाजिक मर्यादा हमें कभी इसकी इजाजत नहीं देगी...हम समाज से बगावत नहीं कर सकते...और समाज को छोड़ भी नहीं सकते...इसलिए समझने की कोशिश करो...तुम्हारा ये कदम आगे चलकर खतरनाक साबित होगा...!"

पल्लवी उसकी छाती से अलग होते हुए बोली, "मुझे किसी की परवाह नहीं है...और तुम किस समाज की बातें करते हो...इस समाज ने तुम्हें क्या दिया...? तुम्हारे हिस्से में है...जलालत भरी जिंदगी...इसके सिवा और तुम्हारे पास कुछ नहीं है...! तुम समाज के लिए इनसान और एक औसत और बेहतर आदमी हो...हमीं लोगों ने आदमी और इनसान में फर्क किया है...यही सच्चाई है हीरा...और ये जिंदगी की कटु सच्चाई है...तुम बहुत भोले हो...तुम्हारा भोलापन हमें भा गया है...लेकिन तुम्हारी इनसानियत ने जो मिसाल पेश की है...वह समाज के लिए बहुत बड़ी सीख है...लेकिन यहाँ कितने लोग

हैं···जो तुम्हारा अनुसरण करेंगे···बताओ··· !"

हीरा उसकी बातें सुनकर अचरज भरी निगाहों से उसे सिर्फ निहार रहा था। पल्लवी अपना पल्लू ठीक करते हुए बोली, "मैंने तुम्हें श्रद्धापूर्वक अपना देवता मान लिया है···इसके आगे मैं कुछ नहीं जानती···मेरी ठोकर में है समाज···और समाज के सड़े-गले नियम···मुझे तो मेरा शिवालय मिल गया है···मिल गया है मुझे मेरा शिवालय···इस बात को समाज के सामने चीख-चीखकर कहूँगी···देखो मेरा शिवालय···इस शिवालय में कहीं···जात-पात की दीवार नहीं है···छुआछूत का रोग नहीं है···बिल्कुल निश्छल और निष्कलंक···शीतलता···इनसानियत···आदमीयत···जिसकी इबादत करने से सभी पाप धुल जाएँगे··· !"

हीरा ने उसे टोकते हुए कहा, "बस करो पल्लवी···तुम लगातार बोले ही जा रही हो···मुझे इनसान बने रहने दो···देवता तुल्य मुझे न बनाओ···मैं किसी तरह आदमी बनकर रह पाऊँ···तो मेरा जीवन सफल हो जाएगा···तुमने मुझे अपना मान लिया···यह मेरे लिए सौभाग्य की बात है··· !"

पल्लवी ने तुरंत उसकी बात काटते हुए कहा, "नहीं···नहीं···हीरा··· ! ये मेरे लिए सौभाग्य की बात है···कि मैंने तुम्हें इसी जन्म में पा लिया···मेरा तो जनम सफल हो गया··· !"

हीरा की बातें सुनकर अचानक पल्लवी के तन-बदन में सुरसुरी सी छाने लगी थी। क्योंकि किसी युवक ने आज तक उससे इस तरह की बातें नहीं की थीं, लेकिन उसने भी किसी युवक को मन में बसानेवाली बात नहीं कही थी। उसे लगा उसने सचमुच हीरा को मन में बसा लिया है, लेकिन ये क्या हीरा तो इसका स्पष्ट जवाब माँग रहा है···वह सोचने लगी कि अब मैं क्या करूँ···यहाँ से जल्द जाने का बहाना करना होगा या फिर अपने मन की बात अब वह बेधड़क कह दे या फिर अपने प्रेम का प्रस्फुटन का प्रकटीकरण कर दे। लेकिन यहाँ तो प्रकटीकरण हो चुका है। पल्लवी पैर के अँगूठे से जमीन खोद रही थी और अपने दुपट्टे के किनारे को दाँतों तले दबाए नजरें झुकाए खड़ी थी। हीरा को उसकी ये अदा भा रही थी। उसका शरमाना उसके दिल-दिमाग को झंकृत कर रहा था। उसके लिए यह रोमांच का क्षण था। हीरा उसे निहार तो जरूर रहा था, लेकिन पल्लवी बुत बनी खड़ी थी। हीरा ने सोचा अभी कुछ देर पहले पल्लवी बड़ी-बड़ी बातें कर रही थी, अब उसे क्या हो गया है ? उसने उसे फिर कुरेदा, "नहीं बताओगी तो···जाने दीजिए···मैं अब दुबारा नहीं पूछूँगा···लेकिन मुझे लगता है कि आपने जो पहले कहा था···शायद वही सही होगा···अब मैं भी अगर आपकी पहली बात को···उसी तरह दोहरा दूँ तो आपको कहीं बुरा तो नहीं लगेगा··· !"

पल्लवी ने शरमाते हुए कहा, "नहीं···दुहराने की जरूरत नहीं है···रहने दो···अब मैं चलती हूँ···काफी देर हो गई है···पिताजी इंतजार करते होंगे···मैं उनसे बोल कर नहीं आई हूँ···!"

हीरा ने आश्चर्य से पूछा, "आपने यह अच्छा नहीं किया···! आपको पिताजी से पूछकर आना चाहिए था···तब···तब आपको देर नहीं करनी चाहिए···!"

पल्लवी ने उसकी ओर देखते हुए कहा, "क्या अगर मैं पापाजी से पूछकर आती तो वे क्या हमें यहाँ आने देते!···बिल्कुल नहीं···अभी हालात ऐसे नहीं हैं कि मैं पापाजी से खुलकर कुछ कह सकूँ···लेकिन तुमसे मिलना जरूरी था···वह भी छिपते-छिपाते ही···अभी तो यही हालात हैं···अभी हमें सबकुछ समय पर छोड़ देना चाहिए···हाँ ये तुम सही कह रहे हो···वाकई में बहुत देर हो गई है···हम दोनों बातों में इतना खो गए कि समय का पता ही नहीं चला···! इतना खो गई कि देखो न मैं ये भी नहीं पूछ सकी कि तुम्हारे अलावा और कौन-कौन हैं तुम्हारे परिवार में···?"

हीरा ने उसकी बात काटते हुए कहा, "माँ-बाप तो नहीं हैं···हाँ एक छोटा भाई है···मोती···!···उसे मैं बहुत मानता हूँ···उसे भी विरेचन के उकसावे पर थानेदार ने जेल में डलवा दिया है···!"

दोनों बात करते-करते दरवाजे के पास खड़े हो गए। हीरा ने औपचारिकतावश पूछा, "देखिए न!···आप मेरे घर पहली बार आईं···लेकिन चाय-पानी नहीं करा पाया···!"

पल्लवी ने हँसते हुए कहा, "आज सिर्फ मिलकर एक-दूसरे को समझने का समय था···रही चाय-पानी की बात···तो मैं जब भी दुबारा आऊँगी···तुम्हें अपने हाथों से चाय बनाकर पिलाऊँगी···ये मेरा वादा है···ठीक है···तो अब मैं चलूँ···!"

हीरा ने सहमते हुए कहा, "पल्लवीजी!···आप जिस प्रेम के दरिया में मुझे डुबोकर जाना चाहती हैं···मैं उसी में अभी डूबे रहना चाहता हूँ···अब अपने से जुदा मत कीजिएगा···वरना···वरना मैं शीशे की तरह टूटकर बिखर जाऊँगा!"

पल्लवी ने ठंडी आह भरते हुए कहा, "हाँ···हाँ हीरा तुम सही कह रहे हो···अलग होने का तो मेरा भी जी नहीं कर रहा है···लेकिन क्या करूँ···पिताजी से पूछकर नहीं आई हूँ···फिर समाज···लोकलाज का तिनके भर तो ध्यान रखना ही होगा···यद्यपि मेरा प्रेम निश्छल और अटल है!"

हीरा, "सितार के टूटे हुए तार की तरह मैं अस्तित्वविहीन हो जाऊँगा पल्लवी जी···फिर भी आप जाना चाहती हैं···लेकिन फिर कब मिलेंगे···यह तो बताती जाओ!"

पल्लवी ने चेहरे पर मुसकान बिखरते हुए कहा, "बहुत जल्द हीरा!···यहाँ से जाने के बाद तुमसे मिलने की बेताबी कायम रहेगी···!"

बिछड़ने के पूर्व दोनों के दिल की धड़कनें तेजी हो गई थीं। दोनों एक-दूसरे को जी भरकर निहार रहे थे। इस बीच पल्लवी ने धीरे से कहा, "अपना खयाल रखना··· क्योंकि अब तुम अकेले नहीं हो···हम मिलते रहेंगे···ये वादा है कि हम मिलके रहेंगे··· ओके···बाय···!"

हीरा ने भी बाय कहा। पल्लवी तेजी से कदम बढ़ाते हुए कुछ ही पल बाद हीरा की आँखों से ओझल हो गई। पल्लवी के अंतिम शब्द सुनकर हीरा स्तब्ध था और रोमांचित भी। पल्लवी की बात उसके दिल-दिमाग को मथने लगी थी। वह सोचने लगा कि पल्लवी ने ऐसा क्यों कहा कि हम मिलते रहेंगे···ये वादा है कि हम मिलके रहेंगे··· ओके···बाय···!"

हीरा खाट पर लेटे-लेटे यही सब सोचने लगा कि आखिर पल्लवी ने इतनी जल्दी अपने मन की बात उससे कैसे कह दी, वह भी बगैर कोई लाग-लपेट के। पल्लवी बहुत सारी बातें सपाट लफ्जों में जो कुछ कह गई, इसकी कल्पना तो उसने कभी नहीं की थी। क्या यह दिवास्वप्न था? इसी तरह पल्लवी की बातें उसे दीवाना भी बना रही थीं। उसने मन-ही-मन मुसकराते हुए करवट लेते हुए न जाने क्यों अपनी आँखें बंद कर लीं।

दृश्य-36

ठाकुर विरेचन ने गाँव में ऐसा माहौल तैयार कर दिया था कि सप्ताह के अंदर ही गाँव से लाखों रुपए चंदा उगाही हुई थी। करीब तीस युवकों ने अपने-अपने पैसे से राइफल खरीदी थी। हजारों की संख्या में कारतूस खरीदे गए थे। हथियारों के दम पर हौसले बुलंद हो गए थे। एकाएक ताकत बढ़ जाती है तो वह चुप नहीं बैठता, अपितु वह शक्ति का प्रदर्शन करने के लिए उतावला हो जाता है। नेतृत्व ठीक मिला तब शांति स्थापित होती है अन्यथा खून-खराबा, तबाही और अंततः उसका विनाश हो जाता है। ठाकुर विरेचन का नेतृत्व था, इसलिए खून-खराबा तय था। उन लोगों ने तुरंत योजना बनाई कि आज ही रात में बक्सीपुर टोले पर आक्रमण कर बदला ले लिया जाए।

रात के करीब एक बजे थे। ठाकुर विरेचन के नेतृत्व में गाँव के करीब 30 युवकों ने हरवे-हथियार से टोले पर आक्रमण कर दिया। मौके पर दो व्यक्ति हलाक हो गए, अन्य ने वहाँ से भागकर जान बचाई। यह आक्रमण अचानक था, इसलिए हीरा एवं उसके साथी जहाँ जगह पाए वहाँ भाग निकले।

उस समय हीरा थोड़ा डरा-सहमा सा था। अकेले ही रात में भटकता रहा। सुदूर

टापू में एक महुआ का वृक्ष था। वहीं छाया में बैठ गया। उस समय वह गँजी और हाफ पैंट में था। इसलिए ठंड लग रही थी। उसका पूरा शरीर काँप रहा था। फिर भी उसे पता नहीं चला कि उसका शरीर काँप रहा है। उसका ध्यान तो घटित नर संहार पर था, जिससे उसने जान बचाई थी। यद्यपि रात अँधेरी थी, लेकिन उस समय तक पूरब में चाँद निकल आया था। हीरा उस समय बहुत घबराया हुआ था। वह आधे घंटे तक बदहवास रहा। फिर सोचने लगा, 'करीब 30-40 के करीब हमलावर थे···सभी के हाथ में राइफल थी। उन लोगों ने पचासों राउंड गोलियाँ चलाई हैं···न जाने कितने लोग मारे गए···लोग मुझ पर बेइंतहा भरोसा करते हैं···मैं भी अकेली जान लेकर भाग गया···क्या करता जान देने के सिवा और तो कुछ नहीं कर सकता···वह भी खाली हाथ हथियारबंद को कैसे रोक सकता था?···आखिर हम लोगों ने उसका क्या बिगाड़ा था?···हम लोग तो चुपचाप अपने घर में सोये हुए थे···सबकी जड़ में ठाकुर विरेचन होगा···जरूर वह कमीना होगा··· हमें बदला लेना चाहिए···फूलन दा ठीक कहता था कि बलि तो बकरे और मुर्गे की दी जाती है···शेर और नाग की नहीं दी जाती···हम ऐसे कैसे रह सकते हैं···नहीं हमें कुछ करना ही होगा···लेकिन हम कर भी क्या सकते हैं···टोले के सभी लोग जेल में बंद हैं···न जाने कितने मारे गए हैं···अब टोले में कोई नहीं रहेगा···वहाँ वीरानी छा जाएगी।'

करीब घंटे-भर में हीरा को कँपकँपी छूटने लगी थी। फिर हीरा ने सोचा, 'भोर होते ही बक्सीपुर जाना होगा···लेकिन मुझे देखकर हमला कर दिया तो···!' इसी तरह के विचार के भँवर में रात-भर फँसा रहा। इसी बीच सुबह होने लगी थी। चिड़ियों का चहचहाना शुरू हो गया था। पूर्वी क्षितिज पर सूर्य की लालिमा छाने लगी थी। धीरे-धीरे हीरा वहाँ से उठा और भारी मन से बक्सीपुर की ओर चल दिया। चारों ओर नजर दौड़ाते भी जा रहा था कि हमलावर उसे देखकर कहीं हमला न कर दे। इसलिए विशेष चौकन्ना था। टोले के ज्यो-ज्यों निकट आया तो उसे कुछ घरों से चीत्कार सुनाई देने लगी। हीरा का मन सिहर उठा था। उसकी गति में तेजी आ गई थी। वह अपने घर न जाकर बिठल पासवान के घर गया, जहाँ से चीत्कार की आवाज सुनाई दी थी। घर पहुँचते ही देखा कि आँगन लहू से पटा हुआ था, और वहीं बिठल की लाश पड़ी हुई थी। उसकी छाती में गोली मार दी गई थी। हीरा भी वहीं रोने लगा था। कुछ लोग सांत्वना भी देनेवाले थे। हीरा को भी समझाया जाने लगा। एक ने बताया कि मुरारी की भी हत्या कर दी गई है···यह सुनकर मानो हीरा पर वज्रपात हो गया हो। उसने बिलखते हुए कहा, "ऐं··· उसकी भी हत्या कर दी उन पापियो ने···हाय!···उसे भी मार दिया···! हम लोगों ने क्या बिगाड़ा था···अरे पापियो···! अरे जालिमो।" रोता हुआ, दौड़ता हुआ हीरा मुरारी के घर भी गया जहाँ से प्रलाप की आवाज आ रही थी। हीरा ने देखा कि घर के दरवाजे पर ही मुरारी की हत्या गला रेत कर की गई थी। लाश एक चादर में लिपटी हुई थी। संभवत:

मृतक वह चादर मरने से पहले ओढ़े होगा। हीरा दौड़कर लाश से लिपट कर चीत्कार करने लगा। कुछ पल तो दहाड़ मारकर रोया, फिर विलाप करते हुए कह रहा था, "अरे जालिमो···हत्यारे···इन्होंने तुम्हारा क्या बिगाड़ा था···हाय! चाचा!···तुम छोड़कर चले गए।" फिर एकाएक गुस्सा आया तो रोते हुए बोला, "हत्यारे तुम सबको नहीं छोड़ूँगा···नहीं छोड़ूँगा···सभी को फाँसी पर चढ़वा दूँगा···हाय चाचा!···चाचा मैं तुम्हारे हत्यारे को नहीं छोड़ूँगा···जो भी तुम्हारा गुनहगार है···हम चुन···चुनकर बदला लेंगे···!"

कुछ समय के बाद हीरा कुछ शांत हुआ और सुबकने लगा। मृतक की विधवा का रो-रोकर बुरा हाल था। वह विलाप करते हुए हीरा से हमलावरों के नाम बता रही थी। वह नवलेश, प्रवीण, गुरुदास और ठाकुर विरेचन का नाम लेकर बिलख रही थी।

नाम सुनकर सुबकते हुए दाँत पीसकर हीरा बोला, "इन पापियों को, तुम्हारे सुहाग के गुनहगारों को नहीं छोड़ूँगा चाची!···इन सभी का नाम मुकदमे में दूँगा···सभी को फाँसी पर चढ़वा दूँगा चाची!" करीब आधा घंटा हीरा वहाँ शोक-संतप्त परिवार के साथ बिताने के बाद वेणीपुर थाने पहुँचा। उस समय भी हीरा अकेला था। वह कंपलेन करने थाने चला गया। उस समय थानेदार सोया हुआ था। घंटों इंतजार के बाद थानेदार आया। उसे पूरी घटना बताई गई। हीरा ने यह भी बताया कि हमलावर प्रतापपुर गाँव के ठाकुर विरेचन एवं उसके साथी नवलेश, प्रवीण, गुरुदास एवं अन्य करीब 40 हमलावर थे। हीरा ने कंपलेन लिखकर दी, किंतु इस बार भी रिसीविंग माँगने पर थानेदार भड़क गया। थानेदार की इस हरकत को देखकर हीरा गुस्से से लाल हो गया था···फिर तुरंत पूर्व की घटना का स्मरण होते ही उसने किसी तरह अपने गुस्से पर नियंत्रण किया, चूँकि हीरा ने इसके पहले थानेदार की हेकड़ी एवं उसका बर्बरतापूर्ण रवैया देखा था। भारतीय संविधान ने एक थानेदार को सर्वाधिक ताकतवर बना दिया, ताकि आम-अवाम, गरीब-गुरबों की रक्षा कर सके। अपराधियों से बचाकर उसे न्याय दिलवा सके। यह बात भी सत्य है कि जिसे अधिक शक्ति प्रदान की जाती है, उसके हमेशा पथभ्रष्ट होने की संभावना बनी रहती है। पथभ्रष्ट भी दो प्रकार से होते हैं—एक रिश्वत लेकर तथा दूसरे जाति-पाँति, हित-मीत या अन्य कारणों से पक्षपात कर। रिश्वत तो कोई भी देकर काम करा सकता है, लेकिन जात-पाँत-हित-मीत के आधार पर काम तो कुछ ही लोग करा सकते हैं। अत: रिश्वतखोर से अधिक खतरनाक पक्षपात करनेवाले पथभ्रष्ट होते हैं। हीरा एवं बक्सीपुरवालों के पास दोनों का अभाव था। इसलिए उस पथभ्रष्ट थानेदार से न्याय मिलना मानो पत्थर पर दूब जमाने जैसा था।

बिल्ली से चूहे को बचाना न्याय है, क्योंकि चूहे से बिल्ली को क्या खतरा हो सकता है। यूँ कहे कि दबंग और ताकतवर से कमजोर और निरीह प्राणी को तबाह

करवाना जघन्य अपराध है। यह कार्य न्याय को दूषित करना ही नहीं, अस्तु खूनी क्रांति को आमंत्रण देना भी है।

थानेदार शर्मा की दुत्कार एवं अकर्मण्यता के कारण हीरा कभी मन-ही-मन रोता तो कभी क्रोधित होता।

उस समय तक ठाकुर विरेचन भी थाने पहुँच चुका था। थानेदार ने उसके विरुद्ध आक्रमण कर हत्या करने की कंपलेन ठाकुर के हाथ में दी, जिसे ठाकुर ने पढ़ा तो उसके चेहरे पर एक कातिलाना मुसकराहट फैल गई। फिर ठाकुर विरेचन थानेदार से कह-सुनकर उस कंपलेन को हटाया और फाड़कर फेंक दिया। इसके बाद स्थानीय चौकीदार के आधार पर अज्ञात अपराधियों द्वारा हत्या की कंपलेन दर्ज कर लाशों का अंत्यपरीक्षण कर उनके परिजनों को सौंप दिया। हीरा उस समय बड़ा क्रोधित था। अब जुर्म सहने की शक्ति समाप्त हो गई थी। वह अंदर-अंदर शोला बन रहा था। वह बस से जहानाबाद गया। फिर पैदल ही वहाँ से सीधे मंडल कारा जहानाबाद की ओर चल दिया था। मन-ही-मन सोच रहा था कि फूलन दा ठीक कह रहा था! सहज और सरल बनकर रहोगे तो लोग गरदन काट लेंगे। यदि कोई तुम्हारी एक आँख फोड़े तो उसकी दोनों आँख फोड़ दो, एक टाँग तोड़े तो तुम उसकी दोनों टाँगें तोड़ दो।...हमने बहुत सहा पर अब नहीं सहना।...उसके संगठन में शामिल होना होगा, हमें नक्सली बनना होगा...जुल्म... अत्याचार का हर हाल में प्रतिकार करना होगा। हमारे दो निर्दोष साथियों की हत्या का बदला लेना होगा।...अब हम यूँ ही नहीं बैठ सकते।'

प्राय: विचारों से व्यक्ति दो तरह के होते हैं—एक ने जो नसीब और विवशता समझ कर अत्याचार को सह लेते हैं, दूसरे ने जो अत्याचार का प्रतिकार करते हैं या उग्र हो जाया करते हैं। हीरा में दूसरी तरह का विचार पनपना स्वाभाविक था।

सुबह के 9 बज चुके थे। उस समय बंदियों से मुलाकातों का दौर चल रहा था। हीरा ने भी फूलन एवं टोले के लोगों से मिलने की स्लिप दी। स्लीप पर नाम देखकर पैसे नहीं माँगे। सीधे पुर्जा फूलन को दिया गया। उसके साथ टोले के कई लोग आए थे। हीरा ने रो-रो कर पूरा हाल बता दिया। सुनकर सभी आक्रोशित थे। मानो आग का गोला बन रहा था।

फूलन बोला, "अब और कितने साथियों की शहादत दोगे?"

हीरा, "नहीं दादा! अब मुझमें साहस नहीं!...अब हमें बदला लेना है।"

फूलन, "पक्का।"

हीरा, "पक्का।"

फूलन, "ठीक है अब तुम जाओ!...और हाँ मेरे संगठन का एक आदमी मिलेगा... उसके अनुसार, काम करना...कुछ दिन में इनमें से अधिकांश लोगों को जमानत भी मिल

जाएगी···इन्हें हर हाल में बदला लेना है! याद रखो···शांत ग्रहों की पूजा नहीं होती···उग्र और दंड देनेवाले ग्रहों की ही पूजा होती है···डोढ़-साँप की पूजा नहीं···नाग की पूजा होती है!"

दृश्य-37

बक्सीपुर में हत्या की आग से जो धुआँ उठा था, उससे टोले के अलावा गाँव भी अछूता नहीं था। हवा में धुआँ इस प्रकार घुल गया था कि सभी के फेफड़े फूलने लगे थे, जो अधिक संवेदनशील थे वे दु:खी थे, जो असंवेदनशील थे, उन पर इसका असर नहीं के बराबर था। उस गाँव में पल्लवी और राजेंद्र प्रताप सिंह में संवेदनशीलता अभी तक बची हुई थी।

पल्लवी तो इन सभी घटनाओं से काफी विचलित थी। उसे इस बात का इल्म था कि यह सबकुछ शिवालय निर्माण के बाद से गाँव का माहौल विशाक्त हो गया है। उसने अपने पापा से जानने के खयाल से पूछा, "पापा! हमने सुना है कि बक्सीपुर में दो लोगों की हत्या कर दी गई है!"

प्रोफेसर, "हाँ बेटी, पता नहीं···इस गाँव पर किसकी नजर लग गई है···गाँव का माहौल खराब हो गया है···लगता है कि अब यह गाँव मुर्दों की बस्ती हो जाएगा बेटी!··· लगता है अब यहाँ व्यक्ति नहीं पिशाच का बसेरा हो गया है···बस्ती और टोले के बीच का सौहार्द···भाईचारगी पर ग्रहण लग गया है···लोगों के बीच मधुर सम्बन्ध सबकुछ तार-तार हो गए हैं···किसी को किसी की फिक्र नहीं···सभी के दिलों में जहर भर गया है बेटी!"

पल्लवी, "पापा! ऐसी हालत में अब मेरा यहाँ मन नहीं लग रहा है···पता नहीं आनेवाला कल और कितना भयावह होगा···उससे डर रही हूँ पापा!···ऐसी हालत में तो इससे कोई नहीं बचेगा···सब के सब यूँ ही बरबाद हो जाएँगे···अब तो यहाँ मौत का खेल शुरू हो गया है···एक-दूसरे के खून के प्यासे हो गए हैं···कभी इधर से दो मारे जाएँगे··· तो कभी उधर के चार मार दिए जाएँगे···क्या ऐसा कोई उपाय नहीं कि यह हिंसा का खेल थम जाए··· काश! अब समझौतावादी दृष्टिकोण अपनानेवाला इस गाँव में कोई नहीं है··· जिसकी बात दोनों गुट के लोग मान लें···और ये सब खून-खराबा रोक दें···क्या ऐसा कुछ हो सकता है पापा?"

प्रोफेसर, "सामंजन ही एक रास्ता है बेटी!···जिससे माहौल शांत हो सके!···अब देखो न भगवान् शिव की सवारी बसहा बैल है और पार्वती रूपी दुर्गा की सवारी शेर। शेर का प्रिय भोजन बैल है। भगवान् शिव के गले में नाग है···जबकि गणेश देव की सवारी मूस है। नाग का मनपसंद भोजन मूस होता है। कार्तिक की सवारी मयूर है, जिसका प्रिय

भोजन नाग होता है। इतना अंतरविरोध और एक–दूसरे का दुश्मन होने के बावजूद एक ही परिवार में कितनी खुशीपूर्वक रहते हैं···यह सामंजन का ही कमाल है न बेटी!"

पल्लवी, "काश!···ऐसा सभी समझ पाते?"

प्रोफेसर, "हाँ···हाँ बेटी···यही बात है···इसे रोक पाना कठिन है बेटी!··· न गाँववाले की परवाह है और न कानून की रखवाली की···सब के सब चिता की आग में हाथ सेंक रहे हैं···कानून के रखवाले भी निष्पक्ष नहीं हैं···वे भी रसूखवाले का साथ देते हैं···आखिर किस पर विश्वास किया जाए···किस पक्ष को समझाया जाए···हमारी कौन सुनेगा?···लड़ाई करना आसान है···लेकिन इसे रोकना बहुत कठिन है बेटी!···खंडित विश्वास के सहारे हम शांति स्थापना की बात नहीं कर सकते हैं···बेटी! ये धर्मयुद्ध है···ऐसा युद्ध बहुत खतरनाक होता है···इसकी परिणति अकसर बरबादी के बाद खत्म होती है···जब गाँव–घर शमशान बन जाता है···गाँव के शमशान बनने से पहले लगता है हमें गाँव छोड़ देना चाहिए!" सच कहूँ बेटी, धर्म के बहाने युद्ध में अधर्म–ही–अधर्म हो रहा है। पापात्मा की चीख हरदम सुनाई दे रही है।

पल्लवी, "हाँ पापा! यही तो मैं भी सोच रही हूँ···हम लोगों को कल ही बस्ती छोड़ देनी चाहिए!"

प्रोफेसर, "तुम ठीक कह रही हो बेटी!···लेकिन हमारे पास ऑप्शन है··· हम यहाँ से चले जाएँगे···फिर यह पूरा गाँव···यह सब ठाकुर विरेचन के मुठ्ठी भर लोगों के चलते हो रहा है। इनसान नर लहू को देखकर डर जाता है···लेकिन पिशाच खुशी से उछलने लगता है···ठाकुर विरेचन पिशाच है बेटी!"

पल्लवी, "फिर हम क्या कर सकते हैं···यह तो मैं भी सोच रही हूँ कि यहाँ की मिट्टी में पली–बढ़ी हूँ···एक झटके में गाँव छोड़ना तो आसान है···लेकिन बस्ती बसाना बहुत मुश्किल है पापा···हम अगर कुछ कर सकते हैं···तो करना चाहिए···लेकिन यह कैसे संभव है पापा?···इन्हें दबानेवाले आज हैवान बन चुके हैं···पूरा गाँव आज ठाकुर विरेचन के कहने पर चल रहा है···हमें लगता है कि ये सम्मान–अपमान की लड़ाई है··· जिसे शिवालय से जोड़ दिया गया है···मंदिर के पुरोहित ने अपने स्वार्थ के लिए हम सबों को नफरत की आग में झोंकने का काम किया है पापा!"

प्रोफेसर, "हाँ···बेटी···तुम सही कह रही हो···अब देखो न! टोले वालों ने सभी के यहाँ काम करना बंद कर दिया है···सभी के खेत–परती पड़े हैं···गाँव से हरियाली खत्म हो गई है···खेतों में लहलहानेवाली फसलों को देखकर मन मुग्ध हो जाया करता था··· अब वहाँ वीरानी छाई हुई है···सूखे खेत मरूभूमि नजर आ रहे हैं!···बेटी यह बात सही है कि मंदिर का पुरोहित ही फसाद की जड़ है···लेकिन ठाकुर विरेचन ने इसे मूँछ की लड़ाई में बदल दिया है···इतना अहंकार ठीक नहीं···हालाँकि मैंने सुना है कि पंडित की बातों का ठाकुर ने पहले विरोध किया था···फिर न जाने कैसे उसके बहकावे में आकर

टोलेवालों को अपना दुश्मन समझने लगे…हालाँकि पहले तो टोलेवाले उनकी जी हजूरी किया करते थे…उसके जूते भी माथे पर लेकर चला करते थे…अब भी लोग वैसे ही करते रहेंगे…यह संभव नहीं…यह उनकी भूल है…लेकिन घमंड ने उनके सोचने की शक्ति भी छीन ली है…पहले बक्सीपुरवाले नासमझ थे…अब इन्हें समझ आ गई है…ताकत के बल पर सबकुछ करा लेने की ऐंठन…यह समझदारी नहीं है…धन-बल से शक्ति तो प्राप्त की जा सकती है…लेकिन शक्ति से शांति नहीं प्राप्त की जा सकती…शांति के लिए समझौता ही एकमात्र विकल्प हो सकता है।"

पल्लवी, "ठीक है पापा…! फिलहाल तो हम लोगों को गाँव छोड़ना ही पड़ेगा…बहुत दिन छुट्टी में भी रह गए हैं… तो मैं आज सामान पैक कर लूँ पापा?"

प्रोफेसर, "हाँ बेटी!…ठीक है…वैसे भी नौकरी के चंद दिन ही रह गए हैं… इसके बाद तो इसी गाँव में बची-खुची जिंदगी गुजारनी है…यहाँ तो आजीवन रहना है…अपनी मिट्टी को तो नहीं छोड़ सकता…ठीक है बेटी जाने की तैयारी करो।"

पल्लवी, "हाँ पापा!…भगवान् करे, तब तक बवंडर भी शांत हो जाए।" इतना बोलकर पल्लवी कप-प्लेट लेकर घर के अंदर चली गई। प्रोफेसर साहब ने बरामदे में बैठकर पानी पीने के बाद चाय ली थी। प्रोफेसर साहब विचारमग्न थे। उन्हें इसका जरा भी अहसास नहीं था कि शिवालय बनने के बाद जात-पाँत और वैमनस्य की बातें लोगों के दिल-दिमाग पर इस कदर हावी जाएँगी। इसलिए गाँव और बक्सीपुर में हुई हत्याओं से बाप-बेटी चिंतित थे।

उस दिन पल्लवी ने खाना बनाने के बाद सामान पैक कर लिया। रात में बेड पर गई। गाँव और टोले के बीच चल रहे खूनी खेल के बारे में सोचते-सोचते सो गई। अकसर स्मृति में रहने के बाद उसी घटना से मिलते-जुलते स्वप्न में भी अक्स के रूप रूपांतरित हो उठते हैं।

पल्लवी, "ठाकुर विरेचन सिंह!"

पल्लवी सिंहनी की तरह गरजती हुई ठाकुर विरेचन के बँगले में आती है। उस समय विरेचन हाफ कुरता और धोती पहने हुए अपने बँगले में एक कुरसी पर बैठा था। आवाज सुनकर वह अपने बँगले से बाहर आकर खड़ा हुआ और बोला, "तुम प्रोफेसर राजेंद्र प्रताप की बेटी हो?"

पल्लवी, "हाँ ठाकुर तूने सही पहचाना!"

ठाकुर विरेचन, "चीखने की वजह?"

पल्लवी, "तुम टोले और गाँव में आग लगाकर सलामत नहीं रह सकते ठाकुर!"

विरेचन, "तुम्हारा घर तो सलामत है…और तुम भी सलामत हो!… फिर काहे को गला फाड़ रही है?"

पल्लवी, "तुमने जो खूनी होली खेली है⋯उसके परिणाम की कल्पना की है ठाकुर!"

विरेचन, "ठाकुर परिणाम से कब डरने लगा!⋯ घास भी बढ़ जाती है तो काटनी पड़ती है लड़की!⋯ वैसे तुम गाँव की हो⋯तुम्हें गाँव के पक्ष में ही बोलना चाहिए⋯और यही उचित भी रहेगा।"

पल्लवी, "चाहे तुम जो करो⋯हमें सब मान्य होगा⋯यह तुमने कैसे सोच लिया ठाकुर⋯क्या तुम यहाँ के भगवान् हो⋯या दाता हो⋯कि तुम जो कहोगे⋯उसे भगवान् की आज्ञा मान कर हम सभी सहर्ष स्वीकार कर लें⋯ऐसा नहीं होगा⋯यह तुम्हारा भ्रम है⋯या फिर तुम्हारा अहंकार⋯तुम्हारी बादशाहत नहीं चलेगी⋯समझे!"

विरेचन, "हाँ मेरी हुकूमत में ही टोलेवालों को पनाह लेनी होगी⋯और मेरा ये फैसला भगवान् को भी मंजूर है⋯इसका मुझे अहसास है⋯ऐसा मैं मानता हूँ⋯इसलिए मैं अपनी मर्जी से हुकूमत कर रहा हूँ⋯जो मेरे खिलाफ जाएगा⋯मैं उसे नेस्तनाबूद कर दूँगा!"

पल्लवी, "नहीं तुम भी उसी भगवान् के सृजन हो⋯जिसने टोलेवालों को बनाया है⋯यह बात मैं चीख-चीखकर बोलूँगी कि ठाकुर विरेचन सिंह हत्यारा है⋯अपनी हुकूमत कायम करने के लिए तुम खूनी खेल खेल रहे हो⋯यह मैं सबको बताऊँगी⋯मैं कोर्ट-कचहरी में तुमको घसीटूँगी⋯लेकिन तुम्हें अपने किए की सजा दिलवाकर रहूँगी।"

विरेचन, "तुम अपनी हद में रहना सीखो लड़की⋯नहीं तो जो हथियार उसके लिए उठे हैं⋯वही तुम्हारे लिए भी उठ सकते हैं।"

पल्लवी, "मैं तुमसे नहीं डरती ठाकुर! तुम भगवान् से डरो⋯और हमें यह यह गीदड़ भभकी देना बंद करो!"

विरेचन गुस्से से काँपते हुए करमा से कहता है, "करमा! इस लड़की ने अपनी मौत को दावत दी है⋯ये मुझे कोर्ट-कचहरी में घसीटेगी⋯खत्म कर दो इसे⋯मार दो इसे गोली⋯ लगा दो इसे ठिकाने!" आदेश पाते ही करमा बंदूक से फायर कर पल्लवी का भेजा उड़ा देता है। पल्लवी वहीं गिरकर छटपटाने लगती है⋯इसी क्रम में वह चीखते हुए उठती है और अपने माथे को जोर से दबाने लगती है। उसकी नींद खुल जाती है⋯उसका चेहरा पसीने से तर-बतर था। वह डर भी रही थी। फिर कुछ देर तक बिस्तर पर ही उठकर बैठी रही।

दृश्य- 38

कहते हैं 'अति सर्वत्र व्रज्येत!' यानी क्षमता से अधिक सहना स्वीकार नहीं। गुब्बारे में अधिक हवा भरने से फूट जाता है। दीवार की क्षमता से अधिक जल संग्रह करने से दीवार बह जाती है। अग्नि का स्वभाव जलना और जलाना होता है, फिर भी

अग्नि पर अधिक लकड़ी लाद देने से अग्नि बुझ जाती है। उसी प्रकार बक्सीपुर टोले के लोगों को इतना सताया गया था कि उसके खिलाफ आवाज उठाना मजबूरी थी। हीरा एवं उसके टोले के निवासियों के मान-सम्मान पर तो बट्टा पहले ही लग चुका था। अब उनके पास खोने को बहुत कुछ नहीं बचा था। बस अब किसी की जान ली या दी जा सकती थी। दरअसल हारे हुए पथिक की तरह हीरा एवं उसके साथियों ने निश्चय कर लिया था कि शेष जान मान की हिफाजत के लिए उसे नक्सली संगठन से जुड़ना ही उचित माध्यम हो सकता है। यथास्थिति को देखते हुए यह अपरिहार्य था।

शोषक वर्ग के जुल्मो-सितम के कारण नक्सली बने फूलन को अब टोलेवासियों ने अपना मसीहा मान लिया था। उनके पास इसके सिवा कोई चारा भी न था। फूलन का आदमी नकुल दा हीरा से मिला था। उसे सबकुछ समझा दिया गया था। उसी दिन से हीरा एवं उसके साथी नक्सली संगठन से जुड़ गए थे। हीरा और उसके साथियों ने अपने घर-द्वार छोड़ कर नक्सली का कठिन प्रशिक्षण लेना शुरू कर दिया था। कुछ दिनों बाद प्रशिक्षित युवा नसों में नए जोश और नई उमंग से लबरेज हो गए। इसी बीच योजना बनी कि प्रतापपुर पर हमलाकर ठाकुर विरेचन एवं उसके साथ जुड़े अग्नि सेना के युवकों को मौत के घाट उतार दिया जाए।

आधी रात बीत चुकी थी। ठाकुर विरेचन, कमलेश, गुरुदास एवं प्रवीण ठाकुर, विरेचन के घर पर ही सशस्त्र पहरा दे रहे थे, जबकि दजर्नों सशस्त्र युवक गाँव में पहरा दे रहे थे। उसी समय सैंकड़ों की संख्या में नक्सलियों के एक समूह ने प्रतापपुर पर आक्रमण कर दिया।

गाँव के हथियारबंद युवकों ने मोर्चा सँभाला। दोनों के बीच जमकर गोली-बारी होने लगी। गोलियों की तड़तड़ाहट समझते ही ठाकुर विरेचन एवं वहाँ उपलब्ध चारों युवक गाँव छोड़कर भाग गए। इधर करीब आधे घंटे तक दोनों तरफ से गोलियाँ चलती रहीं, किंतु नक्सलियों की संख्या बल एवं रण कौशल के आगे ग्रामीण हथियारबंद युवक नहीं टिक पाए और मोर्चा छोड़कर जान बचाकर इधर-उधर भागने लगे। इनमें पाँच ग्रामीण युवक नक्सलियों की गिरफ्त में आ गए, जिनकी वहीं हत्या कर दी गई। इसके बाद ठाकुर विरेचन के घर धावा बोला गया, लेकिन वहाँ किसी के नहीं रहने के कारण कुछ नक्सलियों ने घर में आग लगा दी। इस घटना के बाद गाँव में मातम पसर गया था। जिनके परिजनों की हत्या की गई थी, उनके घरों में कोहराम मचा हुआ था। सारे परिवार विलाप में डूबे हुए थे। हर कोई चीत्कार कर रहा था। नक्सलियों के चले जाने के बाद ठाकुर विरेचन एवं उसके साथ भागे हुए युवक गाँव आए। उस समय तक ठाकुर विरेचन का घर जल चुका था।

प्रातः होते ही खबर दूर-दूर तक फैल गई थी। थाने को भी सूचना जा चुकी थी।

हमलावरों में हीरा एवं उसके साथ जो जेल से छूटकर आए थे, उनके नाम एवं सैकड़ों अज्ञात हमलावरों के नाम दिए गए थे। अनुपस्थिति के कारण हीरा एवं टोलेवाले की गिरफ्तारी नहीं हो सकी थी। गाँव में चहुँओर दहशत का माहौल था। कुछ ग्रामीणों ने तो गाँव छोड़कर शहर भागने या भाड़े के मकान में रहने का निश्चय किया, परंतु सभी की अपनी-अपनी मजबूरी थी, किसी ने अपनी घरबारी बेचकर दूसरी जगह रहने का निश्चय किया, किंतु अनेक ग्रामीणों ने अपनी विवशता बताकर ठाकुर विरेचन के साथ गाँव में ही रहकर नक्सलियों से डटकर मुकाबला करने का दृढ़ संकल्प लिया था। अलबत्ता जिनके परिजन मारे गए थे वे टोले बक्सीपुरवालों पर जमकर बरस रहे थे। वे बदला लेने को तत्पर थे। विशाक्त माहौल से गाँव का वातावरण बदरंग हो गया था। जो गाँव कभी स्वर्ग सा सुंदर था, आज पूरी तरह से नरक में तब्दील हो चुका था। मौत के तांडव से तनावपूर्ण स्थिति में लोगों को गुजर-बसर करना पड़ रहा था। लगता था यह गाँव अब कुछ दिन बाद खँडहर बन जाएगा। कुछ लोग थक-हारकर अपने बाहुबल से खेती करने लगे थे। अपने से खेती करने के कारण गाँव में छह ट्रैक्टर भी आ गए थे। ठाकुर विरेचन का घर जल कर राख हो गया था। घर में रखे अनाज भी जल गए थे। सिर्फ बँगला बचा था। जब इसकी जानकारी इनके रिश्तेदारों को हुई तो खाद्यान एवं अन्य आवश्यक सामान पहुँचा गए थे। घटना की पूरी जानकारी होने पर कि वे नक्सलियों की हिट लिस्ट में हैं। उन्हें गाँव से भागकर कहीं शहर में रहने की सलाह दी गई थी, लेकिन ठाकुर विरेचन इसके लिए तैयार नहीं हुआ।

ठाकुर विरेचन के स्वभाव में एक जबरदस्त कमजोरी थी। जब सामना करने का वक्त होता तो मानो उसकी शौर्यता में घुन लग जाती। वह डर जाता। उसके हाथ-पाँव फूलने लगते थे। लेकिन वक्त गुजरते मानो उसके रग-रग में वीरता समाती जा रही थी।

जब ठाकुर विरेचन के बारे में खबर उसकी छोटी बहन चंदा ने सुनी तो वह रोती-बिलखती प्रतापपुर अपने भाई ठाकुर विरेचन के पास चली आई थी। वह भी नक्सलियों के भय से अपने एक बेगार से रसद, कपड़े और कुछ रुपए लेकर आ गई थी। चंदा से उसके बेटे विक्रम ने भी साथ चलने के लिए कहा था, लेकिन चंदा ने उसे मना कर दिया था। दिन के ग्यारह बजे होंगे। ठाकुर विरेचन के बँगले पर ठाकुर एवं चंदा से बातचीत हो रही थी। चंदा ठाकुर विरेचन को समझा रही थी।

चंदा, "भैया मेरी मानो तो...तुरंत यहाँ से भाग जाओ...मेरे यहाँ नहीं रहना चाहते तो...कोई भी बड़े शहर में चला जा...जहाँ इन नक्सलियों से तुम्हारा सामना नहीं हो सके...तुम पर नजर नहीं पड़ सके।"

ठाकुर अपनी बहन की बात सुनकर हल्के से मुसकराते हुए अपनी मूँछ पर हाथ फिराते हुए बोला, "नहीं...बहना नहीं!...भागना बुजदिली है...मैं चुन-चुन कर नक्सलियों को मार दूँगा...सबसे पहले तो टोलेवाले की खबर लेनी है...रात अचानक उन लोगों ने

हमला कर दिया¨ इसलिए वे कामयाब हो गए¨ वरना¨ हम लोग भी कम नहीं थे¨ हमारे पास भी आधुनिक हथियार हैं¨ एक भी बचकर नहीं जाता¨ !"

अपने भाई की कुमंशा को भाँपने के बाद उसे सावधान करते हुए चंदा ने कहा, "नहीं भैया¨ नहीं¨ तुम समझने की कोशिश नहीं कर रहे हो¨ दरअसल ये तुम्हारी गलतफहमी है भैया!¨ उनसे पार पाना मुश्किल है¨ पहाड़ी की वादियों में¨ घने जंगल में ट्रेनिंग लेते हैं¨ .पुलिस उनका बाल भी बाँका नहीं कर पाती¨ तब¨ तुम उसका मुकाबला कैसे कर सकते हो भैया?¨ तुम बेकार में¨ !"

ठाकुर ने चंदा की बात काटते हुए तेज स्वर में कहा, "बहना तुम धीरज धरो¨ हम इतिहास बदलने निकले हैं¨ देखना¨ हम किस तरह से नक्सलियों की लाशों के ढेर लगा देंगे¨ मैं नक्सलियों का खात्मा कर दूँगा¨ अगर ऐसा नहीं कर पाया तो¨ तो¨ तुम मेरे नाम का कुत्ता पाल लेना¨ समझी मेरी बहना!"

चंदा ने झल्लाते हुए कहा, "ओ¨ ह¨ जिद छोड़ो भैया!¨ भगवान् न करे¨ तुम्हें कुछ हो गया तो¨ !¨ बड़ी मुश्किल से रात में जान बची है¨ !"

ठाकुर ने उसे समझाते हुए कहा, "देखो बहना!¨ तुम समझने की कोशिश करो¨ मुझे कुछ हो जाएगा¨ यह डर तुम अपने मन से बिल्कुल निकाल दो¨ आखिर मेरी हिफाजत के लिए मेरे पास कई जाबांज हैं¨ फिर जरा सोचो¨ जिनके परिजनों की हत्या कर दी गई है¨ वे क्या कहेंगे?¨ यदि मैंने मैदान छोड़ दिया¨ तो उनके दिल पर क्या गुजरेगा¨ सबने दिल खोल कर चंदा दिया है¨ ताकि नक्सलियों का विनाश हो सके¨ !"

चंदा, "तुम मुझे नहीं स्वयं को समझाने की कोशिश क्यों नहीं करते भैया!¨ कोई किसी की सुरक्षा का जिम्मा नहीं उठाता भैया!¨ इंदिरा गांधी¨ को तो उनके सुरक्षाकर्मियों ने ही मार डाला¨ कई नामचीन लोगों के लिए अभेद्य दीवार तक बनाई गई थी, ताकि परिंदा भी पर नहीं मार सके¨ लेकिन देखो¨ उसके बाद भी उनकी हत्या कर दी गई¨ फिर तुम्हारी क्या बिसात है भैया¨ .?¨ क्या रुतबा है?"

चंदा कहते-कहते मायूस हो गई थी। उसकी पलकें भींग चुकी थीं। चंदा का तर्क सुनकर ठाकुर विरेचन का दिल भी एक पल के लिए डोल गया था। वह कुछ देर तक मौन रहने के बाद बोला, "तुम बहुत डर गई हो बहना¨ भरोसा रखो¨ तेरे भाई को कुछ नहीं होगा¨ तुम देखते जाना¨ मैं क्या¨ क्या कर सकता हूँ¨ !"

घटना के दूसरे दिन ठाकुर विरेचन ने अपराह्न 2 बजे ग्रामीणों की एक बैठक बुलाई। यह बैठक शिवालय के आगे खाली मैदान में हो रही थी। बैठक में सैकड़ों की संख्या में ग्रामीण थे। ठाकुर विरेचन सभा को संबोधित करते हुए बोला, "भाई-बहनो!¨ बीती रात अत्याचारियों ने जो उत्पात मचाया है¨ उसे सभी जानते हैं¨ बहुतों ने देखा भी! उस युद्ध में हमारे पाँच नौजवान वीर योद्धाओं की भाँति लड़ते हुए वीर गति को प्राप्त

हुए···हम उनकी बहादुरी को सलाम करते हैं।···कुछ लोग इन चूहों के भय से ग्राम छोड़ने का मन बनाए हैं! मुझे भी सलाह दी गई। लेकिन क्या हम बुजदिल या ···डरपोक हैं? कायर हैं?···नहीं···हम युद्ध से नहीं भाग सकते···कभी नहीं भाग सकते···!"

इसी बीच एक ने उठकर कहा, "ठाकुर साहब! जब नक्सलियों ने हमला किया था···तब आप अपनी जान बचाने के लिए···अपने साथ चार हथियारबंद युवकों को भी लेकर भाग निकले थे!"

ठाकुर विरेचन, "एक मिनट···एक मिनट! हम जान बचाने के लिए नहीं भागे थे, बल्कि युद्धकला के तहत दूसरी तरफ से हम उसे घेरने निकले थे··· लेकिन उसकी संख्या सैंकड़ों में थी···हमारे पास गोलियाँ समाप्त हो रही थीं···इसलिए वो लोग बीस पड़ गए···आज की बैठक उन्हीं कमजोरियों को बताने के लिए रखी गई है···और कमी यही नजर आई कि उनकी तुलना में हमारी संख्या कम थी··· उसके पास अधिक हथियार थे··· जबकि हमारे पास हथियार और गोलियाँ कम थीं···उनके पास आधुनिक हथियार थे···तो हमारे पास मात्र बंदूक और राइफल थी···इसलिए हमें इन कमियों को दूर करना होगा··· हम आज अधिक-से-अधिक योद्धाओं का आवाह्न करते हैं कि वे अपना मान-सम्मान बचाने के लिए इस सेना में शामिल हों···हम चाहेंगे कि प्रत्येक घर से एक लड़का हथियार के साथ शामिल हो···!"

ठाकुर विरेचन की बात काटते हुए एक-दूसरे व्यक्ति ने टोका, "नहीं! ठाकुर साहब!···अब हम लोग लड़ाई नहीं···शांति चाहते हैं···गाँव में शांति कायम होना जरूरी है···अगर ऐसा नहीं किया गया तो फिर धीरे-धीरे हम एक-एक मारे जाएँगे···हमें यह सोचना चाहिए कि हम नक्सलियों से नहीं बच सकेंगे···क्या आप चाहते हैं कि ऐसा हो? क्या आप नक्सलियों के आगे समर्थ हैं?···नहीं···ठाकुर···नहीं···यह बुद्धिमानी भरा कदम नहीं हो सकता···हमें लड़ाई नहीं···शांति चाहिए···शांति···आपकी रहनुमाई में गाँव के सभी लोग मारे जाएँगे, क्योंकि हम उनके आगे सक्षम नहीं हैं···हमें अब इस बात को समझ लेना चाहिए···मेरे विचार में युद्ध पर नहीं शांति के बारे में कदम उठाने के लिए सोचना चाहिए! आखिर आप क्यों नहीं समझते कि आग में घी देने से आग भड़कती है··· शांति के लिए हमें आग में पानी देना चाहिए!"

ठाकुर विरेचन उसकी बातों से बिफर उठा था, लेकिन मौके की नजाकत को भाँपते हुए उसने एक प्रश्न उठा दिया, "तब ई बताओ!···जो इस युद्ध में शहीद हुए हैं···उन्हें और उनके परिवार को हम क्या जवाब देंगे?···वे तो बार-बार यही कहेंगे न कि जब यही करना था···तब हमें क्यों मरवाया···?···इसलिए अब पीछे हटना···पीठ दिखाना होगा··· शहीदों का अपमान होगा···!"

एक मृतक के परिजन के पिता बोले, "नहीं!···नहीं···हमें बदला···लेना है···हम

बदला लेकर ही रहेंगे···खून का बदला खून ही हो सकता है···और कोई विकल्प नहीं है···हम इस मामले में ठाकुर विरेचनजी के साथ हैं। गाँववालों को उन नक्सलियों का सिर चाहिए जिसने हमारे बेटे को मारा है।

अन्य दूसरे ने कहा, "हाँ··· !···हाँ!···हम बदला लेंगे, उससे कम हमें कुछ भी मंजूर नहीं।"

इनकी बातें सुनकर ठाकुर विरेचन के चेहरे पर चमक आ गई थी।

एक व्यक्ति बोला, "ठीक है!···हम तैयार हैं···अपनी सुरक्षा का पुख्ता इंतजाम करें···लेकिन क्या सरकार आँख-कान बंद कर हमारे मरने का इंतजार करेगी!··· पुलिस-प्रशासन पर हमें दबाव बनाना होगा···हम क्यों न यहाँ पर एक स्थायी रूप से पुलिस पिकेट की माँग पर जोर दें···जो हमारी सुरक्षा निश्चित कर सके··· !"

अंततः बैठक में यह निश्चय हुआ कि प्रत्येक घर से एक-एक जवान एक हथियार के साथ तथा जिसके पास आदमी नहीं है, उन्हें ही हथियार एवं अतिरिक्त दो सौ गोलियाँ देनी होंगी। दूसरा प्रस्ताव यह पारित हुआ कि रात्रि में पहरा दिया जाए। तीसरा निर्णय हुआ कि बक्सीपुर के व्यक्ति को यदि वह कमजोर हालत में हो तो घात लगाकर उसे मार दिया जाए। और ज्यादा संख्या में हो तो पुलिस से उसकी गिरफ्तारी कराई जाए। चौथा प्रस्ताव पारित हुआ कि स्थायी रूप से गाँव में ही पुलिस पिकेट की माँग की जाए। इसके लिए स्थानीय विधायक से पैरवी एवं सरकार तक बात पहुँचाई जाए। इस पर सबकी सहमति बनी। इसके बाद सभा समाप्त हो गई थी। अब यह तय हो गया कि लड़ाई जारी रहेगी। बदले की काररवाई के अलावा और लोगों को कुछ भी मंजूर नहीं हुआ।

दृश्य-39

सुबह की ठिठुरन के कारण ठाकुर अपनी बंडी के दोनों पैकेट में हाथ डालकर जीप से उतरा था। वह सुबह आठ बजे ही बेनीपुर थाना पहुँच गया था। थानेदार शर्मा अपने आवास पर था। इसलिए ठाकुर और थानेदार बरामदे के सोफे पर बैठकर बातचीत कर रहे थे। चौकीदार दो कप चाय लेकर आया। दोनों चाय की चुस्कियों के साथ वार्त्ता में तल्लीन थे।

ठाकुर विरेचन ने कहा, "बड़ा बाबू!···आपके रहते नक्सलियों ने मेरा घर जला दिया···मेरे गाँव के पाँच युवकों की हत्या कर दी गई···आखिर थाना-पुलिस किसके लिए है···आप किस दिन के लिए हैं?"

थानेदार ने झेंपते हुए कहा, "हमको बड़ा अफसोस है···ठाकुर साहब! ज्यों ही हमें जानकारी मिली हम तुरंत सदल-बल घटनास्थल की ओर रवाना हो गए थे···.लेकिन तब तक नक्सली वहाँ से भाग गए थे··· !"

ठाकुर, "क्या बात करते हैं···थानेदार साहब···वे सभी तो करीब डेढ़ घंटे तक हत्या करने के बाद उत्पात मचाते रहे।"

थानेदार, "देखिए ठाकुर साहब! आजकल मोबाइल का जमाना है, किसी ने कोई सूचना नहीं दी तो हम क्या करते···सूचना ही देर से मिली!···खुद आप भी···तो चूक गए।"

ठाकुर अपनी बेबसी छिपाते हुए बोला, "दरअसल···उस समय हम बहुत घबरा गए थे···एकदम दिमाग सुन्न हो गया था···का करें···का न करें···वाली स्थिति हो गई थी···इस बीच सबकुछ तहस-नहस हो गया!···सभी लोग हमसे ही सवाल कर रहे हैं कि आप अपना नहीं बचा सके तो···दूसरों को कैसे बचाएँगे।"

थानेदार, "ठीक है ठाकुर साहब!···ऐसे वक्त ऐसा अकसर हो जाता है···लेकिन मेरी समझ में ये नहीं आ रहा है कि उस समय आपकी निजी सेना···मेरा मतलब··· अग्नि सेना क्या कर रही थी?···क्या उनका सामना करने में आपकी सेना अक्षम थी···या नक्सली को देखकर जान बचाने की फिराक में थी?···कुछ लोग तो यह भी कहते हैं··· कि ठाकुर साहब अपनी जान बचाने के लिए कुछ युवकों को स्वयं ले भागे!"

ठाकुर ने थोड़ा विचलित होते हुए कहा, "उ सब छोड़िए थानेदार साहब···अब हमारे गाँव में ओ.पी. खुलवा दीजिए···पूरे प्लाटून भर फोर्स भेजवाने का इंतजाम करवा दीजिए···जब तक यह नहीं होता है···तब तक थाना ही मेरा घर रहेगा···ये सोच लीजिए।"

थानेदार, "देखिए ठाकुर साहब!···हमने आपके कहने से पहले ही एस.पी. को लिखा है।···पूरी लंबी-चौड़ी रिपोर्ट भेजी है··· !···रिपोर्ट में हमने लिखा है कि प्रतापपुर में फिर से नक्सली हमला हो सकता है···इसलिए···फिलहाल एक ओ.पी. खोलने की जरूरत है···इसकी पुरजोर सिफारिश रिपोर्ट में कर चुका हूँ···आप विधायक पर भी अपनी ओर से दबाव बना दीजिए···इससे एस.पी. साहब पर थोड़ा जल्द असर होगा!··· ठाकुर साहब स्पेशल ब्रांच की रिपोर्ट है कि आप नक्सलियों की हिट लिस्ट में हैं··· आप अकेले मत घूमा कीजिए···बड़ी सोच-समझकर इधर-उधर निकला कीजिए··· इसलिए हम आपके लिए भी हाउसगार्ड माँगे हैं···सोचिए! हम आपके लिए कितना फिक्रमंद हैं··· !"

ठाकुर, "ठीक है बड़ा बाबू!···आपसे यही अपेक्षा है···मैं विधायकजी से बातचीत कर उनसे हालात बता देता हूँ··· !" इतना कहकर उन्होंने जेब से मोबाइल निकाला और विधायक को लगाया। तीसरी बार में रिंग होने पर उधर से हैलो!··· हैलो··· ! की आवाज

आई तो इधर से ठाकुर ने कहा, "जी हम ठाकुर विरेचन प्रतापपुर से बोल रहे हैं···" उधर से आवाज आई, "अभी फ्रेश हो रहे हैं।"

"अरे!···विधायकजी को दो और मेरा नाम लेकर उनसे कहो कि हम उनसे तुरंत बात करना चाहते हैं।"

उधर से आवाज आई, "जी···जी! अच्छा!···"

बोलकर विधायक को मोबाइल थमाया! उधर से विधायक की आवाज, "हैलो! विरेचन बाबू! कैसे हैं भाई ?"

विरेचन ने बेसब्री से कहा, "विधायकजी! आपको तो सब पता चल ही गया होगा ?"

विधायक, "हाँ···हाँ···मालूम तो हुआ···घटना के बारे में जानकर बहुत अफसोस हुआ!···खैर भगवान् की कृपा है कि आपका बाल भी बाँका नहीं हुआ···और आप सुरक्षित हैं।"

विरेचन, "हमारा बहुत बरबाद हो गया है विधायकजी! पूरा घर जला दिया गया···गाँव के पाँच युवकों की हत्या कर दी गई···लेकिन मुझे यह जानकर अचरज हुआ कि इतनी बड़ी घटना के बाद भी आपका आगमन नहीं हुआ··· ?···लगता है हम आपकी लिस्ट से हट गए हैं क्या ?"

विधायक, "अरे नहीं! नहीं ठाकुर साहब! ऐसा मत कहिए···ऐसा है कि अभी हम निकलनेवाले हैं···तभी आपका फोन आ गया···हम आपकी अहमियत नहीं समझेंगे तो और कौन समझेगा ?···थोड़ा धीरज से काम लीजिए···मैं कुछ ही देर में आपके सामने हाजिर हो रहा हूँ···फिर मिल-बैठकर हम लोग गिले-शिकवे दूर कर लेंगे···फिर आगे की रणनीति भी तय कर लेंगे, ठीक है तो मैं आ रहा हूँ!"

ठाकुर, "विधायकजी! इतनी बड़ी घटना हो गई है···अभी तक प्रशासन की ओर से कोई पहल नहीं हुई है···आप सत्ता में बैठे हैं, एस.पी.-डी.एम. को तलब कीजिए!···आप अभी के अभी मेरे गाँव में ओ.पी. खुलवा दीजिए···ओ.पी. मेरे बँगले पर ही रहेंगे।"

विधायक, "ठीक है···ठीक है···मैं आज ही बात करता हूँ···मुझे मालूम हुआ कि आप बदला लेने के लिए अग्नि सेना बनाए हैं···पुलिस आ जाने से आप भी पुलिस की देख-रेख में हो जाएँगे···सबकुछ सोच लिया है आपने!"

इस बात को सुनकर ठाकुर कुछ क्षण के लिए मौन रह गया···फिर बोला, "पुलिस तो मेरे गाँव में रहेगी··· !"

विधायक, "अच्छा मैं आज ही एस.पी. से बात करता हूँ।"

इसके बाद मोबाइल डिस्कनेक्ट हो गया। ठाकुर थानेदार से बोला, "बात हो गई है···अब आप भी खानापूरी कर लीजिए···इस बार चूक नहीं होनी चाहिए बड़ा बाबू!···

पाँच के बदले दस को गिराइए! उन कमीनों का काम तमाम कर दीजिए…तभी मेरे कलेजे को ठंडक मिलेगी…!"

दोनों के बीच बातचीत खत्म होने के बाद ठाकुर विरेचन थानेदार से विदा लेकर अपने गाँव की ओर चल दिया।

करीब दो बजे अपराह्न में विधायक प्रतापपुर पहुँचे। सबसे पहले उन्होंने गाँववाले और अपने साथियों के साथ घटनास्थल का दौरा किया। फिर ठाकुर के साथ उनके बँगले पर पहुँचे। लोगों की भीड़ को आश्वस्त कर विधायक की ठाकुर के साथ बंद कमरे में करीब आधे घंटे तक बातचीत होती रही। फिर वहाँ से बिना भाषण दिए विधायक चले आए।

शाम के सात बजे थे। पुलिस वैन में एक एस.आई. सहित एक प्लाटून बी.एम.पी. प्रतापपुर चली आई थी। ठाकुर विरेचन ने उसे अपने बँगले के एक हॉल में ठहरने का इंतजाम कर दिया था।

दृश्य-40

हीरा एवं उसके साथी तथा अन्य सैकड़ों नक्सली घनघोर बीहड़ में जमीन पर सो रहे थे। चार-चार नक्सलियों की एक-एक टुकड़ियाँ चारों कोनों पर संतरी ड्यूटी के रूप में तैनात थीं। हीरा को उस समय नींद नहीं आ रही थी। वह आँखें खोलकर एक आम इनसान से नक्सली बनने का लेखा-जोखा कर रहा था। सभी के पास बंदूकें थीं। फिर पल्लवी से प्यार भरी बातें हुई थीं, उसका स्मरण हो आया। मानो पल्लवी सामने नृत्य कर रही हो। कमर में कारतूस से भरे बेल्ट बँधे थे। सभी खाकी वरदी में थे। हीरा सोच रहा था, 'मेरी पढ़ाई छूट गई…जीवन भर बीहड़ में खाक छानूँगा…मेरी जिंदगी यहीं से शुरू हुई और यहीं खत्म हो जाएगी…मेरा काम जिंदगी लेना और जिंदगी देना रह गया है…भाई…संगी…साथी सभी पीछे छूट गए…इसी लोहे को पकड़े-पकड़े एक दिन यही लोहा हमें लील जाएगा…मेरी हत्या होगी…लाश को चील-कौवे नोंच-नोंचकर खाएँगे… पता नहीं मैंने इस रास्ते को चुनकर अच्छा किया या नहीं?…गाँव के लोग हमारी हत्या के लिए रोज नए-नए प्लान बना रहे होंगे…मेरे नाम से लोग खौफजदा हैं…मेरा चेहरा कितना डरावना है।' कुछ पल मौन रहा फिर सोचने लगा…'नक्सली क्या मैं स्वयं बना हूँ…नहीं…नहीं बिल्कुल नहीं…नक्सली बनने के लिए हमें मजबूर किया गया है। मैं तो सीधा-साधा एक विद्यार्थी था। एक इनसान को शैतान किसने बना दिया?…ठाकुर

विरेचन के इशारे पर जबरन चंदा वसूल रहा था···तब मैं अपराधी नहीं था···शिवालय बनाने के लिए स्वेच्छा से चंदा ले रहा था, तब रंगदारी वसूलने के आरोप में जेल भेज दिया गया···वकील ने भी सीधा जानकर खूब लूटा और दिया कुछ नहीं, सिर्फ तारीख पर तारीख···यदि फूलन दा नहीं होते तो अभी भी मैं जेल में ही रहता···हाँ जेल में रहता···अच्छा तो जेल में ही था···यदि जेल में ही रहता तो हमारे दो साथियों की हत्या तो नहीं होती···फिर हम लोगों की हत्या करने का प्रयास तो नहीं किया गया होता···जेल में ही रहना अच्छा था। कम-से-कम आज जैसे बीहड़ों में नहीं रहना पड़ता··· !'

हीरा यही सब सोचने लगा तो उसकी आँखें डबडबा गईं। उसकी रूह काँप उठी थी। फिर उसने सोचा कि सिर्फ इसमें आने के रास्ते हैं···क्या वापसी के सभी रास्ते बंद हो गए हैं? फिर एकाएक उसके चेहरे पर आक्रोश की लकीरें खिंच गईं···वह सोचने लगा···'इस रास्ते पर चलने का उसे कभी शौक नहीं था···उसे ठाकुर विरेचन···शिवालय का पुरोहित···थानेदार···वकील···और गाँववालों ने जलील किया है···मैं इन्हें नहीं छोड़ूँगा···इन लोगों ने मेरी जिंदगी तबाह की है···मैं इनसे बगैर बदला लिए चैन की साँस नहीं ले पाऊँगा··· !'

यही सब बातें सोच रहा था कि हल्ला हुआ कि पुलिस ने सभी को चारों ओर से घेर रखा है, तुरंत सभी जाग गए और अपने हाथ की बंदूकें-राइफल लेकर जवाबी कारवाई के लिए तैयार हो गए। कुछ क्षण बाद दोनों ओर से तड़ातड़ गोलियाँ चलने की आवाज बीहड़ों में गूँजने लगी, लेकिन कोई हताहत नहीं हुआ। पुलिस को चकमा देकर सभी नक्सली वहाँ से भाग निकले। फिर पुलिस ने तलाशी अभियान चलाया, लेकिन कुछ भी पता नहीं चला। सभी नक्सली पहाड़ की चोटी पर चढ़ गए थे, ताकि वहाँ पुलिस पहुँचे और उसे मारने में आसानी हो। नक्सली दस्ते का नेतृत्व जोनल कमांडर शुकरा उर्फ रोहित दा कर रहा था। रोहित ने तुरंत सभी को मोर्चा सँभालने का आदेश दिया। इशारे से बारूदी सुरंग उड़ानेवाले दस्ते को भी तैयार होने का आदेश दिया गया। घंटों इसी हालत में रहने के बावजूद पुलिस वहाँ तक नहीं पहुँच सकी। वह स्थल नक्सलियों का ट्रेनिंग कैंप भी था। इस कारण वहाँ साफ-सुथरा था। आठ-दस तिरपाल का टेंट लगा था, जिसमें लोग विश्राम करते थे। कमांडर ने सभी को बैठने का इशारा किया। इशारा पाते ही जो जहाँ खड़े थे बैठ गए। कमांडर हीरा के पास आकर बैठते हुए बोला, "सूचना मिली है कि प्रतापपुर में पुलिस ने कैंप किया है?···पुलिस प्लाटून वहाँ है···ठाकुर विरेचन की सुरक्षा में लगी है··· !"

हीरा, "ठाकुर विरेचन की सुरक्षा में लगी है···तब उसका खात्मा कैसे होगा···दादा?"

कमांडर, "आज तक किसी की रक्षा हो सकी है कामरेड?..वह जरूर मारा

जाएगा···फिलहाल हमारे नौजवान साथियो!···उसकी जिस जमीन पर बँटाई कर रहे हैं···उस जमीन पर पार्टी का झंडा गाड़ दें···और चेतावनी भी···कि यह जमीन हमारी है···हमारे कामरेड को छोड़कर किसी ने इस जमीन पर खेती की···जोत-आबाद किया···या उसकी खरीद-बिक्री की तो खरीदनेवाले और बेचनेवाले दोनों को पार्टी अपना दुश्मन समझकर दोषियों को सजा देगी···लाल सलाम···!"

हीरा, "मैं जाऊँ दादा?"

कमांडर, "तुम्हारे साथ कुछ कामरेड भी जाएँगे!"

हीरा, "कब जाना है?"

कमांडर, "आज रात में!···तुमने देखा हीरा···पुलिस किसकी हिफाजत करती है?···पूँजीवादी व्यवस्था का यही चलन है···इसमें रसूखदारों की हिफाजत की जाती है···जमींदारों को आज भी संरक्षण मिल रहा है···इन्हीं लोगों की शह पर तुम्हारे दो साथियों को मार दिया गया···किसी तरह तुम लोग अपनी जान बचाकर भागे···औरतें···बच्चे···बूढ़े···सभी गाँव से पलायन कर गए हैं···क्या उन्हें बचाने के लिए पुलिस तुम्हारी जानमाल और सम्मान की रक्षा करती है···नहीं बिल्कुल नहीं···तुम्हारी रक्षा तो हमारी पार्टी करेगी···सिर्फ हमारी पार्टी···!"

कार्यपालिका, व्यवस्थापिका, प्रशासन, व्यक्ति अथवा समुदाय द्वारा न्याय नहीं दिया जाता हो या संताप दिया जाता हो, फिर एक न्याय की उम्मीद न्यायपालिका पर बनी रहती है। यह न्याय का दीपक भी बुझ जाए तो व्यक्ति कहाँ जाएगा? न्याय में वर्गभेद हो या न्याय मिलने की जगह सिर्फ तारीख और तारीख मिले तो पथ से पथिक को भटकने की संभावना अधिक हो जाती है।

इसी तरह पथ से भटके हुए पथिकों की एक बड़ी टोली बन गई थी। ये गुच्छ बैठकर आपस में बात कर रहे थे। अकसर दूसरों की वेदना से अपनी वेदना का अहसास हो जाता है। नक्सली क्यों बनें? उसे हथियार उठाने की क्यों जरूरत पड़ी? इसी तरह से सभी अपने हाल बयाँ कर रहे थे।

कामरेड मिथलेश ने कहा, "भई! एक दबंग ने मेरी जमीन हड़प ली थी···टाइटिल लड़ते-लड़ते मेरी अन्य जमीन भी बिक गई···फिर भी फैसला मेरे पक्ष में नहीं आ सका···मैं संगठन से जुड़ा तब कहीं जाकर मेरी जमीन पर मेरा कब्जा हो सका···और विरोधी ने डर से केस उठाया।"

रघुवीर ने कहा, "तीन शैतानों ने मेरी बहन से सामूहिक बलात्कार किया···! थाने केस करने गया···थानेदार ने केस नहीं लिया···संगठन से जुड़कर मैंने उससे बदला ले लिया।"

पैरू ने कहा, "मेरी इज्जत कौड़ी भर की नहीं थी···संगठन से जुड़ा···तो अब मुझसे

लोग डरते हैं!···समझो मेरी प्रतिष्ठा बढ़ गई!"

तस्लीम बोला, "खुदा कसम मैं सच बोलता हूँ···मेरे भाई ने मेरे हिस्से की जमीन हड़प ली···उसने मेरी जोरू को भी रख लिया···जोरू ने भी मुझे निकम्मा समझकर उसका विरोध नहीं किया··· ! मैं पार्टी-संगठन से जुड़ा···उसी समय से मेरा भाई···मेरी क्या अपनी भी जोरू छोड़कर भाग गया।"

यह सुनकर सब लोग हँस पड़े। मिथलेश ने पूछा, "जमीन!··· "

तस्लीम, "वह अपने हिस्से की भी जमीन छोड़कर भाग गया···अब सब मेरे कब्जे में है।"

घीनू बोला, "भाई मैं तो दाने-दाने के लिए मोहताज था···मेहनत···मजदूरी करना चाहता था···लेकिन रोज मजदूरी मिलती नहीं थी···भइया घर की आग से अधिक तकलीफदेह पेट की आग होती है, क्योंकि घर में आग लगने पर बुझाने के लिए पास-पड़ोस दौड़ जाते हैं···पेट की आग कोई नहीं बुझाता···देखो अब तो भर पेट खाता हूँ और दिन-रात अखाड़े चलाता हूँ!"

मंगरा, कारू और पोखना ने भी घीनू से मिलते-जुलते हालात बयाँ किए।

अब हीरा के बोलने की बारी आई थी। हीरा ने कहा, "प्रतापपुर और बक्सीपुर टोले ने मिलकर एक शिवालय बनवाया था···शिवालय बनने के बाद पुरोहित के कहने पर प्रतापपुर गाँववालों ने बक्सीपुर के सभी दलितों को शिवालय के अंदर प्रवेश पर रोक लगा दी है···यहाँ तक कि मारपीट भी की···हम लोगों ने पंचायत बुलवाई···कोई पंचायत में नहीं आया···थाने में केस के लिए गया···ठाकुर विरेचन के कहने पर थानेदार ने हमें वहाँ से डाँटकर और यहाँ तक कि मारपीट कर भगा दिया···हम लोग शिवालय बनाने के लिए स्वेच्छा से चंदा माँग रहे थे···विरेचन के कहने पर थानेदार ने हम लोगों को रंगदारी वसूलने के आरोप में मारपीट कर जेल भेज दिया···जमानत नहीं मिल रही थी···किसी ने प्रतापपुर में दो लोगों की हत्या कर दी···बक्सीपुर टोलेवालों के सभी लोगों पर हत्या एव नक्सली बनने के आरोप लगाकर जेल भेज दिया।···हम 15 लोग जमानत मिलने के बाद गाँव आए थे···जहाँ वीरानगी और मातमी छाई थी···ठाकुर विरेचन और गाँववालों ने मिलकर हमारे दो साथियों की हत्या कर दी···हम लोगों की भी हत्या करने के लिए दूर तक पीछा किया···लेकिन किसी तरह जान बचाकर भागे और अभी हम 13 साथियों के साथ संगठन में शामिल हैं।"

मिथलेश ने कहा, "ठाकुर विरेचन अभी जिंदा है··· ? आज वह नहीं बच पाएगा।"

बातचीत चल रही थी कि जोनल कमांडर शुकरा उर्फ रोहित दा का फरमान आया, "चलो नौजवान साथियो! आज हम लोगों को ठाकुर विरेचन का सिर लाना है!··· हम लोग तीस और सत्तर के दो गुट में बँट जाएँगे···तीसवाला गुट कंचनपुर पर हमला

करेगा···वहाँ किसी को मारना नहीं है···बल्कि बम और गोलियों की बौछार करनी है···ताकि ठाकुर विरेचन के बँगले की पुलिस कंचनपुर चली आए···! पुलिस के वहाँ से हटते ही हम लोगों का दूसरा गुट प्रतापपुर पर हमला करेगा···जहाँ विरेचन मिलेगा···तीसवाले गुट का नेतृत्व मिथलेश कामरेड करेगा···! सभी समझ गए!···हम लोग कूच करें···!"

दृश्य-41

इसके बाद सभी अपने-अपने हथियार लेकर चल दिए। करीब घंटे भर में तीसवाले गुट के लोग कंचनपुर पहुँच गए थे। वहाँ से करीब दो किलोमीटर की दूरी पर प्रतापपुर था। इसलिए दूसरा गुट प्रतापपुर की ओर चल दिया था। नक्सलियों के गुट ने कंचनपुर में तांडव मचाना शुरू कर दिया। लगातार छह बम विस्फोट किए गए। गोलियों की तड़तड़ाहट से गगन गूँज उठा था। पूरे इलाके में अफरा-तफरी मच गई थी।

प्रतापपुर में ठहरी पुलिस को भी इसकी सूचना मिल चुकी थी। तब तक वायरलेस पर पुलिस पिकेट प्रतापपुर को सूचना मिली कि वो कंचनपुर के लिए कूच करे तथा बेणीपुर थाना को आदेश प्राप्त हुआ कि वह प्रतापपुर की रक्षा करे। आदेश प्राप्त होते ही प्रतापपुर की पुलिस कंचनपुर कूच कर गई थी। ठाकुर विरेचन पुलिस के वहाँ से हटते ही बेचैन हो गया था। वह भी दर्जनों हथियारबंद युवकों के साथ पूरा मुस्तैद था। इसी बीच एकाएक नक्सलियों ने हमला कर दिया। इस गुट में जोनल कमांडर शुकरा उर्फ रोहित दा एवं हीरा भी था। ठाकुर विरेचन एवं उसके लड़ाकों ने करीब आधे घंटे तक डटकर मुकाबला किया, जिसमें तीन को गोली लग चुकी थी। अब धीरे-धीरे ठाकुर विरेचन की फौज खामोश होने लगी थी। कुछ समय में ठाकुर विरेचन को अपनी बाजी हारती नजर आ रही थी। वे चारों ओर से घिर चुके थे। उनके लड़ाकों ने आत्मसमर्पण कर दिया। सभी को पकड़ लिया गया था। कुल सात की हत्या वहीं कर दी गई थी। विरेचन को भी पकड़कर उसकी गरदन पर ज्योंही पसुली रखी गई तो हीरा ने चीखते हुए कहा, "दादा···! उसे छोड़ दो दादा!···वह मेरा शिकार है···ये मेरा और टोलेवाले निर्दोषों का मुजरिम है···ये समाज का नासूर है दादा···! इसे मैं दंड दूँगा!"

कमांडर विरेचन का गिरेबान पकड़ते हुए गुर्राया, "हाँ सही कह रहे हो हीरा···ये कमीना तुम्हारा अपराधी है···इस साले की गरदन रेत दो···लेकिन इसका सिर मुझे चाहिए!···जल्दी करो हीरा!"

हीरा त्वरित गति से उछलते हुए विरेचन की गरदन पर पसुली रखते हुए बोला, "ठाकुर विरेचन सिंह···जिसे मैं सम्मान से चाचा कहा करता था···अरे ठाकुर तुमने मुझे

बहुत नाच नचाया···मुझे बरबाद कर दिया···एक इनसान को तुमने अपराधी का चोला पहनने के लिए मजबूर कर दिया···जुर्म की दुनिया में मुझे धकलनेवाले···ठाकुर···तुम मेरे मुजरिम हो···! तुम अब नहीं बच सकते···! हरामजादे तुझे मेरा सिर चाहिए था न, अब देख तेरा सिर धड़ से कैसे अलग होता है···!"

ठाकुर विरेचन के सर पर मौत नाच रही थी। वह डर से थरथरा रहा था। उसने काँपती हुई आवाज में हीरा से मिन्नतें कीं, "हीरा···तुम मेरे साथ ऐसा सलूक मत करो··· मुझे मत मारो···!" हीरा के सामने वह गिड़गिड़ाने लगा। हीरा ने उसकी गरदन पर पसुली सटाई और चीखते हुए कहा, "तुझे नहीं मारूँ···तो मुझे पाप लगेगा···तुम इस धरती के बोझ हो···ठाकुर···तुम जैसे पापी का नाश हो जाने के बाद धरती धन्य हो जाएगी···वो शिवालय धन्य हो जाएगा···तुम्हारे पाप-कर्मों से धरती की छाती छलनी हो गई है···मैं इसी क्षण धरती माँ को तुम्हारा शीश अर्पण करूँगा···कमीने···हरामजादे···!" यह कहते हुए हीरा ने जैसे ही पसुली का वार उसकी गरदन पर करना चाहा तभी पीछे से बेणीपुर पुलिस की गोली चली। गोली ठीक हीरा के पसुली पर लगी। फिर नक्सलियों और पुलिस के बीच ताबड़तोड़ गोलियाँ चलने लगीं। इसी बीच मौका पाकर विरेचन बदहवास होकर गिरते-पड़ते बेतहाशा भागने लगा। वह पीछे मुड़कर भी नहीं देखना चाह रहा था। छिपने के लिए जगह तलाश रहा था। वहीं एक बिचाली का पुँज था, जिसके बीच से कुछ बिचाली निकाली गई थी। जिसके कारण वहाँ खोलनुमा आकार बन गया था। वह झट से उसी में घुस गया।

उधर, उस समय तक कंचनपुर की पुलिस भी बैरंग वापस लौट चुकी थी। गोलियों की तड़तड़ाहट से सार माजरा समझ गई। उसने भी उत्तरी ओर से मोर्चा सँभाला। अब पूर्वी एवं उत्तरी छोर से पुलिस मोर्चा सँभाले हुए थी।

दोनों के बीच घंटों गोली-चालन के क्रम में दो पुलिसकर्मी तथा तीन नक्सलियों को गोली लगी थी। पुलिस की संख्या अधिक थी एवं उसके तीन नक्सली को गोली लगने के कारण नक्सली कमजोर पड़ रहे थे। फिर कमांडर की विसिल द्वारा इशारा मिलते ही नक्सली वहाँ से भाग निकले। नक्सली अपने साथ घायल साथियों को भी ले गए थे।

नक्सलियों के भागने के बाद पुलिस ने टार्च की रोशनी में तलाशी अभियान शुरू कर दिया। सात ग्रामीण लड़ाकों की लाश बरामद हुई। पुलिस ने सोचा कि शायद ठाकुर विरेचन की भी हत्या कर दी गई है। हर संभावित ठिकाने पर उसकी लाश खोजी गई। फिर एक पुलिसकर्मी ने देखा कि पुँज के खोल के पास एक सफेद गमछी गिरी हुई है। वह गमछी ठाकुर विरेचन की थी। वहाँ पहुँचकर उसने कड़ी निगाह से चौकसी बरतते हुए खोल में झाँकने की कोशिश की। पुलिसकर्मी के आने की आहट विरेचन को मिल चुकी थी। उसे लगा कि शायद कोई नक्सली उसकी टोह लेते हुए यहाँ पहुँच गया है।

वह छुपने का प्रत्यन करने लगा। इस बीच पुलिसकर्मी खोल को खँगालने लगा। वहाँ विरेचन को देखकर उसे पकड़कर खींचने लगा। विरेचन गिड़गिड़ाने लगा, "मुझे छोड़ दो···मुझ पर रहम करो··· !"

इधर से आवाज आई, "नक्सली भाग गए हैं···वह पुलिसकर्मी है··· !"

इसके बाद भी विरेचन बदहवास था। उसके चेहरे पर हवाइयाँ उड़ रही थीं। वह पसीने से तर–बतर था। जब उसकी स्थिति सामान्य हुई, तब उसने बताया कि नक्सली गुट में हीरा एवं बक्सीपुर टोलेवाले भी उनके साथ थे। हीरा ने ही उसकी गरदन काटने का प्रयास किया था। उसी क्षण पुलिस की एक गोली पसुली पर लगी और पसुली उसके हाथ से छिटक गई। इसके बाद में उसे कुछ भी होश नहीं है।

ठाकुर विरेचन के बयान पर थाने में प्राथमिकी दर्ज हुई। गिरफ्तारी के लिए सघन छापामारी हुई, लेकिन हीरा एवं उसके साथियों का कहीं अता–पता नहीं चल सका।

दृश्य-42

पल्लवी प्रथम श्रेणी से एम.ए. पास कर गई थी। पिता के सेवानिवृत्ति के बाद पल्लवी अपने पैतृक ग्राम प्रतापपुर आ चुकी थी। यूँ तो गाँव की तबाही और विनाश का पौधा पल्लवी के गाँव छोड़ने से पहले ही तैयार हो गया था। फल–फूल भी देना शुरू कर दिया था। पहले पल्लवी कॉलेज की अपनी सहेलियों से गाँव की बड़ाई करते नहीं थकती थी। अब गाँव में घुटन महसूस कर रही थी। खेतों में लहलहाती फसलों, खेत–खलिहानों की वीरानगी और चारों ओर पसरा सन्नाटा सबकुछ पूरी तरह से बदल चुका था।

बक्सीपुर टोले और प्रतापपुर के संबंध पहले मजदूर और किसान के स्वाभाविक रूप में सामान्य थे। टोले के लोगों ने अपने को मजदूर और मजदूरी से अधिक अपेक्षा नहीं की थी। यूँ कहे कि टोलेवासियों ने ग्रामीणों की अधीनता स्वीकार कर ली थी। इसलिए दोनों के बीच अमन–चैन कायम था। अब दोनों एक–दूसरे के खून के प्यासे हो गए थे। प्रत्येक बार ठाकुर विरेचन के पराजित होने के बाद ऐसा लगता था कि अब वह खून की जंग की राह छोड़कर शांति की राह पर चलेगा, लेकिन पता नहीं एक दो दिनों में ही उसके दिल–दिमाग में कौन सा कीड़ा कुलबुलाने लगा था कि फिर वही खूनी जंग की राह पर ही चलना शुरू कर देता। सचमुच वह समझता था कि शूद्रों का जन्म हमारी गुलामी और हमारे जुल्म सहने के लिए ही हुआ है। इसलिए बार–बार विरेचन की हालत पस्त होने के बावजूद उसकी हेकड़ी नहीं जाती थी। बहुत कुछ खोने के बाद भी

गाँव के कई लोगों का साथ मिलना भी शांति के मार्ग में बाधक बना हुआ था। समाज के ऐसे तत्त्व यह समझने को तैयार नहीं थे कि जब एक व्यक्ति जान लेने और जान देने पर उतारू हो जाए तो उसकी आग से कई घर जलकर राख में तब्दील हो जाते हैं। यहाँ तो एक टोले से उठते बवंडर का सवाल था।

ऐसे भीषण हालात को देख पल्लवी बहुत खिन्न रहा करती थी। राजेंद्र प्रताप सिंह भी कहीं बाहर नहीं निकलते थे। वे भी अधिकतर घरों में कैद रहना पसंद करते थे।

उस समय दिन के करीब 10 बजे होंगे। प्रोफेसर साहब घर के आँगन में एक कुरसी पर बैठकर पेपर पढ़ रहे थे। अचानक पल्लवी ने पापा के पास आकर कहा, "पापा!...आज मैं मंदिर जा रही हूँ...मैं भगवान् भोले बाबा से पूछूँगी कि आप भोले हैं!...आप शांतिदूत हैं...आपकी पूजा से सर्वत्र शांति फैलती है...तो फिर इस गाँव में आपकी स्थापना के बाद विनाशलीला क्यों शुरू हो गई?"

प्रोफेसर ने उसकी बात काटते हुए कहा, "तू मंदिर जाना चाहती है...भोलेबाबा से ये सब सवाल करना चाहती है...पर मेरी एक बात सुन बेटी!...ये ईंट...सीमेंट के गारे...पत्थर और लोहे के बने शिवालय क्या बोलेंगे?...वे स्वयं पत्थर के बुत हैं...आत्मा पर मन हावी है...आत्ममार्ग दर्शन के स्थान पर मनदर्शन हो गया है बेटी...मन पापी और दंभी, जो कहा...वही किया...विनाश...विनाश और विनाश की बात ही सूझता रहा है।...जो जैसा मन में विचार करता है...उसी अनुरूप उसे बुद्धि मिलती है...इसलिए भगवान् का कोई दोष नहीं है...वे तो स्वयं निर्विकार हैं...फिर व्यक्ति चाहे उसे जैसा आकार दे...विश्वास हो तो पूरी दुनिया ही शिवालय है...जहाँ खोजो...कंकड़-पत्थर...सबमें उसी का अंश है...उसी में शिव और शिवालय समाया हुआ है...परमात्मा अथवा ईश्वर का कोई घर नहीं होता बेटी!...यह तो मन का भ्रम है बेटी!...लोग मंदिर...मस्जिद...गिरजाघर और जाने क्या-क्या सृजन कर प्रभु को दीवार में कैद रखने का प्रयास करते हैं...एक ऐसी लकीर खींच देते हैं...उन्हें लगता है कि हमने प्रभु को एक स्थान देकर खुद को सुरक्षित कर लिया है...ऐसा सोचना गलत है बेटी...प्रभु इनसानों की किसी भी दीवार या कैद से मुक्त हैं...वे अविनाशी और अटल हैं...उन्हें तो सिर्फ प्रेम...भक्तिभाव चाहिए...इसी की भूख है उन्हें...ये पान-प्रसाद...मेवा-मिष्टान्न...पुष्प-पत्र...उनके किसी काम के नहीं हैं बेटी...इसके बावजूद तुम शिवालय जाना चाहती हो तो जाओ बेटी...लेकिन याद रखो...यदि तुमने अपनी श्रद्धा-भक्ति से शिव को मन में बसा लिया तो फिर...तेरा मन ही शिवालय है...मन ही मंदिर है...जाओ हो आओ...मंदिर से बेटी...शायद तुम वहाँ से शांति लेकर लौटो...!"

पिता की सारगर्भित बातें सुनकर एक पल के लिए पल्लवी को बहुत राहत मिली थी। मानो सागर की हलचल में शांति आ गई थी। मन में उठ रहे विचारों की लहर कुछ पल के लिए शांत हो गई थी, लेकिन वह फिर भी शिवालय जाना चाहती थी। उसने

पूजा की थाली सजाई और एक लोटे में जल लेकर मंदिर प्रस्थान करने के लिए चौखट तक पहुँची तो उसे फिर अपने पापा की बातें याद आने लगीं। उसके मन ने सोचना शुरू किया, 'मैं मंदिर क्यों जाऊँ?···क्या मंदिर में ही शिव बसते हैं?···वे सर्वत्र व्याप्त हैं···नहीं···नहीं···मैं घर के आँगन में ही पूजा करूँगी।' और वह घर के आँगन में ही बैठ गई। यहाँ तो कोई पुजारी भी नहीं है। कोई पुरोहित का झमेला नहीं। पल्लवी ने तुलसी के पास आकर मन को साफ किया और पूरी तल्लीनता के साथ पूजा-अर्चना की। वहीं पालथी मारकर बैठकर भोलेनाथ का आह्वान किया, "हे भोले नाथ!···आप सत्य···शिव···और सुंदर हो!···हे कण-कण में वास करनेवाले सर्वव्यापी···सर्वशक्तिमान···सर्वत्र आत्मा में निवास करनेवाले परमात्मा!···तुम सदा शांति का मार्ग प्रशस्त करते हो···हे नाथ!···मैं एक याचक हूँ···सभी तो आपका ही दिया है···आपका ही रचा हुआ है···आपकी रचना भला कौन कर सकता है?···मैं क्या दे सकती हूँ···सिर्फ याचक हूँ···माँग सकती हूँ···मैं तुम्हें आत्मा से आह्वान करती हूँ···मेरे गाँव में शांति स्थापित कर दो नाथ!···महाविनाश के तांडव का अंत कर शांति-समृद्धि की वर्षा कर दो···नाथ!···कहते हैं कि सच्चे मन से आत्मा और परमात्मा के बीच हुए संवाद बेकार नहीं जा सकते···हे कृपालु! हे दयानिधान दयालु मेरी आत्मा की आवाज को सुन···और शांति का मार्ग दिखा···!" इसके बाद पल्लवी आँखें बंद कर मन-ही-मन 'ॐ नमः शिवाय्' का जाप करने में मगन हो गई। उसे ऐसा प्रतीत हो रहा था मानो वह सचमुच ईश्वर की भक्ति में डूब चुकी है।

यों तो व्यक्ति की इच्छा होती है कि उसके लिए कोई खास मंदिर हो। अर्थात् जितने नर उतने मंदिर। लेकिन अपनी जमीन में नहीं। शिवालय में रेलम-पेलम···भीड़भाड़ और कोलाहल। शीघ्रता से पूजा के लिए पुरोहितों का दबाव। ऐसे में परमात्मा तक आत्मा की आवाज नहीं पहुँच पाती। ध्यान का भंग होना मामूली बात होती है। एकाग्र भाव से मंदिर में पूजा करना बहुत ही दुष्कर कार्य है। परमात्मा से कुछ माँगने के लिए मन की एकाग्रता अनिवार्य है। एकाग्रता नहीं हो तो परमात्मा तक आत्मा की आवाज पहुँचाना कोरी कल्पना है। इसलिए पल्लवी शांत चित्त और एकाग्रचित्त होकर अपनी आत्मा की आवाज संभवतः परमात्मा तक पहुँचाने में सफल हो गई थी। ऐसा वह मन से अनुभव कर रही थी। उसे लगा कि उसकी आत्मा को असीम ऊर्जा प्राप्त हुई है। जिसे वह मन से आत्मसात कर चुकी है।

व्यक्ति मंदिर में जाते ही प्रभु से कामना करते हैं कि हे प्रभु! हमें यह दे दो···वह दे दो···दुनिया की सारी सुख-सुविधाएँ उसकी झोली में डाल दो। इसके एवज में मैं अमुक-अमुक चीजें समर्पित करूँगा। वह सिर्फ अपने लिए अपने स्वार्थ के लिए ही माँगता है। मानो दुनिया की सारी सुख-समृद्धि उसके कदमों तले बिछ जाएगी, लेकिन पल्लवी ने तो अपने लिए कुछ नहीं माँगा था। उसने पूरे गाँव और टोले के कल्याण के लिए माँगा था,

इसमें उसका स्वार्थ निहित नहीं था। उसकी कामना निष्काम थी। शायद इसीलिए प्रभु ने पल्लवी की सुध ली थी। सचमुच परमार्थ के लिए की गई कामना और कर्तव्य पूजा है।

दृश्य-43

उधर ठाकुर विरेचन संतरियों के बीच कुरसी पर बैठा गपशप कर रहा था। हाल ही में नक्सलियों का हमला हुआ था। उस समय से पुलिस बल की संख्या बढ़ा दी गई थी तथा हिदायत दी गई थी कि हर हाल में वहाँ पुलिस की एक टुकड़ी रखकर ही अन्य बल को डिप्लायड किया जाए। इसलिए ठाकुर विरेचन को पहले से अधिक इत्मीनान था। इसी बीच करमा आया और बोला, "मालिक कंचनपुर से बाबू राय बहादुर सिंह आए हैं···वे आपसे एकांत में और अरजेंट मिलना चाहते हैं।"

ठाकुर विरेचन संतरी से बोला, "मिलकर अभी आया।" यह कहकर वहाँ से बँगले के अन्य कमरे में आया, जहाँ राय बहादुर सिंह ठाकुर विरेचन का इंतजार कर रहा था।

राय बहादुर बोला, "ठाकुर साहब! मैं कंचनपुर निवासी बाबू राय बहादुर आपको प्रणाम करता हूँ!"

ठाकुर, "प्रणाम! कहिए कैसे आना हुआ?"

राय बहादुर, "ठाकुर साहब! यहाँ की पूरी घटना की जानकारी हुई···आपकी बहादुरी को सलाम करते हुए हमारे गाँव के स्वजातीय लोगों ने निर्णय लिया है कि इस लड़ाई में हम आपके साथ हैं···कंचनपुर से 25 जवान हथियार के साथ आपकी पार्टी से मिलकर दुश्मनों के छक्के छुड़ाने के लिए तैयार हैं। सिर्फ आपके हाँ की जरूरत है।"

ठाकुर विरेचन, "वाह!···हमें आपकी बहादुरी पर फख्र है···!···आपकी दिलेरी से हमारा सीना छप्पन इंच चौड़ा हो गया···हम पूरी फौज का स्वागत करते हैं···यों तो हमारी हिफाजत के लिए स्थायी रूप से पुलिस कैंप है···लेकिन हमें सिर्फ अपनी हिफाजत नहीं···दुश्मनों का खात्मा करना है···हम चुन-चुनकर मारेंगे···उन हरामखारों को···जहाँ से आवाज उठे···उसे वहीं नेस्तनाबूद कर दें···यही हमारी योजना है···अब आपके गाँव एवं अन्य गाँवों से स्वजातीय सहयोग मिला तो बक्सीपुर टोले का ही नहीं अन्य जगहों से भी ऐसी आवाज उठेगी···उसे वहीं खामोश कर देंगे···और अब हमें यही करना है···हमारे गाँव में पुलिस की इतनी टाइट सिक्यूरिटी है कि अब लाख बार भी सोचकर हमला नहीं कर सकता···हम आजाद हैं ऐसा करने के लिए···कृपा कर आप अन्य गाँवों से समर्थन जुटाने की कोशिश कीजिए!"

राय बहादुर, "हम ऐसा ही करेंगे ठाकुर साहब!···यह लड़ाई आपकी ही नहीं रही···

अपितु पूरे जातीय समाज की है!···उन वर्गों पर शासन करना हमारा जन्मसिद्ध अधिकार है···भले कानून कितने बना लें···किंतु जड़ हमेशा जमीन के नीचे ही रहती है···चाहे जितना भी जोर लगा लें···हम फुनगी हैं···हमेशा ऊपर रहेंगे!···हमें तो कानून बनानेवालों पर तरस आता है···बना दिया समानता का अधिकार···हम सैकड़ों बिगहे के जोतदार हैं···उन्हें रहने के लिए जमीन नहीं है···हमें धन-दौलत···सोने-चाँदी की कमी नहीं···वे हमारे दाने के मुँहताज हैं···हम महीने में रेशमी कुरते बदलते हैं···उन्हें गंजी तक नसीब नहीं···फिर कैसी समानता···हाँ ये सब कहने के लिए जरूर है···सुनने में अच्छे लगते हैं बस···! अच्छा मैं इजाजत चाहता हूँ..!"

ठाकुर विरेचन, "सावधानी का खयाल रखा जाए बहादुर साहब!···यह काम बहुत गोपनीय ढंग से करने का है!"

राय बहादुर ने इशारे में हाँ में सर हिलाया। इसके बाद राय बहादुर वहाँ से अपने गाँव की ओर चल दिया था। ठाकुर विरेचन का मनोबल इतना बढ़ गया था कि उसे लग रहा था कि बक्सीपुरवाले खासकर हीरा के बच्चे को वह कच्चा चबा जाए। वह अपनी मूँछ ऐंठते हुए पुनः पुलिस की टुकड़ी के बीच जाकर बैठ गया।

प्रतापपुर के तीन लोगों की हत्या के आरोप में बक्सीपुर के 40 लोगों को जेल भेज दिया गया था। स्थानीय थाना बेणीपुर 90 दिनों के अंदर ही इस केस की चार्जशीट कोर्ट को जमा कर चुका था। इसलिए 23 लोगों को जमानत नहीं मिली। 17 को कोर्ट से जमानत मिलने के कारण ये लोग बक्सीपुर अपने गाँव चले आए थे। गाँव खाली रहने के कारण ये लोग घबराए हुए थे। फिर भी दहशत के साये में एक रात बिताई ही थी कि करमा द्वारा ठाकुर विरेचन को मालूम हो गया कि केस में 17 लोगों को जमानत मिल गई है और वे लोग गाँव में हैं।

ठाकुर ने आश्चर्यचकित होकर पूछा, "उन हरामखोरों को जमानत कैसे मिल गई?···कहीं उन लोगों से इनके भी संपर्क तो नहीं···जो न्यायालय कार्य में हमें मदद कर रहे हैं!"

करमा, "हो सकता है मालिक!···नंगा से गंगा डरती है···राजी-खुशी से नहीं···तो डर से···मेरा मतलब शायद वे डर से मदद कर रहे हों!"

यह सुनकर कुछ देर तो ठाकुर विरेचन सकते में आ गया था। फिर अपने सिर पर हाथ फिराते हुए बोला, "करमा तुम ऐसा करो···नवलेश···गुरुदास···प्रवीण और टीम के व्यक्ति को बुलाओ···! इसी कमरे में···बड़े गोपनीय ढंग से···याद रखना!"

करमा हाँ में सिर हिलाते हुए ठाकुर के आदेश के पालन के लिए चल पड़ा। ठाकुर के बँगले में कई कमरे थे। दो बड़े कमरे तो पुलिस को रहने के लिए दे दिए थे। करीब चार हॉलनुमा कमरे अपने उपयोग के लिए रखे थे। उसके लिए दूसरे दरवाजे थे। बाहर

बड़ा खुला मैदान था, जिसमें अनाज का दौनी वगैरह होता रहता था। कमरे में चारपाई थी, जिस पर बहुत ही चिंतित मुद्रा में विरेचन बैठा हुआ था। नवलेश, गुरुदास, प्रवीण और तीन ग्रामीण उसी क्षण पहुँच गए। ठाकुर ने उसी चारपाई पर बैठने का इशारा किया। इशारा पाते ही सभी बैठ गए।

इसी बीच नवलेश पूछ बैठा, "ठाकुर चाचा!···आज आप बहुत चिंतित नजर आ रहे हैं?"

विरेचन ने एक ठंडी आह भरते हुए कहा, "हाँ!···हाँ···चिंता की बात तो है!"

नवलेश, "पूरा गाँव पुलिस छावनी में तब्दील हो गया है···अब चिंता काहे चाचा ठाकुर!"

विरेचन, "जानते हो···कोर्ट ने बक्सीपुरवालों को जमानत पर छोड़ दिया है···कुल 17 लोग आजाद हो चुके हैं···!"

इसी बीच नवलेश ने टोका, "लेकिन वो तो कल ही···!"

विरेचन ने विक्षुब्ध होते हुए टोका, "···तो खून नहीं खौला? उसने हत्या की या नहीं···इसका सवाल नहीं है···हत्या करनेवालों में उसका नाम है···और नाम सुनते ही लगता है···वह मुझे चिढ़ा रहा है···!"

नवलेश ने पूछा, "तो फिर क्या करना है चाचा ठाकुर?"

विरेचन ने गुस्से में कहा, "हत्या···हर हाल में उनकी हत्या करनी है···!"

नवलेश ने फिर टोका, "लेकिन पुलिस?"

विरेचन, "घबराओ नहीं!···पुलिस हमारी सुरक्षा में है···उनकी नहीं···! वैसे हमने उनके रहने-सहने और खाने-पीने का पूरा तगड़ा बंदोबस्त ऐसे ही नहीं कर रखा है···!"

नवलेश, "तब आज ही रात!···एक-एक चुन-चुनकर गोली मार देंगे!"

विरेचन, "आज की रात ही···हाँ! आज की रात उनकी आखिरी रात होनी चाहिए··· मैं पुलिस के पास बैठा रहूँगा···और बातों में उलझाए रखूँगा···ताकि हमारी योजना के बारे में उसे भनक तक न लगे···हाँ कंचनपुर के राय बहादुर से भी सहयोग माँग लो···वे दो दिन पहले ही हमारे पास आए थे···अब जाओ रात की तैयारी करो!"

नवलेश, "ठीक है चाचा ठाकुर!···हम इसकी तैयारी करते हैं···!"

इतना कहकर नवलेश अपने साथियों के साथ वहाँ से चल दिया।

बक्सीपुर पर रात्रि में आक्रमण की तैयारी चल रही थी। इसके लिए नवलेश ने काफी सक्रियता दिखाई थी। कंचनपुर में एक गोपनीय बैठक की गई ताकि पुलिस को भी इसकी भनक नहीं लगे। तय हुआ कि आज ही रात बक्सीपुर में आक्रमण कर सभी की हत्या कर बदला ले लिया जाए।

इधर, पुलिस के सूचना तंत्र से नक्सलियों के सूचना तंत्र अधिक सुदृढ़ होने के

कारण रात में हमला करने की योजना की जानकारी पहले हो गई थी। इन लोगों ने भी उस योजना को नाकाम करने के लिए मुकम्मल योजना तैयार कर ली थी। रात के नौ बजे ही नक्सली बक्सीपुर में आकर छिप गए थे। यहाँ के लोगों को घटना पूर्व योजना की पूरी जानकारी दी गई। लोग बहुत डरे-सहमे से थे।

लगभग 12 बजे रात्रि में नवलेश के नेतृत्व में बक्सीपुर पर हमला कर दिया गया। बक्सीपुर की तरफ से नक्सलियों ने जवाबी काररवाई की। दोनों ओर से सैकड़ों राउंड गोलियाँ बरसाई गईं। यद्यपि अग्निसेना के लड़ाकों की संख्या कम नहीं थी। लड़ाके उत्साह से लबरेज भी थे। लेकिन रणकौशल एवं कठिन प्रशिक्षण के अभाव में अग्निसेना के लड़ाके घिरने लगे थे।

उधर, गोलियों की तड़तड़ाहट की आवाज प्रतापपुर तक पहुँच रही थी। वहाँ ड्यूटी पर तैनात संतरियों को ताड़ते देर न लगी। तुरंत ही एक प्लाटून सिपाही के साथ दारोगा चल पड़े। यद्यपि विरेचन ने इन्हें बातों में उलझाने का पूरा प्रयास किया था, लेकिन ठाकुर विरेचन सफल न हो सका। वह यह समझ भी नहीं पाया था कि उसकी अग्निसेना नक्सलियों से बुरी तरह घिर गई है। वह सोच रहा था कि आक्रमण एकतरफा है। संतरियों को पहुँचने में बीस मिनट लगे होंगे। पहुँचते ही मोर्चा सँभाला। अब तीनतरफा गोलियाँ चलने लगी थीं। इसी वक्त अग्निसेना के लड़ाकों को भागने का मौका मिला। फिर नक्सलियों और पुलिस में घंटों गोलीबारी होती रही। कमांडर का आदेश पाते ही नक्सली भी वहाँ से भाग निकले। घंटों गोलीबारी होने के बाद भी किसी तरफ से लोग हताहत नहीं हुए थे।

रात में ही पुलिस मुख्यालय को सूचना भेजी गई कि दलित टोले बक्सीपुर पर अग्निसेना के लोगों ने हमला कर दिया है। बचाव में नक्सली भी आ गए। दोनों के बीच मुठभेड़ हो रही थी कि ओपी पुलिस प्रतापपुर को जानकारी मिली। मौका-ए-वारदात पहुँचकर रक्षार्थ गोलीबारी हुई। फलस्वरूप दोनों गुट जान बचाकर भाग गए।

प्रात: होते ही पूरे इलाके में यह खबर फैल गई थी। सभी वर्ग के लोग दहशत में थे। पटना विधानसभा का भी सत्र चल रहा था। विरोधियों ने सरकार पर आरोप लगाया कि यह सरकार दलित विरोधी है। एक तरफ तो एक वर्ग पुलिस संरक्षण में रहकर दलितों पर हमला कर रहा है। दूसरी तरफ दलितों की सुरक्षा का कोई इंतजाम नहीं किया गया है। काफी हो-हंगामा के बाद जिला पुलिस मुख्यालय ने यह आदेश दिया कि प्रतापपुर ओपी पुलिस दलित टोले की भी हिफाजत करे।

कई ग्रामीण परिवारों और दलित समुदाय ने रिश्तेदारों के यहाँ शरण ली। कुछ गाँव से अन्यत्र पलायन करने को मजबूर हो गए। किसी ने पास के गाँव में ठौर लिया। ऐसी विषम परिस्थिति में जन-जीवन असामान्य दौर से गुजरने लगा था। कई घरों में चूल्हे भी

नहीं जलते थे। पेट भरना मुश्किल हो रहा था।

पल्लवी को भी इसकी जानकारी हुई। वह चिंतित थी। काफी चिंतन के बाद उसे महसूस हुआ कि इतनी देरी से गोलीबारी होने के बाद भी किसी तरफ खून नहीं बहा। पल्लवी को लगा कि प्रभु शिव शंकर की कृपा का ही शायद असर हो। प्रभु को नमन करते हुए उसने बुदबुदाया, "हे ईश्वर! हे कृपानिधान! पूर्ण शांति स्थापित कर दो!...इस गाँव-टोले के लिए यह बहुत जरूरी है!"

सचमुच लहू जब मिलते हैं तो प्यार पनपता है और लहू जब बहता है, तब नफरत फैलती है। इस गोलीबारी में न लहू मिले थे और न लहू बहे थे...इससे पल्लवी को संतोष हुआ कि कम-से-कम किसी तरफ के लहू नहीं बहे थे...इसमें शांति की एक किरण टिमटिमाती नजर आने लगी थी।

दृश्य-44

घटना की जानकारी हीरा को हुई तो वह टोले में आने के लिए बेसब्र हो गया था। खासकर वह मोती से मिलने के लिए आतुर था। यद्यपि नक्सली कमांडर शुकरा उर्फ रोहित दा ने हीरा को जाने से मना किया। शुकरा ने कहा, "गाँववाले तुम्हारे खून के प्यासे हैं...तुम्हारा वहाँ जाना सही नहीं होगा...क्योंकि तुम्हारी जान को खतरा है...!"

हीरा ने कहा, "दादा!...मौत से तो मैं रोज खेल रहा हूँ...आपने ही तो सीख दी है कि मौत से मत डरो...यह सच्चा साथी है...तो आज फिर!...अब तक मेरे भाई मोती का अता-पता नहीं चला...शायद वो घर आया हो...मेरा मन कहता है कि मुझे अपने घर जाना चाहिए...आखिर मेरे भाई के सुरक्षित होने का पता कैसे चलेगा...इसलिए हमें जाना ही चाहिए दादा!"

शुकरा, "तुम्हारी जिद ठीक नहीं है हीरा!" फिर कुछ सोचने के बाद बोला, "तुम जिद कर रहे तो अपने साथ हथियार और दो साथियों को ले जाओ! पता नहीं कब उन लोगों की नजर तुम पर पड़ जाए।"

हीरा, "शुक्रिया दादा, आपने मेरी बात मान ली!"

संध्या समय जब पक्षी अपने घोंसले में समाने लगे थे, पथिक शाम के धुंधलके में अपने घरों की ओर तेजी से लौट रहे थे, हीरा भी एक पथिक की तरह अपने घर जा रहा था, जहाँ उसकी छोटी सी दुनिया में उसका छोटा भाई मोती इंतजार कर रहा होगा। हीरा यह सब सोचते-विचरते अपने घर पहुँच गया, लेकिन घर के दरवाजे पर लगे ताले को देखकर विस्मित हुआ। उसके माथे पर बल पड़ने लगे। इसी उधेड़बुन में पड़े हीरा का

माथा चकराने लगा, तभी उसके कान में स्वर फूटे, "हीरा भैया तुम आए···हीरा भैया···!" तब हीरा ने पलटकर सामने की ओर देखा तो टोले का फकीरा मिला, जो हीरा के लिए जानी-पहचानी सी आवाज थी। फिर फकीरा ने अपनी बात जारी रखी, "गाँववाले हम सबको मारने आए थे···हीरा···! शुक्र खुदा का, जिसे आप लोगों ने बचा लिया···लेकिन समझ नहीं आता कि पुलिस सिर्फ आप लोगों को पकड़-धकड़ करती है···लेकिन गाँववालों को कुछ नहीं कहते···फिर हम पर ही जुल्म क्यों···? बताओ भैया बताओ ये अल्लाह की नाइनसाफी क्यों?"

हीरा उसकी बातों से प्रभावित होते हुए बोला, "हाँ···फकीरा उसी जुल्म की तो लड़ाई है···! पुलिस-प्रशासन बड़े लोग और ऊँची जाति की हिफाजत में लगा है···हम लोगों की तो सुनता नहीं···मेरे भाई मोती की कोई खबर या अता-पता···!"

फकीरा, "हाँ···हाँ···अभी तो यहीं था···यहीं कहीं आस-पास में होगा···!"

हीरा आश्चर्य से, "यहीं था···ओह! माई गॉड!···मेरा भाई सलामत है!···अभी कहाँ गया होगा?···तुम उसे बता सकते हो फकीरा कि हीरा उससे मिलने आया है···सच मैं आज बहुत खुश हूँ···मेरा भाई सलामत है···!"

फकीरा, "हाँ बिल्कुल, वह बिल्कुल सलामत है···मैं उसे देखता हूँ···तुम निश्चिंत रहो···! मैं देखता हूँ···जाता हूँ···!"

फकीरा के जाने के बाद अपने साथियों के साथ हीरा वहीं दरवाजे पर खड़ा रहा। फकीरा मोती को खोजने चला गया।

हीरा ने अपने दोनों साथियों से कहा, "कामरेड! तुम लोगों ने मेरा घर देखा! यही है मेरी छोटी झोपड़ी···इसी में हम दोनों भाई रहते थे···माता-पिता तो बहुत पहले ही गुजर गए थे···बस हम दोनों भाई ही···यहाँ गुजर-बसर करते हैं···!"

एक ने कहा, "मेहरारू किसी की नहीं है···!"

हीरा ने सपाट लहजे में कहा, "नहीं···! अब तो आनेवाली भी नहीं!"

इसी बीच फकीरा मोती को लेकर पहुँच गया। मोती अपने भाई की ओर तेजी से लपका। तत्क्षण हीरा ने आगे बढ़कर उसे गले से लगा लिया। उसका ललाट चूमते हुए प्यार से बोला, "मेरे भाई तुम कितने दुबले हो गए हो···अबतक कहाँ था···?···तुम्हारी कोई खोज-खबर नहीं मिल रही थी···मन बहुत घबराया हुआ था···!"

मोती ने टोकते हुए कहा, "नहीं भइया! ऐसी कोई बात नहीं है···मैं मौसी के यहाँ···भाग गया था···!"

इस बीच मोती ने घर का ताला खोला। चारों जनों ने घर के अंदर प्रवेश किया। फकीरा वहाँ से चला गया। घर के आँगन में एक खाट बिछी हुई थी। हीरा अपने साथियों को खाट पर बैठने का आग्रह करते हुए बोला, "देखो भइया!···अब हमारा कोई भरोसा

नहीं···जीवन के संघर्ष में कभी भी कुछ हो सकता है···लेकिन तुम अपना खयाल रखना···और हाँ!···सुनो, गाँववालों से दूरी बनाए रखना··· !"

एक कामरेड ने टोका, "हीरा ऐसा क्यों बोलते हो···जो तुम्हारे भाई को छुएगा··· उसे हम छह इंच छोटा कर देंगे··· !"

हीरा, "लेकिन इससे क्या होगा?···मेरा भाई तो वापस नहीं आ पाएगा न··· !"

मोती, "आप लोगों के रहते मुझे कुछ नहीं होगा··· ! अच्छा भइया आप लोग गपशप करें···तब तक मैं कुछ जलपान का प्रबंध करता हूँ···और सुनो भइया!···आज रात का खाना खाकर यहीं सो जाना···तुमसे ढेर सारी बातें करनी हैं··· !"

इतना कहकर मोती रसोईघर की ओर चला गया।

हीरा, "हाँ मोती!···तुम ठीक कह रहे हो···आज हम सब खाना खाकर यहीं सो जाएँगे··· !"

दूसरा कामरेड, "उस्ताद ने मना किया है···हमें रात में निकलना होगा···कहीं पुलिस को शक न हो जाए!"

आपस में बातचीत हो रही थी। इसकी सूचना पुलिस को मिल चुकी थी। सूचना पाते ही एक प्लाटून पुलिस हीरा की गिरफ्तारी के लिए चल दी थी। बड़े ही गोपनीय ढंग से इसकी सूचना नवलेश ने ठाकुर विरेचन को दी। उस समय ठाकुर विरेचन अपने कमरे में था। विरेचन बोला, "बस यही मौका है!···साँप के फन को कुचलने का यह सुनहरा मौका है···वह तीन हैं···तो तेरह जाओ···और उन्हें तीन-तेरह कर दो!···सालों को मटियामेट कर दो···सीधे घर के अंदर प्रवेश करो···और वहीं सबको ठिकाने लगा दो···फिर ऐसा मौका नहीं मिलनेवाला!"

नवलेश, "ठाकुर चाचा!···आप भी चलेंगे क्या?"

विरेचन, "मैं अगर चला गया तो···ज्यादा शोर-शराबा हो जाएगा···फिर पुलिस के कान खड़े हो जाएँगे··· !"

नवलेश, "तो हम चलें?"

विरेचन, "हाँ··· ! अकेले मत जाना···दस-बारह साथी को जरूर साथ में ले लेना···और हथियारों की कमी नहीं रहने पाए!"

नवलेश तुरंत वहाँ से चल दिया। अपने साथ चलने के लिए गुरुदास, प्रवीण तथा अन्य दस छोकरों को समझाया और हथियार के साथ बक्सीपुर टोला चल दिया।

उधर, अँधेरा घना हो चला था। इस बीच पुलिस ने हीरा के घर को चारों ओर से घेर लिया था। एक एस.आई. ने हीरा के दरवाजे की छिटकनी बजाई। इसी तरह से पाँच-छह बार छिटकनी बजाई। आवाज सुनकर तीनों चौकन्ने हो गए। सभी अपने हाथ में हथियार लेकर तैयार थे। बाहरी दरवाजे के पीछे सभी छिप गए।

मोती ने दरवाजे के पास अंदर से आवाज लगाई, "कौन?"

दारोगा ने धीरे से कहा, "हमें उस्ताद कमांडर दा ने भेजा है···अग्निसेना को तुम सबके यहाँ आने की जानकारी हो गई है···और वे लोग गाँव को चारों ओर से घेर चुके हैं···कमांडर दा ने कहा है कि गाँववालों से बचाकर साथ ले आना···चलो जल्दी करो!"

मोती ने तीनों को इशारे में स्थिति से अवगत कराया। इसके बाद आनन-फानन में तीनों ने निकलने का प्रयास किया, तभी पुलिस ने तीनों को धर दबोचा। तीनों को कुछ भी समझने का मौका नहीं मिला। हथियार छीन लिये गए। एस.आई. ने कहा, "तुम तीनों पुलिस हिरासत में ले लिये गए हो···किसी भी तरह की चालाकी करने की कोशिश मत करना···तुम लोग चारों ओर से घिर चुके हो···!" इस बीच पुलिस ने घर की तलाशी ली। मोती भी पकड़ा गया था। शोरगुल सुनकर टोले के कई लोग वहाँ एकत्र हो गए थे।

हीरा ने एस.आई. से अनुरोध किया, "मेरे भाई मोती को छोड़ दीजिए!"

एस.आई., "इसे आवश्यक पूछताछ के बाद छोड़ दूँगा···तुम सभी नक्सली हो···!"

हीरा, "यह डरकर गाँव से भाग गया था···आज ही गाँव आया है···हम तीनों साथ चल रहे हैं···!"

हीरा के अनुरोध का पुलिस पर कोई प्रभाव नहीं पड़ा। पुलिस ने हीरा की बातों को अनसुना कर दिया। पुलिस ने चारों के हाथ पीछे घुमाकर बाँध दिए थे।

उसी समय नवलेश के नेतृत्व में अग्निसेना के करीब 15 लोग भी आ धमके थे। करीब आते देख पुलिस ने समझा कि ये लोग भी नक्सली हैं, जो अपने साथियों को छुड़ाने आए हैं। यह संदेह होते ही नवलेश की ओर बंदूक तानते हुए एस.आई. ने चिल्लाया, "हैंडसप!···अपने को पुलिस के हवाले कर दो···वरना मार दिए जाओगे!"

नवलेश और उसके सभी साथी ठिठक गए। उनके तो होश उड़ गए थे। फिर एकाएक नवलेश चीखते हुए बोला, "साथियो!···हम दोस्त हैं, प्रतापपुर के नवलेश!"

एस.आई. ने कड़े स्वर में सवाल किया, "यहाँ क्यों आए हो?"

नवलेश, "हम लोग आपका साथ देने आए हैं···कहीं ये हरामजादे भाग जाते तो···!"

एस.आई. ने उसकी बात काटते हुए कहा, "अब आप भाग जाइए···हमें आप लोगों के सहयोग की कोई जरूरत नहीं है!···चलिए फूटिए यहाँ से···जाइए···!"

नवलेश ने मंद-मंद मुसकराते अपने साथियों से कहा, "चलो साथियों···चलो···भई चलो···! पुलिस को अपना काम करने दो।" इसके बाद सभी वहाँ से खिसक लिये।

पुलिस ने हीरा-मोती और उसके दो साथियों को पुलिस कस्टडी में प्रतापपुर थाने की हाजत में बंद कर दिया। उस समय रात के दस बजे होंगे।

इसकी सूचना ठाकुर विरेचन को हुई। उसने आँखें फाड़कर चारों को घूरा। फिर दारोगा को आहिस्ते से अपने कमरे में बुलाया। दोनों चारपाई पर बैठे। विरेचन बोला, "चारों को मार देना चाहिए था···वहीं सालों को ढेर कर देते और एनकाउंटर शो कर देते···! जानते हैं नाग को छोड़ देने से मौका पड़ने पर कभी भी डँस सकता है···!"

दारोगा, "क्या मतलब?"

विरेचन, "वहीं पर चारों का एनकाउंटर कर देना था!"

दारोगा, "नहीं ठाकुर साहब नहीं···! गाँववालों ने इन लोगों को पकड़ते हुए देखा है···!"

विरेचन, "गिरफ्तारी के बाद भाग भी सकता है न···देखिए!···दारोगा साहब!··· बड़ी मुश्किल से ये लोग हाथ लगे हैं···इसके लिए मैं मोटी रकम देने को तैयार हूँ··· मैं···मैं···पचास हजार रुपए तक खर्च कर सकता हूँ···सोच लीजिए···! ये छोटी रकम नहीं है···वैसे हमने कसम नहीं खाई है···पचीस और बढ़ा दूँगा···कहें तो अभी के अभी दे दूँ···वैसे भी आप हमारी बिरादरी के हैं···!"

दारोगा ठाकुर का ऑफर सुनकर कुछ पल के लिए मौन हो गया, फिर मुसकराते हुए बोला, "ठाकुर साहब हमारी टीम में कई और भी बिरादरी से ताल्लुक रखते हैं··· ऐसा नहीं हो सकता···!"

विरेचन यह सुनकर कुछ पल तो सोच में पड़ गया फिर बोला, "हाँ तो दारोगा जी!···सभी को समझाइए न!···यह पूरी पुलिस जमात का दुश्मन है···आखिर ये बचकर भी हमीं लोगों के विरुद्ध ही न हथियार चलाएगा···!"

एस.आई. ने कुछ सोचते हुए कहा, "हाँ···ये बात तो सही है···कि ये हथियार हमीं लोगों पर उठाएगा···ये तो आप सही कह रहे हैं···ये आपकी समझदारी की बात सुनकर प्रपोजल अच्छा लग रहा है···फिर पैसा किसे बुरा लगता है···!"

यह सोचते हुए वहाँ से बाहर निकला और पुलिस से घिरे हीरा और उसके साथियों के समीप पहुँचा। हवलदार को इशारे में बुलाकर उससे बातचीत हुई। फिर दोनों पुलिस के बीच आए। दारोगा ने कहा, "इसे ले चलो···बगल की खलिहानी में···!"

एक दूसरे हवलदार ने कहा, "सर बहुत मुश्किल से तो यह हाथ लगे हैं···!"

दारोगा, "इनके हाथ पीछे की तरफ से बँधे हैं···अब इन कमीनों के पाँव भी बाँध दो!"

हवलदार, "सर! इन्हें वहाँ ले जाकर क्या करना है?"

दारोगा सिर पर हाथ फिराते हुए बोला, "ये हम वहाँ जाकर बताएँगे!"

ठाकुर के ही बगल की खलिहानी में ले जाकर चारों को एक लाइन से खड़ा कर दिया गया। उस समय चारों के पीछे कर हाथ और पाँव भी बाँध दिए गए। दारोगा ने

आदेश दिया कि तीन तरफ से पुलिस घेरे रखे तथा एक तरफ खुला छोड़ दे। आदेश के मुताबिक वैसा ही किया गया। चारों के एनकाउंटर के लिए हवलदार ने राइफल ताना तथा दारोगा ने रिवॉल्वर।

हीरा का दिमाग सक्रिय हो उठा था। वह समझ गया था कि हम लोगों का एनकाउंटर तय है। हीरा ने चेताया, "आप हमारा एनकाउंटर कर सकते हो···लेकिन सोच लो··· !"

दारोगा, "साले तुमने तो बड़ी समझदारी की बात कही···साले तुम लोग कितनों को अनाथ करोगे?···जानते हो कोबरा को छेड़कर नहीं छोड़ा जाता···उसे खत्म करने में ही भलाई है···मेरे सभी जवान!···सभी को एक स्वर में कहना है एनकाउंटर में मारा गया है···न बाँस रहेगी···न बाँसुरी बजेगी··· ! लेकिन घबराओ नहीं···सुना है तुम सब बहुत बहादुर होते हो···हम तुम्हें वीरता का कर्तव्य करने का पूरा मौका देंगे!" इन तीनों के हथियारों से पहले ही कारतूस निकाल लिये गए थे···हवलदार को खाली हथियार थमाने का इशारा करते हुए बोला, "लो अपने हथियार और लगाओ निशाना···देखूँ तुम्हारे कैसे अचूक निशाने होते हैं!"

हीरा पूरा माजरा समझते हुए बोला, "दम है तो दो अपना हथियार···और देखो कैसे अचूक निशाने होते हैं···बिना कारतूस के हथियार थमाकर बड़ा बहादुर बनते हो···" फिर मुसकराते हुए हीरा ने कहा, "हमारे एनकाउंटर के बाद क्या होगा···यह सोच लेना भी जरूरी है··· ! फिर हमारे साथी तुम्हें इतनी आसानी से छोड़ देंगे?···तुम्हारे बाल-बच्चे बॉडीगार्ड के साथ घूमते हैं क्या?..फिर उनका क्या होगा?···फिर अगर एनकाउंटर में ही मारना था तो छल से गिरफ्तारी क्यों?···यह कायरता क्यों?···तुम्हें हमारे टोले के लोगों ने गिरफ्तार करते हुए देखा है···सोच लो दारोगा!···इधर हमारा एनकाउंटर···उधर तुम्हारे घर में कोहराम मच जाएगा···बाल-बच्चों की चीत्कार सुनाई देगी···जीते जी तुम्हारी जिंदगी नरक बन जाएगी···बोले लाल सलाम!···लाल सलाम!"

हीरा की ललकार सुनकर दारोगा ने हवलदार से कहा, "जरा ठहर जाना··· !"

हवलदार, "क्यों बड़ा बाबू··· !···हमें रोका क्यों?"

कुछ पल मौन रहने के बाद बात पलटते हुए दारोगा बोला, "मरने से डर लगता है न!···सबको डर लगता है···तो फिर ऐसा करते हो क्यों रे···मरने-मारने का खेल क्यों खेल रहे हो···जरा सोचो!···जिसके पति को मार दोगे···उसकी पत्नी जिंदगी भर तुम्हें क्या कहेगी?···जिसके पिता को मार दोगे···उसके अनाथ बच्चे क्या कहेंगे?···जिंदगी भर तुम्हें कोसेंगे···कभी उसके यतीम बच्चे को देखा है तुमने?···जरा सोचो···आखिर तुम लोग यह सब सोचते क्यों नहीं?···तुम्हारी इनसानियत मर चुकी है?···तुम अपने भाई···इसका क्या नाम है···हाँ मोती···मोती···को मरता देख सकते हो?···तुम्हारे मन में

क्या-क्या खयाल हो रहे होंगे···तो फिर मौत का खेल क्यों खेल रहे हो···मेरे भाई···क्यों खेल रहे हो··· ?"

यह सुनकर हीरा फफक-फफककर रोने लगा। रोते-रोते उसने कहा, "सर!···मैं तो एक आम इनसान था···लेकिन मुझे ठाकुर और ठाकुर के लोगों ने मजबूर किया···उसने ही मुझे इस दलदल में धकेला है···उसने ही पुलिस को पैसे खिलाकर मुझ पर झूठा मुकदमा कर मेरे दामन को दागदार किया है!···शिवालय बनाने में तो हमने और हमारे टोलेवालों ने बराबर की हकदारी निभाई थी···फिर उसमें प्रवेश से रोका···क्योंकि हम नीच कुल में पैदा हुए हैं···शिवालय में गलीछाप उस पुरोहित के कहने पर···! नालिश करने हम थाने गए थे···क्या किया ठाकुर के कहने पर, उल्टे झूठे मुकदमे में थानेदार ने हमें जेल भेजवा दिया···यही ठाकुर विरेचन अपने गिरोह के साथ हमें मारने के लिए पीछा किया···तब हम जान बचाकर भागे···क्या हम ठाकुर के हाथों अपनी हत्या कराते··· !···नहीं···सर नहीं··· ! अपनी हत्या कराने से बेहतर है दुश्मनों की हत्या करना! कोर्ट में भी मुझे जमानत न देकर सिर्फ तारीख पर तारीख मिलती रही···मेरे गाँववालों पर उसने झूठी हत्या का मुकदमा कर दिया···जो आदमी मुश्किल से दो जून की रोटी जुटाता हो···सब कामधाम छोड़कर अपने को निर्दोष साबित करने के लिए मुकदमे की लंबी लड़ाई कहाँ से लड़ेगा सर!···जीता है आदमी मान-सम्मान के लिए···लेकिन हमारा मान-सम्मान सबकुछ उसने छीन लिया!···बोलिए सर! मैं क्या करता···बोलिए सर···मैं क्या करता···मैंने जो कुछ किया है···सही किया है सर···बिल्कुल सही किया है!"

इतना सुनने के बाद सचमुच एस.आई. का हृदय परिवर्तन हो गया था। हीरा की बात को काटने के लिए उसे कोई तर्क नहीं सूझ रहा था। उसकी आँखें नम हो चली थीं। दारोगा ने भर्राये स्वर में कहा, "शायद तुम सही कह रहे हो हीरा!···देखो हीरा!···परिवार में कई सदस्य होते हैं···आपस में प्रेमभाव होते हैं···जीवन के मोड़ पर कई बार थोड़ी बहुत कहा-सुनी हो जाया करती है···तो हम बागी थोड़े हो जाते हैं···हम झट से हथियार क्यों उठा लेते हैं?···यह उचित नहीं है··· !"

हीरा, "सर!···वही घर का मुखिया परिवार के एक सदस्य को एक ही टेबुल पर एक को रसगुल्ला खिलाये और दूसरे को डंडा मार अपमानित करे तो क्या बरदाश्त हो सकता है सर! परिवार के जिस सदस्य को अपमानित कर घर से निकाल देगा और यदि वह कमजोर है तो अपना शक्ति संतुलन बनाने के लिए अपना हक पाने के लिए वह बाहरी शक्ति से समझौता अवश्य कर लेगा सर! इसलिए घर के मुखिया को समान दृष्टि से देखना जरूरी होता है सर!"

कुछ देर तक यूँ ही बातचीत का सिलसिला चलता रहा। उधर ठाकुर विरेचन को पता चला कि चारों को एनकाउंटर करने के लिए बाहर ले जाया गया है। वह इस बात

से बेहद प्रसन्न हुआ। उसने खुशी से झूमते हुए दारू की बोतल निकाली, उसे गटकने लगा। जब खुमारी चढ़ी तो बुदबुदाने लगा, "साला!…मुझे मारने चला था…ठाकुर विरेचन सिंह को!…मुझे मारेगा…साला!…मेरी गरदन पर पसुली चला रहा था…आज उसकी छाती गोलियाँ से छलनी हो जाएगी।" इतना बोलकर उसने जोर से ठहाका लगाया।

दो-तीन बार बोतल की घूँट गटकने के बाद फिर बुदबुदाया, "पैसे में बहुत ताकत होती है…रुपया-पैसा कुछ भी करा सकता है…मेरे हाथ-पाँव भी मैले नहीं हुए और मेरा दुश्मन मारा गया…हूँ… !…हूँ…अभी तक मारा गया कि नहीं…गोलियाँ चलने की अभी तक आवाज मेरे कानों ने सुनी नहीं!…आखिर माजरा क्या है?…चलकर देखता हूँ… ! मरा गया होगा…शराब ज्यादा चढ़ तो नहीं गई…हाँ…हाँ ऐसा ही होगा!" इसके बाद उसने ठहाका लगाया फिर बकने लगा, "प्रत्यक्षंम् किं प्रमाणम्…हाँ… !" फिर लड़खड़ाते हुए कदमों से ठाकुर अपनी खलिहानी की ओर चल पड़ा। वहाँ का दृश्य देखकर वह अचंभित हो गया। उसे लगा मानो उसका नशा काफूर हो गया! कहीं उसे नशा तो अधिक नहीं चढ़ गया? यहाँ तो पासा ही उलट गया था। यहाँ तो मरने-मारने की कोई बात नहीं हो रही है। ये क्या?…सोचा ये तो मारेगा नहीं…क्यों नहीं हम ही इन्हें मौत की नींद सुला दें।…नाम पुलिस का होगा…अरे लेकिन मैं इन्हें मारूँगा कैसे?… बंदूक तो लाना ही भूल गया। अच्छा उपाय है! मैं इस सिपाही की राइफल लेकर चारों को खत्म कर दूँगा। यही अच्छा रहेगा।

नशे के आलम में यह सब सोचते हुए एक सिपाही के समीप गया। यूँ तो निशा की निस्तब्धता में ठाकुर की आँखें दिखाई नहीं दे रही थीं, लेकिन ठाकुर के कदमों की चाल से नीयत समझ आने लगी थी। ठाकुर को समीप आते देख सिपाही चौकन्ना हो गया। ठाकुर लड़खड़ाते हुए बुदबुदाया, "साला!…यह तो यूँ ही हाँफने लगा…राइफल को कसकर पकड़ लिया है…मानो मैं उसकी राइफल छीननेवाला हूँ… !" फिर ठाकुर ने पलटते हुए दारोगा से हकलाते हुए पूछा, "ये क्या देख रहे हैं…दारोगा बाबू… ! अभी तक हमारे दुश्मन जीवित हैं? आखिर यहाँ क्या चल रहा है?"

एस.आई., "ठाकुर साहब! आपको बीच में आने को किसने कहा… !"

ठाकुर ने लड़खड़ाती जुबान में कहा, "अजीब बात करते हैं…दारोगा बाबू…ये क्या बोल रहे हैं आप? मैंने इन लोगों की मौत का फरमान जारी किया है…मैंने इसकी मुँहमाँगी कीमत अदा की है!…फिर मैं क्यों न बोलूँ…क्यों नहीं बोलूँ…बताइए…बताइए न… !"

दारोगा, "ठाकुर साहब! मैंने कहा न आप चले जाइए! आप अभी होश में नहीं हैं… !"

पूरे सत्तर हजार रुपए दिए हैं न, हँसते हुए फिर कहा, "कहता है कि होश में नहीं

हैं···हाँ पूरे सत्तर हजार रुपए दिए हैं···हीरवा को मारने के लिए!"

फिर हीरा को घूरकर देखते हुए कहा, "लेकिन···लेकिन ये मरा नहीं···नहीं मरा···ये कैसा मजाक है भाई!···हाँ यह मजाक है···दारोगा···हमसे मजाक!" पाँच कदम दारोगा की तरफ बढ़ता है। फिर एकाएक ठिठकते हुए बोला, "दारोगाजी! मारोगे कि नहीं···हीरवा को···नहीं तो···हम मार देंगे हाँ···हम मारेंगे···हाँ ठाकुर विरेचन मारेगा!"

दारोगा, "ठाकुर साहब मैंने कहा न चले जाइए···आप होश में नहीं हैं···चले जाइए··· हमें काम करने दीजिए!"

ठाकुर ने उसी अंदाज में कहा, "चलो भई! मैं बीच में कहाँ से आ गया?" फिर अचानक चीखा, "मैं जा रहा हूँ···लेकिन इन लोगों का एनकाउंटर जरूर होना चाहिए···मैं जाता हूँ···मुझे कुछ देर में गोलियों की आवाज सुनाई देगी··· ! उसके बाद ही मुझे चैन की नींद आएगी···दारोगा साहब! फिर मैं चैन से सो सकूँगा···मैं जाता हूँ···एँ···हूँ···मैं··· !" यह कहते हुए लड़खड़ाते कदमों से ठाकुर अपने घर की ओर चल दिया।

रात बीत गई। सुबह हो गई। पुलिस ने सदल-बल हीरा और उसके साथियों को जेल भेज दिया था।

दृश्य-45

सुबह के दस बजे होंगे। एक कुरसी पर पल्लवी बैठी समाचार-पत्र उलट पुलट रही थी। हिंदुस्तान समाचार-पत्र के दूसरे पृष्ठ पर मोटे अक्षरों में प्रकाशित समाचार की हेडलाइन थी, 'बक्सीपुर से चार नक्सली को जेल भेजा गया।' समाचार का सारांश था कि कल रात बक्सीपुर से चार नक्सली बड़े ही नाटकीय ढंग से पकड़े गए। नक्सलियों में हीरा-मोती, जो दोनों भाई हैं तथा दो उनके सहयोगी बक्सीपुर के लोगों से मिलने आए थे। पुलिस को इसकी जानकारी मिली तो उन्होंने भी नक्सली बनकर दरवाजा खुलवाया और सभी को हथियार के साथ गिरफ्तार करने में पुलिस को सफलता मिली।

समाचार पढ़ने के क्रम में प्रोफेसर साहब ने वहीं रखी एक कुरसी पर बैठते हुए पल्लवी से पूछा, "क्या पढ़ रही हो बेटा···आज की ताजा खबर क्या है?"

पल्लवी ने बताया, "पापा!···बहुत ही खास और दुःखदाई खबर है···बक्सीपुर से रात चार नक्सली पकड़े गए···उनमें हीरा और उसके भाई भी शामिल हैं।" यद्यपि हीरा के बारे में पल्लवी को सभी जानकारी थी, फिर भी वह अनजान बनकर अपने पापा से पूछ बैठी, "अच्छा पापा ये हीरा वही है न···जो मेरे क्लास में पढ़ता था?"

प्रोफेसर, "हाँ···हाँ···वही हीरा!"

पल्लवी, "वह पढ़ने में बहुत तेज था···उसका दिमाग गजब का था···वह मेहनती था···उसे तो अच्छा अभिनय भी करना आता है···!"

प्रोफेसर, "हाँ बेटी! वही हीरा है···देखो न किस्मत इनसान को क्या-क्या खेल दिखाती है···!"

पल्लवी ने अपने दिमाग पर जोर देते हुए कहा, "अच्छा पापा! एक्सीडेंट के बाद उसने ही मुझे अस्पताल पहुँचाया था···और···और···उसने ही कॉलेज प्रोग्राम में 'आचार्य द्रोण की आत्मा' एकांकी खेला था···आपको याद है न पापा!"

प्रोफेसर, "हाँ···बेटी!···याद है!···गाँववालों ने हीरा के साथ बहुत अन्याय किया है···ठाकुर की काली करतूतों ने उसे नक्सली बनने पर मजबूर कर दिया···वरना वो तो वाकई हीरा है···नाम के अनुरूप वह सचमुच का हीरा निकला···उसकी बदकिस्मती देखो, ठाकुर विरेचन को लोगों ने माथे का तिलक समझ लिया है···उसे सर आँखों पर बिठा लिया है···उसकी हाँ में हाँ मिलाना लोगों की फितरत हो गई है···यह उसी का परिणाम है। पल्लवी···हम भी स्वार्थी निकले!···न्याय के लिए लड़ नहीं सके···तो उसे मनमानी करने की पूरी आजादी मिल गई है···ठाकुर ने बक्सीपुर वालों पर सितम ढाया है···वह पापी···दंभी···पाखंडी निकला···आज भी गाँववालों को सुरक्षा देने का ढोंग पीट रहा है···सभी की आँखों पर उसने पट्टी बाँध दी है···!"

पल्लवी ने कुछ सोचते हुए कहा, "पापा इसका मतलब ये हुआ कि आप भी एक तरह से उसकी हाँ में हाँ ही मिला रहे हैं···पापा···!"

अपनी बेटी के सवाल पर प्रोफेसर साहब थोड़े असहज हो उठे थे। फिर भी उन्होंने सँभलते हुए जवाब दिया, "नहीं ऐसी बात नहीं है बेटी!···सौ कौवे में एक हंस की बात कौन सुनेगा बेटी!···सच पूछो तो सारे विवाद की जड़ में शिवालय है···वह दो कौड़ी का पंडित मधुसूदन उसने अपने स्वार्थ के लिए ठाकुर को धर्म की हांडी में अफीम घोल कर पिला दिया···सम्मोहन के जरिए उसने ठाकुर की छुआछूत की बीमारी को कैंसर साबित करके छोड़ा···इसके बाद उसने शिवालय में प्रवेश रोकने के लिए गाँववालों को भड़काना शुरू कर दिया···अब ठाकुर इसे अपनी प्रतिष्ठा का सवाल बनाए हुए है···उसने गाँव के कुछ शरारती तत्त्वों को प्रश्रय देकर एक गैंग तैयार कर लिया है···वह पुरोहित तो अपनी स्वार्थसिद्धि में सफल हो गया···लेकिन उसकी लगाई आग में टोलेवाले बुरी तरह से झुलस गए···पता नहीं यह आग कब बुझेगी···पता नहीं अभी और कितने घर जलेंगे? या फिर हम सभी को राख का ढेर बनाकर ही छोड़ेगा!"

पल्लवी, "अब तो बहुत देर हो चुकी है पापा!···आग की उस चिनगारी को एक लोटे पानी से बुझाया जा सकता था···लेकिन अब तो वह चिनगारी शोला बन चुकी है···पापा!"

प्रोफेसर, "हाँ बेटी तुम सच कह रही हो···हमने तत्परता नहीं दिखाई···सभी बुद्धिजीवियों ने भी अपनी आँखें बंद कर लीं···ठाकुर जैसे दंभी के सामने सभी बौने साबित हुए···इसलिए मौन रह गए··· !"

पल्लवी, "पापा!···हवा उसी नाविक का साथ देती है···जो हवा में भी पाल पलटने की हिम्मत रखता हो···कोई भी काम असंभव नहीं···मन से प्रयास करो··· !"

एक पल रुकने के बाद पुनः पल्लवी के शब्द फूटे, "ये मैं नहीं···आपने कहा है···मैं उसी को दोहरा रही हूँ···क्योंकि ये आपकी दी हुई शिक्षा है··· ! आपने अपने छात्रों को भी यही शिक्षा दी है।···पापा आपने ही कहा था कि मन में अगर दृढ़ विश्वास हो··· धैर्य तुम्हारे साथ हो, प्रत्यन ही प्रार्थना, लोग कहे दीवाना। समझो मंजिल उसके पास है।"

बेटी की यथार्थपरक बातों ने प्रोफेसर को झिंझोड़ दिया था। वे बेटी के सामने अपराधबोध से ग्रस्त हो गए। उन्होंने निश्छल भाव से कहा, "हाँ बेटी···यह भी सत्य है।"

उसने पिता का दिली दर्द भाँपने के बाद मासूम लहजे में पल्लवी ने कहा, "पापा! निराश मत होइए···आपकी शिक्षा अधूरी नहीं जाएगी···बेटी से पहले मैं आपकी शिष्या हूँ···उस नाते हम आपका अभिवादन और धन्यवाद ज्ञापित करते हैं कि आज आपने हमें नई राह दिखा दी है···।" यह कहते हुए वह प्रोफेसर साहब के सीने से लग गई। पिता बड़ी आत्मीयता से उसके सिर पर हाथ फिराने लगे।

फिर अचानक पल्लवी आँखों में चमक लिये पापा से मुखातिब हुई, "पापा मैं जहानाबाद जाना चाहती हूँ!"

प्रोफेसर, "क्यों बेटी, ये अचानक तुम्हें क्या हो गया···तुम्हें जहानाबाद क्यों जाना है भई! और आया भी तो जहानाबाद का खयाल···वहाँ क्या रखा है बेटी··· !"

पल्लवी ने कुछ पल सोचने के बाद मुसकराते हुए कहा, "है कुछ···वो सब छोड़िए···बस मुझे जाना है···अच्छा आप इतनी जिद कर रहे हैं तो बस मुझे ये जगह बदलने का मूड कर रहा है···यहाँ पापा मैं बैठे-बैठे बोर हो रही हूँ···और इस गाँव का तनाव भरा माहौल थोड़ा उबाऊ जैसा हो गया है···सोचती हूँ प्रतियोगिता की तैयारी के लिए कुछ बुक्स भी लेते आऊँगी··· !"

प्रोफेसर, "अच्छी बात है···तो मैं भी तुम्हारे साथ चलता हूँ···मेरा भी मन बहल जाएगा···और फिर अकेले रहने से बच जाएगी··· !"

पल्लवी ने हँसते हुए कहा, "नो···नो···पापा, आप मेरे साथ नहीं आइए···अब आपकी बेटी बड़ी हो गई है···उसे भी जमाने को पहचानने दीजिए···जमाने की हवा का रुख क्या है ?···नौकरी करूँगी तब आपको साथ में ले चलूँगी···लेकिन अभी मुझे अपने

पथ पर अकेले चलना है···सिर्फ आपका आशीर्वाद चाहिए···वो तो मुझे बिना माँगे मिल जाता है···इसलिए नहीं मागूँगी···!" यह कहते हुए वह खिलखिला कर हँसने लगी।

प्रोफेसर को अपनी बेटी के चेहरे पर आत्मविश्वास झलका। उन्होंने अपनी बेटी में गजब की चमक देखी। उन्होंने आगे बढ़कर अपने बेटी को गले से लगाते हुए उसके माथे को चूमने के बाद कहा, "जा बेटी बाप का आशीर्वाद तेरा हमसाया बनकर तेरे मन-विवेक को काबू में रखेगा···लेकिन देख बेटी अपना ध्यान रखना और जल्दी आना···!"

पल्लवी के जाने के बाद प्रोफेसर साहब रात में सोते समय अपनी बेटी के भविष्य के बारे में सपने बुनने लगे। बेटी की समझदारी···दरियादिली···हिम्मत भरे स्वर का गजब का तेज···सच्चाई से मुँह नहीं मोड़नेवाली···डरकर उसका सामना करने की हिम्मत···बहुत कुछ तो है हमारी बेटी में। वह अपना जीवन अपने तरीके से जिए। यही सब सोचते-सोचते उनकी आँख लग गई।

दृश्य-46

पिता की स्वीकृति के बाद पल्लवी में जैसे पंख लग गए हों। उसने सुबह झटपट तैयार होकर पिता से हँसते हुए आशीर्वाद लिया। मखदुमपुर रेलवे स्टेशन पहुँची। उस समय डाउन गाड़ी आने की सूचना प्राप्त हो गई थी। स्टेशन पर भीड़भाड़ थी। उसी रेलमपेल में पल्लवी ने गाड़ी पकड़ ली। करीब पाँच मिनट के अंदर ही गाड़ी ईएमयू चली आई थी। बोगी के अंदर बैठने की जगह तलाशती पल्लवी की निगाहें चहक रही थीं। किंतु सीट खाली नहीं रहने के कारण मन मारकर वह खड़ी हो गई।

करीब 45 मिनट तक ट्रेन के सफर को पल्लवी ने खड़े-खड़े पूरा किया। जहानाबाद स्टेशन से उतरकर वह जहानाबाद जेल तक पहुँची।

कभी जेल से कोई वास्ता नहीं होने के बावजूद आज वह जेल जा रही थी। स्टेशन के पास एक रिक्शे में बैठकर जेल के अहाते में पहुँच गई। वहाँ मिलनेवालों की अच्छी-खासी भीड़ थी। कुछ कैदी अपने हित-नातों से मिल रहे थे। कुछ लोग कैदी से मिलने के लिए नंबर लगाने की होड़ में शामिल थे। पल्लवी ने भी कक्षपाल के पास एक स्लिप बढ़ाई। कक्षपाल स्लिप के साथ रुपए नहीं देखकर पल्लवी को घूरते हुए बोला, "फोकट में मिलना है क्या?···तुम्हें यहाँ का दस्तूर नहीं मालूम है क्या···अगर नहीं मालूम तो अगल-बगल से पता करो···देखो मुलाकाती स्लिप के साथ पैसे भी दे रहे हैं···!"

पल्लवी ने देखा कि लाइन में खड़े सभी मुलाकाती स्लिप के साथ खुलेआम पैसे

भी दे रहे हैं। पल्लवी ने झेंपते हुए कहा, "अरे मुझे नहीं मालूम था···!" यह कहते हुए पर्स से पचास का नोट निकालकर स्लिप कक्षपाल को दी। कक्षपाल ने स्लिप देखी और बोला, "इसमें कैदी संख्या और वार्ड संख्या तो लिखा ही नहीं है मेम साहब!"

पल्लवी, "ओ···अच्छा···अच्छा···! लेकिन मैं तो जानती नहीं···!"

कक्षपाल, "फिर बेकार में माथा क्यों खराब करने चली आई हो···!"

इतना बोलकर कक्षपाल ने स्लिप एवं पैसे लौटा दिए।

पल्लवी झट से बोली, "भैया···! मैं दो सौ रुपए देती हूँ···आप ही पता कर दो न···!"

कक्षपाल ने झल्लाते हुए कहा, "नहीं मेमसाहब···आप बेकार में समय बरबाद कर रही हैं···आप आगे बढ़िए···और लोगों को भी आने दीजिए···!"

पल्लवी मुँह लटकाए कुछ देर वहीं बुत बनी खड़ी रही। भारी कदमों से चलते हुए जेल परिसर में एक पीपल के वृक्ष के नीचे खड़ी होकर कोई तरकीब निकालने के लिए माथापच्ची करती रही। फिर वह आधे-अधूरे मन से जहानाबाद जेल से स्टेशन चली आई और गाड़ी के आने की प्रतीक्षा करने लगी। कुछ ही देर में घोषणा हुई कि कुछ ही समय में गाड़ी आनेवाली है। फिर उसे अचानक खयाल आया कि मैंने पिताजी से कुछ किताबें खरीदने का बहाना भी किया था। तभी उसकी नजर बक्सीपुर टोले के विजय पर पड़ गई। यूँ तो पल्लवी विजय का नाम सही नहीं जानती थी, लेकिन उसे इतना पता था कि वह बक्सीपुर का ही रहनेवाला है और वह हीरा को बेहतर जानता है। पल्लवी विजय के करीब आई और बेधड़क पूछा, "भइया!···आप तो बक्सीपुर के रहनेवाले हो न···!"

विजय ने इशारे में सिर हिलाया, लेकिन अगले ही क्षण उसने पूछा, "और आप?"

पल्लवी ने झट से कहा, "मैं प्रतापपुर की हूँ···मेरे पिताजी प्रोफेसर राजेंद्र प्रताप सिंह हैं···मैं उन्हीं की बेटी पल्लवी हूँ···!"

विजय, "अच्छा···अच्छा..! प्रोफेसर साहब की बेटी हैं आप!"

पल्लवी, "हाँ सही पहचाना!"

विजय मुँह बनाते हुए बोला, "इसीलिए बोल भी ले रहा हूँ···वरना दुश्मन गाँववाले से हम लोग बात करना पसंद नहीं करते···!"

पल्लवी ने आश्चर्य से पूछा, "क्यों भइया!···ऐसा क्यों?···क्या मैं तुम्हें दुश्मन नजर आ रही हूँ?"

विजय, "इसीलिए तो बोल रहा हूँ···प्रोफेसर साहब बहुत भले आदमी हैं···हम लोग उनका सम्मान करते हैं···खैर छोड़ो बहन···कहो···क्या घर चल रही हो···?"

पल्लवी ने मौका ताड़ा और झट से पूछा, "जब तुमने दुश्मन गाँव की लड़की को बहन बना ही लिया है तो एक बात पूछूँ···बुरा तो नहीं मानोगे?"

विजय, "नहीं··· ! क्या पूछना चाहती हो···बोलो··· !"

पल्लवी, "ऐं···ऐं···तुम हीरा के बारे में कुछ बता सकते हो?"

विजय, "लेकिन हीरा तो अभी जेल में है···मैं उससे मिलने गया था···अभी वहीं से आ रहा हूँ··· !"

पल्लवी ने सपाट लहजे में कहा, "मैं भी उससे मिलना चाहती हूँ··· !"

विजय थोड़ा चकराया फिर पूछा, "दुश्मन गाँव की होते हुए भी···कहीं लोगों को इसका पता चल गया तो··· !"

पल्लवी ने बड़े रुखे स्वर में कहा, "मालूम होने दो···मुझे इसकी कतई परवाह नहीं···जिसने टोले और गाँव में माहौल खराब किया है···उसकी हम क्यों परवाह करें··· !"

विजय, "मतलब कि आप समझती हैं कि गाँववालों ने ही टोले के माहौल को बिगाड़ा है···इसका मतलब कि आप मानती हैं बहन कि ठाकुर विरेचन सिंह सही आदमी नहीं है?"

पल्लवी ने गुस्से में कहा, "नाम न लो···उस नरपिशाच का···मुझे घृणा है···उस दरिंदे से··· !"

विजय, "सच दीदी!···तब तो आपको हीरा भइया से मिलवा सकता हूँ···लेकिन कहीं आप उसे भला-बुरा तो नहीं कहेंगी न··· !"

पल्लवी ने हँसते हुए कहा, "बिल्कुल नहीं!···जानते हो···वह मेरे साथ पढ़ता था···लेकिन उसने फाइनल की परीक्षा नहीं दी···वरना वह फर्स्ट क्लास से पास करता··· !"

हीरा की तारीफ सुनकर विजय को अच्छा लगा। उसने सोचा कि जरूर पल्लवी हीरा के व्यक्तित्व से प्रभावित है, तभी वह उससे मिलना चाहती है। इसलिए वह चाहता था कि पल्लवी हीरा से मिले। उसने कहा, "देखिए अभी एक बजा है···दो बजे से फिर मुलाकातियों का समय है···चलिए अभी पर्याप्त समय है···पहली कतार में खड़ा होना होगा···ऐसा कीजिए आप रिक्शा पकड़ लीजिए···मैं झटकते हुए पैदल ही बढ़ता हूँ··· !"

पल्लवी को उसकी सादगी पसंद आई। उसने हँसते हुए कहा, "जब बहन बोले हो तो···हम लोग एक ही रिक्शे पर क्यों नहीं जा सकते··· ?"

विजय झेंपते हुए बोला, "नहीं दीदी! ऐसी बात नहीं है···मैं अपनी औकात समझता हूँ···देखिए मैं पैदल भी चलकर रिक्शे के साथ चल सकता हूँ··· !"

पल्लवी, "ऐसा है···तो मैं भी पैदल ही चलूँगी··· !"

यह कहते हुए पल्लवी ने तेजी से कदम बढ़ा दिए। विजय भी उसके साथ हो लिया। आधे घंटे में दोनों पैदल ही जेल परिसर पहुँच गए। कक्षपाल को स्लिप के साथ पचास रुपए भी थमाने की कोशिश की तो विजय ने टोका, "नहीं दीदी! ये लोग दादा के नाम पर पैसे नहीं लेते··· !"

विजय को कक्षपाल पहचानता था। कक्षपाल ने उससे स्लिप लेकर दूसरे कक्षपाल को थमा दी। इस बीच विजय के साथ पल्लवी मुलाकाती वाली खिड़की के पास डट गई। कुछ देर बाद हीरा खिड़की के समीप विजय को देखकर चौंक गया, "अरे क्या बात है… ? तुम तो थोड़ी देर पहले ही मिलकर गए थे…कोई खास वजह… !"

विजय ने कुछ कहा नहीं सिर्फ इशारे में ही पल्लवी की ओर देखा। पल्लवी उस समय हीरा को देख रही थी। इसी बीच हीरा की नजर भी पल्लवी से टकराई तो दोनों के दिल की धड़कनें तेज हो गईं। फिर हीरा ने स्वयं को सँभालते हुए कहा, "आप यहाँ… !… मुझे यकीन नहीं हो रहा है… !" यह कहते हुए उसके कदम बढ़े और वह खिड़की के करीब आया। फिर पल्लवी भी खिड़की के करीब चली आई। बस दोनों के बीच एक खिड़की ही दीवार थी। हीरा ने अचरच भरे स्वर में कहा, "पल्लवीजी आपको यहाँ देखकर आश्चर्य हो रहा है… !"

पल्लवी ने ठंडी आह भरते हुए कहा, "क्यों!…मुझे यहाँ नहीं आना चाहिए…क्यों नहीं आना चाहिए ?…तुम्हारा हाल-चाल जानने आई हूँ…हाँ हीरा…तुमसे मिलना जरूरी था…सब कुशल मंगल है न… !"

हीरा, "जी… ! क्या कुशल-मंगल रहेगा…सबकुछ आपको पता ही है…सब बरबाद हो गया…माली ही चमन को लूट रहा है…खैर छोड़िए ये सब…प्रोफेसर साहब…मेरा मतलब…चाचा जी कैसे हैं… ?"

पल्लवी, "वो ठीक हैं…लेकिन जब सब बरबाद हो गया तो मैं कैसे ठीक रह सकती हूँ…क्योंकि गाँव तो हमदोनों का एक ही है…तालाब में एक पत्थर फेंकने पर उसकी तरंगें पूरे तालाब में फैल जाती हैं…फिर मैं कैसे ठीक रह सकती हूँ…हीरा… ?"

पल्लवी की गंभीर बात सुनकर हीरा उदास हो गया। फिर पल्लवी से बोला, "और टोले का क्या हालचाल है ?"

पल्लवी, "टोले में तबाही का मंजर है…जख्म एक उँगली में हो तो पीड़ा पूरे शरीर को होती है…इससे बचाने का कोई जतन करना होगा हीरा… !"

हीरा ने उदास मन से कहा, "अब तक तो हर जतन बेमानी साबित हुआ…अब मैं क्या कर सकता हूँ पल्लवीजी!…टोले को बरबाद करनेवाला ठाकुर अभी तक आबाद क्यों है…यही सोच-सोचकर गला जा रहा हूँ… !"

हीरा की हालत पर पल्लवी को तरस आ रहा था। तभी हीरा ने फिर कहना शुरू किया, "विरेचन की अग्निसेना को पूरे गाँव का साथ मिला…तो आग और भी भड़की… किसी पागल और सिरफिरे के हाथ में हासिये थमाने से…उसके दोनों हाथों लुआठी थमाने से अपने आपको महफूज समझना पागलपन है पल्लवीजी…जैसे करनी वैसे भरनी… !"

पल्लवी बीच में ही बात काटते हुए बोली, "हीरा तुम भी तो… !"

हीरा ने तुरंत पलटकर जवाब दिया, "मैं क्या कर सकता हूँ···पल्लवीजी!···मैं केवल प्रतिकार कर रहा हूँ···अब हम अपने भाग्य को कोसने के बजाय···उनके जुल्मो-सितम को सिर-माथे नहीं लगा सकते···चाहे जो हो जाए···!···हम रहें न रहें···स्वाभिमान को जिंदा रखना ही होगा···हम भेड़-बकरियों की तरह नहीं कट सकते···!"

हीरा की बात से पल्लवी के दिल में एक हूक सी उठी, वह बोल पड़ी, "ये क्या कह रहे हो···हीरा···तुम क्यों नहीं रहोगे?···तुम्हें कुछ नहीं होगा···तुम्हारे स्वाभिमान की लड़ाई में मैं भी साथ हूँ···! याद है हीरा! मैंने तुम्हें वचन दिया था!"

यह कहते हुए पल्लवी हीरा को निहारने लगी। हीरा थोड़ा झेंप गया। हालाँकि हीरा की बातों से पल्लवी निरुत्तर हो गई थी। उसे लगा कि स्वाभिमान से जीने का हक तो सभी को है। मैं तो इसकी समर्थक हूँ। ठाकुर विरेचन की चौधराहट को नेस्तनाबूद करने के लिए हीरा का जेल से बाहर निकलना जरूरी है। टोले को बरबाद करनेवाले ठाकुर की ठकुराई से हीरा का ये हाल हुआ है···बेचारा अपनी आत्मरक्षा के लिए कितनी मुसीबतें झेल रहा है···!

हीरा ने धीरे से पूछा, "एकाएक कहाँ खो गईं पल्लवीजी···! खुद आपने भी स्वाभिमान से जीने का दम भरा था···अपने विरोधियों को धूल चटाने के लिए दुश्मन के विरोधी पक्ष से समझौता करने की भी सलाह दी थी···याद है न आपको···कहीं भूली तो नहीं न···!"

पल्लवी ने लंबी साँस लेते हुए कहा, "नहीं हीरा···! नहीं भूली हूँ···देखो! तुमने जो किया वह तुम्हारी लाचारी थी···मजबूरी थी···क्योंकि तुम्हारे पास इसके सिवा कोई चारा नहीं था···हम तुम्हें दोषी नहीं ठहरा सकते···सचमुच में यह वर्ग संघर्ष का रूप ले लेगा···यह तो ऐसा रूप है कि दोनों जलकर राख हुए बिना अंत ही नहीं होगा···!" उसने तेज स्वर में कहना शुरू किया, "लेकिन अब बहुत हो चुका···हीरा···! अब इसका प्रतिकार करना होगा···बहुत विनाशलीला हो चुकी···अब वापस चलो···अपने घर को सँभालो···हीरा···! अब अपने उजड़े चमन को फिर से आबाद करो···हीरा···!"

हीरा ने उदास भरे लहजे में जवाब दिया, "पल्लवीजी!···जिस राह पर चल पड़ा हूँ···वहाँ से लौटना बहुत मुश्किल है···इसमें सिर्फ प्रवेश के रास्ते हैं···लेकिन निकलने का कोई मार्ग नहीं है···कोई मार्ग नहीं···अब मेरी जिंदगी···इसी रास्ते पर चलकर एक दिन खत्म हो जाएगी···!"

पल्लवी हीरा की बात सुनकर व्यथित हो गई। उसने कातर स्वर में कहा, "नहीं···नहीं···हीरा!···ऐसा मत कहो···तुम्हें वापस चलना होगा···याद रखो!···जल हवा बन सकता है···फिर हवा से जल···अँगारे भी बर्फ बन सकते हैं···बर्फ से अँगारे···तो फिर तुमने कौन सा अपराध कर डाला है कि तुम वापस नहीं आ सकते···?" पल्लवी अपने

मन की बात कहते-कहते रुक गई। उसके मन ने कहा, 'तुम्हें मेरे लिए लौटना होगा हीरा···क्योंकि अब तुम मेरी अमानत हो···तुम्हारा खयाल रखना हमारी जिम्मेवारी है···!'

चूँकि अभी यह सब कहना या इजहार करना उचित नहीं होता। इसलिए पल्लवी ने मौके की नजाकत को भाँपते हुए समझदारी से काम लिया, "तुम्हें हीरा···कुछ करना पड़ेगा···कुछ नियम बनाने होंगे···तो कुछ नियम तोड़ने होंगे···तभी कुछ पाया जा सकता है···!"

हीरा ने पल्लवी को समझाने की कोशिश की, "नहीं पल्लवी···! अब कुछ नहीं किया जा सकता···अब मेरा कोई नहीं है···बस हम और हमारे दुश्मन ही रिश्तेदार रह गए हैं···अब तो बस···दुश्मन का सफाया ही मेरे जीने का मकसद है···पल्लवीजी! आप लौट जाइए···! इस मामले में हम एक-दूसरे की कोई मदद नहीं कर सकते···!"

पल्लवी को यह सुनकर धक्का लगा। दरअसल हीरा का यह रुख उसे पसंद नहीं आया था। उसके चेहरे पर तनाव पसर गया था। पल्लवी ने सोचा फिर उसके मकसद का क्या होगा? क्योंकि वह किसी कीमत पर हीरा का परित्याग नहीं कर सकती थी। उसके मन ने कहा, 'अगर सावित्री यमराज से अपने सत्यवान को मुक्त करा सकती है तो हीरा को यहाँ से मुक्त कराना कौन बड़ी बात है?' पल्लवी ने हीरा को गौर से देखते हुए कहा, "ऐसे कैसे लौट जाऊँ···तुम्हें इस दुनिया का परित्याग करना होगा···अपने लिए···अपने टोलेवासियों के लिए···भले मैं तुम्हें जेल से आजाद नहीं करा सकती···लेकिन ठाकुर और उसके गुंडों का विनाश करने में तुम्हारा साथ देने से मुझे कोई नहीं रोक सकता···मैं उसके खोथे को जला डालूँगी···तुम्हें और तुम्हारी टोली को न्याय दिलाने में अवश्य मदद करूँगी···इसके बाद ही शांति आएगी···तुम्हें भी शांति प्रदान करने की कोशिश करूँगी···तुम्हरी राह आसान करने के लिए मैं किसी भी हद तक जा सकती हूँ···हीरा···मेरा विश्वास करो हीरा···!"

हीरा बड़े गौर से उसकी बातें सुनकर भौंचक्का था। हीरा पल्लवी के तेवर और जिद देखकर यह समझने के लिए मजबूर हो गया कि औरत की जिद के आगे पुरुष हमेशा नतमस्तक हुआ है। प्रकृति को भी नियम तोड़ने पड़े हैं···ईश्वर को झुकना पड़ा है···इस तरह हीरा की हिम्मत बढ़ने लगी थी, लेकिन वह असमंजस की स्थिति में था। क्या करूँ···क्या न करूँ···बहुत सोच-विचार के बाद हीरा ने कहा, "मैं अकेला नहीं हूँ इस राह पर पल्लवी···! माना कि शांति की राह पर चल दूँ···लेकिन मेरे सिवा टोले के अन्य लोग भी अतिवादी हो चुके हैं···उनका क्या होगा?"

पल्लवी ने झट से कहा, "टोले में तुम्हारे प्रभाव को मैं समझती हूँ···जिस प्रकार सूर्य से ताप अलग नहीं किया जा सकता···चाँद से चाँदनी अलग नहीं हो सकती···उसी तरह तुम्हारे टोले के लोग तुमसे अलग नहीं हो सकते···!"

हीरा को अब पल्लवी के दोअर्थी शब्द का भान होने लगा था। वह टोले के बहाने

हीरा के लिए सभी शब्द अपनी जुबान से निकाल रही थी। पल्लवी समझ रही थी कि हीरा अब तक उसकी भावनाओं को क्यों नहीं समझ पा रहा है कि टोलेवालों की आड़ में वह अपने दिल की बात कह रही थी। हकीकत तो ये थी कि अब पल्लवी हीरा के लिए जीना-मरना चाह रही थी। हीरा को भी कुछ ऐसा ही अहसास हुआ, लेकिन मजे की बात ये थी कि दोनों एक-दूसरे से अनजान बनने का नाटक कर रहे थे। हीरा ने स्पष्ट किया, "मैं कैसे कह सकता हूँ कि अब बस करो···बहुत हो चुका···अब शांति का मार्ग अपना लो···मैं सम्राट अशोक नहीं हूँ पल्लवीजी!···मैं अपने संगठन का एक अदना सा सिपाही हूँ···यदि मैं ऐसा करूँ तो संगठन के लोग मुझे मार देंगे···!"

पल्लवी ने तेज स्वर में कहा, "ऐसे कैसे मार देंगे···? क्यों मार देंगे···?···देखो हीरा! समझने की कोशिश करो!···मेरा-तुम्हारा मकसद एक ही है···मैं ठाकुर और उसके गुंडों के छक्के छुड़ाने की कोई कसर नहीं छोड़ूँगी···इसके बाद भी मुझे सफलता नहीं मिली तो···तो···मैं तेरे साथ तुम्हारे संगठन में शामिल होकर हथियार उठा लूँगी···मेरा विश्वास करो!"

हीरा को लगा कि पल्लवी उसके प्रति कुछ ज्यादा ही अपनापन दिखा रही है··· वह तो उसकी जात-बिरादरी का भी नहीं है। फिर मेरे प्रति उसके दिल में इतनी श्रद्धा कैसे उमड़ पड़ी? पल्लवी की जिद और उसका रुख देखकर हीरा के पास कोई चारा भी तो नहीं था।

स्नेह में समर्पण का भाव होता है। इससे कोई बच नहीं पाता है। माना कि प्रेम के कई रूप होते हैं···पत्थर को तराशकर उसे मूर्त रूप दिया जा सकता है। उसमें प्राण फूँका जा सकता है। मूर्ति में ईश्वरीय अंश डालकर मूर्तिकार उसे पूज्यनीय बना देता है। फिर लोग उसकी पूजा-अर्चना करते हैं। यह भी तो प्रेम प्रदर्शन का एक रूप है। पल्लवी ने जिस तरह से प्रेमवाण का प्रहार हीरा पर किया था, उससे वह घायल हो चुका था। सिर्फ दोनों ओर से खुलकर इजहार होना बाकी था। हीरा मन-ही-मन सोचने लगा, 'पल्लवी जिस तरह से उसकी शान में शब्द गढ़ रही है···वह तो अपनापन का प्रतीक है। हीरा उसके अचूक निशाने का वार झेलकर भी आनंद महसूस कर रहा था। मुझे पल्लवी के जोरदार आग्रह को मान लेना चाहिए···उसके विचार में दम है। मेरा मकसद पूरा करने के लिए पल्लवी की जिद शायद हमें कोई नई राह···नई रोशनी दिखा दे···मेरा मकसद···मेरी मंजिल भी तो यही है···मैं तो स्वभाव से हिंसा के खिलाफ हूँ···इस खून-खराबे की दुनिया से हमें बाहर निकलना ही चाहिए, लेकिन इस रास्ते से निकलना क्या इतना आसान है··· जितना पल्लवी समझ रही है? नहीं···नहीं कोई रास्ता नहीं है।' कुछ देर तक इसी उलझन में वह खोया रहा। फिर खुद को सँभालते हुए पल्लवी से बोला, "सिर्फ आपके चाहने से क्या होगा मेम साहब!···पूरा गाँव आपके विचारों के विरुद्ध खड़ा है···और आपके

विचारों से पूरा गाँव काफी आगे निकल गया है··· !"

पल्लवी ने उत्तेजित होते हुए कहा, "मैं ठान चुकी हूँ हीरा···वैसे मुट्ठी में कुछ समाने के लिए मुट्ठी बंद करना ही पड़ेगा हीरा··· ! याद रखो महान् क्रांति के लिए किसी–न–किसी को पहले अकेले भी चलना पड़ता है···फिर उसके अटल इरादे को देख उसके पीछे पूरी जमात चल पड़ती है··· !"

हीरा, "आप बहुत बड़ी बात कह रही हैं···पल्लवीजी··· !"

पल्लवी, "क्या लोक कल्याण के लिए अपना उत्सर्ग नहीं करोगे हीरा··· ? देखो !··· मैं भी जातीय दंभ त्यागकर जेल में तुमसे मिलने आई हूँ···एक मित्र समझ कर तुम्हें सहयोग करने आई हूँ···मैंने तो कदम बढ़ा दिए हैं···क्या तुम भी मेरे साथ दो कदम नहीं बढ़ सकते··· !"

हीरा सोचने लगा कि पल्लवी ने कदम बढ़ाने में देर कर दी, क्योंकि जिस ढंग से पल्लवी उससे बातें कर रही थी, उससे प्रतीत हो रहा था, मानो दोनों में बरसों से मधुर संबंध हैं। खासकर पल्लवी हीरा को ऐसे इशारे कर रही थी, जिससे हीरा का मन डोल रहा था। उसका सान्निध्य पाने के लिए उसका जी मचल उठा था। वह जान रहा था कि पल्लवी जो कह रही है वह सौ फीसदी सही है। लेकिन उसे अफसोस इस बात का था कि पल्लवी पहले ऐसा प्रस्ताव लेकर क्यों नहीं मिली ? वह मुझे मित्र बता रही है···मित्रता तो त्याग की बुनियाद पर ही ठहर सकती है···मैं अपने हित का बलिदान कर सकता हूँ··· लेकिन अपने टोले और पूरी बिरादरी की बात मैं कैसे कर सकता हूँ···उन लोगों ने मेरी जिंदगी···मेरा कैरियर तबाह कर दिया है···इसी कारण मुझे अतिवादी बनना पड़ा और अब अतिवादियों का दामन थामने के बाद वे वापस लौट सकते हैं ? यदि वे वापस आने चाहे तो क्या अतिवादी उसकी वापसी चाहेंगे ? उसके सामने असमंजस की स्थिति थी। उसने पल्लवी को समझाते हुए कहा, "देखिए पल्लवीजी !···शुरुआती घटना के बाद मैं गाँव के सभी बुद्धिजीवियों के पास अपने दल के साथ गया था···न्याय की गुहार लगाई थी···लेकिन किसी ने भी पुरोहित मधुसूदन और ठाकुर विरेचन के कुकृत्यों को अनुचित नहीं बताया था··· सभी उनके सुर में सुर मिलाते रहे···जरा आप ही सोचिए···उस समय गाँव के बुद्धिजीवियों ने अपने दायित्वों का निवर्हन क्यों नहीं किया ?···फिर आपको ऐसा क्यों लगता है कि विरेचन आपके इस नेक इरादे को फलीभूत होने देगा ?···वह आज भी गाँव में पुलिस कैंप का हिमायती बन कर बीस–पचीस आवारा किस्म के युवकों को हथियार थमाकर सबका बॉस बना हुआ है···सभी ने उसे हीरो बना दिया है···तो वह आपको क्या समझेगा···क्या वह आपकी जुबान नहीं बंद कर देगा ?···इस पर हमें गौर करना होगा···पल्लवी !"

पल्लवी को पहली बार लगा कि अब हीरा ने 'हमें' शब्द का प्रयोग कर उसे जोड़ लिया है। पल्लवी ने हल्की मुसकान के साथ हीरा को निहारते हुए कहा, "हीरा··· ! तुम

सचमुच में हीरा हो!···मैं तुम्हारे हालात और तुम्हारी मन:स्थिति को बखूबी समझ रही हूँ··· हम वैचारिक क्रांति से भटके युवकों को सही राह पर लाने की कोशिश करेंगे···विरेचन बहुत ही डरपोक इनसान है···उसे अकेले कुछ करने या चलने की आदत नहीं है···उसकी सोहबत भी बुद्धिजीवियों के बीच नहीं है···उसके अहंकार के कारण कोई उसके पास फटकता भी नहीं···मेरा यकीन करो···मैं गाँववालों को समझाने का पूरा प्रयास करूँगी···जिस ठाकुर को अपनी जान का खौफ हो···वह दूसरे के जानमाल की क्या रक्षा करेगा··· ? उसने तो भटके युवकों को पैसे के बल पर गुर्गे की टीम खड़ी की है···कल उसके गुर्गे पैसों के लिए किसी दूसरों के लिए भी काम कर सकते हैं···मैं तुम्हें विश्वास दिलाती हूँ कि···मैं···मैं ठाकुर के बच्चे को इतना मजबूर और पंगु बना दूँगी कि वह अपने घर में किसी कोने में दुबककर रह जाएगा···या फिर अपनी जान की भीख माँगेगा···और उसे मौत भी आसानी से नहीं आएगी···बस मुझे तुम्हारा साथ चाहिए हीरा···बगैर तुम्हारे साथ के···मैं सामाजिक विषमता की दीवार नहीं तोड़ पाऊँगी···नहीं तोड़ पाऊँगी···मेरा साथ दो हीरा··· !"

यह कहते हुए उसने अपना दाहिना हाथ खिड़की ओर बढ़ा दिया और हीरा को बड़ी मासूमियत से निहारने लगी। हीरा ने भी उसकी ओर हाथ बढ़ाया तो लगा जैसे दो दिल मिल रहे हों। आँखों ही आँखों में एक-दूसरे से बहुत कुछ बयाँ कर रहे थे। फिर अचानक पल्लवी हाथ खींचते हुए बहुत ही नाजुकता से बोली, "तुम्हें इस नरक से मुक्ति मिलेगी···तुम आजाद होगे···तब तक मैं गाँव में अलख जगाने का प्रयास करूँगी···जिस पुलिस महकमे ने विरेचन जैसे राक्षस को पनाह दी है···सुरक्षा दी है···उसी पुलिसवाले से उसकी ईंट-से-ईंट से बजा दूँगी···मुझे इसके लिए जो भी एक्सरसाइज करनी पड़ेगी··· करूँगी···लेकिन ये सब बगैर तुम्हारे सहयोग के नहीं होगा··· ! सच कहती हूँ बंदूक की गोली से विवेक की गोली अधिक खतरनाक होती है···बंदूक की गोली से सिर्फ प्राण लिए जाते हैं···लेकिन विवेक की गोली से उसकी शारीरिक-मानसिक···आर्थिक और यहाँ तक कि उसकी सामाजिक हस्ती तक को हरण कर लिया जा सकता है···मेरी भावनाओं की गहराइयों को समझो हीरा!"

अचानक गार्ड जोर से चीखा, "मुलाकातियों का समय समाप्त हो चुका है··· !"

पल्लवी समय खत्म होने से मायूस हो गई। लेकिन वहाँ से निकलना अब जरूरी था, क्योंकि जेल का फाटक बंद हो चुका था। पल्लवी व हीरा विदा लेने के वक्त दोनों एक-दूसरे को एकटक निहारे जा रहे थे। पल्लवी भारी कदमों से बाहर निकली। विजय बाहर खड़ा था। पल्लवी उसे लेकर बाजार गई। पिताजी के दिखावे के लिए दो-तीन किताबें खरीद लीं और विजय के साथ ट्रेन पर सवार हो गई।

दृश्य-47

ट्रेन में बैठने के बाद पल्लवी हीरा में ही खोई रही। लेकिन घर पहुँचने के बाद वह रणनीति बनाने में मशगूल हो गई। पल्लवी अपने बेड पर लेटी तो उसकी नींद आँखों से गायब थी। कई बार उठकर अपने बेडरूम से ड्राइंग रूम का चक्कर काटती रही। कभी सोफे पर बैठ जाती। उसका मन उसके वश में नहीं था। रात्रि का एक बज चुका था। इसी बीच उसके पिताजी बाथरूम के लिए उठे तो देखा पल्लवी सोफे पर बैठी विचारमग्न है। उन्होंने धीरे से पल्लवी के काँधे पर हाथ रखते हुए पूछा, "क्या बात है बेटी, अभी तक जाग रही हो''' ? तबीयत तो ठीक है न'''कोई बात है क्या बेटी''' ? तुम जहानाबाद से लौटी भी तो थोड़ी गुमसुम सी थी'''अगर कोई बात तुम्हें बेचैन कर रही है तो बताओ बेटी''' !"

पल्लवी खामोश रही, लेकिन अपने पिताजी को कुछ तो जवाब देना था। इसलिए उसने बात बनाते हुए कहा, "बस यूँ पापा'''अचानक प्यास लगी तो पानी पीकर यहीं बैठ गई'''हाँ थोड़ा माथा भारी-भारी लग रहा है''' !"

प्रोफेसर, "अगर तुम्हारा मन बेचैन है तो हनुमान चालीसा पढ़ोगी'''तो अवश्य नींद आ जाएगी''' !" यह कहते हुए प्रोफेसर अपने कमरे में चले गए। पल्लवी भी उठी और अपने बेड पर जाकर लेट गई, लेकिन नींद उसकी आँखों से दूर थी। वह एकटक छत को निहार रही थी।

पल्लवी रास्ते भर सोचती रही कि सचमुच उसे अब जागना होगा'''हीरा के लिए उसके साथियों के लिए'''टोलेवासियों के लिए'''गरीब-गुरबों के लिए। उसे घुन लगे सिस्टम के विरुद्ध युद्ध छेड़ना होगा। संविधान की रक्षा के लिए भी यह जरूरी है। समाज के खलनायकों'''सामंती विचारधारा रखनेवाले हिमायतियों से लोहा लेना होगा'''भटके सैकड़ों युवकों'''अतिवादियों और आपराधिक गतिविधियों में संलिप्त लोगों को नया रास्ता दिखाना होगा। पल्लवी के चेहरे पर एक उबाल था। इसलिए बिस्तर पर जाने के बाद भी उसकी आँखों से नींद गायब थी। देर रात में उसे कब नींद आई उसे पता भी नहीं चला।

प्रात: आठ बजे पल्लवी नहा-धोकर तैयार हो गई और बाहर जाने के लिए तैयार हो रही थी। इसी बीच प्रोफेसर ने उसे टोका, "पल्लवी! आज इतनी सुबह कहाँ जाने की तैयारी है''' ? क्या कोई जरूरी काम है ?"

पल्लवी ने बड़ी बेरुखी से जवाब दिया, "पापा! इस गाँव में जो मुर्दनी छाई है''' उसे मिटाने का वक्त आ गया है'''इसके लिए दो लोग पूर्णत: दोषी हैं—एक वो कमीना

पाखंडी पुरोहित और दूसरे अहंकारी और बदमिजाज ठाकुर विरेचन…इन्हीं दोनों राक्षसों के कारण गाँव और टोले में दीवार खड़ी हो गई है…मैं उस दीवार को गिराकर रहूँगी पापा!…और आज से इसकी शुरुआत करने जा रही हूँ…!"

प्रोफेसर, "ये क्या तुम बहकी-बहकी बातें कर रही हो बेटी…मैं ठीक से समझ नहीं पा रहा हूँ कि आखिर तुम इसकी शुरुआत कैसे करोगी…? वह भी अकेले…! फिर तुम जिस ढंग से बात कर रही हो…वह मुझे सही प्रतीत नहीं हो रहा है…तुम इतना बड़ा कदम उठाने जा रही हो और वह बगैर अपने पापा को बताए…ये तो हमारे संस्कार नहीं हैं बेटी…!"

पल्लवी ने अपने पिता को समझाते हुए कहा, "नहीं पापा! आप मुझे गलत समझ रहे हैं…मुझे पता था कि आप मुझे रोकेंगे…इसीलिए मैं आपको अभी नहीं बताना चाह रही थी…लेकिन मैं जो करने जा रही हूँ…उसमें संस्कार बाद में हैं…पहले मेरे सामने फर्ज है…जिसे आप सब बुद्धिजीवियों ने भुला दिया है…! संस्कार भी तो उन्हीं का बनाया है…जो कुरूप और संपूर्ण मानवता के लिए कलंक है पापा…!…आज ऐसे कलंक को मिटाने जा रही हूँ!"

प्रोफेसर, "बेटी मेरा अनुभव और विवेक बता रहे हैं कि तुम कोई गलत काम में हाथ डालने जा रही हो…वैसे तुम्हें अपने पिता से कुछ छिपाना नहीं चाहिए…!"

पल्लवी, "ऐसा नहीं है पापा! मैं आपकी बेटी हूँ…पहले आपके साथ गाँव आती थी…तब यही गाँव गुलजार लगता था…आखिर आज यहाँ क्यों वीरानी छाई है…? हमारे तथाकथित बुद्धिजीवियों के मन के अंदर कुछ और बाहर कुछ…का फर्क कब मिटेगा पापा!…आप तो आजादी के जमाने से अपने गाँव-शहर को जानते-समझते हैं…अपना संविधान बना तो कहा गया कि अब कोई बड़ा-छोटा नहीं है…कोई मालिक…या कोई दास नहीं है…जिंदगी पर सबका एक सा हक है…इसे सबने तस्लीम किया…फिर हमने तकसीम क्यों कर दिया पापा! बताइए न ये बाँटनेवाले कौन लोग हैं…! मैं जानती हूँ ये कौन लोग हैं…मुखौटे लगे चेहरों को हमें बेनकाब करना होगा पापा…! हम उनके बारे में क्यों नहीं सोचते कि जिनके पूर्वज सदियों से हमारी ड्योढ़ी से आगे नहीं बढ़े थे…जिन्हें हम कठिन परिश्रम का श्रम भी खैरात की तरह देते थे…कुत्ते को रोटी देने और उसे देने में कोई फर्क नहीं समझते थे…फिर भी वे उसे प्रसाद समझकर लेते रहे…किसी ने ऊफ तक नहीं की…जरा सोचिए पापा…सोचिए! आज वही सर्वहारा वर्ग हमारे खून का प्यासा क्यों हो गया है…क्योंकि कहीं भी उसके साथ न्याय नहीं हो रहा है…भूख…बेकारी…मिट नहीं सकती…असमानता की दीवार गिराने की हमारी औकात नहीं…विचार नहीं…रणनीति नहीं…सरकारी अमले के मारे उन बेचारों की सुध कौन लेगा पापा…? कहीं से तो लड़ाई शुरू करनी होगी…पापा…अब इसको टाला नहीं जा सकता…वक्त के हालात पर नहीं

छोड़ा सकता···समानता का अधिकार उन्हें देना होगा···ऊँच-नीच की दीवार गिरानी होगी···सामंतों-जागीरदारों का अब जमाना नहीं रहा···जो आपकी मनमानी चलेगी···आपका अपना कानून नहीं चलेगा···संविधान के तहत मिले बराबरी के अधिकार से आप उन्हें कब तक वंचित रखेंगे? अधिकार आप देंगे नहीं···जो अधिकार उन्हें संविधान ने दिया है···उसे आप अमल होने नहीं देंगे···आखिर ये सब कब तक और क्यूँ चलेगा, सभी आजाद भारत के नागरिक हैं···और नागरिक अधिकार के तहत सब बराबर हैं···!"

लगातार बोलते रहने के कारण प्रोफेसर ने उसे रोकते हुए कहा, "बस करो बेटी! तुम्हारी सारी बातें जायज़ हैं···लेकिन किताबी हैं···सिद्धांत बनाने में और उसे व्यावहारिकता का आवरण देने में बहुत फर्क है···!"

पल्लवी ने तेज स्वर में कहा, "बस पापा, उसी फर्क की मोटी लकीर को तो मिटाना है···! जरा सोचिए पापा! शिवालय बनने से पहले टोले और गाँव के लोगों में तो बनाव था···बक्सीपुर के लोगों ने शिवालय निर्माण में जी-जान लगाकर चंदा उगाही की···सबने मिलकर रंग-रोगन किया···उस समय किसी के मन में स्वार्थ की भावना क्यों नहीं पनपी थी? कभी इस पर विचार बुद्धिजीवियों ने किया?···क्यों नहीं किया···बस एक घमंडी ठाकुर के आगे सभी नतमस्तक हो गए···क्यों हो गए···क्या वह संत है···ज्ञानी है···नहीं न···फिर सब उसके झाँसे में क्यों आ गए···वो मूर्ख अज्ञानी पुरोहित···अपने आपको ज्ञानी समझता है···उसे शिवजी ने सपने में कहा था कि मेरे नजदीक मत आना···वरना मैं दूषित हो जाऊँगा···तुम नर्क भोगोगे···! पंडित ने ही पूजा पाठ और कर्मकांड करवाने का ठेका ले रखा है···पापा···हमने उसे ठेके पर रख लिया है···ठाकुर ने उसे शिवालय का ठेका दे दिया है···और सबने उसे पुरोहित मान लिया है···वह जो कहता है वह देवता की वाणी है···हमारे समाज की महिलाओं को उसने संकीर्णता की खाई में धकेल दिया है···धर्म का ठेकेदार मान लिया गया है···मैं पूछती हूँ बुद्धिजीवियों ने पुरोहित और ठाकुर से यह क्यों नहीं पूछा कि तुमने शिवालय में उसके प्रवेश पर कैसे रोक लगा दी···उनसे क्यों नहीं पूछा गया कि चंदा उगाही में साथ थे···तब उनके पैसे में छूत नहीं लगी···मिलजुल शिवालय का निर्माण किया···प्राण-प्रतिष्ठा की···तब छूत क्यों नहीं लगी···? कम-से-कम यह सवाल तो पूछा ही जाना चाहिए था पापा···वहाँ आप लोगों से भंयकर भूल हुई है···मैं उस भूल में सुधार करूँगी···और इसकी इजाजत हमें संविधान देता है···! एक पी-एच.डी करनेवाला ज्ञानी नहीं हो सकता···किंतु एक निरक्षर ब्राह्मण ज्ञानी है···यह भी हमारे संस्कार का हिस्सा है···खुद आप लोगों ने भी इसी संस्कार को माना है···लेकिन मैं इसे नहीं मानती पापा···नहीं···मानती!"

प्रोफेसर ने फिर टोका, "अब बस भी करो पल्लवी···!···सबकुछ हमारे मुताबिक नहीं चलेगा···!"

पल्लवी बिफरते हुए बोली, "नहीं चलेगा··· ! क्यों नहीं चलेगा···सभी को हक के दायरे में रहना होगा··· !···इस गाँव में किसने किसकी हत्या की? यह किसी को अब तक पता नहीं···लेकिन विरेचन ने बक्सीपुरवालों को नामजद अभियुक्त बनाकर झूठे केस में फँसाकर जेल भेजवा दिया···और हम देखते रहे···क्या प्रतापपुर के लोग दूध के धुले हैं··· ? उनका कोई जुल्म नहीं है··· ?···इसके बावजूद उन लोगों ने आप लोगों के पास आकर न्याय की गुहार लगाई···पर आप लोगों का दिल नहीं पसीजा···क्योंकि ठाकुर हाकिम बना हुआ है···वो जो फैसला करेगा···वही सर्वमान्य होगा···अब ये नहीं चलेगा··· पापा! मैं न्यायपूर्ण व्यवस्था के लिए कटिबद्ध हूँ···मैं जाती हूँ उनसे दया याचना करने··· क्षमायाचना करने···कदाचित मैं आग में पानी डालने की कोशिश करूँगी···क्योंकि गलती इधर से हुई है···इसलिए पहल भी इसी तरफ से होनी चाहिए पापा··· ! यही इनसाफ का तकाजा है···क्या मैं गलत हूँ··· ?"

प्रोफेसर पल्लवी की बातों से उठी चिनगारी से विचलित हो गए थे और उसकी न्यायपूर्ण दलील सुनकर अवाक थे। वे समझ नहीं पा रहे थे कि आज एकाएक इतनी हठी क्यों हो गई है। कहीं इसे किसी ने भड़काया तो नहीं! कहीं इसकी हठधर्मिता इसकी जिंदगी को नर्क न बना दे। कहीं गलत रास्ता अख्तियार कर लिया तो फिर क्या होगा? इसकी शादी कैसे होगी?

इधर, पापा को खामोश देख पल्लवी फिर बरसने लगी, "बक्सीपुर में उठती आग की लपटों के धुएँ से प्रतापपुर पर भी आँच नहीं आएगी···यह कैसे कहा जा सकता है पापा···वो धुआँ···हवा में तेजी से फैल गया है पापा···इससे साँस लेने में तकलीफ होगी··· दम घुटने लगेंगे···किसी का दम घुटें या नहीं···लेकिन मेरा अब दम घुटने लगा है पापा··· घुटने लगा है···हमें इस आग के दरिया को बहने से रोकना होगा पापा···रोकना होगा···मैं चीख-चीखकर गाँव के प्रत्येक घर में जाऊँगी और उस अधर्मी पुरोहित और अहंकारी विरेचन सिंह की काली करतूतों की पोल खोलूँगी···और बक्सीपुर वालों से दया की भीख माँगूँगी···कहूँगी···अब बस करो···बंद करो खून की होली खेलना···बंद कर दो···और दोनों इलाकों में पसरे मातमी सन्नाटे से मुक्त कर दो··· !"

प्रोफेसर ने तिलमिलाते हुए कहा, "बस करो बेटी! बस करो!···तुमने हमें झकझोरकर रख दिया···हमें अपने दायित्वों का बोध करा दिया···तुम्हारी बातों से लगा कि मैं प्रोफेसर लायक नहीं हूँ···मेरी सारी शिक्षा व्यर्थ चली गई···शिक्षित होने में और ज्ञान होने के फर्क का आज हमें पता चल गया बेटी··· ! तुम्हारी दलीलों ने मुझे बहुत कुछ अहसास करा दिया है···बस बेटी मुझे थोड़ा सा वक्त दो···मैं गाँव के सभी बुद्धिजीवियों को एकत्र कर ठाकुर विरेचन के षड्यंत्र से गाँव को मुक्त कराऊँगा···मुझे थोड़ा सा वक्त दे दो बेटी···तुम धीरज रखो···और घर के अंदर जाकर बैठो···मैं सब देखता हूँ···तुम्हारी

इच्छानुसार मैं सब कार्य करने की कोशिश करूँगा``कोशिश करूँगा``!"

पल्लवी का दृढ़ निश्चय और हठधर्मिता ने मानो प्रोफेसर में नई ऊर्जा का संचार कर दिया था। प्रोफेसर के दिल-दिमाग में न्याय-अन्याय और विद्वता का चिराग दीप्त हो उठा था। फर्ज का अहसास हो गया था। उनके अंदर छिपे पुरुषार्थ ने उन्हें झकझोर दिया था। उन्हें लगा जैसे उनकी बेटी ने अपने दृढ़ निश्चय से जैसे मुझमें अलख जगा दिया है``वैसे ही वह गाँव और टोले में भी कर सकती है। उनकी बेटी क्षमतावान और प्रतिभावान भी है। सचमुच अगर नारी जाग जाए तो पुरुषों को विवश कर सकती है। वह समंदर को सुखा सकती है। आसमान में सीढ़ी लगा सकती है। मेघ गर्जन को भी कुंद कर सकती है।

प्रोफेसर साहब ने उसी समय गाँव के बुद्धिजीवियों की एक सूची बनाई। उसी शाम को शिवालय में ही एक बैठक आयोजित की गई। बैठक में विशेष रूप से ठाकुर विरेचन सिंह को भी आमंत्रित किया गया। यद्यपि उन्हें अहसास था कि बक्सीपुर और प्रतापपुर के बीच चल रही अदावत के शांतिपूर्ण हल के मार्ग में अड़चनें डालने की कोशिश करेगा। लेकिन बाद में ठाकुर उलाहना न दे सके। दूसरी तरफ यह भी विचार आया कि ग्रह-विग्रह के रूप में उसी का नाम सामने था। कहते हैं कि प्रभु को प्रसन्न करने के पहले ग्रहों की पूजा-अर्चना की जाती है, ताकि प्रभु से उसके विरुद्ध चुगली नहीं कर सके।

दृश्य-48

नियत समय पर सभा शुरू हुई। इसकी अध्यक्षता प्रोफेसर साहब स्वयं कर रहे थे। सभा के प्रयोजन को उन्होंने सविस्तार सभा पटल पर रखा। जिसका सारांश था कि बक्सीपुर टोले के दलित भाइयों के साथ जो भी अनाचार और अत्याचार हुआ है, वह न्यायसंगत नहीं है। गाँववालों की ओर से जो कुछ भी हो रहा है, भर्त्सना के योग्य है। यह भी कहा गया कि दलितों को बराबरी का हक देने में हमें गुरेज नहीं करना चाहिए और भ्रांतियाँ फैलाने की कोशिश नहीं होनी चाहिए। चूँकि अन्याय का प्रतिकार करने का सबको हक है और हमें इस बात का इल्म होना चाहिए कि गाँववालों की तरफ से ही गलत हुआ है। अत: इस गाँव और टोले को बचाने के लिए हम सबका यह दायित्व है कि फिर पहले की तरह माहौल बनाने का प्रयास किया जाए``और हमारी ओर से अब पहल होनी चाहिए``यही समय की पुकार है।

इस तरह के विचार और प्रस्ताव को सभी उपस्थित सदस्यों ने उचित और जरूरी बताया, लेकिन इरादतन ठाकुर को यह प्रस्ताव नागवार गुजरा। उसने प्रस्ताव की जोरदार ढंग से मुखालफत की। उसने कहा, "टोले के लोगों ने हमारे समुदाय को काफी क्षति

पहुँचाई है···और हमने जो किया, वह इस गाँव की हिफाजत और उच्च वर्गों के मान-सम्मान के लिए किया···और अबतक जो भी आवश्यक कदम उठाए गए हैं···वो प्रतिष्ठा के लिए जरूरी था···इसलिए मेरे विचार में इस प्रस्ताव को सिरे से खारिज किया जाना चाहिए..!"

ठाकुर के बारे में सभासदों को मालूम था कि ऐसे प्रस्ताव का वह पुरजोर विरोध करेगा। इसके बावजूद सभा के अध्यक्ष और सदस्य विरेचन से असहमत थे। सदस्यों के विरोध को देखते हुए और अपनी स्थिति को कमजोर आँकते हुए वह तमतमाते हुए भरी सभा से उठकर चल दिया। उसके साथ अन्य दो-चार लोगों ने भी उनका साथ दिया और वे भी पाँव पटकते हुए ठाकुर के पीछे-पीछे चल दिए। हालाँकि सभा में उपस्थित करीब 50 सदस्यों ने एक स्वर से पारित प्रस्ताव को स्वीकृत किया था। सभी चाहते थे कि गाँव और टोले के बीच बिगड़े माहौल को हर कीमत पर सँवारा जाए और शांति प्रक्रिया बहाल हो। इसके लिए जो भी जरूरी आवश्यक काररवाई हो, उसे लागू करने के लिए यथाशीघ्र रणनीति तैयार की जाए।

इस सभा में उपस्थित एक सदस्य ठाकुर बाबूलाल सिंह ने उठकर कहा, "अच्छा हुआ कि ठाकुर विरेचन सभा से उठकर चला गया···उसने ही गाँव की दर्जन भर से अधिक महिलाओं को विधवा बनाने का काम किया है···उसका आचरण सभ्य समाज के अनुकूल नहीं है···उसी के कारण यहाँ वीरानी छाई है···खेत सुनसान पड़े हैं···फसलों की अभी तक सही ढंग से बुआई नहीं हो सकी है···गरीब किसान हाहाकार कर रहे हैं···गाँव और टोले के बीच जो कुछ हुआ वह कलंक है···उससे इतनी बरबादी हमने सही···जिसकी भरपाई नहीं की जा सकती। लोग मजूरी के लिए अपने घरों से निकलने में डर रहे हैं···आखिर किसी के जीने-खाने का अधिकार हमें छीनने का क्या हक है? मैं तो कहता हूँ···सभी खुराफातों की जड़ में ठाकुर और पाखंडी पुरोहित है···पुरोहित ने जबसे शिवालय में कदम रखा है···तबसे वह गाँव के लिए अशुभ साबित हो गया है···उसी के उकसाने पर ठाकुर भी बिदका है···मैं सभासदों की ओर से प्रोफेसर साहब के प्रस्ताव पेश करने के लिए धन्यवाद देता हूँ···जिन्होंने अंततः अपनी जिम्मेवारी समझी और हम लोगों को भी इसका अहसास कराया···आपने जो बीड़ा उठाया है···हम सभी आपके साथ हैं···!" बाबूलाल सिंह के विचार से सभी ने सहमति जताई और तालियाँ बजाकर प्रोफेसर साहब का स्वागत किया।

बैठक में लिये गए निर्णय में कहा गया कि एक शांति समिति की बैठक बुलाई जाए···जिसमें दलित भाइयों को भी शामिल किया जाए तथा उन्हें बराबर का सम्मान दिया जाए। बक्सीपुर टोले में जाकर दलित लोगों को ससम्मान आमंत्रित करने का ज़िम्मा प्रोफेसर साहब को सौंपा गया, चूँकि पूर्व में भी प्रोफेसर साहब की दलितों के बीच

अच्छी पैठ थी। उनके प्रति आदर-सम्मान का भाव था। लोग श्रद्धावश उनके पाँव छूकर आशीर्वाद लिया करते थे। परिस्थितिवश उस दिन उन्हें भी लोगों ने शत्रुभाव से देखा और उनसे भी बात करने में लोगों को परहेज था क्योंकि किसी साजिश की संभावना का हर समय खयाल आता था। दरअसल, जब समय विपरीत परिस्थिति में हो तो अच्छे लोगों को भी शक की निगाह से देखा जाता है। और यहाँ तो बात ही दलित और उच्च वर्गों के बीच अदावत की थी तो शक होना भी वाजिब था। इसलिए भ्रमवश या साजिश की बू के कारण उनसे किसी ने भी बात नहीं की। प्रोफेसर को इसका इल्म था। इसलिए वह मुसकराते हुए खाली हाथ लौट आए।

दृश्य-49

एक दिन पहले ही जमानत पर मोती की रिहाई हुई थी। वह उस समय घर में ही बैठा था। बक्सीपुर से प्रोफेसर साहब के लौटते ही फेंकू, रामदीन और दशरथ मोती के पास आए। उस समय मोती अपने आँगन में एक खटिया पर बैठा था। मोती तीनों को देखते ही बोला, "आयो!···आयो···! भइया बैठो!"

तीनों खटिया पर बैठ गए। मोती ने फिर से कहा, "कैसे हो?···क्या हाल चाल है?···चाचा आप कैसे हैं?"

दशरथ ने कहा, "ठीक ठाक···ही चल रहा है भई···!"

फेंकू, "जानते हो!···भतीजे!···प्रोफेसर राजेंद्र प्रताप सिंह बक्सीपुर आए थे···बोल रहे थे कि गाँववालों ने जो आपके साथ व्यवहार किया है···वह निंदनीय है···सभी लोग माफी चाहते हैं···अब खून-खराबा छोड़कर हम लोगों में भाईचारगी कायम हो···गिले-शिकवे भूलें···और गले मिलें···इसी के लिए एक शांति समिति की बैठक बुलाई गई है···कृपया आप लोग जरूर आइए···!"

रामदीन, "भइया!···हमको तो इसमें साजिश लगती है···प्रेम का ढोंग कर हम लोगों को बुलवा लेगा और फिर गला रेत देगा···न···न···हमें इस झाँसे में नहीं आना है···!"

दशरथ, "लेकिन वे तो बोले हैं कि शांति समिति की बैठक इसी टोले में होनी है!"

रामदीन, "तो इसी टोले पर चढ़कर मार देंगे वे लोग? अभी तो हम लोगों की संख्या भी नहीं के बराबर है!"

इधर, बातचीत हो रही थी कि उधर, प्रोफेसर साहब खाली हाथ घर लौट आए थे। उन्हें पल्लवी को रिपोर्ट करनी थी। अलबत्ता उन्होंने अपनी बेटी से कहा, "बेटी!···बक्सीपुर वाले को बहुत समझाने के बाद भी कोई मेरी बात सुनने को तैयार नहीं है···अब

मैं क्या करूँ···बेटी···!" यह कहते हुए वह कुरसी पर धँस गए।

पल्लवी ने पापा को आश्वस्त करते हुए कहा, "आप चिंता नहीं करें पापा···जब अविश्वास लोगों के दिल-दिमाग पर ज्यादा समय तक असर करेगा···तो ऐसी स्थिति उत्पन्न होना स्वाभाविक है···विचार नेक हों और हौसले बुलंद हों तो कोई भी काम भारी नहीं···है पापा···! मैं भी कोशिश करके देखती हूँ···!"

प्रोफेसर को उसके चेहरे से यह आभास हुआ कि वह निराश बिल्कुल नहीं हुई है। उसने मोबाइल से मोती को फोन किया। उधर से मोती ने कहा, "हैलो कौन?"

पल्लवी, "मैं पल्लवी बोल रही हूँ···मोती भैया!"

मोती, "हाँ पल्लवीजी! कहिए···! कैसी हैं आप? मैं तो कल ही जमानत पर छूटकर आया हूँ···अभी घर पर ही हूँ!"

पल्लवी, "भैया अभी तो गुस्से में नहीं हो न···? खैर!···अगर एक भाई को गुस्सा हो तो भी एक भाई का दंड···मुझे हँसते-हँसते स्वीकार है···क्योंकि मुझे तो इसमें भी अपनापन का अहसास होगा···!"

मोती, "क्या बात कर रही हैं दीदी!···ऐसा आप क्यों बोल रही हैं···मैं भला आप पर गुस्सा क्यों करूँगा?"

गैरों की मुट्ठी खोलने के लिए अधिक ताकत की जरूरत होती है, किंतु प्यार से इजहार करने पर मुट्ठी खोलने के लिए ताकत की जरूरत नहीं होती। पवित्र वाणी और इच्छाशक्ति व्यक्तित्व के विकास को बढ़ाने का काम करती है। इससे गैरों के जख्मों पर मरहम लगाया जा सकता है। पल्लवी ने वही किया।

पल्लवी ने बात पलटी, "मन में कई तरह के द्वंद्व चल रहे थे···तो सोचा कहीं···वैसे बहना को जलाना भाइयों को अच्छा नहीं लगेगा न···!"

मोती, "नहीं दीदी! ऐसी कोई बात नहीं है···आप कहिए न आपने कैसे याद किया···? भाई का हाथ बहनों की हिफाजत के लिए सदा उठता रहा है और उठता रहेगा···आप कहिए न भाई के रहते क्या तकलीफ हो गई?"

पल्लवी ने फिर बात पलटी, "मोती भैया एक बात बताओ! अगर बहन का गाँव जलेगा···उसकी लपटों से भाई कैसे अछूता रहेगा···?···सुना कि मेरे पापा शांति समिति की बैठक के लिए गए थे···जिसे टोलेवालों ने ठुकरा दिया है···क्या यह अजीब बात नहीं है कि एक-दूसरे के लहू के प्यासे टोले और गाँव के लोगों में आखिर कब सुलहनामा होगा···?···धन-बल और जान-माल की हो रही क्षति को रोकने के लिए बहन के आग्रह को मत ठुकराना भैया···!···तुम लोगों के रवैये से पापा बहुत दुःखी हुए हैं!"

मोती पल्लवी को समझाने की कोशिश करते हुए बोला, "दरअसल···दीदी··· बाहर पार्टी के लोगों ने बैठक में जाने से मना किया है···लेकिन मुझे लगता है कि इसका खमियाजा हम दोनों भुगत रहे हैं···जब आग हमारे बीच लगी है तो आग बुझाने के लिए

हमारे कदम ही आगे बढ़ने चाहिए…मैं कल ही भैया से इस प्रस्ताव पर बात करूँगा… मुझे पूरा विश्वास है कि भैया रजामंद हो जाएँगे…मैं इस टोले की ओर से सर से माफी माँगता हूँ…फिर मैं प्रोफेसर साहब से क्षमा माँगते हुए शांति समिति की बैठक बुलाने का आग्रह करूँगा…भगवान् आशुतोष ने चाहा तब आपकी पहल व्यर्थ नहीं जाएगी दीदी…ये मैं आपको पुन: विश्वास दिला रहा हूँ कि गाँव में माकूल वातावरण बनाने के लिए बैठक बुलाने का प्रयास करता हूँ… !"

पल्लवी ने आश्वस्त होकर कहा, "मुझे तुम पर विश्वास है…मुझे उम्मीद है तुम्हारा प्रयास गाँव और टोले के बीच सेतु का काम करेगा…फिर भगवान् शिव तुम्हारे इस काम में जरूर सहायता करेंगे भैया!"

दृश्य-50

यद्यपि पीपल वृक्ष के नीचे छाया थी, जिससे वहाँ अँधेरा लग रहा था। लेकिन उसको छोड़कर रात की चाँदनी बिखरी थी। टोले के सभी लोग उस बैठक में शामिल थे।

एक तो उमस भरी गरमी दूसरे पीपल वृक्ष के नीचे रात के अँधेरे के कारण लोग छाया से हटकर चाँदनी में ही बैठे थे। यूँ तो आकाश स्वच्छ था, लेकिन छोटे-छोटे बादल के टुकड़े चाँद से आँख-मिचौली खेल रहे थे। गरमी के कारण कुछ लोग गँजी में थे तो कुछ लोग कमर से ऊपर नग्न बदन थे। दरी और जाजिम के अभाव में लोग जमीन पर ही बैठे थे। वैसे जमीन पर घास भी नहीं थी। सपाट उजली पीली मिट्टी देखने में अच्छी लग रही थी। आपस में चर्चा शुरू हो गई थी। मोती ने जब विषयवस्तु प्रस्तुत करानी चाही तो प्रतिकूल विचार आने लगे। बैठक में विरोध के स्वर उठने लगे। किसी ने कहा, "हम लोग उन्हें मालिक…मालिक कहा करते थे…उन्होंने कभी भी हमारी इज्जत नहीं की!… कुत्ते की भाँति दुत्कारते रहे…पहले हम लोगों ने सिर उठाने की कभी हिम्मत नहीं जुटाई थी…आज हम सीना तान कर चलते हैं…उन लोगों के सामने हम लोग बैठ नहीं सकते थे…आज हम सिर उठाकर चलते हैं…हाँ…वे हमारे दो आदमी को मारते हैं…तो उनके चार लोगों को ठिकाने लगा देते हैं…अभी ही देखो न…हम लोगों के डर से ठाकुर विरेचन सिंह बीस-बीस छोकरों को हथियार थमाकर रतजगा करता है…वह भी पुलिस की गोद में बैठकर… !…उन लोगों के खेतों में रेहड़े फूट रहे हैं…खेतों में धूली उड़ रही है…अरे!… हम हाड़तोड़ काम करते थे…तो मजूरी देते थे…हम तो कहीं जाकर काम कर लेते हैं… यहाँ नहीं तो वहाँ सही…हम किसी तरह अपने बाल-बच्चों की परवरिश कर लेते हैं…

लेकिन उन लोगों को अब पता चल रहा है न···अब उनके खेतों में कभी हरियाली नहीं आनेवाली···वे जमीन को उठाकर ले जाएँगे क्या?···इसलिए मेरे विचार में शांति समिति की बैठक में भाग नहीं लेना ही अच्छा रहेगा···हम तो इस पक्ष में कतई नहीं हैं!"

बैठक में प्रस्ताव बिल्कुल एकतरफा हो गया था। शांति समिति की बैठक में भाग नहीं लेने पर कई लोग अड़े हुए थे। मोती भी सबकी बातें सुनकर खामोश रहा और लोगों को अपनी भड़ास निकालने का खुलकर मौका दिया, लेकिन फिर बड़ी चतुराई से अपनी बातें रखीं, "हमें याद रखना चाहिए कि जब हम किसी को दौड़ाते हैं···तो उसके साथ हमें भी दौड़ना पड़ता है···उससे हम दोनों ही थकते हैं···हाँ!···इससे हम इनकार नहीं करते हैं कि इस संघर्ष में हमारा आत्मसम्मान बढ़ा है और हमारे हौसले भी बुलंद हुए हैं···लेकिन मेरे खयाल में हमें यह नहीं भूलना चाहिए कि इसके लिए हमने भी बहुत कुछ खोया है···कुछ की जानें भी चली गईं···कुछ हमारे साथी अभी भी जेल की सलाखों के पीछे कैद हैं···कुछ हथियार उठाकर अतिवादियों के साथ चल रहे हैं···इस बीच हमने इतना कुछ गँवा दिया है···निकट भविष्य में इसकी भरपाई संभव नहीं है···हाँ···हमने इस बीच शांति···प्रतिष्ठा और सम्मान की लड़ाई जरूर जीती है···और हम कहीं झुके नहीं हैं···लेकिन सबसे अहम सवाल यह कि क्या अब इस लड़ाई का अंत नहीं हो जाना चाहिए···? आखिर इस लड़ाई का अंत कहाँ होगा···? क्या हम सब मर-मिट जाएँगे तब? दुनिया में हर लड़ाई का अंत निश्चित हुआ है···लेकिन सबकुछ तहस-नहस होने के बाद···तो क्या सबकुछ लुटाकर हम होश में आएँगे···शिक्षा से ही हमारे ज्ञान चक्षु खुलते हैं···कहा जाता है शिक्षा के बिना हम पूँछहीन पशु के समान हैं···हमारी गरीबी के कई कारण हो सकते हैं···लेकिन उन सभी कारणों का कारण अशिक्षा है···शिक्षा के अभाव में हमने जो तकलीफ झेली है···कम-से-कम हम आनेवाली पीढ़ी को तो इस तकलीफ में न धकेलें···इस पर हमें विचार करना चाहिए···क्योंकि अगर हमें आत्मसम्मान मिला है तो इसके लिए हमें भी आनेवाली पीढ़ी को शिक्षित करना होगा···क्योंकि शिक्षा से ही संस्कार आता है···शिक्षा ऐसी चाबी है, जिससे सभी ताले खुलते हैं। हमें अब बाल-बच्चों की चिंता करनी चाहिए···उनके बच्चों के करीब बैठाना है तो हमें उसी तरह से प्रयास भी करना होगा···हाँ···! यह शांति प्रस्ताव ठाकुर विरेचन लाता, तब हम निश्चय ही उस प्रस्ताव को ठुकरा देते···क्योंकि वही पूरे फसाद की जड़ है···हमें उसने बागी बनने पर मजबूर किया है···हम उसे कभी क्षमा नहीं करेंगे···कभी नहीं···लेकिन यह प्रस्ताव गाँव के बुद्धिजीवियों की ओर से आया है···जिसके ठाकुर विरेचन विरुद्ध है···हमारी शत्रुता ठाकुर की चौधराहट से है···और हमें लगता है कि हम लोगों ने सामूहिक तौर पर उसकी चौधराहट की बैंड बजा दी है···लेकिन कूटनीति कहती है कि अपने शत्रु के मित्र को उसका शत्रु बना दो तो जीत की शुरुआत वहीं से हो जाती है···क्योंकि ऐसा होने से शत्रु दुर्बल हो जाया करते हैं···इसलिए

मेरा मत है कि इस प्रस्ताव को मानने से हमें निकट भविष्य में भरपूर फायदा होनेवाला है···हमें लगता है···यह हमारे लिए एक अवसर है···और अवसर गँवाना अक्लमंदी नहीं है···हमें इस पर तत्क्षण गौर करना चाहिए···वरना बहुत देर हो जाएगी···बाद में ऐसा न हो कि खेत चिड़िया चुग ले···और हम पछताते रहे··· !"

मोती के विचारों से प्रभावित होना स्वाभाविक था। उसने उपस्थित लोगों के दिल-दिमाग को झकझोरकर रख दिया। कई लोगों ने सहमति जताई, कुछ लोग चुप्पी साधे रहे। किसी प्रकार की दलील नहीं दी। हालाँकि एक व्यक्ति से रहा नहीं गया तो उसने कहा, "मोती तुम्हारी बातों में दम है···इससे कोई इनकार नहीं कर सकता···लेकिन!··· लेकिन एक दुविधा है··· ! दुविधा ये है कि हमारे लोग जो जेल में कैद हैं···उनके विचार को जानना तो बहुत जरूरी है···क्योंकि जिन्होंने हमारी आन-बान और शान को कायम रखने के लिए हथियार उठाए और अतिवादियों का साथ दिया है···आखिर उनकी मर्जी भी जान लेना जरूरी होगा··· !"

मोती उसकी बातों से प्रसन्न हुआ उसने उसकी बातों से सहमति जताते हुए कहा, "तुम एकदम सही कह रहे हो···अगर तुम लोगों की राय हो तो मैं कल ही जहानाबाद जेल जाकर टोले के सभी कैदियों से उनकी रायशुमारी ले लेता हूँ··· अतिवादियों के साथ हथियार लेकर घूमनेवालों की परख भी हो जाएगी··· !" सबने इस पर एकमत से सहमति जताई।

उधर, ठाकुर विरेचन चुप बैठनेवाला जीव नहीं था। वह अपने मन में समाई सामंती तथा कुटिल बुद्धि का त्याग नहीं कर सकता था। अपने हाथों से तख्तो-ताज निकलता देख सोचने लगा कि बक्सीपुर के और गाँव के लोग एक हो जाएँगे तो वह बहुत जल्द अकेला पड़ जाएगा। फिर वह दूसरे की जान बचाने की बात तो दूर अपनी भी जान नहीं बचा पाएगा। फिर पुलिस ओपी भी उसके दरवाजे से हट जाएँगे। उसने एक चाल चली। जिनके परिजन खूनी संघर्ष में मारे गए थे, उनको भड़काया। उन्हें शांति समिति के विरुद्ध खड़ा कर दिया था।

तिनका-तिनका जोड़कर किसी समाज की बुनियाद खड़ी की जाती है। लेकिन एक शैतान दिमाग वाला इनसान अपनी खुटचाली और वैमनस्यता के कारण समाज की बुनियाद को ध्वस्त करने की मंशा अगर पाल ले तो वह बहुत खतरनाक साबित हो सकता है। जिस प्रकार बड़ी से बड़ी गाड़ी की गति को एक छोटा सा ब्रेक नियंत्रित कर देता है··· उसी तरह प्रतापपुर तथा बक्सीपुर के बीच वैमनस्यता को खत्म करने के लिए उठाए गए कदमों पर ब्रेक लगाने के लिए ठाकुर सभी कुकर्म कर रहा था। ठाकुर विरेचन घायल नाग की तरह शांतिप्रिय लोगों को डँसने के लिए चौतरफा प्रहार करने की फिराक में था।

दृश्य-51

टोले के लोग अभी भी दिल-दिमाग से शांति से गुजर-बसर करने की तमन्ना पाले हुए थे। मोती के सामाजिक चिंतन से प्रभावित होकर टोलेवासियों का हृदय परिवर्तन हो गया था। वह बहुत खुश था। वह पल्लवी को दिया हुआ वचन निभाने के लिए प्रातः जहानाबाद जेल चला गया और हीरा से मिला। उसने विस्तार से हीरा को सारी बातें बताईं। हीरा दिल से चाहता था कि पल्लवी की नेकदिली और सामाजिक भावना से किया गया प्रयास व्यर्थ नहीं जाए। उसने जेल में बंद नक्सली नेता फूलन से बातचीत की। इसके लिए फूलन बिल्कुल तैयार नहीं था। फिर भी हीरा ने फूलन को समझाते हुए कहा, "दादा!···गाँववाले माफी माँग रहे हैं···वे शांति स्थापना के लिए तैयार हैं···वे अब हमसे सहयोग की अपेक्षा कर रहे हैं···!"

फूलन गंभीर था। उसने कोई उत्तर नहीं दिया। फिर हीरा ने उसे कुरेदा, "अब गाँव की बागडोर प्रोफेसर साहब राजेंद्र प्रताप सिंह के हाथों में है···वे हमारे गुरुदेव रह चुके हैं···दादा!···शांति बहाल के लिए अब उन्हें ही आगे किया गया है···।"

फूलन हीरा की बातों से पूर्णतः सहमत नहीं था। उसके मन में कई तरह के सवाल तैर रहे थे। उसने हीरा से पूछा, "शांति···हूँ···कैसी शांति···तुम किस शांति की बात कह रहे हो हीरा···ये मेरी समझ से परे है···अब उन्हें बरबादी का अहसास हुआ है···अब हमें वे शांति का पाठ पढ़ाना चाह रहे हैं···वे चाहते हैं कि तुम सब हथियार न उठाने की कसम ले लो···मालूम है वे छल···बल की अक्ल से तुम सब पर हुक्म चलाने की मंशा पाले हुए हैं···फिर वे कोई षड्यंत्र कर हमें कानूनी पंजे में जकड़ लेंगे···हूँ···मुझे लगता है तुम सब के सब नादान हो···जो उनके बुने जाल में फिर से उलझना चाहते हो···?"

हीरा, "नहीं दादा!···नहीं! ऐसी बात नहीं है···इसकी अगुवाई मेरी क्लासफेलो पल्लवी कर रही है···उसके पिता के नेतृत्व में शांति समिति बनी है···!"

उसकी बात काटते हुए फूलन ने तंज कसा, "हूँ···हें···तुम्हारा उस छोकरी से टाँका फिट हो गया है क्या···?···तुम्हें पता है···पता है कि···किसी छोकरी से प्यार-वार करना हमारी पार्टी लाइन के खिलाफ है···हमारी फितरत में प्यार नाम की चिड़िया की कोई जगह नहीं है···!"

हीरा ने गुस्से में कहा, "नहीं दादा! तुम गलत कह रहे हो···! तुम्हें नहीं पता कि पल्लवी ठाकुर विरेचन तक से टकरा गई है···वह लड़की हमारी विचारधारा से प्रभावित है···वह अन्याय के खिलाफ मोर्चा खोल चुकी है···इसलिए तो वो समूचे गाँव से उलझ गई थी···दादा! मेरा यकीन करो···मैं सच कह रहा हूँ···दादा! आप ही ने कहा था न कि

संघर्ष कर दलित···गरीब-गुरबों और वंचितों को वाजिब हक दिलाना हमारी पार्टी का मकसद है···अब वह पूरा हो रहा है दादा··· !···फिर संघर्ष का मकसद शांति की स्थापना है···उस शांति से क्या लाभ···जिसे बाद में भोगनेवाला ही न हो··· !"

फूलन, "सिर्फ अपना मकसद पूरा होने पर संघर्ष छोड़ दोगे··· ? जो शोषण के शिकार हो रहे हैं···जिनके हक-हकूक छीने जा रहे हैं···फिर उन भाइयों के लिए कौन संघर्ष करेगा···उनका खयाल कौन करेगा···ये भी तो सोचना होगा हीरा··· !"

हीरा, "हम संघर्ष करने से कहाँ भाग रहे हैं···वैसे जीवन एक संघर्ष है···संग्राम है···दादा हमारे पहले संघर्ष के पड़ाव में ठाकुर विरेचन सिंह है···हमें उसका फन कुचलने का मौका मिल रहा है···उसे नेस्तनाबूद करने का हम अवसर चूक जाएँ···यह तो बुद्धिमानी नहीं होगी न··· ! फिर पूरा गाँव हमारे साथ है··· !"

फूलन एक लंबी साँस छोड़ते हुए बोला, "हूँ···तो तुम ठान चुके हो कि तुम और तुम्हारे टोले के लोग शांति वार्त्ता में भाग लेंगे!"

हीरा हाथ जोड़कर बोला, "हाँ दादा!···अगर तुम साथ दो तो तुम्हारा बड़ा उपकार होगा··· !"

यह सुनकर फूलन बहुत सोच में पड़ गया। कुछ क्षण बाद फूलन ने इशारे में स्वीकृति दे दी। इसके बाद हीरा ने फूलन के पाँव पर गिरते हुए कहा, "दादा आपके इस उपकार को मैं जिंदगी भर नहीं भूलूँगा!"

इधर, हीरा से सहमति मिलते ही मोती खुशी से उछलते-कूदते घर पहुँचा। टोले में लोगों को बताते हुए शाम हो गई। योजना बनी कि सुबह प्रतापपुर चलकर प्रोफेसर साहब को पूरी बातें बता दी जाएँगी।

सवेरे ही मोती टोले की एक टीम लेकर प्रोफेसर साहब के घर पहुँच गया। उस समय दरवाजा अंदर से बंद था। मोती ने बाहर से कुंडी बजाई तो पल्लवी ने आकर दरवाजा खोला। मोती एवं उसके साथ कई लोगों को देखकर वह बहुत खुश हुई। पल्लवी चेहरे पर मुसकान बिखरते हुए बोली, "मोती भइया आपने अपनी बहन की लाज रख ली···आइए अंदर आइए···आप सब बैठिए··· !"

बरामदे पर एक बड़ी चौकी में बिछावन लगा हुआ था। इस पर मेहमान ही बैठा करते थे। मोती मुसकराते हुए शिष्यमंडली के साथ उसी चौकी पर बैठ गया। इस बीच पल्लवी से सूचना पाकर प्रोफेसर तुरंत बरामदे में पहुँचे। मोती ने उठकर प्रोफेसर साहब के पाँव छुए। शिष्टमंडली के सदस्यों ने भी उनका अभिवादन किया। प्रोफेसर ने मुसकराते हुए कहा, "मोती बेटे!···कहो!···हमारे प्रस्ताव पर सकारात्मक सहमति बन गई न··· !"

मोती, "जी हाँ सर! आपका प्रयास व्यर्थ नहीं गया···हम लोगों के बीच आपसी सहमति बन गई है···अब आप अपनी ओर से पहल करें!"

बातचीत के क्रम में पल्लवी सबके लिए चाय-बिस्कुट लेकर पहुँची। प्रोफेसर अपनी पल्लवी की ओर देखते हुए बोले, "जानते हो बेटे!···शांति बहाली के लिए पल्लवी ने जो भूमिका निभाई है···उसे मैं नहीं भुला सकता···इसने ही मेरा हौसला बढ़ाया···मेरी बेटी बहुत समझदार हो गई है···लो तुम लोग चाय पियो···पियो भई अब संकोच कैसा···बड़े-छोटे का भाव कर्म और संस्कार से आता है···हमें अभी खाइयों को पाटना है···अभी हमें लंबा सफर तय करना है···अभी तो सिर्फ शुरुआत हुई है···!" यह कहते हुए प्रोफेसर साहब भी चाय की चुस्की लेने लगे।

चाय की चुस्की लेते हुए मोती ने कहा, "सर!···आप खाली हाथ लौटे थे न···इसके लिए हम दिल से दुःखी हैं···हम शर्मिंदा हैं···असल में मुझे भी पूरे टोले में आम सहमति बनानी थी···उजड़े चमन को बसाने में थोड़ा वक्त तो लगता है न···!"

पल्लवी मोती की बातों से प्रभावित हुई। इस बीच चाय खत्म होने के बाद पल्लवी चाय की प्याली वगैरह ले गई। पुनः कुछ देर बाद लौटी तो एक ने टोका, "भला दीदी हम लोगों के झूठी कप उठाकर ले गई···ये हमें अच्छा नहीं लगा···!"

पल्लवी ने उसे प्यार से डाँटते हुए कहा, "क्यों मैं इससे अछूत हो गई क्या···? नहीं भइया ऐसा मत सोचो···! अभी पापा ने जो कहा···उसे इतनी जल्दी भूल गए···! हम सब बराबर हैं···ईश्वर ने सबको एक जैसा बनाया है···उनकी निगाह में कोई छोटा-बड़ा नहीं···हम अपने कर्मों के अनुसार छोटे-बड़े होते हैं···देखो आज ठाकुर अपने छोटे कर्मों से समाज की नजरों में किस कदर गिर गया है···!"

मोती, "सुना साथियो! दीदी ने लाख टके की बात कही है···!" सबने सहमति में सर हिलाया।

इस बीच प्रोफेसर साहब ने कहा, "अच्छा भई आम सहमति बनाकर तुम लोगों ने बड़ा काम किया है···अब शांति समिति की बैठक के लिए हम दिन-तारीख तय कर शीघ्र सूचना देने का काम करेंगे···!"

तमाम औपचारिकता के बाद शिष्टमंडली के साथ मोती अपने घर वापस चला गया।

दृश्य-52

ठाकुर विरेचन इस बीच सारी गतिविधियों की सभी सूचनाएँ प्राप्त कर रहा था। उसने कई हत्याएँ एवं अन्य जघन्य अपराध किए, लेकिन स्थानीय थाने के

सहयोग के कारण किसी मुकदमे में भी उसे सजा नहीं मिली थी। स्थानीय थाने द्वारा सभी मुकदमे में ठाकुर विरेचन को क्लीन चिट मिलती गई। वहीं टोले के लोगों द्वारा अपराध नहीं करने पर भी अपराधी बनाया गया और कुछ में सजा भी मुकर्रर कर दी गई थी। यहाँ तक कि सजा दिलाने में तत्परता भी देखी गई।

कानूनी प्रक्रिया की जटिलताओं, न्याय पाने में असमानताएँ एवं अपारदर्शिता के कारण पीड़ित वर्ग में असंतोष व्याप्त था। यह लोकतंत्र की विफलता का बहुत बड़ा कारण है। जिस प्रकार एक घर का मुखिया परिवार के एक सदस्य पर प्रेम बरसाता है और दूसरे से नफरत करता है तो वैसे घर को बिखरते या बरबाद होते देर नहीं लगती। इसी तरह कानून के रक्षकों द्वारा इस प्रकार भेदभाव किए जाते हैं तो एक वर्ग में असंतोष होना लाजिमी है।

सूखे तरुवर में हरे-भरे पत्ते को उगते देखकर जितनी खुशी होती है, उससे भी अधिक खुशी प्रोफेसर साहब को हो रही थी। सबसे अधिक खुशी उन्हें अपनी बेटी पल्लवी से हो रही थी। पल्लवी पिता के सामने ही सोफे पर चावल चुन रही थी। वह पल्लवी को निहारते हुए बोले, "पल्लवी! चावल के एक-एक दाने अलग कर कंकड़-पत्थर ढूँढ़ रही हो…न!…चावल इसलिए चुना जाता है ताकि दाँतों तले कंकड़ नहीं पड़े…फिर भी अगर पड़ जाए तो हम पूरा कौर मुँह से निकालकर फेंक देते हैं…तुम तो बेटी चावल में एक भी कंकड़ नहीं छोड़ती…फिर तुम मुझे कैसे छोड़ती… !"

पिता के ऐसा कहने पर पल्लवी ने अपने पापा को गौर से देखते हुए कहा, "क्या मतलब पापा… ? मैं समझी नहीं… !"

प्रोफेसर ने हँसते हुए कहा, "मेरे कहने का मतलब ये है बेटी तुमने इतनी सफाई से सबकुछ किया कि कहीं भी कंकड़ पत्थर मिला ही नहीं…तुमने तो मुझे भी इस तरह से कर्तव्यबोध करा दिया कि हमें पता ही नहीं चला कि तुमने कब मेरे मन में पड़े दुर्गुण रूपी एक-आध कंकड़ को भी नहीं छोड़ा…सब निकाल दिया…वरना…मुझमें भी अवगुण रूपी कंकड़ पड़ा ही रह जाता…इसी तरह हमें अपने टोले और गाँव के सभी कंकड़-पत्थर चुनकर साफ कर देने हैं…अभी हमें बहुत सारे कर्तव्य निभाने हैं…देखो बेटी!…अभी हमने सबके मन के खेतों में बीज बोया है…फिर फसल कटकर घर आ जाए तो समझो…सब ठीक हो गया…जिस प्रकार सूर्य के अस्त होने के बाद में जुगनू चमक-चमककर इतराने लगते हैं…उसी प्रकार ठाकुर विरेचन ने हमारी कर्तव्यहीनता के कारण ही पूरे गाँव और टोले को तबाह किया…तुम इत्मीनान रखो बेटी… ! अब हम कतई ठाकुर की ठकुराई नहीं चलने देंगे…नहीं चलने देंगे… !"

वह सोफे से उठे और अपने पड़ोसी नारायण को बुलाकर सभी बुद्धिजीवियों के यहाँ शांति समिति की बैठक के लिए सूचना भेजी। यह बैठक उसी दिन शाम में शिवालय

के पास रखी गई थी, जिसमें ठाकुर विरेचन को नहीं बुलाया गया था।

ठाकुर विरेचन को ज्यों ही मालूम हुआ कि दोनों पक्ष शांति वार्त्ता के लिए तैयार हो गए हैं, उसका जी दहल गया। वह अंदर से हिल उठा। उसे लगा सचमुच ऐसा हुआ तो वह अतिवादियों के हाथ मारा जाएगा, क्योंकि पुलिस का भी कैंप समाप्त हो जाएगा। गाँव और टोले पर उसके एकछत्र राज पर ग्रहण लग जाएगा। अपनी हुकूमत पर चोट पड़ते देख उसका माथ ठनका। उसे लगा कि विधायक और उनके बड़े रसूखवाले साथी-संगी भी बिदक जाएँगे। विधायक यह समझेंगे कि अब ठाकुर के हाथ से वोट बैंक निकल गया है। उसने सोचा कि जब उसमें कुछ बचेगा ही नहीं तो उनके खैरख्वाह उन्हें कूड़ेदान में फेंक देंगे। फिर पुलिस एवं अन्य पदाधिकारियों का भी विश्वास वह खो देगा। वह दो कौड़ी का इनसान नहीं रहना चाहता था।

उसने एक रणनीति के तहत वर्ग संघर्ष में मारे गए मृतकों के परिजनों को अपने बँगले पर बुलाया। कंचनपुर के राय बहादुर को विशेष तौर पर आमंत्रित किया। इसके अतिरिक्त वैसे लोगों को भी बुलाया गया, जो ठाकुर विरेचन की जी हजूरी करते थे। सभा की काररवाई शुरू हुई। ठाकुर विरेचन सभा को संबोधित करते हुए बोला, "भाइयो!... मेरी कुर्बानी आपसे छिपी नहीं है...मैंने तन-मन-धन लगाकर आपकी रक्षा की है...इसके लिए मैंने अपनी जान की बाजी लगा दी है...और आपके आत्मस्वाभिमान की रक्षा की है...अभी भी उन चरमपंथियों से मैं लोहा ले रहा हूँ...इस सभा में उपस्थित कई परिवारों ने अपना बेटा या किसी ने अपना भाई खोया है!...क्या हम उनकी कुर्बानी को यूँ ही बेकार जाने दें!...नहीं मेरे जीते जी ऐसा नहीं हो सकता!...हमें गिन-गिनकर बदला लेना है...खून के बदले खून और जान के बदले जान लेनी है! याद रखें साथियो! व्यक्ति मरता एक बार है...हम जिएँगे तो शान से मरेंगे भी तो सम्मान से...! जरा सोचिए!...जो कल तक हमारे तलवे चाटते थे...वे आज हमारे सिर पर चढ़कर तांडव करेंगे...और हम उन्हें करने देंगे!...हमें प्रतिष्ठा में प्राण गँवा देना मंजूर है...लेकिन झुकना मंजूर नहीं...हमारी पीढ़ियों ने यही सीख दी है...हम जोखिम को गले लगाते रहे हैं...इसलिए हम जोखिम आगे भी उठाते रहेंगे...! मैं आपको पूर्ण विश्वास दिलाना चाहता हूँ कि हमें अफसोस के साथ कहना पड़ रहा है कि हमारे ही गाँव के कुछ लोग भयभीत होकर आत्मसमर्पण की मुद्रा में आ गए हैं...क्या यह उनका कायराना अंदाज नहीं है...आत्मसमर्पण को नाम दिया गया है शांति वार्त्ता...! अरे भई! शांति वार्त्ता ही लेकर आना था तो उन लोगों को लेकर आना चाहिए था?...उन्हें दया की भीख माँगनी चाहिए थी...जरा सोचिए! हमारे पास धन-बल और बुद्धि-विवेक की कमी है?...उनके पास है क्या? फिर भी शांति प्रस्ताव लेकर हम जाएँ!...हम प्रोफेसर और उनकी मंडली की निंदा करते हैं और आप सभी से आग्रह करते हैं कि उनकी मंडली से तौबा करें!...वरना हमारी पुरखों की बनाई गई प्रतिष्ठा धूल में

मिल जाएगी···क्या आप सब हमारे विचार से सहमत हैं··· ? यदि नहीं तो हाथ उठाइए!"

सभा में उपस्थित सभी सदस्यों में से किसी ने भी हाथ नहीं उठाए। सिर्फ सभी एक-दूसरे को देखते रहे। यह देखकर ठाकुर बहुत खुश हुआ। कुछ लोगों ने उनकी तरफदारी में कुछ शब्द कहे, जो ठाकुर को विचारणीय लगा। सभा समाप्ति के बाद सभी लोग अपने घर चले गए।

पुराने जख्मों को कुरेदने पर अधिक पीड़ा होती है। इसी तरह ठाकुर विरेचन ने पुरानी पीड़ा की याद दिलाकर लोगों के मन में नफरत पैदा करने का पूरा प्रयास किया था। उसने अपनी आन-बान-शान की चाशनी घोलकर सबको रसपान कराया था, लेकिन बक्सीपुर टोलेवालों के कष्ट के बारे उन्होंने एक शब्द भी नहीं कहा। उल्टे शांति वार्त्ता की खिल्ली उड़ाई, हालाँकि विरेचन में अब वह पहलेवाली अकड़ में थोड़ी कमी झलक रही थी, लेकिन आदतन वह सामंती विचारों···चाल-ढाल को नहीं छोड़ पा रहा था। वह स्वतंत्रता, समानता जैसे मौलिक अधिकारों के विपरीत आचरण करने में ही अपनी शान समझता था। यही कुविचार शांति मार्ग में बाधक बना हुआ था। आग के लिए तो एक तिल्ली काफी होती है, लेकिन आग की लपटों को बुझाने के लिए हजारों हाथ चाहिए। इस आग को बुझाने के लिए उसके पास धैर्य, त्याग, प्रेम और विश्वास रूपी जल का अभाव था। जल से भरे कलश को तो पल्लवी ने अपने पापा को थमाया था।

दृश्य-53

प्रोफेसर साहब को विश्वास था कि ठाकुर विरेचन शांति वार्त्ता में खलल डाल सकता है। इसलिए उन्होंने शांति समिति की बैठक का स्थान और समय बदल दिया था। अब शिवालय के बदले गाँव के बीच पीपल के पेड़ के पास तथा शाम के बदले दस बजे दिन में बैठक आहूत की गई। गाँव का दायरा बड़ा था इसलिए सौ से अधिक बुद्धिजीवियों ने बैठक में भाग लिया था। उमड़ी भीड़ को देखकर प्रोफेसर प्रसन्न थे। बैठक में कुछ महिलाओं ने भी भाग लिया था। उसमें पल्लवी भी शामिल थी। प्रोफेसर ने सभा को संबोधित करते हुए कहा, "आग से कभी आग नहीं बुझती···उसे पानी से ही बुझाना पड़ता है···अगर हमें कोई उकसाता है या गुस्सा प्रकट करता है तो हमें धीरज और संयम से काम लेना है···याद रखें!···जख्म को कुरेदने पर नासूर बन जाता है···जख्म को ठीक होने के लिए मरहम की जरूरत होती है···उन दलितों के पास खोने के लिए कुछ नहीं है···वे यहाँ भी मजदूरी करते थे···बाहर भी कर रहे हैं···खो तो हम लोग रहे हैं···

जिनके पास जितना अधिक है···उतना खो रहे हैं···इसलिए हमेशा ध्यान रखना होगा कि शांति प्रक्रिया बाधित न हो···वैसे भी बुद्धि कभी उग्र नहीं होने देती···यहाँ उपस्थित सभी लोग बुद्धिमान और परिष्कृत हैं···भले कुछ में अक्षर ज्ञान का अभाव हो···लेकिन समझ सभी में···सभी अपना बुरा-भला समझते हैं··· !"

प्रोफेसर साहब की सभा खत्म होने के बाद दोपहर में बक्सीपुर टोले में भी बैठक आयोजित थी। बैठक बक्सीपुर टोले के बीच पीपल के वृक्ष की छाया में रखी गई थी। पीपल के वृक्ष के मूल में ब्रह्म उसकी पत्तियों में देव तथा दानव के निवास हैं। वैज्ञानिकों ने भी माना है कि पीपल के वृक्ष से सबसे अधिक आक्सीकरण होता है। सभा में दोनों पक्ष के लोग विराजमान थे। सभा में किसी तरह से माहौल बिगड़े नहीं इसलिए सूत्रण भी प्रोफेसर ने ही किया। दलित टोले के लोगों को समझाना था, इसलिए प्रारंभ उन्हीं के मन की बात से हुई। यदाकदा अपने गाँव की खामियाँ भी गिनाते रहे, जिससे दलित लोग काफी प्रभावित हो रहे थे। उन्होंने कहा, "कुछ ही वर्षों में हम लोगों ने बहुत खोया और सिर्फ खोता चला गया···इसमें किसी ने कम खोया तो किसी ने अधिक पर दोनों पक्ष के लोगों ने ही खोया है···हम यह कहते हुए शर्म और ग्लानि महसूस कर रहे हैं, टोले गाँव की आत्मा होती है···आत्मा के बिना शरीर को पंचतत्त्वों में विलीन कर दिया जाता है···मतलब कि आत्मा और शरीर दोनों एक-दूसरे के पूरक हैं···यों कहे कि एक के बिना दूसरे की कल्पना नहीं की जा सकती है···उसी तरह टोले और गाँव एक-दूसरे के पूरक हैं···अर्थात् टोले के हित में ही गाँव का हित है···उसी तरह गाँव के हित में ही टोले का हित है। इसीलिए दोनों के बीच संघर्ष अथवा नफरत से दोनों की तबाही है। पिछले वर्षों में टोले के साथ दुःखदाई घटनाएँ हुईं, वह दुर्भाग्यपूर्ण था···पहले तो मात्र एक फुंसी हुई थी···जिसका त्वरित और सटीक इलाज किया गया होता तो फोड़ा नहीं बनता···सचमुच पहले हम अपने कर्तव्यों के प्रति जवाबदेह नहीं थे···अन्यथा फुंसी से फोड़ा नहीं बनता···खैर!···जो हो गया···उस पर अफसोस से कोई फायदा नहीं एवं वह पुनः नहीं दुहराया जाए, इस पर पूरा ध्यान केंद्रित होना चाहिए···अब हमें प्रचंड अग्नि के विनाश से बचना होगा···यह कार्य दोनों पक्षों की ओर से पावन मन के बिना संभव नहीं है···कहते हैं···पीपल के मूल में ब्रह्म देव का निवास होता है···और पत्तियों में देवताओं के···इसलिए हमें इनको साक्षी मानकर मन, कर्म और वचन से प्रयास करना होगा कि दोनों पक्षों के बीच सदा के लिए तनाव समाप्त हो जाए···और प्रेम···विश्वास···आपसी भाईचारगी बहाल हो··· !"

इसके बाद अन्य वक्ताओं ने मधुसूदन पुरोहित और ठाकुर विरेचन द्वारा जो दलितों पर अत्याचार किए गए थे, उसकी विस्तार से चर्चा की। उसकी भर्त्सना की गई। गाँव और टोले के बीच बढ़े वैमनस्य भाव के लिए दोनों को जिम्मेवार ठहराया

गया। कहा गया कि हमारी उदासीनता के कारण ठाकुर विरेचन को मनमाना करने की छूट मिल गई···उसके गलत मंसूबे को पंख लगे···बल्कि उसके पापकर्मों में जाने-अनजाने हम भी शरीक हो गए···वह पापी अब भी गाँव की सुरक्षा के नाम पर चंदे वसूल रहा है···गाँव के कुछ युवकों को बंदूक थमाकर कानून के साथ खिलवाड़ कर रहा है···जिस पर अंकुश लगाने की सख्त जरूरत है···वह धन-बल···पैरवी-पैगाम के आधार पर टोलेवासियों का दमन करता रहा है···इस पर लगाम लगाने के लिए हमें एक शिष्टमंडली लेकर पुलिस अधीक्षक से बात करनी होगी···इस टोले के बच्चे···जो हमसे रुठे हुए हैं···और अतिवादियों से जा मिले हैं···उनकी वापसी तय करनी होगी··· उनके जानमाल की पूरी सुरक्षा का हमें जिम्मा उठाना होगा···उन लोगों के खिलाफ जो मुकदमे किए गए हैं···उन्हें भी वापस लेना होगा और गाँव में सम्मान देना होगा···यह हमारा दायित्व है···!

प्रोफेसर ने कहा, "मैंने अपने विचार रखे···अब आप सभी विचारों पर गौर करते हुए···अपने-अपने सुझाव पेश करें!"

मोती ने कहा, "सर! आपने जितनी बातें रखी हैं···अब हमें कुछ कहने की जरूरत ही नहीं रह गई है···हम टोले की ओर से आपके विचारों से शत-प्रतिशत सहमत हैं···!" इस पर सभा में उपस्थित सभी लोगों ने मोती की हाँ में हाँ मिलाई।

सत्यप्रकाशजी हाल ही टेहटा उच्च विद्यालय से सेवानिवृत्त हुए थे। वे हिंदी एवं संस्कृत के प्रकांड विद्वान् थे और हाईस्कूल के शिक्षक पद से सेवानिवृत हुए थे। वे धर्मशास्त्रों एवं कर्मकांड के समीक्षक भी थे। वे जाति से ब्राह्मण अवश्य थे, किंतु वे किसी वाद के पोषक नहीं थे। उनके नाम के बाद पांडेय उपाधि लगी थी, जिसे उन्होंने एफिडेविट के जरिए हटवा दिया था। उनका मत था कि इससे उच्च जाति का दंभ एवं निम्न जाति में हीन भावना कुछ हद समाप्त होती है। वे अकसर कहा करते थे कि यह कितना दुर्भाग्यपूर्व है कि व्यक्ति जनमते ही किसी-न-किसी जाति में बँट जाता है। इनसान बनकर हम क्यों नहीं जी सकते हैं? किसी जाति-मजहब में बाँटना दुर्भाग्यपूर्ण है। इससे वाद का जहर फैलता है···जिससे समाज में कटुता फैलती है···इससे देश-समाज कमजोर होता है। जब समाज कमजोर होगा···तो देश भी कमजोर होगा और इससे बाहरी तत्त्वों को आँखें दिखाने का मौका मिलेगा।

उन्होंने प्रोफेसर साहब की बातों को गौर से सुना था तथा उठकर बोलने की इजाजत माँगी। इजाजत मिलने के बाद उन्होंने कहना शुरू किया, "मैं प्रोफेसर साहब की बातों को गौर से सुनने के बाद सैद्धांतिक रूप से सहमत हूँ···उनके विचारों में कोई खोट निकालने का मेरा कोई मकसद नहीं है···मेरे मन में शंकाएँ तैर रही हैं···उसे मैं आप सबके समक्ष रख रहा हूँ···प्रथम यह कि ठाकुर विरेचन समझदार कम और दंभी

अधिक है···वह इतनी आसानी से माननेवाला नहीं है···उसके छल-बल और अक्ल के प्रहार से हमें बचने के लिए सजग रहना होगा और बचने का रास्ता पहले तैयार कर लेना होगा···ताकि उसके प्रहार होते ही हम बिखर नहीं जाएँ···या टूट नहीं जाएँ···दूसरी बात··· !···जो बच्चे अतिवादियों से प्रभावित होकर उनसे जा मिले हैं···क्या वे लौट सकेंगे···या क्या वे लौटने को इच्छुक हैं? अगर वे लौटना चाहे तो भी क्या अतिवादी उन्हें लौटने देंगे?···तीसरी बात!···इस वर्ग संघर्ष में जिसके परिवारजन मारे गए हैं···क्या वे अपने जख्म भुलाकर केस को वापस लेंगे? चौथी बात!···जो युवक अभी भी ठाकुर विरेचन के साथ बंदूक लेकर घूम रहे हैं और उनके टुकड़े पर इतरा रहे हैं···क्या हम उन्हें शांति के मार्ग पर लाने में सफल हो पाएँगे··· ?"

सत्यप्रकाश की सत्य बातों से प्रोफेसर बहुत प्रभावित हुए। लेकिन उन्होंने जो समस्याएँ गिनाई थीं, उनका निराकरण भी जरूरी था। इसलिए प्रोफेसर साहब उनकी बातों से इत्तिफाक जताते हुए बोले, "सत्यप्रकाशजी की बातें बिल्कुल सत्य हैं···आपकी आशंकाओं को एक झटके में खारिज नहीं किया जा सकता···बल्कि इस पर रणनीति बनाकर काम करने की जरूरत है···मेरे विचार से क्यों नहीं हम सभी चलकर उनसे वार्त्ता की चर्चा करें···क्योंकि यह चार लोगों से हल होनेवाला नहीं है···जब पूरे गाँव के लोग एकमत बनाकर साथ देंगे···और साथ चलेंगे तो उन पर दबाव बनेगा···इसके बाद ही हम उन्हें प्रभावित कर सकते हैं···ऐसा मेरा विश्वास है··· !"

वैसे सभा का संचालन प्रोफेसर ने इतने बेहतर ढंग से किया था कि किसी के मतांतर होने की जगह नहीं थी। सत्यप्रकाशजी ने पुनः कहा, "शिवालय में पदस्थापित मधुसूदन के बारे में भी मैं दो शब्द कहना चाहूँगा···वह जब चौथी कक्षा में था तो एक दिन वह क्लास में डायरी लिखकर नहीं ले गया था···तब मास्टर साहब ने मारने के लिए ज्यों ही छड़ी उठाई कि मधुसूदन बोल पड़ा···मास्टर साहब मुझे मत मारिये···दरअसल···हमने गँवार को ठगने भर यानी कामचलाउ शिक्षा ग्रहण कर लिया है और उसी दिन से उसने पढ़ना-लिखना छोड़ दिया था···मेरे कहने का आशय यह है कि उच्च जाति मात्र में जन्म लेने से ही कोई ऊँचा नहीं हो जाता···अपितु इनसान अपने सत्कर्मों से महान् बनता है···तभी उसे सम्मान पाने का हक है···और तभी उसे समाज में भी इज्जत मिलती है···दलित भाइयों को शिवालय में प्रवेश से रोककर उसने गैर-कानूनी और धर्म के विरुद्ध कार्य किया है··· ऐसे लोग धर्म के नाम पर अपना स्वार्थ साधते हैं···और इसमें मधुसूदन पूरी तरह सफल हुआ है···ये समाज में सिर्फ विष घोलने के लिए पैदा होते हैं···याद रखें!···कपड़ा तैयार करने के लिए बड़े पैमाने पर मशीनें लगाई जाती हैं···और बड़ी योजना बनाई जाती है··· लेकिन कपड़े काटने के लिए सिर्फ एक कैंची ही काफी होती है···मेरे कहने का मतलब यह है कि समाज में विष घोल देना तो आसान है, लेकिन समाज से विष निकालना बहुत

मुश्किल है···मैं मानता हूँ कि मधुसूदन जैसे लोग सभ्य समाज को डँसने के लिए नाग के रूप में अवतरित होते हैं···इन्हें समाज के उत्थान से नहीं पतन से सरोकार रहता है··· ऐसे लोगों को समाज में पनाह देकर हमने अपना अहित कर लिया है···जो धर्म का अर्थ नहीं समझता···उसे हमने धर्मात्मा मान लिया···जो शिव का अर्थ नहीं जानता उसे हमने शिवालय सौंप दिया···शिव ने जगत के कल्याण के लिए स्वयं विषपान किया···और अमृत बाँटा···लेकिन उस तथाकथित धर्म के ठेकेदार ने अमृत कलश में ही विष घोलकर गाँव में परोस दिया है···मेरी निगाह में यह कार्य क्षमा योग्य नहीं है··· !"

सत्यप्रकाश ने अपने नाम के अनुरूप अपने विचार रखे। उनकी सभी बातें सत्य थीं और सत्य बातें प्रकाश फैलाती हैं। सचमुच जिनकी मुठ्ठी में तीनों लोक समाए हुए हों··· क्या वे एक मंदिर में समा सकते हैं··· ? शिव-शंकर तो कण-कण में समाए हुए हैं···मन पावन हो तो शिव की आराधना कहीं भी की जा सकती है। मंदिर और अमर ज्योतिर्लिंग तो शांति का प्रतीक हैं···जहाँ शांति नहीं वहाँ शिव कैसे विराज सकते हैं? मंदिर तो इसलिए बनाया जाता है कि लोग घर में चिंता से मुक्त नहीं होते। मंदिर में जाकर चिंता मुक्त होते हैं और शांति से प्रभु की आराधना कर पाते हैं। एक पाठशाला को देखकर सहज समझा जा सकता है कि यहाँ पढ़ाई होती है···इसी तरह एक शिवालय देखकर कहा जा सकता है कि यहाँ धार्मिक अनुष्ठान किए जाते हैं, जिससे शांति की प्राप्ति हो। लेकिन एक शिवालय को जिसने अशांति का अखाड़ा बना दिया हो वह तो महापापी है।

सत्यप्रकाशजी ने कहा, "ब्रह्म तो आत्मा में है···प्रभु और आत्मा का मिलन शांति के बिना संभव नहीं है···इसलिए कहा गया है कि आत्मा परमात्मा का अंश है···आत्मा अमर है···अविनाशी···अगोचर···अमूर्त···अविरल और ज्ञानी है···भला इन भाइयों को आत्मीय पीड़ा पहुँचाकर शिवालय को पावन रखा जा सकता है? वह मूढ़ जघन्य पाप कर पश्चात्ताप भी नहीं कर सकता···महान ऋषि-मुनियों ने मंदिर में नहीं रहकर कंदराओं में वास किया···मतलब कि जहाँ शांति मिले वहीं शिवालय है···इसलिए मित्रजनो! नफरत और अशांति को जड़ से मिटा दें··· !···और शांति तथा भक्ति-भाव से शिवालय में सभी मिलकर पूजा-अर्चना करें···शिव आनंद का दूसरा नाम है···सब मिलकर शिवालय में भजन-कीर्तन करें···इससे मन का विकार दूर होता है··· !"

सत्यप्रकाश के विचारों ने लोगों के दिल-दिमाग को झकझोरकर रख दिया था। उनकी मृदुल वाणी से टोले के विक्षुब्धों के मानो जख्मों पर किसी ने मरहम लगाकर शीतलता प्रदान की हो। सभा में उपस्थित तमाम लोगों ने मन-ही-मन शांति के लिए प्रार्थना की। शांति कायम करने में हर संभव सहयोग देने का मन में संकल्प लिया।

उसी प्रकार बारी-बारी से दोनों पक्षों के लोगों ने प्रोफेसर साहब एवं सत्यप्रकाशजी से मिलते-जुलते विचार रखे। जहाँ गाँववालों को ठाकुर विरेचन से घृणा होने लगी

थी तथा उसे किसी प्रकार का सहयोग न देने के लिए संकल्पित थे तो दूसरी ओर टोलेवासियों ने खूनी संघर्ष से तौबा कर अमन और शांति की ओर कदम बढ़ाया। गाँव और टोलेवासी दोनों सत्यप्रकाश से बेहद प्रभावित हुए। दोनों पक्षों के बीच वह चर्चा के केंद्र बिंदु बनकर उभरे।

दृश्य-54

तूफान के बाद शांति तथा विनाश के बाद सृजन प्रकृति का नियम है। व्यक्ति को पहले ही समझना चाहिए कि विनाश से किसी का भला नहीं होनेवाला, अपितु हानि के अतिरिक्त कुछ मिलने वाला नहीं। इसलिए मानव को शांति की राह से कभी विमुख नहीं होना चाहिए। शांति हाट में बिकनेवाली कोई वस्तु भी नहीं, अपितु शांति प्रदान करने से ही स्वयं को भी शांति मिलती है। यह जानते हुए भी मानव आवेश में यह भूल जाता है और शांति पथ से विमुख हो जाता है।

समाज में दो वर्ग के लोग रहते हैं। एक वे होते हैं जो दूसरे का अधिकार छीनने में ही अपनी शान समझते हैं तो दूसरा अधिकार से वंचित होनेवाला वर्ग होता है। अधिकार छीननेवालों की संख्या हमेशा कम होती है, और खोनेवालों की संख्या अधिक। शनैः-शनैः अधिकार खोनेवाला जब जागरूक होने लगता है तो वो एकजुट होने लगता है तथा छीननेवाले के विरुद्ध संघर्ष पर उतारू हो जाता है। और एक दिन उसका विनाश कर देता है। इसे ही परिवर्तन चक्र कहते हैं। यही हाल ठाकुर विरेचन का हो चुका था। गाँव एवं टोले पर हुकूमत करनेंवाला इस समय बिल्कुल अकेला पड़ चुका था। उसके विनाश के दिन चल रहे थे।

प्रतापपुर में अतिवादियों के खिलाफ गोलबंदी जारी थी। लगातार बैठकों का दौर चल रहा था। अगली बैठक तीन दिन के बाद रखी गई थी। उस बैठक में टोला निवासी जो अतिवादियों के साथ चले गए थे, उन्हें शामिल करना था। वहीं दूसरी ओर गाँव के निवासी जिनके परिवारजन इस संघर्ष में मारे गए थे, उन्हें भी विशेष रूप से बैठक में आने का न्योता दिया गया था। दोनों तरफ से बैठक में उपस्थित कराने के लिए लोगों ने जी तोड़ परिश्रम किया था। सचमुच किसी कार्य को करने के लिए श्रद्धा एवं आंतरिक इच्छा का एक दरवाजा खुलता है तो उसके हल के लिए सैकड़ों दरवाजे खुल जाते हैं। इसके विपरीत कार्य न करने के लिए श्रद्धा एवं आंतरिक इच्छा का एक दरवाजे बंद होता है तो उसके सैकड़ों दरवाजे बंद हो जाते हैं। यह सिलसिला भी लोगों के जीवन में चलता रहता है, चूँकि पंचायत में बुलाने के लिए श्रद्धा एवं आंतरिक इच्छा का दरवाजा खुला

हुआ था, इसलिए मकसद पूरा होता दिख रहा था। मोती स्वयं टोलेवासी के अतिवादियों को बुलाने के लिए गया था। काफी आरजू-मिन्नतें कर उन्हें सभा में आने के लिए मना भी लिया था। हाँ इसके कमांडर नकुल दा को बहुत समझाना पड़ा। कमांडर में उस समय भी इनसानियत बची थी, इसी कारण उसने सभा में भाग लेने की छूट दी थी। जिसके कारण वह आने के लिए तैयार हुआ था।

उधर प्रोफेसर साहब एवं सत्यप्रकाश भी स्वयं उनके घर गए, जिनके परिवार जन इस संघर्ष में मारे गए थे। उन्हें बहुत समझा-बुझाकर बैठक में बुलाया गया था।

सभा में रखे गए प्रस्ताव से पल्लवी खुश थी। उसे ऐसा महसूस हो रहा था मानो सावन में बसंत आ गया हो। वह स्वयं कोकिला बनकर कूकती हुई सभी सखियों-किशोरियों तथा अबलाओं को साथ लाकर सभा की सुंदरता बढ़ाई थी। उसने सभी के घर जाकर सबको जाग्रत् किया था और सामाजिक विषमताओं को दूर करने का वचन लिया था।

बैठक बक्सीपुर में पीपल के वृक्ष के नीचे चली। अतिवादियों और गाँव के निवासी जिनके परिवारजनों की हत्या हुई थी दोनों के बीच पहले गिले-शिकवे दूर किए गए, लेकिन वह कड़वाहट नहीं थी। जिस प्रकार मिलन के साथ विलाप में जो आनंद होता है, यह गिले-शिकवे भी उसी का प्रतिरूप थे। इसमें भी वही आनंद मिल रहा था। शांतिवार्त्ता के अधिकांश बिंदुओं पर दोनों पक्षों की सहमति बन गई थी। कुछ बिंदुओं के शांतिपूर्ण हल के लिए बैठक की अगली तिथि निर्धारित की गई थी। इस बैठक में पल्लवी, प्रोफेसर साहब एवं सत्यप्रकाशजी ने बारी-बारी से अपने महत्त्वपूर्ण विचार रखे थे।

कहते हैं कि घायल नाग और घायल शत्रु अधिक खतरनाक होते हैं और चौकन्ने भी। यही हाल ठाकुर विरेचन का था। वह पल-पल की जानकारी ले रहा था। क्रोध से मानो उसका खून उबल रहा था। उसे लग रहा था कि टोले से पहले गाँव में ही आग लगा दूँ। गाँव में आग पहले अतिवादी लगाते थे, अब स्वयं उसने आग लगाने का मन बना लिया। ठाकुर विरेचन को लग रहा था कि पहले पूरा गाँव एवं टोला उसके इशारे पर नाचता था। अब तो पंचायत में भी उसे बुलाया तक नहीं गया। यहाँ तक कि प्रायः सभी प्रस्ताव उसके विरुद्ध लिए गए। सचमुच ये उसके सहन योग्य नहीं था। दाँत जीभ के बाद निकलता है, लेकिन दाँत कठोर होने के कारण पहले गिर जाता है। फलविहीन तने नहीं झुकते हैं। उसी तरह मूढ़ ठाकुर विरेचन नाग की तरह फन फैलाए सभा में शामिल होकर सभी को डँसने को आतुर था। वह दाँत पीसते अपने आप भुनभुना रहा था, "मैं प्रोफेसर और उसकी इकलौती बेटी को नहीं छोड़ूँगा...अभी मिले तो आठ-दस गोलियाँ उसके सीने में घुसेड़ दूँ...और वह मास्टर सत्यप्रकाश पांडेय को गदहे पर बैठाकर गाँव के चार चक्कर न लगाऊँ तो मेरे नाम पर कुत्ता पाल लेना।" वह तमतमाकर उठा और अपने घर चला गया। बैठा भी न था कि करमा द्वारा अपने अचूक निशानेवाले शूटर नवलेश, प्रवीण

तथा गुरुदास को बुलाने भेज दिया। ठाकुर विरेचन काफी तनाव में था। इसलिए वह बैठा भी नहीं सिर्फ इस कोने से उस कोने चक्कर काटता रहा। करीब 10 मिनट बाद हाथ में बंदूक थामे तीनों ठाकुर के सामने मौजूद हुए।

विरेचन उन तीनों से बोला, "अब सिर से पानी ऊपर बहना शुरू हो गया है···हमने सोचा छोटे-मोटे काँटें पाँव के नीचे आने पर मसले जाएँगे···लेकिन यह तो नागफनी का काँटा निकला···हमें प्रोफेसर बाप-बेटी को ठिकाने लगाना होगा···फिर मास्टर सत्यप्रकाश पंडा को देखेंगे।"

नवलेश, "ठाकुर चाचा! कब ठिकाने लगाना है···बस आप आदेश कीजिए···पल भर में काम तमाम कर देंगे!"

ठाकुर विरेचन, "अभी ये काम हो जाना चाहिए!"

गुरुदास ने नकारात्मक भाव से कहा, "नहीं ठाकुर साहब अभी नहीं···अभी···सभी की मौजूदगी में पूरे गाँव से दुश्मनी लेना मुनासिब नहीं होगा···फिर अगर हम लोग घटना को अंजाम दे भी दें···पुलिस हमारे पीछे पड़ जाएगी।"

ठाकुर विरेचन, "तो!"

नवलेश, "यह काम रात में करना ठीक रहेगा···सन्नाटे में कोई जान नहीं पाएगा।"

ठाकुर विरेचन, "मतलब छिपकर।"

नवलेश, "तो और क्या?

ठाकुर विरेचन, "क्यों?"

नवलेश, "लोग समझेंगे कि अतिवादियों ने इस कांड को अंजाम दिया है।"

गुरुदास, "ऐसा होने से लोग फिर से बक्सीपुरवालों पर भड़क जाएँगे।"

नवलेश, "फिर शांति वार्त्ता···क्रांति वार्त्ता में बदल जाएगी।"

ठाकुर विरेचन, "अरे हाँ! यह तो अच्छा विचार है···मैं भी न बात···बात पर भड़क जाता हूँ···अक्ल बड़े काम की चीज होती है···साँप भी मर जाएगा···लाठी भी नहीं टूटेगी···बस रात के एक बजे आज ही यह काम हो जाना चाहिए।"

नवलेश, "ठीक है!···हम तीनों तैयार रहेंगे!"

दृश्य-55

आधी रात बीत चुकी थी। रात चाँदनी थी। दूर से आदमी का चेहरा भले ही पहचान में न आए, लेकिन दिखाई स्पष्ट पड़ रहा था। नवलेश, गुरुदास एवं प्रवीण

ठाकुर साहब के बँगले पर पहुँच चुके थे। ठाकुर विरेचन सोया नहीं था। इनका इंतजार कर रहा था। ठाकुर ने धीमी आवाज में बोला, "साथ में बंदूक और कारतूस भी रख लेना…वैसे घटना को गुप्त रूप से अंजाम देना है।"

नवलेश भी धीमे स्वर में बोला, "हम बिल्कुल गुप्त रूप से कांड को अंजाम देंगे… आप निश्चिंत रहिए…सोये में ही सिर धड़ से अलग कर दूँगा…बिल्कुल अतिवादियों की तरह।"

प्रवीण, "हम तीनों भुजाली भी रख लिये हैं।"

विरेचन, "शाबाश! अब कूच करो।"

सभी की बातचीत की आवाज कमरे से बाहर नहीं पहुँच रही थी। तीनों वहाँ से पल्लवी के घर की ओर चल दिए। करीब पंद्रह मिनट में तीनों पल्लवी के घर के पास पहुँच चुके थे। पल्लवी हालात को जानते हुए काफी सजग और चौकस रहती थी। वह बहुत सावधान मुद्रा में रहती थी।

गुरुदास एवं प्रवीण ज्यों ही घर के पास पहुँचे कि कुत्ते भौंकने लगे थे। पल्लवी घर के आँगन के बरामदे पर चुपचाप खड़ी थी, जहाँ बिल्कुल अँधेरा था। उस समय वह काले रंग के सूट और सलवार पहने हुए थे। छत पर नजर गई। उस समय तीनों छत पर खड़े नीचे उतरने के लिए सीढ़ी खोज रहे थे। छत पर चढ़ने के लिए सीढ़ी नहीं बनी थी। बाँस की बनी सीढ़ी से ही काम चलता था तथा रात में सीढ़ी गिराकर रख दी जाती थी। तीनों को देखते ही पल्लवी के दिल की धड़कन बढ़ गई थी। लेकिन उसने सजगता एवं धीरज से काम लिया। उसने सोचा क्यों न मैं जोर से चिल्लाऊँ…फिर उसके मन में हुआ कि अगर चिल्लाऊँगी तो ये तीनों भाग जाएँगे। फिर पहचान भी नहीं होगी और इनके इरादा का भी भान नहीं होगा… यदि मैं पहचान भी लूँ तो लोग मेरी बात पर यकीन भी नहीं करेंगे। उसके मन में आया कि नीचे कूदने पर वह उसे कब्जे में लेकर अपनी मनमानी कर लेंगे। फिर तो वह लाचार हो जाएगी। फिर स्मरण हुआ एक किलो मिर्ची का पाउडर आज ही मँगाया है। नीचे कूदते ही तीनों की आँखों में डाल दूँगी! वे अंधे हो जाएँगे, फिर तीनों पकड़े जाएँगे।… भेद जानना जरूरी है।…फिर वे बंदूक से गोली नहीं मार पाएँगे।…नहीं नहीं…मिर्ची पाउडर पड़ते ही ये अंधे हो जाएँगे…फिर गोली कैसे मारेंगे।… वह तुरंत किचन से पाउडर लाने गई कि नीचे गिलास रखा था, पाँव से ठोकर लगते ही गिर पड़ा। उसकी आवाज से तीनों भागने के मूड में आए… फिर सहमा नवलेश धीरे से बोला, "बिल्ली होगी।…अन्यथा शोर मचाती।… लेकिन सीढ़ी तो है ही नहीं नीचे कूदना होगा।"

गुरुदास, "कूदने से आवाज होगी… फिर ये लोग शोर मचाएँगे…सब चौपट हो जाएगा।" उसने बंदूक का बेल्ट खोला और नवलेश से बोला, "तुम इसके सहारे नीचे

कूदो···फिर सीढ़ी खड़ी कर दो···हम दोनों उससे आ जाते हैं।"

नवलेश, "ठीक है।" उसने बंदूक में लगे बेल्ट के सहारे धीरे से नीचे कूदा और फिर सीढ़ी पिलर के सामने लगाई। कहा जाता है समय विपरीत होता है तो उसके प्रतिकूल हवा भी बहने लगती है। हाथी पर चढ़कर कुत्ता काट लेता है। उसने सीढ़ी को पिलर के सामने लगाकर पल्लवी की योजना को आसान बना दिया था। पल्लवी उसी पिलर के पीछे छुपी हुई थी। सीढ़ी को नवलेश पकड़े हुए था कि सीढ़ी गिरे नहीं। ज्यों ही वह दोनों भी पल्लवी के करीब आए कि उसने तीनों की आँखों में मिर्ची पाउडर डाल दिया। तीनों जलन से कराहने लगे। सभी की आँखों के आगे अँधेरा छा गया था। इसके बाद पल्लवी ने शोर मचाना शुरू किया। शोर सुनते ही गाँव के लोग प्रोफेसर साहब के घर की ओर दौड़े और हल्ला मचाने लगे। प्रोफेसर साहब भी उठकर शोर मचाना शुरू कर दिया था। घबराहट में तीनों अंधाधुंध जिधर-तिधर गोली चलाने लगे थे। इस बीच मौका पाकर पल्लवी ने अपने घर का दरवाजा खोला। भीड़ घर के अंदर आ गई थी। उस समय तक तीनों की बंदूकों की गोलियाँ खत्म हो गई थीं। अब वे तीनों भुजाली भाँज रहे थे। भीड़ ने तीनों के हाथ पर डंडे मारकर बंदूक एवं भुजाली छीन लिये। फिर तीनों को पकड़कर वहीं पिलर में बाँध दिया गया। तीनों बंदूकधारी आँखों में जलन के कारण चीख-चीखकर रो रहे थे। ग्रामीणों ने तीनों की जमकर पिटाई की। फिर एक ग्रामीण गुरुदास की पुनः पिटाई करते हुए पूछने लगा, "बताओ! बताओ···तुम यहाँ क्या करने आए थे?"

गुरुदास चुप रहा, किंतु उसकी और भी पिटाई हुई तो वह टूट गया और उसने सबकुछ बक दिया।

गुरुदास दर्द से कराहते हुए बोला, "हम यहाँ प्रोफेसर और उसकी बेटी की हत्या करने के मकसद से आए थे।"

ग्रामीण, "हत्या करने आए थे···हत्या क्यों करने आए थे···और तुम लोग किसके कहने पर हत्या करना चाहते थे बताओ···जल्दी बताओ?

गुरुदास, "ये दोनों ठाकुर विरेचन के विरुद्ध ग्रामीणों को भड़का रहे थे।"

ग्रामीण, "इसके लिए ठाकुर विरेचन स्वयं क्यों नहीं आया?"

गुरुदास, "हम तीनों को ही भेजा गया!"

इसी तरह से सारे भेद खुल गए। उस समय तक पुलिस भी वहाँ पहुँच चुकी थी। पुलिस तीनों को गिरफ्तार कर अपने साथ ले गई।

ग्रामीणों के कड़े तेवर देखकर पुलिस ने भी कोई ढिलाई नहीं की। पुलिस ने भी अपनी पुलिसिया कारवाई करनी जारी रखी। उसने तीनों से सभी अपराध कबुलवाए और संगत धाराओं के तहत प्राथमिकी दर्ज कर तीनों को जेल भेज दिया गया। इस घटना

के बाद पल्लवी की बहादुरी की चर्चा होने लगी। लोग पल्लवी की तारीफ करते न थक रहे थे। एक ग्रामीण ने तो कहा, "इतनी सूझ-बूझ और बहादुरी से काम करना किसी मर्द के लिए भी दुर्लभ था।"

प्रोफेसर साहब ने कहा, "बेटी तुमने साबित कर दिया कि इस गाँव के लिए तुम एक फरिश्ता हो...तुम्हारी चतुराई और बहादुरी की दाद देता हूँ... तुमने गर्व से मेरा सिर ऊँचा कर दिया है।"

कुछ लोग तो पल्लवी के मुख से पूरी घटना का वर्णन सुनने के लिए उसे घेरे हुए थे।

दृश्य-56

भाद्रपद्र का महीना, हिंदी तिथि 9वीं थी। एक दिन पहले जमकर बारिश हुई थी। यूँ तो समतल जमीन सूखी थी, लेकिन गड्ढों में पानी रहने के कारण मेंढक टरटरा रहे थे। हवा में आर्द्रता थी। मंद-मंद हवा चल रही थी। वैसे तो भाद्रपद्र महीने में धान की रोपनी से कृषक एवं मजदूर वर्ग काम से थककर चूर रहते थे, लेकिन बक्सीपुर के लोग काम पर नहीं गए थे।

सत्यप्रकाशजी, प्रोफेसर साहब तथा पल्लवी की पहल पर शांति वार्त्ता की चर्चाएँ चल रही थीं। इस तरह गाँव एवं टोले के माहौल में तनाव नहीं था। सत्यप्रकाशजी, प्रोफेसर साहब एवं पल्लवी के प्रयास से मोती एवं उसके कुछ साथियों को शांति के लिए मना लिया गया था और मोती के बुलावे पर अधिकांश लोग बक्सीपुर आए भी थे। यद्यपि जो अतिवादी हो गए थे और जेल में बंद थे, उनकी कमी अवश्य खल रही थी। पल्लवी का टोले में आना-जाना बढ़ गया था, इसलिए लोग उसे दिल से चाहते थे। उसके प्रति लोगों में अटूट विश्वास था। महिलाओं में करमा प्रधान त्योहार है, इस पर्व को किशोरियाँ तथा महिलाएँ अपने भाई की समृद्धि एवं दीर्घायु के लिए करती हैं। इसके लिए महीनों पूर्व से महिलाएँ रात में गीत और झूमर खेलतीं। इसी आनंद में गाँव डूबा हुआ था।

शाम के करीब आठ बजे थे। हीरा के घर के पास ही दर्जनों महिलाएँ एवं किशोरियाँ समूह में झूमर खेलने के लिए जुटी थीं। वहाँ पल्लवी भी साथ थी, जिससे खासकर किशोरियाँ खूब ठिठोली कर रही थीं। पल्लवी को भी इसमें खूब आनंद आ रहा था। उस समय गगन साफ था। हाँ, इक्के-दुक्के बादल के छोटे-छोटे टुकड़े थे जो इधर-उधर मँडरा रहे थे। इसके कारण बादलों के झुरमुट में चाँद के लुका-छिपी का खेल

चल रहा था। ऐसा लग रहा था कि बादल के टुकड़े देख चाँद तेजी से भाग रहा है। झिंगुर के झन-झन की आवाज गूँज रही थी। उस समय रोशनी के लिए एक लालटेन और दो ढिबरियाँ जलाई गई थीं। औरतें और किशोरियाँ झूमर के लिए दो पक्तियों में सजी थीं। एक आगे आती तो दूसरी पंक्ति कुछ कदम पीछे जाती। फिर दूसरी पंक्ति आगे आती तो प्रथम पंक्ति पीछे जाती। एक पंक्ति का नेतृत्व पल्लवी करती तथा दूसरी का फुलवा। इसी तरह झूमर गा-गाकर पंक्तिबद्ध होकर नृत्य में लय-ताल मिला रही थीं। गीत के बोल से पहले पल्लवी ने पहले एक शेर से शुरुआत की—

कर समायोजन रे मन, त्यागो अन्य विचार,
व्याघ्र-बृश-अहि मयूर, खुश हैं शिव परिवार।
फिर फुलवा ने गाना शुरू किया-
टल के तुं चली दिहला, काहे तूं पिया,
बेटा न मेहरी देखला न देखला धिया।
ठिकवा तुं ले ला काहे दुःख भइया जी,
काहे हथवा उठैला बंदूक भैयाजी।
बाधा जगत में ऐसन हल न होवाई
है समायोजन पिया सभी के उपाई
शांति के दीयवा, जलाई लिहा पिया
बेटा न मेहरी देखला, न देखला धिया
ठिकवा तुं ले ला¨
घर छोड़ी के बिहड़, रतिया बिताई,
करीके दुःखवा अपन देहिया गलाई।
जुड़ा ले तुं अपन हीया, हमरो हे पिया
बेटा न मेहरी देखला, न देखला धिया
ठिकवा तुं ले ला¨
बेटा-बेटी के एजी छुटल पढ़ाई,
माई बाबूजी के एजी छुटल दवाई।
सुखवा के कीया, खोल दे तुं पिया,
बेटा न मेहरी देखला, न देखला धिया
ठिकवा तुं ले ला¨

दृश्य-57

काले-काले बादल जितना भी उमड़-घुमड़ कर सूर्य को घेरे पर अधिक दिनों तक घेरे नहीं रह सकते है। बवंडर कितना भी प्रचंड क्यों न हो, लेकिन वह थम ही जाता है और फिर मंद हवा चलने लगती है। ठाकुर विरेचन की भी यही स्थिति थी। अब उसके झूठ के कुनबे निष्प्रभावी होने लगे थे। टोले के लोग उससे पहले से घृणा करते ही थे। अब पूरे गाँव के लोगों के लिए भी वह घृणा का पात्र बन गया था। ओ.पी. प्रभारी ने भी ठाकुर के खिलाफ एस.पी. को रिपोर्ट लिखी थी। उसके आधार पर ओ.पी. को भी समाप्त कर दिया गया था। इस प्रकार ठाकुर अपनी सुरक्षा के लिए अब अपने बंदूकधारियों युवकों पर ही निर्भर था। ये बंदूकधारी भी पहले जैसे नहीं रह गए थे। कुल मिलाकर ठाकुर का समय बहुत खराब चल रहा था। ठाकुर विरेचन ने घर-घर जाकर लाख अपनी सफाई दी, लेकिन अब उसका प्रभाव नहीं के बराबर था। खुद ठाकुर अपनी सुरक्षा के प्रति अधिक चिंतित रहने लगा था। फिर भी लगभग बीस बंदूकधारी अभी तक उसके साथ थे।

बक्सीपुर में पीपल के पेड़ के नीचे उस दिन भी बैठक चल रही थी, जिसमें अतिवादी शामिल थे। प्रोफेसर साहब ठाकुर विरेचन की हद पहचान चुके थे। अब वह कई लोगों की नजर में गिर चुका था। लेकिन अभी ठाकुर का खुद की नजर में गिरना बाकी था। ठाकुर के गलत इरादे को भाँपकर और सुरक्षा के लिहाज से अतिवादियों को सभा के बीच रखा गया था। वह पीपल का वृक्ष दक्षिणी छोर पर था। उसके दक्षिण का इलाका घने जंगलों से आच्छादित था। अतिवादियों में से एक का नाम कैलाश था। वह उठकर बोला, "अतिवादी बनने का हमें कोई शौक नहीं था···इसके लिए हमें ठाकुर के रवैये ने मजबूर किया है···उसके खिलाफ हमारी लड़ाई उसके खात्मे तक जारी रहेगी··· उसने हमें शांतिपूर्ण जीवन जीने से वंचित किया है···हमारी सुख-शांति में उसने आग लगाई है···उसे नहीं छोड़ा जाएगा···भले उसने लड़ाई शुरू की है···लेकिन इस लड़ाई को हम लोग खत्म करेंगे···!"

इस बैठक के बारे में ठाकुर विरेचन को सबकुछ मालूम चल चुका था। ठाकुर ने भी बक्सीपुर के अतिवादियों का समूल नाश करने का प्रण लिया था। जब उसने यह जाना कि बक्सीपुर के सभी अतिवादी बगैर हथियार के सभा में शामिल हुए हैं तो वह उसी समय सब पर टूट पड़ना चाह रहा था। एक पल के लिए उसने सोचा कि अतिवादियों को मारना अभी बेहद आसान काम होगा। उनके खिलाफ गिरफ्तारी वारंट है और इनामी अपराधी हैं। वे तो भगोड़े भी हैं। मारने के बाद कानून की नजर में कोई गुनाह भी नहीं

होगा। यह सोचकर वह अपने सुरक्षाकर्मी के पास आया और सभी को ललकारते हुए बोला, "वीर योद्धाओ! जिस वक्त का हमें इंतजार था···वह वक्त आ गया है···जिसकी टोह के लिए हम आँखें फाड़े रहे वह हमारे सामने है···गाँव में जिन्होंने वीरगति प्राप्त की है···उनकी आत्मा की शांति के लिए हमें इन अतिवादियों की हत्या करनी होगी···अभी वह निहत्थे भी हैं···बिना विरोध के उनकी हत्या की जाए···इससे अच्छा मौका कभी नहीं मिलेगा···अब सिंह की भांति टूट पड़ो उन पर···चलो आगे बढ़ो···यह हमारे लिए सुनहरा मौका है···हमें इसे किसी कीमत पर नहीं खोना है।"

उस समय ठाकुर विरेचन के हाथ में आधुनिक रायफल थी। उसके साथ करीब बीस युवक भी थे। सभी के पास बंदूकें थीं। उनमें से एक युवक निकलकर बोला, "चलेंगे!···जरूर चलेंगे···पर खाली हाथ, सुख-समृद्धि और शांति लाने के लिए चलेंगे ठाकुर साहब!···गाँव के बुद्धिजीवियों ने इस अवसर को लाने के लिए बहुत पसीने बहाए हैं ठाकुर चाचा!···क्या हमें इनका साथ नहीं देना चाहिए?···अब तक बहुत खून-खराबा हो चुका है···खून-खराबे से कभी कोई हल नहीं निकला है···बंदूकों से शांति की कभी कल्पना नहीं की जा सकती···शांति स्थापना के लिए बातचीत ही अंतिम हथियार साबित होता है···अब और नहीं···अरे धर्मशास्त्रों में कहा है, लाखों योनियों में जन्म लेने के बाद मनुष्य योनि में जन्म होता है···क्या इसी के लिए जन्मे थे···ठाकुर साहब अब हमें शांति से जीना है···मैं चला।" इतना कहकर वह बंदूक फेंककर आगे बढ़ा ही था कि ठाकुर गुस्से में आपे से बाहर हो गया और झट उस युवक की कनपटी पर रायफल तान कर ट्रीगर दबाना चाहा कि दूसरे युवक ने ठाकुर की कनपटी पर रायफल तान दी। यह देखकर ठाकुर विरेचन का चेहरा पीला पड़ गया था। वह बोला, "अरे यह क्या कर रहे हो बाबूलाल! यह रायफल असली है देखो! उसमें गोलियाँ भरी हैं।··· यह मक्कार है··· गद्दार है··· इसके बहकावे में मत आओ।" सभी युवक यह दृश्य देखकर असमंजस में पड़े थे।

बाबूलाल बोला, "बहकावे में तो हम लोग आ गए चाचा···तुम्हारे बहकाने पर हम लोगों ने अपने घर-द्वार, हित परिवार छोड़कर तुम्हारे लिए बंदूक ढोते रहे।···किस धर्म की बात करते हो चाचा! यह लड़ाई मान प्रतिष्ठा के लिए नहीं!···तुम अपने आतंक का राज कायम रखने के लिए लड़ते हो काका!···नंदू! इसके हाथ से रायफल छीन लो!··· भंडार में रखे जो अस्त्र-शस्त्र-बम-बारूद हैं, सभी को कुएँ में डाल दो।"

नंदू, "हाँ, ठीक कह रहे हो भइया!···हम सबको इसने बहुत बेवकूफ बनाया है!··· ठाकुर काका! अब तनी रायफलवा दे दो!···नहीं तो आज तुम्हारी मौत होगी।··· दूसरे को मौत देने वाले··· आज तुम्हारी मौत होगी काका!"

ठाकुर ने रायफल नीचे गिरा दी। अन्य सभी युवकों ने अपनी-अपनी रायफल-

बंदूक फेंक दी। भंडार के अस्त्र-शस्त्रों के जखीरे को भी वहाँ स्थित गहरे कुएँ में डाल दिया गया। युवकों ने अपने सभी हथियार भी उसी कुएँ में डाल दिए थे। ठाकुर विरेचन जोर से चिल्लाते हुए बोला, "अरे बेवकूफो! यह तुमने क्या किया?···तुम सब अतिवादियों के हाथों क्यों मरना चाहते हो? यदि तुम्हें मरना ही है तो मरो!···मुझे नहीं मरना···मुझे अपने घर में बंद होने दो।···अतिवादियों को मालूम हुआ कि हम सब हथियारविहीन हो गए हैं तो घंटे···आधे घंटे में हम लोगों पर धावा बोल देंगे और सभी की जान ले लेंगे···तुम सब कायर हो!···तुमने मेरी वर्षों की कमाई पूँजी को कुएँ में डाल दिया···नालायक···भीरू!···अब मैं क्या करूँ!···अरे शैतानों, तुमने यह क्या किया!" वह इसी तरह प्रलाप करता रहा।

जो युवक ठाकुर विरेचन की कनपटी पर बंदूक ताने था उसका नाम बाबूलाल था। उसने ठाकुर विरेचन से कहा, "अब तुम्हें डर लगता है···पापी!··· तुमने हम सबको पाप में डूबो के रखा!···काश! पहले हमारी आँखें खुल जातीं···तुम्हारे बहकाने पर धर्म का साथ छोड़कर अधर्म का मार्ग अपनाया था।···तुम इनसानों का खून पीनेवाले ड्रैकुला हो!···चल भाग पापी!···तुम्हें मारने से हमारे हाथ गंदे हो जाएँगे।"

इतना बोलते ही ठाकुर विरेचन जान लेकर वहाँ से भागा और अपने मकान में बंद हो गया। बाबूलाल भी अपनी रायफल उसी कुएँ में डालकर सभी से बोला, "चलो साथियो!···हम सब पंचायत में चलें! हम लोगों ने गलती की है!···पंचायत से माफी माँग लें···हमें जीना है यार!" अन्य साथियों ने कहा, "हमें शांति चाहिए!···हम सब पंचायत में चलें···!"

इतना बोलकर सभी पंचायत की ओर चल दिए।

ठाकुर विरेचन अपने घर चला गया था। वहाँ उसकी पत्नी एवं बच्चे थे। पत्नी से बोला कि उन कायरों ने सभी हथियार कुएँ में डाल दिए हैं। घंटे-आधे घंटे में नक्सली आ धमकेंगे, फिर मेरी जान ले लेंगे। आज मैं मारा जाऊँगा।···देखो! यहाँ नक्सली आए तो बहाना कर देना कि हम बँगले पर ही कहीं छिप गए हैं···या कहना कहीं बाहर भाग गए हैं···लेकिन वे लोग तो घर में भी आग लगा देते हैं.. हे भगवान्! अब मैं क्या करूँ!···ओ.पी. की पुलिस भी भाग गई है···!

ठाकुर की पत्नी रत्नेश्वरी अधेड़ उम्र की महिला थी। ठाकुर विरेचन ने कभी भी उसे पत्नी का दर्जा नहीं दिया था। वह अकसर अपने बँगले पर ही मौज-मस्ती में डूबा रहा। पत्नी ने भी उबकर ठाकुर की खोज-खबर लेना बंद कर दिया था।

ठाकुर विरेचन की पत्नी रत्नेश्वरी हमेशा घर में ही रहती थी। उसे एक पति के रूप में अच्छा जीवन साथी नहीं मिला था। ठाकुर विरेचन के स्वभाव से वह हमेशा दुःखी रहती थी। लेकिन आज उसकी हालत देखकर रत्नेश्वरी को अजीब लगा था, क्योंकि

आज के पहले उसने ठाकुर विरेचन को इतना डरा हुआ कभी नहीं देखा था। इसलिए वह ठाकुर से पूछ बैठी, "आखिर आपको क्या हो गया है··· ! पहले तो आप ऐसे न थे···हमने आपको शेर की तरह दहाड़ते हुए देखा है···फिर अचानक आपको क्या हो गया है?"

ठाकुर झेंपते हुए बोला, "अरे रत्नेश्वरी!···ऐसा नहीं है···जानती हो···सभी हथियारों को कायरों ने कुएँ में फेंक दिया··· !···अब हम निहत्थे क्या कर पाएँगे?···नक्सलियों को मालूम हो गया होगा···उनके आने में अब देर नहीं होगी!···आओ तुम सब भी छिप जाओ।···मैं सभी गेट और खिड़की बंद कर आता हूँ।"

ठाकुर विरेचन ने बाहर के गेट, बरामदे और बाउंड्री के दरवाजे बंद कर लिए थे। अंत में खिड़की बंद करते हुए रत्नेश्वरी फिर बोल उठी, "फिर भी इतना डरने की क्या जरूरत है!···थाना-पुलिस···कोर्ट-कचहरी सब आपके इशारे पर नाचते हैं···थाना प्रभारी तो आपकी मुट्ठी में हैं···आप उन्हें तुरंत खबर क्यों नहीं कर देते हैं?···वे तो आपके बुलावे पर दल-बल लेकर चले आएँगे।"

ठाकुर विरेचन के लिए अंतिम उपाय तो यही था। हड़बड़ाहट के कारण उसे इसका खयाल ही नहीं रहा। रत्नेश्वरी ने जब उसे याद दिलाया तो उसके चेहरे पर थोड़ी प्रसन्नता की रेखा दौड़ गई, "अरे वाह!···तुमने अच्छा याद दिलाया···मैं तो यह भूल ही गया था···तुमने याद दिलाकर मेरे प्राण की रक्षा की है।··· मैं अभी बड़ा बाबू को फोन लगाता हूँ···" यह कहते उसने मोबाइल निकालकर थानेदार को लगाया, "हाँ! हैलो! बड़ा बाबू!··· मैं ठाकुर विरेचन बोल रहा हूँ··· ! बड़ा बाबू आपको प्रमोशन नहीं लेना है क्या?"

उधर से बड़ा बाबू ने जवाब दिया, "ठाकुर साहब प्रमोशन किसे अच्छा नहीं लगता···लेकिन आप थोड़ा घबराए हुए से लग रहे हैं?"

ठाकुर विरेचन ने सँभलते हुए जवाब दिया, "नहीं मैं क्यों घबराऊँ?··· खुशी के मारे ऐसी आवाज निकल रही है।"

थानेदार, "खुशी!···कैसी खुशी ठाकुर साहब! मैं समझा नहीं!"

ठाकुर विरेचन, "लीजिए आपको प्रमोशन मिलेगा···इससे अधिक खुशी···क्या होगी।"

थानेदार, "लेकिन आप बताइए न कौन सा प्रमोशन? साला! एक थाना में रहते-रहते जी ऊब गया है···मेरी वरदी पर स्टार की भी संख्या बढ़ जाएगी!"

ठाकुर विरेचन, "अपना स्टार बिगड़े नहीं···इसलिए जल्दी कीजिए··· बक्सीपुर के सभी नक्सली आज पीपल पेड़ के नीचे जन अदालत लगाए हुए हैं···आपके लिए सुनहरा मौका है थानेदार साहब!···जल्दी कीजिए सभी को मारकर प्रमोशन ले लीजिए··· इनकाउंटर दिखाइए और क्या?···समझिए आपके प्रमोशन के सारे रास्ते साफ हैं!"

थानेदार, "अच्छा आपकी खबर पक्की है तो यह मेरे लिए महत्त्वपूर्ण सूचना है··· इसके लिए आपको धन्यवाद··· मैं अभी अपनी पलटन के साथ वहाँ पहुँच कर उन्हें चारों ओर से घेरकर मार गिराऊँगा।"

ठाकुर विरेचन, "ठीक है···जल्दी कीजिए हुजूर!"

थानेदार अपने आप बोला, 'मैं अभी इसकी सूचना एस.पी. साहब को दे देता हूँ··· पर नहीं! नहीं! ऐसी गलती नहीं करना है···सभी को मारेंगे हम और नाम एस.पी. का हो जाएगा···इन सबको मारकर हम एस.पी. को सूचना देंगे। तब प्रमोशन पक्का!'

इसके बाद थानेदार बक्सीपुर जाने की तैयारी करने लगा।

इधर थानेदार को सूचना देकर ठाकुर विरेचन मन-ही-मन मुसकरा रहा था। उसके चेहरे पर अचानक चमक आ गई थी। उसने सोचा, 'नक्सली को घेरकर मारने के बाद थानेदार शर्मा से बोलेंगे कि उसे नक्सली होने की सूचना प्रोफेसर राजेंद्र प्रताप ने दी है तो मजा आ जाएगा···नक्सलियों का दुश्मन प्रोफेसर हो जाएगा।···पंचायत भी भंग हो जाएगी और नक्सली भी मारे जाएँगे।···फिर तो जान बचाने के लिए जैसे हम बिलबिला रहे हैं···उसी तरह प्रोफेसर जान बचाने के लिए करने लगेंगे··· सभी हथियारबंद युवक पुनः मेरे कदमों में आ जाएँगे। समूचा गेम मेरे पक्ष में हो जाएगा। वाह! वाह! यह सब मेरी बुद्धि की बलिहारी है। लोग अधिक-से-अधिक एक तीर से दो निशाने लगाते हैं···मैं तो एक तीर से कई निशाने लगाऊँगा।' उसने पुनः मोबाइल से थानेदार को कॉल किया··· पर बार-बार मोबाइल स्विच ऑफ होने की जानकारी दे रहा था। थानेदार ने जानबूझकर मोबाइल स्विच ऑफ किया था, ताकि इस बीच एस.पी. कुछ पूछ न बैठे।

थानेदार से बातचीत होने के बाद ठाकुर विरेचन निर्भीक हो चुका था। वह कमरे से बाहर आ गया था। करीब पंद्रह मिनट में थानेदार दल बल के साथ बक्सीपुर की ओर कूच कर गया था। उधर विशेष ब्रांच शाखा एस.पी. को पल-पल की जानकारी दे चुकी थी। एस.पी. वेणीपुर थाना प्रभारी से टेलीफोन तथा वायरलेस से बातचीत करना चाह रहा था, लेकिन बातचीत नहीं होने के कारण वह स्वयं वेणीपुर थाना की ओर कूच कर गया था। ज्यों ही थाना आया तो जानकारी मिली कि थाना प्रभारी दल बल के साथ बक्सीपुर टोले की ओर चला गया है। शांति प्रक्रिया में कोई खलल न पड़े, इसके लिए वह थाना प्रभारी को रोकना चाहता था। इसलिए एस.पी. भी बिना विलंब किए बक्सीपुर की ओर चल दिया था।

उधर, पल्लवी भी शांति प्रक्रिया में महिलाओं की भूमिका सुनिश्चित करने के लिए गाँव की महिलाओं-युवतियों, किशोरियों तथा बच्चियों को साथ लेकर बक्सीपुर चली आई थी।

नक्सली कमांडर को यह अंदेशा था कि बक्सीपुरवालों के साथ गद्दारी हो सकती

है। इसलिए बड़ी फौज लेकर पास के जंगलों में छिपे थे। उसने दो नक्सली को सामान्य ड्रेस में बिना आर्म्स का मोबाइल लेकर सभास्थल भेजा था कि किसी प्रतिकूल घटना की संभावना होते ही मोबाइल से सूचित करेगा, ताकि उनके विरुद्ध काररवाई को सुनिश्चित किया जाए।

जिस प्रकार अर्जुन को चिता पर जलते देखने की ख्वाहिश से जयद्रथ सामने आ गया था, उसी प्रकार ठाकुर विरेचन भी पुलिस काररवाई देखने के लिए सभास्थल के करीब आ गया था। उसके सभास्थल के करीब आने के दो मकसद थे। एक तो पुलिस काररवाई को प्रत्यक्ष देखने तथा दूसरे यह कि पुलिस को नक्सली के आने की सूचना प्रोफेसर ने दी है। यही शिगूफा छाड़ने के मकसद से ठाकुर सभास्थल पर चल दिया था। थाने के क्षेत्रांतर्गत नक्सली घटना होने के कारण पुलिसकर्मियों की संख्या बहुत अधिक रखी गई थी।

थानेदार अपने दल-बल के साथ सभास्थल को घेरकर अपनी-अपनी पोजिशन लिए था। थानेदार जोर से चिल्लाया कि सभी महिलाएँ व बच्चे वहाँ से भाग जाएँ··· नहीं तो सभी के मारे जाने का अंदेशा है। यह सुनकर पल्लवी ने सभा को चारों ओर से महिलाओं और वृद्धों से घेर लिया था। थानेदार के लाख चिल्लाने के बाद भी कोई टस-से-मस नहीं हुआ। पुलिस को देखते ही ठाकुर विरेचन दौड़ा-दौड़ा पुलिस के पास आ गया। थानेदार चिल्लाकर बोला, "तुम सब सामने से हट जाओ अन्यथा रायफल से निकली गोलियाँ नक्सली और ग्रामीण में कोई फर्क नहीं समझेंगी···पुलिस ने चारों ओर से घेर लिया है।"

पल्लवी भी इधर से चीखते हुए बोली, "तुम मक्कार···देश के गद्दार हो···अमन के दुश्मन···तुम ठाकुर के पालतू कुत्ते हो···हममें से कोई नहीं हटेंगे···तुम चाहे जितनी गोलियाँ बरसाओ···समझें कि नहीं समझें···!"

उस सभा में उपस्थित नक्सली ने अपने कमांडर को पूरी जानकारी दे दी।

नक्सली कमांडर को पूरी गतिविधियों की सूचना मिलते ही उसने भी पुलिस एवं ठाकुर विरेचन को चारों ओर से घेरकर गोलियाँ बरसानी शुरू कर दी थीं कि पुलिस के चारों ओर टोले निवासी घेरकर हाथ जोड़कर खड़े हो गए। अब टोले के अतिवादियों के रक्षा कवच पल्लवी के नेतृत्व में ग्रामीण महिलाएँ बन गई थीं तथा पुलिस का रक्षा कवच टोलेवासी बन गए थे। दोनों ओर से गोलियाँ चलनी बंद हो गई थीं। लोग जस-के-तस पड़े थे। मानो कुरुक्षेत्र का युद्ध थम गया हो तथा आक्रमण करने के आदेश की प्रतीक्षा कर रहे हों।

नक्सली कमांडर जोर से चिल्लाकर बोला, "आप लोग हट जाओ! आपके साथ धोखा हुआ है···इन गद्दारों को मारने दो! इसी बीच एक महिला चीखते हुए बोली, "हम सब आपके हाथ जोड़ते हैं···कृपा कर आप लोग चले जाइए···इस शांति प्रक्रिया को सफल होने दीजिए।"

थानेदार ने वायरलेस हैंडसेट से एस.पी. को संवाद भेजा, "कॉलिंग टू ओ.सी. वेणीपुर···सर! जल्दी आकर बचाइए! हम लोगों को नक्सलियों ने घेर रखा है।"

एस.पी. वायरलेस पर बोले, "लोकेशन बताओ!"

थानेदार, "सर बक्सीपुर टोला! पीपल के वृक्ष के पास सर!"

एस.पी. ने कहा, "मैं दो मिनट में पहुँचा!···"

ठाकुर विरेचन तो जमीन पर लेट गया था। सबसे अधिक वही डर रहा था। वहीं से लेटे-लेटे उसने कहा, "बड़ा बाबू मुझे बचाइए!···नक्सली मुझे मार देंगे!"

थाना प्रभारी, "यहाँ मरने के लिए ठाकुर साहब आप क्यों चले आए?" थानेदार ने चिल्लाकर बोला।

ठाकुर विरेचन, "एनकाउंटर कैसे करते हैं···देखने की लालसा थी मन में···यहाँ तो उलटा हो रहा है।"

उस समय पुलिस को करीब तीन सौ नक्सली घेरे हुए थे। इसी बीच एस.पी. अपने पुलिस बल के साथ घटनास्थल पर पहुँच गए थे। एस.पी. को देखते ही सभी नक्सली लौटकर जंगल चले गए। उस समय तक थाना प्रभारी पुलिस बल के साथ जमीन पर ही लेटे थे।

एस.पी. थानेदार से बोला, "अब क्यों पड़े हो! सभी नक्सली भाग गए।"

एस.पी. की आवाज को पहचानते हुए थानेदार ने उसे घूरकर देखा। वह हक्का-बक्का था। फिर उसने एस.पी. साहब को सैलूट किया। एस.पी. साहब पूरी स्थिति को देखकर दंग थे। उन्होंने देखा कि टोलेवाले अतिवादियों को चारों ओर से ग्रामीण एवं बुद्धिजीवी सुरक्षा के लिहाज से घेरे हुए हैं। पुलिस की कारवाई से बचाने के लिए ग्रामीणों को पल्लवी के नेतृत्व में औरतें एवं बच्चे घेरे थे। फिर पुलिस पर नक्सलियों की कारवाई से बचाने के लिए बक्सीपुर टोलेवाले घेरे हुए थे। यह अद्भुत दृश्य देखकर खुद एस.पी. साहब अचंभित थे।

दृश्य-58

थानेदार सरयुग शर्मा अपने पुलिस बल के साथ एस.पी. साहब के बगल में खड़ा था। उस समय भी ठाकुर विरेचन पुलिस के बीच खड़ा था और डर भी रहा था। यद्यपि थानेदार ठाकुर विरेचन को वहाँ से हट जाने के लिए इशारा कर रहा था, जिसे देख व समझकर भी ठाकुर विरेचन वहाँ से नहीं हट रहा था, उसे डर था कि नक्सली उसे ले जाकर मार न दे।

नक्सली के चले जाने के बाद सभी औरतें तथा बच्चे एक ओर बैठे थे तथा दूसरी ओर ग्रामीण एवं टोले के पुरुष बैठे थे, बीच में बक्सीपुर के अतिवादी वहीं बैठे बहुत डर रहे थे कि अब उन्हें पुलिस पकड़कर ले जाएगी तथा पूरी जिंदगी जेल की सलाखों के पीछे बितानी होगी। एस.पी. साहब पूरी स्थिति को देखकर विस्मित थे। वे वहीं बैठ गए और घटना को विस्तारपूर्वक जानने की इच्छा व्यक्त की। प्रोफेसर साहब ने घटना के सूत्रण से लेकर उस समय तक की स्थिति की जानकारी दी। एस.पी. घटना का विवरण सुनकर उन अतिवादियों के पास स्वयं चलकर आए एवं वहीं बैठ गए। अतिवादी अब और डर रहे थे कि अब वे पकड़े जाएँगे। एस.पी. ने बारी-बारी से उन सभी अतिवादियों की पीठ थपथपाई और बोले, "देखो नवजवानो!...तुम्हारे ऊपर जो भी जुल्म हुआ है... उसके लिए प्रशासन की ओर से हम शर्मिंदा हैं...तुम्हारी सजा माफ करने के लिए मैं पूरी कोशिश करूँगा...तुम्हारे पुनर्वास और रोजगार की व्यवस्था भी कराने का प्रयास करूँगा...हमारा काम सभी को सुरक्षा प्रदान करना है। कानून के दायरे में रहकर मैं तुम्हारी मदद अवश्य करना चाहूँगा।"

इस बीच प्रोफेसर साहब बोल पड़े, "सर आपकी बड़ी कृपा होगी!...अगर ऐसा हुआ तो...इस गाँव एवं टोले का कायाकल्प हो जाएगा...हम लोगों के पुराने दिन लौट आएँगे...सभी मिल-जुलकर रहने लगेंगे।"

एस.पी., "दरअसल...समाज में अकसर ऐसा होता है कि जिसके पास दौलत होती है...तो सत्ता भी उन्हीं के पास मंडराने लगती है...सत्ता से शक्ति आती है...लेकिन इस शक्ति-सत्ता का संतुलन ऐसा होता है कि फिर गलत कदम उठाने की हिम्मत बढ़ती जाती है...इसका दुरुपयोग करने में कुछ लोग अपनी शान समझते हैं...वे अपनी आन-बान और शान का गलत इस्तेमाल सिर्फ कमजोर लोगों पर ही करते हैं...और ये प्रतिकार नहीं कर सकते...क्योंकि इनमें विरोध करने की शक्ति नहीं होती...खैर...!...वरदी हमें बहुत कुछ बोलने की इजाजत नहीं देती...हमें कानून के दायरे में रहना चाहिए...लेकिन इतना आप लोगों को बताना चाहूँगा कि संविधान की धारा 15 हमें समता का अधिकार प्रदान करती है...यह नागरिक के मौलिक अधिकार...अब जरा सोचिए, ऐसे रसूखदार... सामंतवादियों का सामना ये गरीब और निर्बल लोग कैसे कर सकते हैं...ये न कानूनी रूप से...सक्षम हैं...और न आर्थिक रूप से इनका सामना कर सकते हैं....एक तरफ से लाखों रुपए फीस वाले वकील होंगे तो दूसरी तरफ गरीब पेट काटकर चंद रुपए देने वाले वकील रखेंगे...तो दोनों का सामना कैसे हो सकता है...दोनों की समानता कैसे होगी! आज तो कम फीस वाले वकील अपने विरोधियों से मोटे पैसों के लालच में केस हारने के लिए तैयार बैठे रहते हैं...अगर इन्हें समाज या कानून का सहारा और सहयोग नहीं मिलेगा...तो दबे-कुचले लोग कहाँ न्याय की फरियाद करेंगे?...इन्हें अगर न्याय

नहीं मिलता है तो इसके लिए हमारे डिपार्टमेंट में सरयुग शर्मा जैसे थानेदार जिम्मेवार हैं···पुलिस डिपार्टमेंट शर्मिंदा है···ऐसे तत्त्व न्याय के मार्ग में बाधक हैं···ऐसे लोगों को एक क्या···कई ठाकुर विरेचन मिल जाएँगे···जो समाज को अपने विचारों और हरकतों से विषाक्त बना देने से गुरेज नहीं करते··· !···" एस.पी. साहब एक बार ठाकुर विरेचन के आते-जाते भाव को देखकर पुनः कहने लगे, "ये ठाकुर विरेचन जैसे लोग ही कानून को अपनी मुट्ठी में जकड़ लेना चाहते हैं···ये लोग समाज के दुश्मन हैं···अच्छा हुआ कि आप लोगों ने समाज में कुरीति फैलाने वाले मधुसूदन पुरोहित के मुँह पर तमाचा मारकर बड़ा काम किया है। मैं आपके जज्बे को सलाम करता हूँ।"

एस.पी. साहब की बातें सुनकर सभी गद्गद होकर तालियाँ बजाने को विवश हो गए।

प्रोफेसर साहब ने कहा, "सर! आपने हमारा हौसला बढ़ाकर बहुत बड़ा काम किया है···इसके लिए सभी ग्रामीणों की ओर से आपको कोटि···कोटि धन्यवाद।"

एस.पी., "अरे नहीं···नहीं···इसके लिए आप लोग धन्यवाद के पात्र हैं···आपने गाँव में फैली अराजकता को खत्म करने का बेमिसाल प्रयास किया है···ऐसे पारदर्शी न्याय से ही देश में अमन-चैन आ पाएगा। देश के अन्य हिस्सों में भी हमारे नौजवान··· विपन्न और बेरोजगार लोग यूँ ही भटक रहे हैं···उनके साथ ज्यादती हो रही है···तो वे बागी बनकर समाज को दागी बनाने का ही काम करेंगे···हमारे देश और विदेश में कई ऐसी संस्थाएँ हैं, जो इन वर्गों के हाथ में बंदूक थमाकर समाज और देश का अहित करना चाहती हैं···इसे आप जैसे न्यायप्रिय बुद्धिजीवी ही रोक सकते हैं···यह आमने-सामने बॉर्डर की लड़ाई नहीं है···जिस पर हमारी सेना फतह कर लेगी···यह युद्ध हमारे ही बीच का है···इसकी पहचान कैसे करेंगे··· ?···ऐसा न्याय कर आपने अनुकरणीय संदेश दिया है।···हाँ सरयुग शर्मा जैसे भ्रष्ट ऑफिसर, ठाकुर विरेचन जैसे समाज और राष्ट्रद्रोही, पंडित मधुसूदन जैसे अत्याचारी से निपटने के लिए हमारे पास जरूर शिकायत कीजिए! ताकि इनके मनोबल को ध्वस्त कर दिया जाए।"

एस.पी. द्वारा बार-बार ठाकुर विरेचन और थानेदार सरयुग शर्मा का नाम लेने से उनके चेहरे की हवाइयाँ उड़ रही थीं। डर से सबकी घिग्गी बँध गई थी। ठाकुर विरेचन के हथियारबंद युवक भी वहीं थे। उनमें से एक युवक मथुरा ने कहा, "समाज और देश का सबसे बड़ा दुश्मन ठाकुर विरेचन है सर!···इसने ही बक्सीपुर और इस गाँव में विष घोला है···कहने को तो ठाकुर है···परंतु ये गीदड़ है सर!···यह इनसान की खाल पहनकर भेड़िया बना हुआ है···हम इसके हथियार ढोये चलते थे सर!···मैं भी अपराधी हूँ···इसने ही हमें···अपराध के रास्ते पर चलने को विवश किया है··· ।"

उसकी बातों का समर्थन करते हुए अन्य युवकों ने भी ठाकुर विरेचन, थानेदार एवं

पुरोहित मधुसूदन के कारनामों का पर्दाफाश किया। यह सब सुनकर ठाकुर विरेचन वहाँ से भागने की कोशिश में था। वह नजर बचाकर ज्यों ही भीड़ से निकला कि एस.पी. की नजर उन पर पड़ी। उन्होंने तुरंत पुलिसकर्मियों को ठाकुर को गिरफ्तार करने का आदेश दिया। अब ठाकुर पुलिस की पकड़ में था। हवलदार ने ठाकुर को गिरफ्तार कर लिया था। ठाकुर विरेचन पुलिस से स्वयं को छुड़ाते हुए गिड़गिड़ा रहा था, "मुझे छोड़ दो··· ये सब झूठ है!···मैंने कुछ नहीं किया··· बड़ा बाबू!···आप तो बताइए···न! मैंने कुछ भी नहीं किया···!"

उधर करमा मधुसूदन की गरदन में अपने गमछे से बाँधकर घसीटते हुए एस.पी. साहब के पास हाजिर करते हुए बोला, "हुजूर! पूरे फसाद की जड़ यही है···यही सबसे बड़ा अधर्मी है···यह ब्राह्मण के नाम पर कलंक है···गाँव और टोले के माहौल में इसी ने जहर घोला है···यह नाग है हुजूर···नाग···! इसे हम हजारीबाग से पकड़कर लाए हैं···जब इसे पता चला कि लोग इसे ढूँढ़ रहे हैं तो यह अपने परिवार को लेकर यहाँ से भाग गया था···इसे नहीं छोड़िए हुजूर···इसे फाँसी की सजा मिलनी चाहिए···क्योंकि इसी के कारण गाँव-टोले के बीच खूनी हिंसा हुई···जिसमें कई लोग मारे गए हैं···यह सबका हत्यारा है···हमारे मालिक के मन में नफरत और पाप का विष बेल इसी ने बोया है···इसी ने··· इसी पापी के कारण आज यह हाल हुआ है···!" यह कहते हुए उसने मधुसूदन पंडित को दो-तीन लात मारी।

मधुसूदन अरे बाप कहते हुए एस.पी. के सामने गिड़गिड़ाते हुए बोला, "हुजूर मुझे छोड़ दीजिए···मैं एक गरीब ब्राह्मण हूँ···हुजूर···मैंने कुछ नहीं किया···मैंने कुछ···!" उसकी बात खत्म होने से पहले ही एस.पी. ने उसे फटकारते हुए कहा, "चुप रहो···!··· तुम्हीं हो मधुसूदन पांडेय!···यह किसे नहीं पता कि यह सब तेरा ही किया-धरा है···!"

मधुसूदन एस.पी. के सामने हाथ जोड़े खड़े होकर अपराधबोध से ग्रस्त था। यह देखकर सत्यप्रकाश ने मौका ताड़ा और बोला, "सर!···ठीक इसी तरह से चौथी क्लास में अपने गुरुजी के सामने कर रहा था···जानते हैं सर···ये तो चौथी पास भी नहीं है···सर मुझे याद है···एक दिन स्कूल का होमवर्क नहीं करने पर जब गुरुजी इसे पीट रहे थे··· तब इसने जवाब दिया था···मुझे मत मारिए···गुरुजी मैं लोगों को ठगने भर की पढ़ाई पूरी कर चुका हूँ···अब मुझे आगे पढ़ने में मन नहीं लग रहा है···सचमुच इसने यह साबित कर दिया···खैर अगर इसने सिर्फ लोगों को ठगा होता तो शायद माफी भी मिल जाती··· लेकिन इसने तो वो पाप किया है···जिसकी सख्त सजा भी कम पड़ जाएगी···हुजूर··· इसने तो आस्था के नाम पर विषवमन किया है···लोगों की सुख-शांति में आग लगाने का काम किया है···शिवालय बनने के बाद से ही इसके मन में खुराफाती चल रही थी··· अपनी तिकड़मबाजी से पहले शिवालय में पुरोहित बन बैठा···उसके बाद विरेचन सिंह

को बहकाकर टोले और गाँव के बीच सौहार्द बिगाड़ने में पूरी तरह से सफल हो गया··· हुजूर सच कहा जाए तो इस पूरे प्रकरण की बुनियाद में मधुसूदन ही मधुसूदन है···यह पंडित नहीं पाखंडी है··· !" यह कहते हुए सत्यप्रकाश के चेहरे पर मलिनता छा गई। इस समय वह मधुसूदन को हिकारत की निगाह से देख रहा था। और मधुसूदन उससे आँखें चुराने की कोशिश कर रहा था। तभी घृणा के भाव से सत्यप्रकाश ने उसे लताड़ते हुए कहा, "ब्राह्मण किसे कहते हैं···जानते हो पंडित मधुसूदन?···पुरोहित की परिभाषा जानते हो पंडित···खैर जाने दो···क्योंकि यह तो तुम अपनी हरकत से साबित कर चुके हो···तुम सिर्फ इतना बता दो कि शिव का अर्थ क्या है···क्योंकि तुम तो शिवालय के पुजारी रहे हो···इतना तो तुम बता ही सकते हो··· ?"

मधुसूदन किंकर्तव्यविमूढ़ था। वह जवाब देने से बचने की कोशिश कर रहा था। सिर्फ सत्यप्रकाश को घूरे जा रहा था। उसे ऐसा प्रतीत हो रहा था कि एक ब्राह्मण होकर सत्यप्रकाश उसकी बेइज्जती कर रहा है। उसके साथ ज्यादती कर रहा है। आखिरकार मधुसूदन अपनी चुप्पी तोड़ते हुए सत्यप्रकाश पर भड़क गया, उसने कहा, "अरे कौवा भी कौवा का मांस नहीं खाता है···तुम कैसे ब्राह्मण हो जो ब्राह्मण का साथ नहीं देते··· शायद तुम मंदिर का पुरोहित बनना चाहते हो···इसीलिए मेरे विरुद्ध जहर उगल रहे हो··· हुजूर यह झूठ बोल रहा है···मंदिर हड़पने के लिए ऐसा बोल रहा है!"

एस.पी., "चुप हरामजादे! तुम्हें ऐसा दंड दूँगा कि नानी याद आ जाएगी!"

सत्यप्रकाश मधुसूदन की हरकत से वाकिफ था। फिर भी उसने संयत होकर कहा, "मधुसूदन पंडित···शिवालय का पुजारी बनना तेरे लिए आसान था···क्योंकि कोई तुझसे यह नहीं पूछा कि तुम शिव का अर्थ बताओ···यानी तुम्हारा किसी ने साक्षात्कार नहीं लिया···क्योंकि तुम पंडित हो···आमतौर पर लोग पंडित को धर्मक्षेत्र का विद्वान् मानने की भूल कर बैठते हैं···पंडित मधुसूदन उसी का जीता-जागता प्रमाण है···हुजूर···जाति से ब्राह्मण होना ही विद्वता की निशानी नहीं है···हमें कर्म से ब्राह्मण होना चाहिए···जो कम-से-कम ब्रह्मांड की थोड़ी सी भी जानकारी रखता हो···धर्म की सही शिक्षा दे सके··· अधर्मियों को सन्मार्ग को दिखा सके···भटके लोगों में अच्छे संस्कार दे सके···शिव में तो पूरा ब्रह्मांड समाया हुआ है···वह शिव जो अचल···अविनाशी और निर्विकार है···जो घट-घट में निवास करते हैं···प्रत्येक आत्मा में निवास करनेवाले शिव का मर्म भी नहीं जानता···वह शिव जिसकी मुट्ठी में समस्त ब्रह्मांड समा जाता हो···क्या उनके लिए एक शिवालय ही काफी है? नहीं पंडित मधुसूदन···नहीं···आज मंदिरों को ब्राह्मणों ने अपने बाप की जागीर समझ रखा है···वहाँ इनकी हुकूमत चलती है···मंदिरों में अवैध कमाई के कई तरह के गोरखधंधे चलते हैं···क्योंकि यह सबसे सुरक्षित जगह मानी जाती है··· मंदिरों में कुछ भी कर लो···यहाँ तो परिंदा भी पर नहीं मार सकता···फिर पुलिस-प्रशासन

का यहाँ पहरा भी नहीं होता···फिर किसका डर···ऐसे ही पंडितों के कारण आस्था की दुकानदारी चल रही है···यह लंबे समय से जारी है···इस पर अंकुश लगाना मुश्किल है हुजूर···ऐसी अंधेरगर्दी को रोकना बहुत मुश्किल है···ऐसे मधुसूदन पंडित हजारों मंदिरों में वास करते हैं···और अनैतिक धंधे से करोड़पति बन रहे हैं···हमने तो अभी तक नहीं सुना कि ऐसे पंडितों पर पुलिस-प्रशासन ने कभी सख्त कदम उठाया है···ये सब आस्था का खेल है हुजूर···सिर्फ आस्था का···देखा आपने किस तरह से मौका मिलते ही इस पंडित ने आस्था के नाम पर लोगों को बाँटने का काम किया और हमने चुपचाप इसे मौन समर्थन भी दे दिया···! लोग बगैर सोचे-विचारे इस पाखंडी के झाँसे में आ गए···अगर देखा जाए तो पढ़े-लिखे कुछ गाँववालों ने भी पंडित से कभी सवाल नहीं किया···क्यों? क्योंकि आस्था का सवाल था···आस्था में बहुत ताकत है हुजूर है···अंधी आस्था का जमाना है···ये तो भला हो पल्लवी का जिसने शिवालय में मधुसूदन को बुरी तरह से लताड़ा था···हमने पल्लवी के अलावा किसी महिला या पुरुष को मधुसूदन से कभी धर्म और आस्था के बारे में जिरह करते हुए नहीं सुना···धन्य है ऐसी बेटी···मुझे तो नाज है अपनी बहन पल्लवी पर···काश ऐसी दो-चार बेटियाँ हर गाँव में हो जाएँ तो मन ही शिवालय बन जाएगा···!" इतना कहते हुए वह मधुसूदन को घूरने लगा था। मधुसूदन अंदर से खौल रहा था। लेकिन मौके की नजाकत को भाँपते हुए वह खून का घूँट पीकर रह गया था। इसी बीच एस.पी. सत्यप्रकाश की ओर मुखातिब होते हुए बोले, "मुझे आज यकीन हो गया कि अब भी अपने गाँव-टोले में ऐसे ब्राह्मण हैं जो ब्राह्मणत्व के महत्त्व को समझते हैं···!" इसके बाद एस.पी. साहब मधुसूदन की ओर देखते हुए बोले, "पंडित मधुसूदन!···सत्यप्रकाशजी ने जो तुम्हें सत्य का प्रकाश दिखाया···क्या तुम उस पर चलोगे···? है हिम्मत···! नहीं···मुझे तो ऐसा नहीं लगता···क्योंकि तेरे पल्ले कुछ भी नहीं पड़नेवाला···तुम्हारे लिए सही जगह शिवालय कभी नहीं हो सकता···तुम्हारे लिए अब सही जगह है जेल···शायद वहीं तुम्हें अपनी करनी का पछतावा हो···गिरफ्तार कर लो पंडित मधुसूदन को···इसके खिलाफ अनुसूचित जाति अत्याचार निवारक अधिनियम एवं अन्य संज्ञेय धाराओं के तहत मुकदमा दर्ज किया जाएगा···ताकि यह लंबा समय जेल में बिता सके।"

मधुसूदन अब टूट चुका था। पल भर के लिए उसकी आँखों के सामने जेल की सलाखें घूमने लगी थीं। वह गिड़गिड़ाने लगा, "नहीं हुजूर!···हुजूर हम गरीब ब्राह्मण हैं···भूखे मर जाएँगे···मेरी मेहरी का क्या होगा!···जरा सोचिए हुजूर मेरे बच्चे अनाथ हो जाएँगे···माई-बाप···हम पर दया कीजिए···! क्यों आप ब्रह्म हत्या का पाप अपने सर ले रहे हैं हुजूर?···दुनिया में जीने-खाने के लिए कौन इनसान पापकर्म नहीं अपनाता···!"

एस.पी. ने उसे लताड़ते हुए कहा, "खामोश रहो···! पापी···दुष्ट··· ब्राह्मण···वह

है जिसने कभी ब्रह्म से साक्षात्कार किया हो···तुम तो मामूली इनसान से भी साक्षात्कार के लायक नहीं हो···तुम जैसे पापी के लिए तो जेल भी सही जगह नहीं होगी···मेरा वश चलता तो तुमसे टोले में मैला ढुलवाने का काम करवाता···तुम उसी लायक हो···मन में मैल रखनेवाले को ऐसी ही सजा मिलनी चाहिए···खैर! तुम्हारा सामाजिक बहिष्कार हो चुका है···यह सजा भी कम नहीं है···ले चलो इसे···!"

इतना सुनकर थाना इंचार्ज शर्मा तत्परता दिखाते हुए आगे बढ़ा और मधुसूदन का गिरेबान पकड़कर ले जाने लगा तो मधुसूदन ठाकुर विरेचन सिंह की ओर देखकर चीखा, "ठाकुर! मैंने तुम्हारे लिए इतना किया···आखिर कुछ तो बोलो···मुझे बचाओ··· मेरा मुकदमा लड़कर मुझे जेल से जल्द मुक्ति दिलवाना···वरना अच्छा नहीं होगा···!"

ठाकुर विरेचन मधुसूदन की ओर शांत भाव से देखते हुए बोला—

"संग छवि क्षीर राखिए या क्षीर छूत लखाय।
कीट फूल यूँ संग चढ़े, लगमल फूल छुआय···!"

इतना बोलकर ठाकुर ने धीरे से हँसते हुए कहा, "हूँ···इसका अर्थ भी तुम्हारे भेजे में नहीं घुसेगा पाखंडी पंडित···तो सुनो इसका मतलब है कि दूध जैसे निर्मल एवं पवित्र लोगों से दोस्ती करनी चाहिए···अन्यथा दूध जैसे निर्मल और पवित्र होते हुए भी छूने योग्य नहीं होता···जैसे फूल से संगति कर कीड़े भी देवताओं के सिर पर चढ़ते हैं···लेकिन खुद फूल ही विष्ठा पर गिर जाए तो उसको लोग छूने से परहेज करते हैं! अर्थात् अछूत हो जाता है···आज से तुम गाँव-टोला और जाति-समाज से अछूत हो चुके हो पाखंडी पंडित···मुझे तो आत्मग्लानि हो रही है कि तुम जैसे मूर्ख-कपटी और पाखंडी की बात में कैसे फँस गया···क्यों मेरी मत मारी गई···हालाँकि जिस वक्त तुम मुझे भटका रहे थे···उस वक्त मैंने इसका विरोध किया था···लेकिन तुम एक शिवालय को इसका-उसका में बाँट दोगे···इससे मैं अनजान कैसे रहा···इसका अफसोस मुझे आजीवन रहेगा···तुमने कहा कि मैं तुम्हारा मुकदमा लड़ूँ···और जेल से छोड़वा दूँ!···जानते हो पाखंडी पंडित! एस.पी. साहब ने जो अभी-अभी कहा कि···तुम्हारी मुकम्मल सजा यही होती कि तुम सदा के लिए सिर पर मैला ढोते फिरते···तो मुझे बहुत सुकून मिलता···मेरा वश चलता तो मैं कोर्ट में हाकिम से तेरे लिए यही सजा की माँग करता···काश ऐसा हो पाता···लेकिन अभी तो तुम्हारा चेहरा देखना ही मुझे गँवारा नहीं···तुम जितनी देर तक यहाँ रहोगे···बदबू फैलती रहेगी···तुम बदबूदार हो चुके हो···बदबूदार और कुछ नहीं···!" यह कहते हुए ठाकुर विरेचन ने उससे मुँह फेर लिया।

ठाकुर विरेचन बार-बार हाथों में बँधी हथकड़ी की ओर निहार रहा था। मथुरा ने सभी के हथियारों एवं विस्फोटकों को कुएँ में फेंकने की बात बताई। यह सुनकर एस.पी. ने तुरंत थानेदार सरयुग शर्मा को निलंबित कर वहीं उपस्थित पुलिस इंस्पेक्टर सुरेश प्रसाद

को थानेदार बनाया तथा हथियार बरामदगी के लिए भेज दिया। एस.पी. पंचायत का निर्णय सुनने के लिए वहीं दरी पर बैठ गए। प्रोफेसर साहब ने एस.पी. साहब से विनम्र निवेदन किया, "एस.पी. साहब! आप जैसे न्याय प्रेमी एवं कुशल प्रशासक इस पंचायत का मार्गदर्शन करें तो बड़ा उपकार होगा।"

एस.पी. साहब ने कहा, "जहाँ आप जैसे शिक्षाविद् हो तो उसका मार्गदर्शन तो मानो सूर्य को दीपक दिखाने के समान होगा···मैं यहाँ बैठता हूँ···कृपया आप लोग पंचायत में विचार–विमर्श कर निर्णय लें तो मुझे बड़ी खुशी होगी।"

प्रोफेसर साहब ने हल्की सी मुसकान के साथ कहा, "यदि सभी का यही विचार है तो सभासदों की भी सहमति होनी चाहिए न··· !"

इसके बाद समवेत स्वर में सभी ने हाँ कहा।

प्रोफेसर कुछ बोलते इससे पूर्व मोती ने कहा, "दरअसल···पंचायत की काररवाई चल ही रही थी कि अकस्मात् ये घटना घट गई···खैर इस पंचायत के लिए प्रोफेसर साहब, सत्यप्रकाश सर···और फेंकू चाचा पंच के रूप में नियुक्त कर लिये गए हैं··· लेकिन मेरा विचार है कि पंचायत में महिलाओं की भागीदारी भी जरूरी है···और इसके लिए मैं पल्लवीजी का नाम प्रस्तावित करता हूँ।"

इस पर मथुरा ने तुरंत कहा, "मैं इसका समर्थन करता हूँ।"

फिर तालियों की गड़गड़ाहट से पंचायत में पल्लवी का जोरदार स्वागत हुआ। पल्लवी खड़े होकर इसके लिए सबका आभार प्रकट करते हुए बोली, "मैं इस पंचायत में कुछ बोलने से पहले एक छोटी कहानी की शुरुआत करती हूँ···इस देश का नाम भारत क्यों पड़ा?···इसके पीछे की कहानी का जानना जरूरी है···आप सभी को पता होगा कि शकुंतला पुत्र भरत के पुत्रों में युवराज होने के कोई लक्षण नहीं होने के कारण भरत ने एक ऋषि पुत्र को युवराज बना दिया··· इससे राजा भरत के परिवार···हितैषी और अन्य रिश्तेदार नाराज हो गए···प्रजा भी आश्चर्यचकित थी···क्योंकि राजा को अपने पुत्रों को ही युवराज बनाने की परंपरा थी···कालांतर में राजा में नैतिक चरित्र का ह्रास होता गया···इन्हीं के खानदान में महाराजा शांतनु ने अपनी कामेच्छा पूर्ण करने के लिए गंगापुत्र देवव्रत के रहते हुए न केवल सत्यवती से विवाह किया···बल्कि सत्यवती से जन्मे पुत्र को ही युवराज बनाने की शर्त को भी मान लिया···इसके बाद के दौर में राजा–महाराजाओं के चरित्र में और भी गिरावट आने लगी थी···उनके ही वंशज कौरव ने तो अपने भाई पांडव पुत्र को राजकाज से बेदखल कर कई यातनाएँ दीं···फलस्वरूप कौरव वंश का सर्वनाश हो गया···मैंने यह कहानी इसलिए बताई···क्योंकि पंचायत में पंचों को किसी के प्रति पक्षपात नहीं करना चाहिए··· बल्कि जो दोषी है, उसे ईमानदारी से सजा देनी होगी···हमारा यहाँ कोई नहीं है···हम सिर्फ न्याय के पक्षधर हैं···हम किसी के प्रति

भी पक्षपात नहीं कर सकते···यही न्याय का तकाजा है···।"

सत्यप्रकाशजी ने बताया, "इस बात से कौन नावाकिफ है कि झगड़े की शुरुआत शिवालय में प्रवेश प्रतिबंध लगाने से हुई थी··· बखेड़े की जड़ में मधुसूदन और ठाकुर विरेचन हैं···इन लोगों ने शिवालय के नाम पर बरबादी और विनाश का खेल खेला है···क्या ये दोनों उस शिव की, उसकी शक्ति और महिमा के बारे में कुछ जानते भी हैं?···शिव तो अपने भक्तों को महल और अट्टालिकाएँ प्रदान करते हैं···लेकिन खुद खुले आसमान में पर्वत पर निवास करते हैं···उन्होंने अपने भक्तों को नाना प्रकार के व्यंजन दिए हैं···लेकिन स्वयं भाँग-धतूरा जैसी व्यर्थ की चीजों को पसंद करते हैं···उनके नाम पर इन दोनों ने खूनी खेल खेला···लेकिन उनके बारे में कुछ नहीं जानते···शिव की सवारी बैल है···दुर्गा अर्थात् पार्वती की सवारी शेर है···गणेश की सवारी मूस है··· कार्तिकेय की सवारी मयूर है···शिव के गले में नाग है···अर्थात् शेर का आहार बैल है··· नाग का आहार चूहा है···मयूर का आहार नाग है···इसके बावजूद किसी में कोई झगड़ा नहीं···सभी में समन्वय स्थापित है···और एक-दूसरे से प्रेम से रहते हैं···लेकिन इन दोनों ने राक्षस प्रवृत्ति का काम किया है···इन लोगों ने स्वयं भगवान् को अपने हाथ की कठपुतली बना लिया···इन्हें कठिन सजा मिलनी चाहिए।"

एस.पी. साहब ने बड़े गौर से उनकी बातें सुनने के बाद कहा, "आप सबके उच्च विचार जानकर ऐसा लग रहा है कि बुद्धिजीवियों ने पहले गाँव को ठाकुर विरेचन जैसे दंभी···पापी तथा मूढ़ पर छोड़ दिया था···बुद्धिजीवियों ने अपनी भूमिका का सही ढंग से निर्वाह नहीं किया था···इसी कारण इनका मन बढ़ गया···बुद्धिजीवियों को हमेशा मार्गदर्शन करना चाहिए···भाग्य-भरोसे ऐसे लोगों पर गाँव-समाज छोड़ देंगे तो सत्यानाश हो जाएगा···हमें लोगों में जागरुकता लानी होगी···वरना हमारा विनाश निश्चित है···गाँव में झगड़ा लगाने के लिए ऐसे लोग नए-नए तरीके खोजते रहते हैं···कभी जाति-पाँति के नाम पर तो कभी मजहब के नाम पर···कभी वर्ग भेद के नाम पर···ये सब सदियों से चलता आया है···लेकिन आप लोगों को ऐसे लोगों को चिह्नित कर उसका पर्दाफाश करना होगा···सबकुछ सरकार के भरोसे नहीं छोड़ा जा सकता···ऐसे षड्यंत्र का तोड़ निकालना होगा···वरना ऐसे लोगों के कृत्य से देश और समाज की तरक्की बाधित होती रहेगी···ऐसे लोग सिर्फ अपना उल्लू सीधा करते हैं···और देश व समाज के बारे में तनिक भी नहीं सोचते···जिससे देश-समाज की तरक्की बाधित होती है···हम सब सामूहिक प्रयास और सोच में एकरूपता लाकर इस कमी को पूरा कर सकते हैं···याद रखें!··· बदलाव के लिए संगठित प्रयास जरूरी है···इससे प्रत्येक व्यक्ति की तरक्की निश्चित हो सकती है···अगर ठाकुर विरेचन में अहंकार न होता···ऊँच-नीच का विचार न किया होता तो पुरोहित उनके विचार को नहीं डिगा सकता था···उन्हें पथभ्रष्ट नहीं कर सकता

था…चूँकि पुरोहित अपने क्षुद्र स्वार्थ के लिए ठाकुर के दिल-दिमाग में कुविचार भरने में सफल हो गया…और इतना बड़ा अनर्थ हो गया…दरअसल…सच कहा जाए तो इसके लिए दोनों बराबर के जिम्मेवार हैं…ऐसे लोगों को दंड मिलना ही चाहिए।"

ठाकुर विरेचन की नजरें झुकी हुई थीं। अपराधबोध से वह ग्रस्त था, लेकिन अब उसके चेहरे पर विवशता साफ झलक रही थी। एस.पी. साहब ने पुरोहित मधुसूदन एवं ठाकुर विरेचन पर कई धाराओं के तहत मुकदमा दर्ज किया। तथा थानेदार सरयुग शर्मा को तत्काल निलंबित करते हुए विभागीय काररवाई करने का हुक्म दिया।

इस बीच पंचायत ने भी कई महत्त्वपूर्ण निर्णय लिये, जो समाज हित में थे, इनमें मुख्य रूप से शिवालय में बिना रोक-टोक सभी लोगों का प्रवेश सुनिश्चित कर टोला और गाँव का समान अधिकार पारित किया गया। बक्सीपुरवासियों पर से सभी दर्ज मुकदमे वापस लेने की बात कही गई। इसके अतिरिक्त टोलेवासी अतिवादियों से तौबा कर प्रेमपूर्वक गाँव या घर में रहने पर सभी एकमत हुए। टोले के बच्चों को नियमित स्कूल जाने और भेदभाव को दूर करने का बीड़ा उठाया गया। पंचायत में ठाकुर विरेचन के साथ हथियार लेकर चलनेवाले युवकों को पंचायत ने क्षमादान दिया। कानूनी रूप में दोषी होने के कारण सजा तो दी गई, किंतु एस.पी. साहब ने आश्वस्त किया कि इन्हें क्षमादान देने के लिए सरकार एवं कोर्ट से दरखास्त करूँगा।"

अंत में शिवालय का नया पुरोहित सत्यप्रकाशजी को बनाया गया तो सभी ने उनका स्वागत तालियों की गड़गड़ाहट से किया।

दृश्य- 59

कहते हैं समय बड़ा बलवान होता है। इसलिए समय से डरकर रहना चाहिए। समय किसी को नहीं छोड़ता। इसलिए इनसान को वक्त के साथ चलना चाहिए। विपरीत दिशा की हवा में चलना आसान नहीं है। सभी को अपनी औकात समय के अनुसार चलने की सीख देती है। जिस प्रकार ठाकुर विरेचन के इशारे पर पूरा गाँव नाचता था, जिसकी हिफाजत के लिए गाँव के दर्जनों युवक उसके पीछे-पीछे हथियार लेकर चलते थे। पुलिस महकमे जिसकी सेवा में लगे रहते थे, उसके हाथ में हथकड़ी डालकर जीप के पीछे उसी प्रकार ठेलकर चढ़ाया गया था, जैसे आलू के बोरे गाड़ी में चढ़ाए जाते हैं।

ठाकुर विरेचन अतिवादियों को एनकाउंटर में मारे जाने के बाद के नजारे का मुआयना करने आया था। ताकि उसे आनंद आए, परंतु हुआ इसके ठीक विपरीत। वहीं

अब समय पलट गया था। अब ठाकुर की दुर्गति देखकर ग्रामीणों व टोलेवासियों को मजा आ रहा था। जिस प्रकार नए शेर को पिंजरे में बंद किया जाता है, तो उसे तोड़कर शेर भागने की पुरजोर कोशिश करता है, उसी प्रकार जब उसे हाजत में बंद किया गया था, तब उसने भाग निकलने की पूरी कोशिश की थी। ठाकुर विरेचन के खिलाफ कई संगीन धाराएँ लगाई गई थीं। उससे निकलना नामुमकिन लग रहा था। इस कारण वह काफी विचलित हो रहा था। उसे लग रहा था कि हाजत कोई खोले और वह भाग जाए। कभी-कभी उसे स्मरण होता कि लोगों को चुटकियों में मैं इसी हाजत में बंद करा कर जेल की सलाखों के पीछे भिजवाता था। आज वह स्वयं हाजत में बंद था और अब उसके जेल जाने की तैयारी चल रही थी।

इधर, थानेदार सरयुग शर्मा निलंबित कर दिया गया था। उसी में एक हवलदार प्रभु बलराज था। वह ठाकुर विरेचन के लिए खाना लेकर आया और बोला, "ठाकुर साहब आपको हाजत में बंद देखकर बहुत बुरा लग रहा है··· लेकिन क्या करूँ, नौकरी का सवाल है! लीजिए खाना खा लीजिए!"

ठाकुर विरेचन गुस्से में बोला, "ठीक है···देखते जाओ···कुछ दिन बाद मैं उस एस.पी. को औकात नहीं बता दी···तो फिर कहना···बलराज!···मैं किसी तरह एक बार बाहर आ जाऊँ!···एस.पी. को पता नहीं है कि उसने मेरी गिरफ्तारी कर आफत मोल ले ली है।"

हवलदार, "आहिस्ते! ठाकुर साहब! जल्दी कीजिए! एस.पी. साहब जिला का जबसे भार सँभाले हैं···एक अठ्ठनी की भी बोहनी नहीं हुई है।"

ठाकुर विरेचन रोटी को उलट-पुलट देखते हुए बोला, "ऐसी रोटी!···ये रोटी तो मेरा कुत्ता भी नहीं खाता है···यह थानेदार अपने आपको समझता क्या है?"

हवलदार, "यह थानेदार एस.पी. साहब का आदमी लगता है।···फिलहाल तो यही खाना खा लीजिए ठाकुर साहब!"

मुर्गा कटता है तो अधिक फड़फड़ाता है। बकरा कटता है तो अधिक छटपटाता है। बकरा कटता है, तब भी मैं···मै करता है···मानो उसके वजूद के सामने कोई नहीं। उसी प्रकार ठाकुर विरेचन हाजत में भी बंद था, परंतु उसकी अकड़ कम नहीं हुई थी।

उसने कहा, "ले जाओ ये रोटी···मैं ऐसा खाना नहीं खा सकता।···" इतना बोलकर उसने थाली बाहर की ओर खिसका दी।

हवलदार, "ठाकुर साहब! मैं लाचार हूँ और दूसरा कोई उपाय नहीं है···ठीक है ले जाता हूँ··· भूख लगे तब माँग लीजिएगा।" इतना बोलकर हवलदार ने थाली उठाई और चलने लगा।

तभी ठाकुर ने उसे टोका, "बलराज!···बड़ा बाबू शर्मा जी को भेज सकते हो···ऐसा तो नहीं मेरे बुरे दिन में वे भी मुकर जाएँगे?"

हवलदार, "अभी तो लोक-लाज से मुँह छिपाकर आवास में बैठे हैं!···शायद अभी आना पसंद नहीं करें।"

ठाकुर, "फिर भी एक बार मेरा संदेश भेज दो!···एक बार मैं यहाँ से निकल जाऊँ फिर मंत्रीजी से कहकर एस.पी. की वरदी उतरवा दूँगा।"

हवलदार थाली वापस ले जाते हुए बोला, "ठीक है···ठीक है···कोशिश करता हूँ।"

अमूमन व्यक्ति को अपने पाँव देखने के लिए सिर झुकाना पड़ता है। लेकिन ठाकुर विरेचन झुकने को तैयार ही नहीं था। उसकी अकड़ कायम थी। प्रभु बलराज ने सरयुग शर्मा को पूरी बात बता दी थी।

शर्मा भी अपने आवास से किसी तरह से छिपते-छिपाते हाजत के पास आया और ठाकुर से बोला, "ठाकुर साहब! याद किया है? देख रहे हैं ठाकुर साहब···दिन कैसे-कैसे पलटते हैं?"

ठाकुर विरेचन, "बड़ा बाबू!···आप देख रहे हैं मेरी दुर्गति?"

शर्मा, "हाँ!···मेरी दुर्गति भी तो आप देख ही रहे हैं···.ये सब आपके चलते ही तो भोगना पड़ रहा है।"

विरेचन, "झूठ! आप बिल्कुल सफेद झूठ बोल रहे हैं···हमने इसकी पूरी कीमत अदा की है···कब हमने आपकी मुँहमाँगी कीमत नहीं चुकाई है? जब इसके लिए हमेशा हमने आपकी जेब गरम की तो आप क्या भोग रहे हैं···आप बगैर लिये कुछ करनेवाले नहीं, फिर ऐसा क्यूँ इल्जाम लगा रहे हैं···!"

फिर तुरंत ठाकुर अपने पर काबू करते हुए बोला, "···खैर···छोड़िए···अभी इसका लेखा-जोखा करना सही नहीं होगा···समय जब खराब चल रहा हो तो···हमें संयम से काम लेना चाहिए···अभी आपस में किसी विवाद में उलझने का समय नहीं है···अभी हम लोगों को एक-दूसरे को इससे उबरने के बारे में सोचना चाहिए।"

शर्मा, "ठीक है···ठाकुर साहब!···मेरा तो दिमाग काम नहीं कर रहा है···अब आप ही कोई रास्ता बताइए।"

ठाकुर विरेचन, "आपके लिए तो मुझे एक उपाय समझ में आ रहा है!"

शर्मा, "क्या?"

ठाकुर विरेचन, "कमिश्नर साहब!···हाँ उनके कहने पर आपने थाने में मुकदमा दर्ज कर अभियुक्तों को जेल भेजा था।"

शर्मा, "कौन मुँह लेकर जाऊँ···उनके पास···एक भी सही अपराधी को हमने नहीं पकड़ा है!"

ठाकुर विरेचन, "बस यही सोचना तो गलत है···कमिश्नर साहब को क्या मालूम कि असली अपराधी कौन था···आपको थोड़े ही कहना है···बल्कि कहना है कि सर

आपके ही कहने पर मैंने अपराधियों को पकड़ा और···जेल की सलाखों में भेजा था··· इसी बात को लेकर एस.पी. साहब खामख्वाह नाराज हो गए और यहाँ तक कि मुझे निलंबन की सजा दी है···और गिड़गिड़ाते हुए उनसे कहिए कि सर निलंबन से मुक्ति करा दीजिए···बस आसान रास्ता है।"

शर्मा ने मुसकराते हुए कहा, "ठाकुर साहब!···आपने नाउम्मीद के अँधेरे में चिराग जलाया है···सचमुच आपके सुझाव सही हैं···मैं कल ही कमिश्नर साहब से बात करता हूँ···शायद वे समझ सकें।"

ठाकुर विरेचन, "लेकिन मेरा क्या होगा बड़ा बाबू?"

शर्मा, "पहले मुझे तो मुक्त होने दीजिए···जैसे ही मेरा राजपाट आ जाएगा···फिर हमारे पौ बारह हो जाएँगे।"

ठाकुर विरेचन, "बस एक बार मुझे बाहर निकलने दीजिए! इस एस.पी. को कई घाटों का पानी पिलाऊँगा।"

उस समय दिन के दस बजे थे। ठाकुर विरेचन हाजत में बंद था तथा शर्माजी खिड़की के पास बाहर से ही बातचीत कर रहे थे। नया थानेदार वहाँ उपस्थित नहीं था, लेकिन पुराने सिपाही और हवलदार वहाँ मौजूद थे। ये दोनों शर्मा के अधीन कार्यरत थे। इसलिए ठाकुर विरेचन से बातचीत करने में कोई बाधा उत्पन्न नहीं हो रही थी।

दृश्य-60

नक्सली जोनल कमांडर, "कामरेड! आज हम सभी यहीं विश्राम करेंगे।"

एक नक्सली, "उस्ताद! हमें यह समझ नहीं आया··· !···कल तो हम लोग पुलिस पर भारी पड़ रहे थे···फिर बिना काररवाई हम लोग क्यों वापस चले आए?"

कमांडर, "कामरेड! हम अपने सिद्धांत से बँधे हुए हैं··· हमारा संघर्ष शोषण के खिलाफ युद्ध करना है···हमें पता है कि मौजूदा एस.पी. अच्छे स्वभाव के हैं···अत्यंत न्यायप्रिय हैं···इनका पिछला इतिहास यही बताता है ये किसी का शोषण नहीं होने देते हैं···हमारा भी तो यही मकसद है···जो काम हम हथियार के बल पर करते हैं···उसे वो कानून के माध्यम से कर रहे हैं···वैसे भी टोले निवासियों तथा ग्रामीणों के बीच आपसी प्रेम देखकर हमारा हथियार कुन्द हो गया था···हमारा युद्ध तो उस कमीने ठाकुर विरेचन और पुरोहित मधुसूदन के खिलाफ है···ठाकुर विरेचन की सुरक्षा में लगे युवकों ने स्वयं हथियार डाल दिए··· इसलिए उस परिस्थिति में हमला करना सिद्धांत और मर्यादा के अनुकूल नहीं था··· !" यह कहते हुए कमांडर एक झरने के पास रुकते हुए बोला, "बस

चलो इस झरने के पास ही थोड़ा विश्राम कर लिया जाए···यहाँ पानी भी पर्याप्त है···!"

बीहड़ जंगल, विशालकाय वृक्षों से भरे इस क्षेत्र का जंगल इतना घना था कि दिन में भी सूर्य की रोशनी वहाँ नहीं पहुँच रही थी। इसलिए मच्छरों एवं विभिन्न तरह के कीट–पतंगों की भरमार थी। विश्राम के लिए आस–पास कई चट्टानें थीं। इधर–उधर कुछ टुकड़े–टुकड़े में समतल भूमि थी। कमांडर अपने दस्तों के साथ उसी जमीन पर सो गया था।

दृश्य-61

मगध प्रमंडल गया का कार्यालय खुला हुआ था। कार्यालय में उस समय आयुक्त बैठे हुए थे। दिन के करीब 12 बजे थे। उसी समय सरयुग शर्मा सादे लिबास में कमिश्नर साहब के आदेशपाल से मिला तथा उसे दो सौ रुपए देते हुए बोला, "मैं वेणीपुर थाने का इंचार्ज था···पिछले दिन एस.पी. जहानाबाद ने मुझे निलंबित कर दिया है। मैं कमिश्नर साहब का पुराना परिचित हूँ···कमिश्नर साहब से मिलना चाहता हूँ···क्या संभव है?"

आदेशपाल, "अभी तो साहब मीटिंग लेनेवाले हैं···अभी वह मिलना चाहेंगे तब न!"

शर्मा, "आप बोलो तो···मेरा परिचय दे देना!"

आदेशपाल, "देखता हूँ···एक स्लिप दे दीजिए!···साहब के टेबुल पर रखूँगा···बुला लिए तो अच्छा है।"

इतना बोलकर उसने शर्मा को स्लिप थमाई। शर्मा ने तुरंत उसे भरकर आदेशपाल को थमा दिया। आदेशपाल स्लिप लेकर कमिश्नर साहब की टेबुल पर रखकर बाहर चला आया। कुछ ही क्षण में कमिश्नर साहब का कॉल बेल बज उठा।

आदेशपाल अंदर गया और तुरंत बाहर आकर शर्मा से बोला, "साहब आपको बुलाये हैं जाइए!"

शर्मा तुरंत कमिश्नर साहब के पास जाकर सैल्यूट लगाते हुए बोला, "जय हिंद सर···!···सर मैं वेणीपुर थाना का इंचार्ज था···सर को स्मरण होगा कि प्रतापपुर गाँव के लोगों ने सरस्वती पूजा के लिए चंदा उगाही के क्रम में सर की गाड़ी का शीशा तोड़ दिया था···जिसके लिए सर के आदेशानुसार केस दायर कर सभी अपराधियों को जेल भेज दिया गया था···इसीलिए एस.पी. साहब मुझ पर बेमतलब का क्रोधित हो गए हैं और यहाँ तक कि मुझे निलंबित कर दिया है···सर अब बताया जाए कि सर का आदेश पालन करने पर भी सजा मिलती है तो···।"

शर्मा की बात अभी पूरी भी नहीं हुई थी कि कमिश्नर साहब भड़कते बोले, "कौन बसंत?···वह ऐसा ऑफिसर नहीं है···ठहरो मैं पूछता हूँ···!"

कमिश्नर ने कॉलबेल बजाकर आदेशपाल को बुलाया और एस.पी. को टेलीफोन लगाने के लिए कहा। आदेशपाल ने पी.ए. को बोला और पी.ए. ने एस.पी. बसंत को फोन लगाया। टेलीफोन बजते ही एस.पी. साहब ने फोन रिसीव किया। कमिश्नर साहब बोले, "हैलो! बसंत?"

एस.पी., "जी सर!"

कमिश्नर, "बसंत!···थानेदार सरयुग शर्मा को निलंबित क्यों कर दिया?···इसने तो मेरे आदेश से ही उन बदमाशों को जेल भेजा है।"

एस.पी., "सर! कौन सा आदेश?"

कमिश्नर, "अरे वही भाई!···प्रतापपुर में चंदा उगाही के क्रम में मेरी गाड़ी का शीशा तोड़ दिया था।"

एस.पी., "नो सर!···शर्मा सरासर झूठ बोल रहा है···मैंने पूरी तरह तहकीकात की है सर!···उसने एक सामंतवादी दलाल के कहने पर असली अपराधियों को गिरफ्तार नहीं किया···बल्कि उस सामंती दलाल के निजी दुश्मनों को जो, बेचारे···गरीब दलित हैं··· उनको जेल भेज दिया था···उसी से आग भड़की और दलितों के टोला बक्सीपुर तथा प्रतापपुर गाँव जल गए सर!···इसी शर्मा और दलाल की काली करतूतों और बेवजह के दमनचक्र के कारण कई टोलेवासी नक्सली बनने के लिए मजबूर हुए हैं सर!···अब वे बड़ी मुश्किल से समाज की मुख्यधारा में लौट आए हैं।"

कमिश्नर साहब पूरी स्थिति को भाँप गए। सारे माजरे को समझने के बाद उन्होंने गुस्से में दाँत पीसते हुए कहा, "शर्मा···यू गेट आउट! फौरन यहाँ से दफा हो जाओ··· !"

शर्मा तेजी से मुँह लटकाकर वहाँ से बाहर निकल गया।

दृश्य-62

ठाकुर विरेचन को वेणीपुर थाना हाजत से जहानाबाद कारागार भेजा जा चुका था। जेल के बाहर मुलाकात करनेवालों की भीड़ लगी हुई थी। जेल के गेट पर वार्डन खड़े थे। वहीं पर सहायक जेलर भी था जो कैदियों से मुलाकात करनेवाले लोगों से प्रत्येक स्लिप के साथ 50 रुपए ले रहा था। जो पैसे नहीं देते उनकी स्लिप को फाड़ कर फेंक देता था। कैदी भी अंदर की खिड़की से झाँककर बाहर की ओर देख रहे थे। कुछ लोग अपने परिजनों से खिड़की की जाली के अंदर से ही वार्त्तालाप कर रहे थे। ठाकुर विरेचन को कारागार के अंदर ले जाया गया तथा आवश्यक कागजाती खानापूरी कर

अंदर वार्ड में भेज दिया गया! जहाँ पर अतिवादी कैदियों की बहुलता थी। टोला बक्सीपुर एवं प्रतापपुर गाँव के भी दर्जनों कैदी वहाँ ठाकुर विरेचन सिंह को देखते ही क्रोध से भर उठे। सभी उसे उसी प्रकार घूँसे से मारकर एक छोर से दूसरे छोर पर ठेलते रहे, जिस प्रकार फुटबॉल के खिलाड़ी एक-दूसरे को पास देते हैं। ठाकुर विरेचन की पूरी दुर्गति हो चुकी थी। वह अधमरा सा हो गया था। एक कैदी ने कहा, "साला! तुमने पहले सबसे बहुत तेल मालिश करवाया है···अब आ हमें तेल मालिश कर।"

ठाकुर विरेचन संकोचवश शर्म से कुछ बोल नहीं पा रहा था। इतने पर उन कैदियों ने 10-20 घूँसे और जड़ दिए। अब विरेचन बुरी तरह घायल हो चुका था। डर से वह एक कटोरी में तेल माँगकर उस कैदी के पाँव में मालिश करने लगा। यह देख हीरा बहुत हँस रहा था। उसने कहा, "साले तुमने मुझे इनसान बनकर जीने नहीं दिया···अब आ मुझे भी तेल मालिश कर।"

ठाकुर विरेचन ने कहा, "अरे हीरवा!···यह कहते हुए तुम्हें लज्जा नहीं आ रही है··· अब तू हमसे मालिश करवाएगा···वैसे भी तू तो मेरे गाँव का है···तुम तो मेरे ऊपर रहम करो···थोड़ा लिहाज तो करो।"

हीरा ने हँसते हुए कहा, "यह रहम ही तो कर रहा हूँ ठाकुर!···अभी बेरहमी तूने देखी कहाँ है?···और हाँ आइंदे से हीरवा नहीं···हीरा बॉस कहना सीख।" इतना कहते हुए हीरा उसके काफी नजदीक गया और बोला, "और सुन···ठाकुर विरेचन! अब यहाँ मैं तुम्हारी ड्यूटी बताता हूँ···इस वार्ड में जितने कैदी हैं···तुम सभी के कपड़े धोने का काम करोगे···वार्ड···बाथरूम की सफाई तुम्हें ही रोज करना है···इसके बाद हम चार-पाँच लोग हैं···जिसे प्रतिदिन सोने के वक्त तेल मालिश करना नहीं भूलना···वरना आज जितनी पड़ी है··· उतना ही प्रतिदिन झेलना पड़ेगा···इसे याद रखना···यहाँ तुम्हारी हुकूमत नहीं हमारे रहमो-करम पर जीना होगा···समझे ठाकुर विरेचन!"

ठाकुर बोला, "का बोल रहो हो हिरवा···मेरा मतबल है हीरा···हीरा···ऐसा अनर्थ मत करो···ऐसा करोगे तो···तो मेरा जीना मुहाल हो जाएगा···मैं मर जाऊँगा···मेरा तो वैसे ही यहाँ दम घुट रहा है···वहीं तुम ऐसा फरमान जारी कर रहो हो?"

हीरा उसे बेदर्दी से ठोकर मारते हुए पहले मुसकराया फिर बोला, "हम इतने बेरहम नहीं हैं ठाकुर!···याद रखो···हम तुम्हारे कारण ही यहाँ पहुँचे हैं···तुम्हें यह पता नहीं था कि तुम हमारे लिए जो गड्ढे खोद रहे हो तो तुम भी यहीं आ गिरोगे···ऐसा तो तुमने नहीं सोचा होगा न···देख इसे ही कहते हैं नियति···! नियति से बढ़कर कुछ नहीं होता ठाकुर··· ये उसी शिव की महिमा है···जिसे तुम अपनी जागीर समझने की भूल कर बैठे थे···उसका दर सभी के लिए खुला है···लेकिन तुमने उस कमीने पंडित के झाँसे में आकर विषवृक्ष बोने का काम किया है···और उसी का फल हम दोनों भोग रहे हैं···ये बाहर की दुनिया

नहीं है···ये अंदर की दुनिया है···बाहर तुमने चैन से जीने नहीं दिया···और यहाँ हम तुम्हें चैन से जीने नहीं देंगे···तुम्हें यहाँ इतना तड़पाएँगे कि तुम जिंदगी की भीख माँगोगे··· लेकिन तुम्हें वो नसीब नहीं होगा।" यह कहते हुए हीरा वहाँ से चल दिया।

ठाकुर विरेचन पत्थर के बुत की तरह हीरा को जाते देखते रहा। यह सब उसकी कल्पना से परे था। उसने सोचा था कि जेलर या जेल अधीक्षक के पास शिकायत करने पर उसे विशेष दर्जे का कैदी मानकर उसे अलग से कुछ सुविधाएँ मिलेगी, लेकिन यहाँ तो ठीक इसके विपरीत हुआ। जिस दिन वह जेलर अथवा जेल अधीक्षक से शिकायत करेगा, उस दिन उसका खाना उसकी थाली से उठाकर फेंक दिया जाएगा। उसे भूखे ही अन्य दिनों की तरह परिश्रम करना पड़ेगा। एक दिन हीरा को तेल मालिश करते हुए ठाकुर सोच रहा था कि हे भगवान्! तुमने यह कौन सा दिन दिखाया है? जो मेरे अनाज पर मोहताज रहता था, उसी का मोहताज आज वह हो गया है। जिससे मैं पूरे परिवार का कपड़ा धुलवाता था, आज उसका कपड़ा मुझे धोना पड़ रहा है। लैट्रीन इससे साफ करवाता था, सो आज इसका लैट्रीन मुझे साफ करना पड़ रहा है। जो मेरे एक हुक्म पर एक पैर पर खड़ा रहता था, आज उसी के हुक्म से मुझे यह सब करना पड़ रहा है। सोते हुए भी उस रात यही विचार मंथन किया तथा 2 बजे रात तक उसे नींद नहीं आई।

दृश्य-63

स्थान : प्रतापपुर टोला बक्सीपुर

समय : 8 बजे पूर्वा

प्रोफेसर राजेंद्र सिंह का मकान।

पल्लवी, "पापा!···आज आप लोगों के साथ मैं भी चलती हूँ।"

प्रोफेसर, "क्यों बेटी पल्लवी!···तुम क्यों जाओगी?"

पल्लवी, "पापा!···लगभग दो साल होने को हैं···सभी मुकदमों पर तसविया हो चुका है···बावजूद इसके वकील तारीख पर तारीख दिला रहा है···और कोर्ट से केस का निष्पादन नहीं हो रहा है···इसलिए आज मैं वकील से पूछूँगी।"

प्रोफेसर, "बेटी तुम ठीक ही कहती हो···तुमने भारतीय संविधान की आलोचना पढ़ते वक्त यह पढ़ा होगा कि डॉक्टर वसु ने कहा है कि भारतीय संविधान वकीलों का स्वर्ग है···एक-दूसरे विद्वान् ने कहा है कि भारतीय संविधान तिल-तिल करके

तिल्लोमा हो गया है···उन्होंने सच ही कहा था···भारतीय संविधान को इन कानूनविदों और रहनुमाओं ने एक मजाक बनाकर रख दिया है···तुम्हारा आक्रोश व्यर्थ नहीं है···तसविया हो जाने के बाद भी मुकदमा दो वर्षों तक निष्पादित न हो तो इसे भारत का दुर्भाग्य ही कहेंगे···इसलिए ऊबकर कुछ लोग कानून को अपने हाथ में ले लेते हैं।"

प्रोफेसर साहब किसी तरह साथ न चलने के लिए पल्लवी को मनाने में सफल हो गए थे। उनके साथ सत्यप्रकाशजी भी चले थे। दोनों वकील साहब के पास घंटों मुजरिम की तरह बैठे रहे। वकील साहब ने बताया कि अगली तारीख पर निश्चय ही आदेश हो जाना चाहिए। हाकिम को बता दिया गया है। इसके अलावा वह क्या कर सकता है। उसने प्रोफेसर साहब से 300 सौ रुपए हाजरी फीस तथा मुंशीजी तथा पेशकार के नाम पर दो सौ रुपए लिये। वकील ने 15 बार बहस करने के पैसे लिए थे। अतिवादियों के गुट से वकील साहब अपनी फीस तक छोड़ देते थे, लेकिन उसके आदमी की जगह पर प्रोफेसर साहब पैरवी करने लगे, तब वकील साहब मनचाही फीस के साथ अपना टालू रवैया अपनाते रहे। एक माह के लिए पुन: अगली तिथि निर्धारित थी। प्रोफेसर साहब एवं सत्यप्रकाशजी तारीख लेकर अपने घर वापस आ गए थे।

दृश्य-64

समय : दिन

स्थान : जहानाबाद जेल

ठाकुर विरेचन, "सर! पूरे पचास हजार दूँगा!"

जेल सुपरिंटेंडेंट, "ऐं···क्या बोले?···पूरे पचास हजार!··· बैठिए···बैठिए!"

आदेश मिलते ही ठाकुर विरेचन जेल अधीक्षक के कक्ष में एक कुरसी पर बैठ गया था।

जेल अधीक्षक ने कहा, "लेकिन देखिए भई!···काम थोड़ा जोखिमवाला है···इसलिए डॉक्टर को मिलाना आपका काम होगा।"

ठाकुर विरेचन, "हाँ··· सर!···आप बात तो कर लीजिए···उसके लिए भी मैं पाँच-सात हजार अलग से दे दूँगा।"

जेल अधीक्षक ने हँसते हुए कहा, "आपने कभी नाटक खेला है?"

ठाकुर विरेचन, "सर! आप चाहिए तो मौत दे दीजिए, परंतु अब नाटक खेलने को मत बोलिए!···नाटक खेलते-खेलते मेरे जीवन में कई नाटकीय मोड़ आ चुके हैं।"

जेल अधीक्षक, "अच्छा आपने पहले नाटक खेला है...पर वह तो काल्पनिक था... उससे जीवन में नुकसान उठाना पड़ा होगा...परंतु आज जीवन बचाने के लिए नाटक करना होगा।"

ठाकुर, "नाटक हमने खेला तो नहीं था...हाँ...पर खेलवाया बहुत था।"

जेल अधीक्षक, "लेकिन आज खुद अपने जीवन के लिए नाटक खेलना पड़ेगा... वैसे भी कहते हैं कि दुनिया एक रंगमंच है...यहाँ सबको अपनी-अपनी भूमिका निभानी पड़ती है...कभी जीवन बचाने के लिए तो कभी जीवन बनाने के लिए...यह जिंदगी का दस्तूर है...दरअसल आपको दिल के मरीज बनने का स्वांग रचना होगा...यानी यदि आप हार्ट अटैक का नाटक बढ़िया से कर सकेंगे...तभी डॉक्टर साहब आपको हॉस्पिटल रेफर कर पाएँगे...कहिए आप जीवंत नाटक कर लेंगे न?"

ठाकुर, "जरूर कर लूँगा...साले लोगों ने हमें बहुत कूटा है सर!... हमारी हालत ऐसी हो गई है...मानो यह जगह मेरे लिए नरक से भी बदतर हो गई है...जिंदगी यहाँ पल-पल बोझ के समान लग रही है...अब एक दिन मेरे लिए एक वर्ष तक काँटों में सोने के बराबर है हुजूर!...मुझे मंजूर है!...मैं हार्ट अटैक का नाटक कर लूँगा...बस आज ही मुझे बाहर हॉस्पिटल भेज दीजिए।"

इतना कहते ही ठाकुर विरेचन ने पैकेट से साठ हजार रुपए निकालकर उसे थमा दिए। जेल अधीक्षक ने सामने तथा दाएँ-बाएँ देखकर झट से रुपए अपने पैकेट में रखे। ठाकुर विरेचन को वहाँ से जाने के लिए बोला। वह आदेश पाकर वहाँ से चल दिया था।

पैसे के लालच में आदमी अपना नैतिक स्तर इस कदर गिरा लेता है कि मानो रुपए ही उसका हुकूमकर्ता है। जेल अधीक्षक को बैरक की तरफ जाने के समय दादा को छोड़कर सभी अपना सिर नीचा कर लेते थे, लेकिन पैसे के लालच में जेल अधीक्षक ठाकुर विरेचन को न अपने चेंबर की कुरसी पर बैठाया, बल्कि दिल के रोग की बीमारी का पूरा नाटक करने की सलाह दी थी।

एक दिन पहले ही ठाकुर विरेचन ने एक कैदी दादा के सहयोग से दो हजार रुपए देकर अपने नौकर को मोबाइल द्वारा बात कर बुलाया था। हाँ इसके लिए एक वॉर्डन को भी पाँच सौ रुपए देने पड़े थे, जिसने एक केबिन में जाकर बात करने की इजाजत दे दी थी।

जेल अधीक्षक ने कारा चिकित्सक को अपने मोबाइल से सभी बातों से अवगत करा दिया था। करीब आधे घंटे बाद ठाकुर विरेचन ने हार्ट रोग होने के पूरे सिस्टम के साथ नाटक किया था। उस बैरक के कैदियों ने सोचा सचमुच ठाकुर को कुछ हो गया है। वह कारा के अंदर हॉस्पिटल में अपने सीने पर हाथ रखकर जोर से कराहने की आवाज निकाल रहा था। डॉक्टर ने फौरन उन्हें चेकअप कर बताया कि ठाकुर को दिल का

दौरा पड़ा है। उस समय से वह हॉस्पिटल के बेड पर पड़ा हुआ था। मनचाहा खाना भी मिलने लगा था। उस हॉस्पिटल में दो वी.आई.पी. कैदी पहले से ही थे। डॉक्टर ने ठाकुर विरेचन को जिला अस्पताल जाकर इलाज कराने की इजाजत दे दी थी। जिला अस्पताल में भी ठाकुर ने अपने मनोनुकूल मैनेज कर लिया था। करीब एक सप्ताह बीतने के बाद अतिवादियों को इसकी भनक मिल गई। इसके बाद जिला अस्पताल में ही उसे मारने की योजना बनाई गई। इसकी जानकारी हीरा को मिली तो वह थोड़ा घबराया हुआ था। दरअसल वह दिल से बहुत ही कोमल था। वह हिंसा के खिलाफ था। वह ठाकुर की जान लेने की बात सुनकर खुश नहीं था। उसने जेल अधीक्षक को सूचना दी कि जिला अस्पताल से उसे तुरंत बुला ले। यह सुनकर अधीक्षक के कान खड़े हो गए। उसने पुनः कागजी औपचारिकता पूरी कर ठाकुर विरेचन को जेल के अंदर बुला लिया।

दादा कैदियों को यूँ ही ठाकुर विरेचन का झूठ मालूम हुआ। उससे पूर्ववत् व्यवहार करने लगा था। ठाकुर ने सोचा कि अब यह सभी दुर्गति हीरा के वहाँ रहने से ही हो रही है। भगवान् से हीरा की शीघ्र रिहाई की कामना करने लगा। उसने अपने वकील से भी संवाद भेजवाया कि थोड़ी आप भी पैरवी कर दें। हीरा को जल्दी यहाँ से छुट्टी मिल जाए। वक्त सबकुछ करा देता है। ठाकुर ने हीरा को झूठे आरोप में थानेदार के सहयोग से जेल भेजवाया था। अब उसके जेल से आजाद होने के लिए भगवान् से दुआ माँग रहा था। अपने वकील से हीरा की रिहाई के लिए पैरवी की थी। यह पैरवी हीरा के प्रति ठाकुर का कोई प्रेम नहीं था, बल्कि जेल में हीरा के दोस्तों द्वारा उसकी बेइज्जती एवं जो यातनाएँ दी जा रही थीं, इससे छुटकारा पाने के लिए हीरा को जेल से बाहर भेजना चाहता था। ठाकुर ने जेल प्रशासन से अपनी सुरक्षा की गुहार लगाई। पहुँच और पैरवी का प्रयोग कर वह थक हार चुका था। इसलिए उसकी नजर में यह विकल्प था कि हीरा किसी तरह जेल से बाहर चला जाए। ठाकुर विरेचन के अपने ऊपर लगे सभी आरोपों से बरी होने के लिए धन-बल और पैरवी सभी अस्त्र बेकार साबित हुए थे। एस.पी. बसंत सिंह के तल्ख रुख एवं ईमानदारी के चलते सभी पुलिस पदाधिकारी उसे मदद करने में अक्षम साबित हो रहे थे। यद्यपि न्यायालय से बरी होने के लिए सभी तरीके अपना चुका था। पर अब तक पूरी तरह से कामयाब नहीं हो पाया था। अब हीरा भी जेल से बाहर आना चाह रहा था। इसकी भनक जोनल कमांडर को मिल चुकी थी। उसने अपने आदमियों द्वारा हीरा के अधिवक्ता को सभी आरोपों से मुक्त करने की हिदायत दे दी थी। चेतावनी मिलते ही अब प्रक्रिया में तेजी आ गई थी। महीने भर के अंदर हीरा एवं उसके सभी साथी जेल से आजाद हो गए। मुकदमे में तेजी से रफ्तार पकड़ते देख प्रोफेसर साहब एवं सत्यप्रकाश को आश्चर्य हुआ था कि जिसके लिए दो वर्षों से न्यायालय के चक्कर लगाते हुए हमारे जूते घिस गए थे, वह चमत्कार एकाएक कैसे हो गया? हीरा एवं उसके साथियों को

जेल से बाहर ले जाने के लिए गाँव एवं टोले के लोग स्वागत की तैयारी के साथ आए थे। पल्लवी भी साथ थी। लोग ढोल-बाजे के साथ आए थे। हीरा ज्यों ही जेल से आजाद हुआ कि ढोल-बाजे बजने लगे। हीरा को मालाओं से लाद दिया गया। फिर बोलेरो जीप में बैठाकर हीरा को बक्सीपुर ले जाया गया।

दृश्य-65

जैसे ही हीरा गाँव में पहुँचा तो लोगों ने दूल्हे की तरह उसका स्वागत किया। जमकर आतिशबाजियाँ हुईं। उस उत्सव में न केवल बक्सीपुर के लोग थे, अपितु प्रतापपुर गाँव के भी लोगों ने बढ़-चढ़कर भाग लिया था। पल्लवी, प्रोफेसर साहब और सत्यप्रकाश उसकी अगवानी कर रहे थे।

शिवालय परिसर में रात्रि में ही एक भव्य समारोह का आयोजन किया गया था। पूरा परिसर रोशनी से जगमगा उठा था। परिसर पुरुष-महिलाओं से खचाखच भरा हुआ था। लोग एक-दूसरे से हिल-मिल रहे थे। वर्षों पूर्व सरस्वती पूजा में इस तरह का समारोह मनाया जाता था, उसका स्मरण ताजा हो गया था।

वक्त निकालकर हीरा और पल्लवी एक-दूसरे से मिले थे। दोनों में मधुर संवाद का दौर जारी था।

संघर्ष के बाद जो प्यार होता है, उससे भी अधिक गहरा प्रेम की प्रतीक्षा के बाद होता है। पल्लवी और हीरा को वह प्रेम-पल वर्षों के बाद प्राप्त हुए थे। दोनों का मिलन सुखदायी था। इसके बावजूद एक-दूसरे से प्रेम का खुला इजहार नहीं हुआ था। उस जश्न की रात मानो आसमान से प्रेम की वर्षा हो रही थी, लेकिन पल्लवी ने उस रात प्रेम का इजहार करने की ठान रखी थी। इसके कारण पल्लवी और हीरा के बीच और भी निकटता बढ़ी। दोनों एक-दूसरे में खो गए थे। पल्लवी की बेकरारी को हीरा भाँप गया था। हालाँकि हीरा शांत ही दिख रहा था और दिल की बेचैनी को छुपाने की कोशिश भी कर रहा था, लेकिन पल्लवी उसे बार-बार घूरे जा रही थी। वह सारी हदें तोड़ देने पर आमादा थी, क्योंकि अब वह इंतजार के मूड में बिल्कुल नहीं थी। हीरा को इस बात का अंदाजा था कि पल्लवी उसे लगातार घूर रही है, लेकिन हीरा उसे चोर निगाहों से देखकर मुसकरा रहा था। जब पल्लवी जेल से लाने के लिए गई थी, तब पल्लवी के साथ कई ग्रामीणों का झुंड होने के कारण खुलकर बातचीत नहीं हो पाई थी। इधर पल्लवी किसी भी तरह हीरा से मिलकर बातचीत करने का मूड बना चुकी थी। आखिरकार पल्लवी को मौका मिल गया। वह हीरा के निकट जाकर धीरे से प्यार भरे अंदाज में बोली, "एक बात

पूछूँ···क्या···अभी भी गुस्से में हो··· ?"

हीरा ने झेंपते हुए कहा, "नहीं···ऐसा तो नहीं है···मैं भला आपसे गुस्सा क्यों करूँ पल्लवीजी!···आपसे और गुस्सा? कैसी बात कर रही हैं आप?"

पल्लवी, "मैंने सोचा···शायद अतिवादियों के साथ रहकर आप भी उग्र तेवर हो गए होंगे···वैसे मैंने सुना है कि अतिवादियों के साथ रहते-रहते आदमी उसी रंग-ढंग में बदल जाता है या फिर क्रूर एवं तल्ख मिजाजी हो जाता है।"

हीरा, "नहीं ये आपकी गलतफहमी है···मैं जो कल था···आज भी वही हूँ···अगर आपके देखने का नजरिया बदल जाए तो और बात है, लेकिन मैं सच कहता हूँ··· पल्लवीजी ऐसी बात नहीं है···हाँ मुझमें परिस्थिति से लड़ने की शक्ति जरूर आ गई है··· ऐसा मैं अहसास करता हूँ···मुझे लगता है कि इनसानियत जीवित रहना जरूरी है···इसके लिए किसी भी परिस्थिति से इनसान को समझौता कर लेना चाहिए···मैंने भी ऐसा ही किया है···वैसे आपने इस गाँव और टोले की वीरानगी को फिर से हरियाली में बदलने का जो प्रयास किया है···उसके लिए मैं आपका शुक्रिया अदा करना चाहूँगा···क्योंकि आपने सचमुच असाधारण काम किया है।"

पल्लवी, "अच्छा···अच्छा! इसके लिए मैं भी आपका शुक्रिया अदा करना चाहूँगी कि आपने मुझे इस काबिल तो समझा··· !" यह कहते हुए पल्लवी उसे निहारने लगी। हीरा ने उसकी आँखों में झाँककर देखा, उसके बदन में एक सुरसरी सी दौड़ गई, क्योंकि अभी तक उसे रोमांच नहीं हुआ था। लेकिन पल्लवी के इस तरह देखने से वह पहले तो सकपकाया, लेकिन फिर नजरें झुका लीं। पल्लवी के अंदर भी उसके रोमांचित होने का अहसास हो चुका था, लेकिन उसने उसे दबाने की कोशिश करते हुए विषय बदलते हुए कहा, "एक रहस्य मेरे दिलो-दिमाग को कुछ दिनों से मथ रहा है···क्या तुम इस रहस्य पर से परदा उठा सकोगे?" फिर अचानक तुम संबोधन कर पल्लवी सकपका गई। इसलिए उसने तुरंत सँभलते हुए कहा, "माफ करना मैं आपको तुम संबोधन कर दिया··· गलती से निकल गया··· !"

हीरा ने तुरंत बात काटते हुए कहा, "अरे नहीं···नहीं···मुझे अच्छा लगा!···आपके मुँह से तुम सुनकर वाकई बहुत अच्छा लगा!"

पल्लवी ने तपाक से पूछा, "क्यों···क्यों अच्छा लगा?"

हीरा ने हँसते हुए कहा, "हमने सुना है कि तुम में अधिक अपनापन का अहसास होता है···जब किसी को अपना समझने लगो तो फिर भाषा-बोली में भी थोड़ा फर्क आना स्वाभाविक है··· !"

पल्लवी ने नजाकत भरे अंदाज में जवाब दिया, "अच्छा! तो···.अपनापन ऐसे आता है?···ये तो मुझे मालूम नहीं था···ये हमें आज सीखने का आपसे···मेरा मतलब

कि तुमसे···यानी तुमसे मौका मिला···इसके लिए भी फिर तुम्हारा शुक्रिया अदा करना चाहूँगी···लेकिन इसके लिए एक शर्त है कि तुम भी मुझे आप नहीं तुम कहकर संबोधन करोगे···तभी तेरी-मेरी दोस्ती निभेगी···मंजूर है?"

हीरा ने हँसते हुए इशारे में स्वीकार किया और पल्लवी के चेहरे पर अपनी नजरें गड़ा दीं। पल्लवी उसकी नजरों में खोने लगी थी, लेकिन आस-पास का खयाल कर पल्लवी ने सोचा कि यह सही जगह नहीं है। लोगों को शक होगा तो राई का पर्वत खड़ा कर देंगे। इसलिए उसने नजरें झुकाकर पूछा, "बताओ न आखिर वह रहस्य क्या था··· ?"

हीरा ने अनजान बनकर पूछा, "रहस्य, कौन सा रहस्य? मैं कुछ समझा नहीं··· जरा फिर से दोहराना!"

पल्लवी ने नजाकत भरे स्वर में हल्के से कहा, "इतनी जल्दी भूल गए···कहाँ खो गए थे··· ?"

हीरा का मन चाहा कि वह खुलकर बोल दे कि तुम्हारी आँखों की गहराई में कुछ इस कदर खो गया कि मैं भूल गया कि तुम क्या जानना चाहती हो। इस बीच पल्लवी ने फिर टोका, "खैर तुम्हें याद नहीं तो मैं ये पूछना चाह रही थी··· कि आखिर यह क्या रहस्य था कि जो वकील तसवियानामा होने के बावजूद सालों दौड़ाते रहे···और अचानक एक महीने के अंदर मुकदमे का निष्पादन कैसे करवा दिया?"

हीरा यह सुनकर अवाक् रह गया। वह सही बात बताना नहीं चाहता था। इसलिए उसने बात को टालते हुए कहा, "पल्लवी!···यह तुम नहीं समझ पाओगी···तंत्र ने कुछ ऐसा सोचने के लिए हमें मजबूर कर दिया···मैं कभी-कभी सोचता हूँ कि आखिर हम कहाँ जा रहे हैं? हमारे देश का लोकतंत्र क्या सही मायने में काम कर पा रहा है? क्या हमारे संविधान में जो कुछ लिखा गया है···उसका क्या वाकई में पालन हो रहा है?··· क्या आज कोई गरीब कानून के फंदे में फँसने के बाद जल्द निकल सकता है?···क्या कानून अमीरों की कठपुतली नहीं है?···आखिर उस वकील को यह भ्रम क्यों हो गया था कि अतिवादियों के न चाहने पर भी मेरे मामले का निष्पादन किया जा रहा है···अब देखो न जैसे ही जोनल कमांडर ने अपने आदमियों द्वारा वकील साहब को केस का शीघ्र निष्पादन हेतु चेतावनी दी···तब केस का जल्द निष्पादन कैसे हो गया?···मुझे तो लगता है पल्लवी जिसे संविधान की रक्षा करने के लिए दायित्व दिया गया···उसने ही संविधान की धज्जियाँ उड़ा रखी हैं···इसका तुमको भी अहसास होगा!"

हीरा जब यह कहकर रुका तो उसके चेहरे पर विषाद की रेखाएँ साफ दृष्टिगोचर हो रही थीं। पल्लवी को लगा कि सचमुच कानून पैसे और ताकतवाले की रखैल बन चुके हैं। पल्लवी ने भी आश्चर्यचकित होकर हीरा की बातों से सहमति जताते हुए

कहा, "ओ माई गॉड!···सचमुच यह तो विचारणीय बिंदु है···इस पर कोई गौर ही नहीं करता···न हमारा समाज और न कानून बनानेवाले माननीय!···सभी अपने मतलब से कानून का इस्तेमाल करते हैं···सचमुच भारतीय कानून केवल अपराधी···पूँजीपतियों···सामंती विचार रखनेवाले तथा कानूनी प्रक्रिया में लगे सभी लोगों की हिफाजत करता है···इन लोगों ने जो हालत बना रखी है···इसमें गरीबों तथा इनसान को न्याय पाना असंभव है···हम इसे समानता का अधिकार नहीं मान सकते···ऐसे में तो हम प्रतिदिन संविधान का हनन होते देखते हैं···और हम कुछ नहीं कर सकते···क्योंकि हमारे हाथ बँधे हुए हैं।" पल्लवी जब ये सबकुछ बयाँ कर रही थी तो हीरा उस जश्न का हिस्सा बना हुआ नजर नहीं आ रहा था। पल्लवी को भी इस बात का अहसास था कि हीरा इस जश्न का लुत्फ नहीं उठा रहा है। पल्लवी को लगा हीरा दूसरी दुनिया का इनसान है। उसमें इनसानियत हिलोरें मार रही है। लेकिन वह लाचार नजर आ रहा है। फिर अचानक पल्लवी ने उसे टोका, "हीरा ये जश्न तो अपने परवान पर है···काफी रात हो गई है···लोग अभी भी मस्ती में डूबे हुए हैं···और हम लोग अपनी बातों में डूबे रहे···कुछ लोग तो अपने घर भी जा रहे हैं···लेकिन मेरा मन घर जाने को नहीं हो रहा है···लगता है···मैं तुमसे यूँ ही बात करती रहूँ···और इस रात की सुबह ही नहीं हो···!"

हीरा को लगा कि पल्लवी पर उसकी बातों का गहरा असर हुआ है। लेकिन वह अपनी हैसियत से वाकिफ था। उसने पल्लवी को समझाते हुए कहा, "नहीं···पल्लवी! अब हमें चलना चाहिए···हमने सिस्टम के प्रति अपनी भड़ास निकाल ली···तो मन थोड़ा हल्का हो गया···तुम्हें ऐसी बातों पर अधिक ध्यान देने की जरूरत नहीं है···तुमने बात छेड़ी तो हमने कुछ कह दिया···बस आई-गई बात खत्म हो गई···!"

पल्लवी से झट से उसकी बात काटते हुए कहा, "नहीं हीरा···नहीं···बात अभी खत्म नहीं हुई···बल्कि बात यहीं से···और इस घनघोर काली रात के सवेरा होने तक जारी रहेगी···आखिर ऐसे सिस्टम को हमीं लोग ही न बदलेंगे···कोई आसमान से फरिश्ता थोड़े न आएगा?···फिर तुम्हारे विचार से मैं काफी प्रभावित हुई हूँ···मैं चाहूँगी हम दोनों एक नए समाज की संरचना करें···जिसमें सब कोई मिलजुल कर रहें···एक-दूसरे का दु:ख-दर्द बाँट सकें···क्या ऐसा सबेरा नहीं आएगा?···मुझे लगता है जरूर आएगा···!" हीरा उसकी बातों को गौर से सुन रहा था। उसके भोलेपन पर हीरा अब मंद-मंद मुसकरा रहा था। पता नहीं क्यों पल्लवी को उसका हँसता हुआ चेहरा देखकर बहुत सुकून मिला। उसने धीरे से पूछा, "तुम मेरी बातों को सुनकर ही मुसकराए···लेकिन हँसे तो सही···जानते हो मुझे बहुत अच्छा लगा···तुम्हारा हँसता हुआ चेहरा देखकर मुझे बहुत अच्छा लगा···लगा जैसे···जैसे···मुझे दो पल की खुशियाँ नसीब हो गईं···सच कह रही हूँ···तुम्हारी कसम···!"

हीरा ने उसे तुरंत टोका—"ये क्या कह रही हो···तुमने मेरी कसम क्यों खाई?··· कसम तो अपनों की खाई जाती है···फिर मैं तो···!!"

पल्लवी ने उसकी बात काटते हुए कहा, "इस दिल ने तुम्हें अपना लिया है··· हीरा···!···जानते हो किसी को पाने में या समझने में बरसों लग जाते हैं···लेकिन तुम्हें समझने में मैंने भूल नहीं की है···तुम्हें और पहले ही समझ लेती तो शायद अच्छा होता··· ये जो पल बीत रहा है···हमें लगता है किसी अपने के साथ बीत रहा है···ऐसा मैं समझती हूँ···तुम समझो या नहीं···लेकिन मैं तो ऐसा ही समझ रही हूँ···मैंने तुम्हारे साथ चलने के लिए कदम बढ़ा दिया है···हीरा···अगर हम दोनों दो-दो कदम बढ़ाएँगे तो नया सवेरा जरूर आएगा···हमें ऐसा विश्वास है हीरा···सच कहती हूँ···सच कहती हूँ···हीरा···तुम्हें अपना समझने लगी हूँ···!" यह कहते हुए पल्लवी ने चुपके से हीरा का हाथ थाम लिया। हीरा को इसका अहसास हुआ तो वह हाथ हटाने का प्रयास करते हुए बोल पड़ा, "ये क्या कर रही हो···पल्लवी!···लोग देखेंगे तो क्या कहेंगे···!" यह कहते हुए हीरा ने हाथ छुड़ा लिया। पल्लवी अपनी इस हरकत पर झेंप गई थी और उसकी नजरें झुकी हुई थीं। लेकिन अंदर से अनजाने में वह हीरा को दिल दे बैठी। इसके बाद पल्लवी ने धीरे से कहा, "मैं चलती हूँ···!" उसके बाद एक सरसरी नजर हीरा पर डालते हुए निकल गई। हीरा भी नहीं रुका और चल दिया।

दृश्य-66

सुबह हो चुकी थी। इसलिए देर तक प्रोफेसर साहब भी सोते रहे। उसी समय गाँव की एक मंडली सत्यप्रकाशजी के साथ प्रोफेसर साहब के दरवाजे पर पहुँची। इसकी सूचना मिलते ही प्रोफेसर साहब बेड छोड़कर आँख मलते-मलते बाहर आए। भीड़ को देखते ही अचानक घबरा गए कि कोई अनहोनी तो नहीं हो गई! उपस्थित लोगों का प्रोफेसर साहब ने हाथ जोड़कर अभिवादन किया।

प्रोफेसर साहब ने कहा, "इतना···सभी आप सभी···सब कुशल तो है न!"

सत्यप्रकाशजी ने बताया, "जी हाँ। आप जैसे विद्वान् के रहते कोई अमंगल कैसे हो सकता है?"

प्रोफेसर साहब, "ओफ! मैं तो यूँ ही डर गया था।···कोई खास प्रयोजन?"

सत्यप्रकाश, "जी हाँ! प्रयोजन लेकर ही आया हूँ···असल में रात में अधिकांश लोग जश्न में डूबे हुए थे···उसी समय हम लोगों के बीच एक बैठक की गई थी···बैठक में सर्वसम्मति से जो निर्णय हुआ···उससे गाँव के सभी लोग सहमत हैं···आज शिवालय परिसर

में ही टोलेवासियों और ग्रामवासियों के बीच एक सामूहिक भोज का आयोजन किया गया है···जिसका उद्घाटन आपके कर कमलों द्वारा हो जाए तो पूरा ग्राम धन्य हो जाएगा···आप जैसे विद्वान् ने ही इस वीरान गाँव को फिर से बसाने का उपक्रम किया है इसलिए आप इस पुण्य कार्य के लिए कृपया पधारिए···इसके लिए कोई किंतु-परंतु नहीं चलेगा।"

प्रोफेसर साहब, "चूँकि यह कार्य मेरी बेटी पल्लवी ने किया है···सच कहूँ तो मैं शिक्षित हूँ···परंतु पल्लवी ने ही उसकी पूर्णता का चिराग रोशन किया है।"

सत्यप्रकाश, "जी मेरा विशेष अनुग्रह है कि मेरी बेटी तो आएगी ही···अब तो वह सारे गाँव की बेटी है···भगवान् गाँव में ऐसी ही दो-चार बेटियाँ और दे दे तो···इस गाँव का कायाकल्प हो जाएगा··· सचमुच यह ग्राम एवं बक्सीपुर टोला उसके ऋण से उऋण नहीं हो पाएगा।"

प्रोफेसर साहब का आश्वासन मिलते ही यह मंडली हीरा, कैलाश एवं सलीम के घर पर पहुँची और इस भोज़ में शामिल होने का न्योता दिया। जिसे सभी ने सहर्ष स्वीकार किया। शाम के लगभग 7 बजे थे। शिवालय परिसर में गाना बजाना शुरू हो गया था। शिवालय से बाहर एक भव्य पंडाल बनाया गया था, जहाँ सहभोज की व्यवस्था की गई थी, जो पूर्णतः निरामिष थी। अपार भीड़ थी। टोले के निवासियों में कई अच्छे कलाकार भी थे। सलीम अच्छा म्यूजिशियन था। हीरा अच्छा गाता था तथा ड्रम, हारमोनियम, बैंजो, ढोलक एवं नाल बजानेवाले अच्छे जानकार थे। सभी के बीच जुगलबंदी होने लगी थी। युवक एवं युवतियाँ इन वाद्य यंत्रों की धुन पर थिरकने लगे थे। इसी बीच प्रोफेसर साहब एवं पल्लवी का आगमन हुआ। प्रोफेसर साहब को लोगों ने पैर छूकर प्रणाम किया तथा पल्लवी को औरतों ने गले लगा लिया। पल्लवी ने सभी को हाथ जोड़कर अभिवादन किया। अब भोज के उद्घाटन का वक्त आ गया था, वे उस स्थल की ओर चल रहे थे। भोजस्थल जिसका उद्घाटन करना था। उसे अच्छे से सजाया गया था तथा एक फीता दोनों छोर से बँधा हुआ था। इसी फीते को काटकर भोज का उद्घाटन करना था। लोगों ने प्रोफेसर साहब की ओर सुसज्जित कैंची वाली थाली बढ़ाई। प्रोफेसर साहब ने कहा, यह सौभाग्य पल्लवी को दिया जाना चाहिए···क्योंकि दीपक की ज्योति पल्लवी ही जलाएगी। तालियों की गड़गड़ाहट के साथ सभी ने स्वीकार किया। प्रोफेसर साहब ने फीते को पकड़ा जिसे पल्लवी ने काटकर भोज का उद्घाटन किया। भोज स्थल पर जहाँ पर प्रोफेसर साहब को आसन दिया गया था, उसी के बगल में हीरा, कैलाश, मोती एवं सलीम को भी बैठाया गया था। उसके दूसरे छोर पर सत्यप्रकाशजी बैठे थे। उसके साथ ही गाँव और टोले के सभी नर-नारियों ने एक साथ सहभोज में हिस्सा लिया। एक अतिवादी जो हीरा का दोस्त था वह भी इस भोज में शामिल था। सचमुच उसे जोनल कमांडर ने जासूसी करने के लिए वहाँ भेजा था, उसे अब भी शक हो रहा था कि इन लोगों के साथ कोई

साजिश तो नहीं रची गई है? उस अतिवादी ने भी सभी के साथ नाच-गाने में खूब मस्ती की। हीरा स्वभाव से लजालू था। पल्लवी उसे कनखियों से निहार रही थी। जब हीरा ने उससे नजरें बचाने की कोशिश की तो पल्लवी से नहीं रहा गया। वह धीरे से उसके पास आई, पीठ में चुटकी काटते हुए थोड़ा चिढ़कर बोली, "तुम कुछ बोलोगे भी?"

हीरा, "पल्लवी···मैंने सोचा कि तुम···!" बीच में ही बात काटते हुए पल्लवी बोल पड़ी, "क्या सोचा? कि मैं ऊँची जाति से हूँ···तुमसे मैं···दूर रहूँगी···!"

फिर पल्लवी प्यार से बोली, "सभी इनसान एक जैसे ही होते हैं···फिर जिंदगी पर सबका एक सा हक है···सबके खून का रंग भी एक जैसा है···हम लोगों ने ही भेदभाव की रेखाएँ खींची हैं···भगवान् ने यह काम नहीं किया है···मैंने तो किताब में पढ़ा था कि इनसान की सिर्फ दो ही प्रजातियाँ है···एक पुरुष और दूसरी स्त्री···अमीर-गरीब तो सभी अपनी किस्मत से बनते हैं···उस पर भाग्य का अधिक जोर चलता है।"

हीरा, "पल्लवी···ऐसी बात नहीं है···तुम तो बुरा मान गईं? सच कहूँ तो तुम्हारी सोच का दायरा विशाल है···इसीलिए तुम्हारे द्वारा ये कमाल किया गया है···यह गाँव है···लोग कुछ से कुछ सोचना शुरू कर देंगे।"

पल्लवी और हीरा के बीच संवाद को लोग दूर से ही देख-सुन रहे थे। जहाँ पहले एक-दूसरे से मिलने की पाबंदी लगी रहती थी···समाज उसे बुरी नजर से देखता था। समाज इसके लिए दंड भी निर्धारित करता था। आज यह देखकर लोगों के मन में एक खुशी हो रही थी। ऐसा लग रहा था कि किसी क्रांति के बाद शांति स्थापित हो गई है···!

प्रोफेसर साहब के करीब आकर सत्यप्रकाश बोला, "देखिए आज कितना अच्छा माहौल लग रहा है।" हीरा और पल्लवी ने सत्यप्रकाश एवं प्रोफेसर साहब के बीच वार्त्तालाप को दूर से देख लिया था। उसे डर लग रहा था कि कहीं हम दोनों के बीच की कुछ चर्चा तो नहीं हो रही है? इसलिए वे दोनों सत्यप्रकाश एवं प्रोफेसर साहब के निकट आ गए। सत्यप्रकाश ने हीरा की पीठ पर हाथ रखकर कहा, "बेटा हीरा! काश मुझे भी एक बेटी होती तो मैं उसकी शादी तुमसे करके यह बता देता सचमुच जाति इनसान द्वारा इनसानों के बीच विवाद पैदा करने के लिए ही बनाई गई है।"

भगवान् ने तो मनुष्य एक ही तरह के बनाए हैं। यह वर्ग भेद तो हम इनसानों द्वारा ही बनाए गए हैं। इसलिए विद्वान् या व्यापक विचार रखने वाले, इस जाति-पाँति को बिल्कुल नहीं मानते हैं, और न मानना चाहिए···विचार ही व्यक्ति को महान् बनाता है। एक पुरोहित मधुसूदन था, जिसनें चौथी पास भी नहीं किया था···उसने अपनी संकीर्ण भावना को फैलाकर टोले एवं गाँव के बीच घृणा का जहर फैला दिया था···व्यक्ति में आडंबरों की जड़ इस कदर समाई है कि एक ब्राह्मण चाहे वह कितना भी निकृष्ट हो···कितना भी अज्ञानी हो···धूर्त···कपटी हो उसे तुलसी के पत्ते की तरह पूजनीय समझते हैं···उसकी

वाणी सत्य समझी जाती है···वह हिंदू धर्मावलंबी से आस्था के नाम पर उसकी जिंदगी से भी खिलवाड़ करते हैं···फिर भी ब्राह्मण को धर्म का पथ-प्रदर्शक मान बैठते हैं···यही कारण था मधुसूदन पुरोहित ने जाति-पाँति और छुआछूत जैसे कोढ़ को अपना डेरा बना लिया था···शिवालय में रहकर भी शिवत्व को नहीं जान पाया था···उसकी इस संकीर्णता ने गाँव एवं टोले को वीरान बना दिया था···जमीन से धूल उड़ती थी···कुत्ते विलाप करते थे··· औरतों की चीत्कार यहाँ सुनने को मिलती थी···सचमुच उस दिन विद्वान् पुरोहित सत्यप्रकाशजी ने समस्त बंधनों को काटकर सिर्फ इनसानी रिश्ते को पुनर्जीवित किया था।

सत्यप्रकाशजी की भावना एवं विचारों को सुनकर प्रोफेसर साहब के मन में एक उत्तम विचार आया कि हीरा तो सचमुच हीरा ही है। पल्लवी और हीरा एक-दूसरे से परिचित हैं, एक ही क्लास में पढ़ते हैं तथा दोनों में वैचारिक समता भी है···दोनों एक-दूसरे के हो जाएँ तो बहुत खुश रहेंगे···अभी से खुश नजर आ रहे हैं···उन्होंने भी घोषणा कर डाली कि पल्लवी और हीरा एक-दूसरे को दिल से चाहते हैं···अत: मेरी तरफ से दोनों को एक होने में मुझे कोई एतराज नहीं है···यह सुनते ही पल्लवी प्रोफेसर साहब के गले लग गई। और खुशी से बोल उठी, "पापा, आप महान् हैं!···आपके इतने बड़े खयालात से मैं काफी खुश हूँ···मैं भी हीरा को बहुत पसंद करती हूँ।" फिर हीरा की ओर देखकर बोली, "तुम भी तो कुछ बोलो हीरा।"

हीरा ने प्रोफेसर शाहब का पैर छूकर बोला, "पल्लवी!···मेरे तो पाँव सातवें आसमान पर हैं···सचमुच यह सुनकर मैं तो खुशी से पागल हो गया हूँ। शायद कई जन्मों के पुण्य जाग उठे हैं···तुम जैसी सुंदर, मिलनसार और ज्ञानी मुझे अपनाना चाहती है··· इससे बड़ी बात मेरे लिए क्या हो सकती है···हालाँकि इनसान को सबकुछ चाह रखने से मिल जाए···यह जरूरी नहीं···लेकिन मुझे मिल गया···मेरा नसीब जगमगा गया···!"

हीरा के इतना कहते ही सभी लोगों ने तालियों की गड़गड़ाहट से वातावरण को गुँजा दिया तथा प्रोफेसर साहब, पल्लवी एवं हीरा के जयकारे भी लगाए। उसी शिवालय में शादी संपन्न हुई। गाँव एव टोले के नर-नारी खुशी से नाचने गाने लगे।

रात भर खुशी का जश्न मनाया गया तथा बक्सीपुर टोले के निवासी तथा प्रतापपुर गाँव के लोगों के बीच सभी प्रकार के भेदभावों का अंत हो गया था। अतिवादी सदस्य जो गुप्तचर बनकर आया था, उसने यह शुभ समाचार अपने कमांडर को विस्तार से सुनाया। एक अतिवादी ने कहा, "काश! मेरे भी गाँव में कोई पल्लवी जन्मी होती!" खुशी से प्रोफेसर साहब का गला भर आया। आँखें सजल हो गई थीं। उन्होंने गद्गद होते हुए कहा, "जाति···मजहबी कटुता, ईर्ष्या···घृणा समस्त दुर्गुण इनसानों के दुश्मन किसी इनसान ने ही बनाए हैं। सभी इनसानों के जन्म का रास्ता भी एक है, मृत्यु के पहले शरीर व आत्मा समान रूप से अलग होते हैं, सूर्य, चंद्रमा, धरती, आकाश, अग्नि तथा जल तो किसी से

भेद नहीं करते। समस्त प्रकृति की प्रवृति सभी के साथ समान रूप से व्यवहार करती है। जिस इनसान ने भेद किया था, उसका अपना स्वार्थ होगा। उसके स्वार्थ के लिए हम अपने आप को बर्बाद तो न होने देंगे। सचमुच मैं इतना भाग्यवान हूँ···मुझे आज इसका अहसास हो रहा है···मैं हीरा से अपनी बिटिया की शादी कर इस जाति प्रथा के वृक्ष को काटकर इस घृणा की दीवार को सदा के लिए ढहा देता हूँ···जिस प्रकार अंकुरित बीज का अंकुर एक बार सूख जाए तब उसमें दुबारा अंकुर नहीं लगते हैं, सच मैं उस अंकुर को ही सुखा देता हूँ···हाँ मैं इतना टोलेवासियों से जरूर कहता हूँ, कि जितना अधिकार इस शिवालय पर प्रतापपुर का है, उससे तिनका भर भी कम बक्सीपुर वाले का नहीं है। रिश्ते में प्रगाढ़ता रोटी से होती है, परंतु बेटी से रिश्ते की प्रगाढ़ता उससे हजारों गुणा अधिक होती है।"

सत्यप्रकाशजी ने एक भजन गाया था। भजन के बोल थे—

प्रभु जी मोरे! पवन उर तुम्हें पाया
भूल-भुलैया पाखंडी के हाथ कभी न आया। प्रभु जी मोरे···
श्रेष्ठ राह कहे धर्म हमारी,
हीन धरम कह बाधा डारी।
इनसानों पर दया दिखाये
श्रेष्ठ है मजहब राह तिहारी।
सभी राहों की एक है मंजिल
अंत वहीं सब पाया
प्रभु जी मोरे! पवन उर तुम्हें पाया···
चाँद-सूरज सम रोशनी फैली,
नहीं किसी से भेद है रखती।
सब नदियाँ जा सागर मिलतीं,
सागर जल में न नदियाँ दिखतीं॥
हर राहों की एक ही मंजिल
सबके हित तुम्हें पाया
प्रभु जी मोरे! पवन उर तुम्हें पाया
आकाश, धरा, पाताल तुम्हारी,
सुंदर रचना गजब तुम्हारी।
मुट्ठी में बँधे चाँद-सितारे,
अपने-अपने पथ चले सारे।।
है कण-कण तुझमें समाया,
प्रभु जी मोरे पावन उर तुम्हें पाया।।

इस भजन का अर्थ था कि विभिन्न नदियाँ सागर में जाकर एकाकार हो जाती हैं, सागर में किसी एक नदी का जल ढूँढ़े तो उसे कभी नहीं मिल सकता है। उसी प्रकार प्रभु तो एक ही है, जो महासागर की तरह विशाल है और कोई भी छली किसी धर्म, अथवा मजहब की गलत व्याख्या कर अपना मजहब अथवा अपने धर्म को ही उचित मानता है तथा दूसरे के धर्म या मजहब के मार्ग में दीवार खड़ी कर प्रभु के पास पहुँचता है···तब प्रभु उसे देखकर उसी तरह नाराज होते हैं, जैसे घर के कपटी सदस्य को देखकर घर के मुखिया नाराज होते हैं। जिस प्रभु या खुदा अथवा गॉड की मुट्ठी में आकाश, पाताल, धरती सहित समस्त ब्रह्मांड है, क्या वे एक मंदिर मसजिद अथवा गिरजा में समा सकते हैं? इसमें उन्हें बाँधकर रखा जा सकता है? प्रभु तो कण-कण में व्याप्त हैं, प्रेम से जहाँ पुकारो वे वहीं मिलेंगे। व्यक्ति वही थे पर विचार बदल गए थे। अब उनमें मानसिक द्वंद्व समाप्त हो गए थे। उन्हें आत्मीय तृप्ति मिल गई थी। पुरोहित का अर्थ पर हित करनेवाला होता है, लेकिन मधुसूदन ने तो अपने हित के लिए गाँव और टोले को जला दिया था, उसकी दुष्प्रेरणा से ठाकुर विरेचन ने जिस अशांति, घृणा तथा हिंसा का दरखत लगाया था, सत्यप्रकाशजी ने उस दरखत को समूल नष्ट कर दिया। मानो पतझड़ के बाद बसंत आ गया था। सचमुच जिस शिवालय को पुरोहित मधुसूदन ने अपने कुविचारों से अपवित्र कर दिया था उसे सत्यप्रकाशजी ने ज्ञान की दिव्य ज्योति से, विचारों के इत्र से पवित्र कर दिया था। सचमुच यह दिव्य ज्योति पल्लवी ने ही प्रोफेसर साहब एवं सत्यप्रकाशजी को थमाई थी, जिसमें ग्राम एवं टोले निवासी का अंधकार छँट गया था। गाँव एवं टोले उस दिव्य ज्योति से जगमगा उठे थे।

इति श्री

□□□